그 이름 안티고네

유종호 에세이

현대문학

일러두기

1. 본문에 나오는 도서명은 한글과 원제 병기를 기본으로 했으며, 국내에 번역·출간된 도서는 한글로만 표기했다.

2. 인용문의 경우 필자가 직접 번역하였거나 기억에 의존한 것도 일부 있어 국내에 출간된 도서의 내용과 다를 수 있다.

3. 인용문은 발표 원문을 따르고자 했으며, 현재의 표기법과 다를 수 있음을 밝혀둔다.

그 이름 안티고네

책머리에

어느 때가 제일 행복했느냐는 질문을 받을 때가 더러 있다. 삶을 수자리라고 생각해온 처지라 딱히 행복을 간구한 적은 없다. 꾸어다 놓은 보릿자루 같은 비주류의 삶을 살아오면서 책과 음악과 가벼운 산행이 큰 낙이었다. 하루 커피 석 잔을 마셔도 끄떡없고 오전에 대남문을 다녀와서 밤에 책을 보던 때가 지금 생각하면 가장 행복한 시절이었다.

노년은 삶의 종언이 바로 근접해 있는 시기다. 그것은 먼 우렛소리가 아니라 바로 머리 위에서 나는 포성이요 천둥소리다. 뒤늦은 깨달음처럼 삶이란 죽음으로부터의 도망이요 둔주요 결국 패색 짙고 숨 가쁜 둔주곡遁走曲이란 느낌이 든다. 볼일을 만들어 볼일을 보면서 사람들은 닥쳐오는 삶의 종언을 의식에서

몰아내려 한다. 글을 끼적거리는 것도 삶의 궁극적 사실을 외면하려는 심층적 충동의 소산이라 느껴진다. 만년의 글쓰기가 그렇다는 것이다.

이 조그만 책은 21세기 들어서 내는 열다섯 번째 것이다. 스무 살 버릇이 여든까지 온 것이다. "모든 위대한 현자들은 장군처럼 폭군적이고 장군처럼 무례하다"고 체호프가 적어놓고 있다. 폭군적이지도 무례하지도 않은 글이란 것으로 자괴감을 달래려 한다.

무작정 나열할 수 없어서 모두 네 개의 장으로 나누었다. 제1장은 수상隨想, 제2장은 사회적 발언, 제3장은 문학과 인문학 관련 에세이, 제4장은 내 삶의 소롯길에서 겪은 경험담 모음이다. 3장의 몇 편, 4장의 「꾸불꾸불 걸어온 길」 등은 처음부터 주제가 정해진 주문에 응해서 작성된 것이다. 가난처럼 부끄러워할 것도 숨길 것도 없다는 생각에서 응한 것이다.

2015년부터 네이버문화재단에서 주관하는 「열린연단 : 문화의 안과 밖」 자문단에 참여하게 되어 강연도 청강하고 7주에 한 번씩 에세이를 기고해왔다. 제1장과 제2장에 수록된 에세이가 대부분 「열린연단」에 기고한 것들이요 제4장의 글은 모두 월간 『현대문학』에 실린 것들이다.

『현대문학』에서 1994년의 '시란 무엇인가'로 시작해 모두 다섯 번의 연재 기회를 얻었다. 오랜 인연을 다시 책으로 이어주신 양숙진 회장께 심심한 사의를 표한다.

2019년 5월 15일

柳宗鎬

차례

책머리에 5

제1장 담배 그리고 시간

담배 그리고 시간 13

드물지만 아름다운 노년 23

한 권의 책과 좌우명 하나 30

막상 닥치고 보니 36

늙기도 서러운데 43

독방과 독서실 51

그 개 안 물어요 59

가까운 것 속의 지혜 67

목적과 희망이 사람을 살린다 74

싱싱한 벌꿀과 밀랍의 냄새 79

초신성과 네잎클로버 84

어느 마도로스의 전언 89

좋아하는 말·싫어하는 말 94

하마터면 그때 99

제2장 그 이름 안티고네

그 이름 안티고네 113

소수 의견의 매력 122

도편추방에 대하여 134

전통과 민주제 140

우리 안의 전근대 147

덧셈과 뺄셈 153

과거의 수모에 대한 복수 160

남몰래 흘린 눈물 167

환자에서 고객으로 173

0 대 22 179

옛날은 딴 세상이다 185

겨울 나그넷길에서 193

제3장 『채식주의자』에 대한 반응을 보며

『채식주의자』에 대한 반응을 보며 201

'구라'라는 마술 208

개인사와 사회사의 접점 215

모국어의 존엄을 위하여 230

시의 해석에 대하여 239

고향의 산을 향해 249

특성화된 전집을 바라며 258

나의 번역 체험 262

인문학에 미래는 있는가 279

교단을 떠나면서 294

제4장 내 삶의 소롯길에서

지옥의 하룻밤 311

불사른 보배 327

승산 없는 싸움 속에서 341

어느 독자와의 만남 355

꾸불꾸불 걸어온 길 366

담배 그리고 시간

담배 그리고 시간

잘한 일과 못한 일

교실 바로 옆의 화단은 코스모스 꽃밭이었다. 자주색에 근접한 진홍색, 연분홍색, 그리고 하얀색 코스모스가 한창이었다. 한동안 창가에서 꽃밭을 내려다보던 담임교사는 교단으로 올라서서 너희들이 좋아하는 것을 알아보겠다며 말했다. "코스모스에는 세 종류가 있다. 빨간색, 연분홍색, 그리고 흰색 코스모스. 그 중 가장 좋아하는 코스모스를 대는 것이다. 알겠지?" 그리고 반 아이들이 좋아하는 색깔의 코스모스를 거수를 통해 알아보고 구체적인 숫자를 칠판에 적어놓았다. 빨간색과 연분홍색 선호가 대충 비슷하였고 흰색 코스모스를 좋아한다는 숫자는 아주 적었다고 기억한다.

초등학교 시절 교사들은 무료함을 달래거나 아이들의 기분

전환을 위해 이런 무해무득한 놀이를 하는 일이 더러 있었다. 칙칙한 자주색에 근접한 진홍색보다는 환한 연분홍색을 좋아한 편인 나는 연분홍색에 내 손을 보태었다. 그런데 내 바로 옆자리의 짝꿍은 흰색 코스모스 때 제일 먼저 번쩍 손을 들어 평소의 씩씩한 성품을 다시 보여주었다. 쉬는 시간이 되자 자연스레 꼬마들의 색깔 논쟁이 시작되었다. 저마다 자기편이 옳다는 것이다. 옳고 그름이나 정답이 있을 수 없는 것이지만 담임교사가 물어본 것인 만큼 무언가 정답이 있는 듯 느꼈던 것 같다. 아니면 교사 자신이 좋아하는 색깔이 있을 것이고 그것이 정답이라 여겼는지도 모른다.

어떤 가족 유사성

내게는 너무 담담하게만 생각되는 흰색을 좋아한다고 한 짝꿍에게 물어보았다. "정말 너 흰 코스모스가 제일 좋으냐?" 활달하고 앞서가기를 좋아하는 그는 역시 한발 앞서가고 있었다. "좋긴 뭐가 좋아. 코스모스는 다 그게 그거지." 그러나 아무래도 담임선생이 흰색에게 점수를 줄 것 같아서 흰색에 손을 들었다고 덧붙였다. 그러면서 얼마 전에도 우리 겨레가 깨끗함을 숭상하는 백의민족이라는 것을 수업 시간 중에 말하지 않았느냐고도 덧붙였다. 뒷날 배운 문자를 따르면 그야말로 우문현답의 전범이었다.

텔레비전 같은 데서 출연 인사에게 질문을 하는 경우 사실대로 말하기보다는 어떻게 하면 높은 점수를 딸 수 있을까, 혹은 웃음판을 만들 수 있을까를 계산해서 답한다는 의심을 갖게 되는 경우가 많다. 웃고 보자는 오락 프로에서도 그러한 혐의가 생기면 좋은 기분은 아니다. 더구나 교양 프로나 시사 프로 같은 데서 그런 의심이 생길 경우엔 영 개운치가 못하다. 국민에게 진정으로 필요한 것 혹은 사회가 긴급하게 필요로 하는 것보다 유권자들의 환심 사기를 최우선시하는 정치에서의 얄팍한 대중 영합주의와의 가족 유사성을 보게 되기 때문인지도 모른다. 사실 이러한 경향은 시청각 매체의 보급이나 확대와 정비례해서 현저해지는 것이 아닌가 생각한다. 자기의 생각이나 취향을 진솔하게 밝히기보다 청중의 그것에 영합하다 보니 다수자 추종과 자아소거消去가 대세가 되어가는 것 같다. 우려할 만한 사태다.

장로 이데올로기

오다가다 비슷한 계제가 되면 사실대로 솔직하게 대답하려 하는 것은 그 때문이다. 오래 교단에 섰고 고령자가 된 탓에 후배들에게 도움이 될 만한 말이라도 나올까 해서 질문을 해오는 수가 있다. 얼마 전 어느 자리에서 살면서 잘한 일과 잘못한 일을 들어보라는 청을 받은 적이 있다. 고령자가 유용한 세속 지혜를 나누어줄 수 있을 것이란 막연한 희망적 관측이 그 밑에 깔려 있음은 물론이다.

이른바 노년의 지혜라는 것을 나는 믿지 않는다. 세상 풍파나 삶의 곡절을 많이 겪었다고 해서 각별한 지혜가 생겨나는 것은 아니고 어려움에 대한 면역력이 조금 생겨난다는 정도가 아닌가, 생각하는 편이다. 노년이란 정신적으로나 육체적으로나 삶의 쇠퇴기이다. 그런 시기에 각별한 지혜가 생겨날 리 없다. 만약 고령자가 지혜라고 할 만한 것을 소장하고 있다면 노년 이전에 터득해서 손실 없이 비축해둔 것이리라. 차이가 있다면 마음을 비워 타자를 의식함이 없이 비교적 더 진솔해질 수 있는 정도가 아닐까 생각한다.

나의 경우, 가령 눈에 거슬리는 돌출 행위나 자신의 우월한 위치를 드러내기 위한 의도적인 무례함을 당했을 때 찾아오는 잠시 동안의 불쾌한 감정이 지나면 그런 행위 주체가 순탄치 못한 삶을 살아온 것이리라고 생각하게 된다. 혹은 유년기에 겪은 트라우마 탓이려니 생각해서 넘겨버린다. 이렇게 걸어온 삶과의 함수관계로 인품을 파악하는 성향이 자기변호적인 성격을 갖고 있다는 것을 굳이 은폐하려 하지는 않는다. 그러나 그것은 고령에서 오는 관대함이나 이해가 아니라 내 본적지인 문학 분야의 독서를 통해서 얻은바 자신을 포함한 인간에 대한 체념의 한 형식일 뿐이다. 요컨대 노년의 지혜란 것은 사실상 자기기만이 곁들여진 장로長老 이데올로기란 것이 나의 생각이다. 사회 변화와 생활환경의 기반이 되는 기술공학의 발달이 주체할 수 없이 급격한 현대사회에서는 더욱더 그러하다.

순수에서 경험으로

얼추 그런 얘기를 하고 나서, 잘한 일이 있다면 30대 후반에 줄담배를 끊은 것이라고 말했다. 겁이 많은 나는 흡연하는 중학 동급생들의 용기에 감탄하기만 했을 뿐 꿈에도 담배를 입에 댈 생각은 못했다. 흡연하다 들키면 정학을 당하던 시절이었다. 대학이란 이름의 옛 지적 빈민굴을 배회하게 되면서도 술 담배를 할 생각은 못 했다. 항상 비어 있던 호주머니 형편도 도움이 되었다. 그러나 순수의 상실은 어이없게도 쉽게 성사되고 말았다. 일탈자들은 대개 만만한 공범자를 찾아내어 탈선 동패로 만든다. 그렇게 함으로써 새 공범자 앞에서 앞서 있다는 치졸한 우월감을 즐기는 한편으로 일탈이 주는 약간의 불안을 해소하려 한다. 그렇다고 모든 것을 영악한 서울내기인 악우惡友 탓으로 돌리려는 것은 아니다. 유혹에 넘어가는 것은 유혹에 넘어갈 만반의 혹은 상당한 준비가 되어 있기 때문이고, 그것을 부정하는 것은 사르트르가 말하는 "나쁜 믿음mauvaise foi"에 지나지 않는다.

화불단행禍不單行이란 말이 있다. 궂은 일이 생기면 연이어 생긴다는 것인데 악습도 바로 그와 같다. 흡연과 함께 다방 출입

을 하게 되고 학교를 무시로 빼먹었다. 흡연은 사춘기 현시소
비顯示消費의 변종인데 비교적 늦게 배운 도둑질은 줄담배로 이
어졌다. 하루 한 갑으로는 모자랄 지경으로 축복받지 못한 청춘
15년이 지났다. 대오각성해서 금연을 감행한 것은 눈 많고 겨울
이 긴 북위 43도상의 외국 도시에서 학생생활을 할 때였다. 금
연이 어려운 것임을 아는 사람은 안다. 목감기에 취약한 체질이
어서 사실상 절반은 강요된 금연이었지만 일단 굴레에서 벗어
났다. 담배를 피우는 꿈을 꾸고 꿈속에서 참괴하다가 잠이 깨어
안도한 일이 한두 번이 아니었다. 다시는 유혹에 넘어가지 않을
거란 자신이 생긴 것은 금연 실천 후 반년은 지나서의 일이다.

따라서 금연에는 일가견이 있다고 자부한다. 흡연하는 지인
에게 금연을 권하면 대개 담배 맛을 제대로 알지 못해 끊은 것
이지 제대로 알면 그 맛을 버릴 수 없다고 말하는 것이 보통이
다. 사람마다 다르겠지만 담배 맛이란 것은 핑계요 흡연은 강박
적 습관일 뿐 미각과 연관된 사안이 아니다. 기름진 음식 뒤에
커피라도 마시고 나서 피우는 담배 맛이 일품이란 것은 부정할
수 없다. 그러나 그것도 최초의 대여섯 모금의 경우요 그다음엔
쓴맛이 돌 뿐이다. 일단 악습에 젖게 되면 손가락과 입술이 궁
금해져 입에 물게 되고 그러지 않으면 허전하고 불안해져 악습
으로 도망처 간다는 것이 사태의 진상이다.

금연의 황금률은 작심 즉시 끊어버리는 것이다. 양을 차차 줄

여가다가 금연한다는 점진주의 기획처럼 소모적이고 실패가 보증된 방책은 없다. 금연은 우리를 자유롭게 하고 후련한 해방감을 안겨준다. 그것은 흡연의 재미가 도저히 넘보지 못할 행복 체험이다. 땀 흘리며 허덕허덕 올라가 마침내 정상에 당도하여 뿌듯한 성취감을 느끼게 되는 등산 경험과 흡사하다고나 할까? 악마의 유혹에 넘어가 농락을 허용했던 천적을 물리쳤다는 통쾌감을 맛보기 위해서라도 금연은 꼭 실천해볼 만한 가치가 있다. 담배값이 오를 때 저절로 떠오르는 회심의 미소도 금연이 안겨주는 조그만 축복의 거스름돈이 아닐 수 없다.

발전의 공간

잘하지 못한 것으로 말하면 부지기수여서 일일이 열거할 수 없을 지경이다. 온통 잘못한 것뿐인 것 같기만 하다. 굳이 가장 줏대 되는 회한을 말하라면 시간의 막강한 소중함을 깨닫지도 못하고 똑똑하게 대처하지 못하였다는 것이다. 시간의 귀중함을 말해주는 교훈적인 언사는 무수히 들었다. 그러나 한 사람이 한 시간씩 낭비하면 100명일 경우 100시간이 된다는 수없이 들은 말은 전혀 설득력이 없다. 설득력이 있기는커녕 어깃장을 놓고 싶은 반발심까지 일게 한다. 그것은 집단농장 관리자나 강제노동 수용소장의 속 보이는 주먹구구요 근본적으로 전체주의적 발상의 산술이다.

물가에 선 공자는 "가는 자 저와 같도다. 밤낮으로 그치지 않는다逝者如斯夫 不舍晝夜"라고 탄식하였다. 물 흐름이 밤낮을 가리지 않고 쉬지 않는 것처럼 사람 또한 끊임없이 진보해야 한다는 것으로 주자朱子가 해석한 반면 그전에는 사람이 물 흐름처럼 나이 먹어감을 탄식한 것으로 읽었다. 시간은 흔히 강물로 비유되기도 하고 강물과 동격으로 파악되기도 한다. 둘 다 멈추지 않는다는 특성을 지닌다. 그러나 나룻배 사공이 지각하는 강물과 나룻배 손님이 지각하는 강물이 같을 수 없듯이 시간 및 그 경과의 지각이나 인지는 사람마다 다르다. 노예의 하루와 주인의 하루가 같을 수는 없다. 시간은 죽음과 마찬가지로 개개인에게 두루 주어진 소여所與이고 주체적으로 경험되고 인지되는 것일 뿐이다. 현자의 시간 경험과 미련한 자의 그것이 같을 수는 없다.

가령, 젊은이를 사로잡는 마력을 지닌 헤르만 헤세의 『크눌프』에는 "그에겐 시간이 소중하지 않았다. 그는 구경꾼으로서 삶을 즐기는 것을 배우게 되었다"는 대목이 보인다. 시간이 돈임을 강조해 마지않는 효율성 숭상의 공리주의적 근대사회에 대한 반역이요 자유에 대한 향수를 일깨워준다는 점에서 아주 매력적이다. 누구나 한 번쯤은 매료당하기 마련이다. 그러나 그는 매임 없는 낭만적 방랑자로서 산속에서 고독사한다. 속물주의에 대한 비판이지만 동시에 낭만적인 삶이 안고 있는 위기를 보여주고 있어 따라야 할 전범은 되지 못한다. 니체는 슈만의 음악에 대해 "영원한 청춘이지만 동시에 영원한 노처녀"라고 적은 바 있다. 낭만주의 문학 일반에 대해서도 적용된다고 할 수 있는 명언이라 생각한다.

가다머가 18세기의 가장 위대한 이념이라고 갈파했던 형성 혹은 자기도야Bildung의 개념 속에서 또 그 구체적인 과정을 보여주는 형성소설Bildungsroman에서 시간은 전도유망한 "발전의 공간"으로 드러난다. 그것은 자기완성과 자기실현을 위한 가능성으로 그득한 정신적 모험과 기회의 공간으로 작동하고 있고 그 매혹적인 색채와 창조적인 리듬으로 인지된다. 요컨대 그것은 든든한 향일성向日性의 발전 공간이다.

그 자신 인간의 가능성을 높은 단계에서 보여주고 형성소설의 선구적 작품을 남긴 괴테는 자기 손자를 위한 기념 수첩에 다음과 같은 짤막한 시를 적어놓았다 한다.

한 시간에는 1분이 60 있다.
하루에는 1000이 넘게 있다.
아이야 기억해두려무나.
사람은 무슨 일이라도 할 수 있음을.

시간의 소중함을 알고 그것을 헛되이 '죽이지' 않을 때 인간은 무한한 가능성을 실현할 수 있다는 것을 말해준다. 그럼에도 젊은 날 더디 가는 척하는 오도적誤導的 시간 작태에 현혹되어 시간이 무진장이라는 착각에 빠지고 말았으니 일생일대의 불찰이요 불상사라 하지 않을 수 없다. 상실 이후에나 낙원을 알게 되고 깨달음이 언제나 지각遲刻한다는 것은 범인들이 속 쓰리게 수용해야 할 인간 조건일지도 모른다는 생각으로 겨우 자신를 달래고 있으니 이 또한 한심한 일이다. 모든 사고의 한끝에 한숨이 있다는 시인 발레리의 말이 다시 절실하게 떠오른다.

드물지만 아름다운 노년

새 소식을 접하면서

단명에서 장수로

로마와 나폴리 간의 고속도로 건설 현장에서 평민 계급의 유골 약 2천 점이 발견되었다. 1세기에서 3세기 사이에 생존했던 것으로 추정되는 이들의 유골 골격을 스캔 분석한 결과 평균 나이는 30세였고 모두 골절이 관측되었다. 그야말로 뼈 빠지게 일하다 간 것이다. 또 관절염도 많았다. 고고학자들은 근처의 소금 광산에서 일한 것이 아닌가 추정하기도 한다. 코뼈, 손뼈, 쇄골이 부러진 경우도 많았다. 이왕에 발굴된 귀족층의 유골과 너무나 대조적이었다.

얼마 전에 보도된 외신 내용이다. 금수저나 은수저 아닌 로마시대의 흙수저나 목木수저의 삶이 어떠한 것이었나를 짐작케

한다. 지상에서 가장 오래된 유골들을 보면 대개 20대에 사망했다는 보고도 있다. 몇 해 전 폭력의 역사에 관한 큰 책을 출간해 화제가 되었던 스티븐 핑커는 선사시대 인간의 15퍼센트는 타살된 것이라고 쓰기도 했다. 근자에 인간 수명이 길어진 것은 근본적으로는 식량 생산의 획기적 증산에 있다는 관점이 지배적이다. 특히 질소의 고형화固形化에 성공한 이후 화학비료가 보급되면서 농작물 증산이 이루어지고 그게 20세기 인간의 수명 연장에 크게 기여하였다는 것이다.

임진왜란 당시 기근으로 말미암아 '인상식人相食'의 지경에 이르렀다는 것은 『징비록』에 나온다. 1938년 경성대학 교수가 '서울시민의 생명표'란 수치를 발표한 바 있다. 그에 따르면 조선인의 평균수명이 남성 32-34세, 여성 35-37세로 되어 있다. 일본인에 비하면 10여 년 모자라고 유럽인이나 미국인에 비해 30년이 짧은 수치이다. 이른바 절대빈곤을 넘어서고 의료기술도 발전해서 우리의 기대수명이 괄목할 만하게 길어졌다. 2014년도 한국 여성의 기대수명은 85.48세로 세계 3위, 남성의 기대수명은 78.8세로 18위라 한다. 장수국으로 소문난 이웃 일본에는 현재 100세를 넘긴 고령자가 6만 명이 넘는다고 한다. 대체로 10년이나 20년 시차를 두고 일본을 닮아가는 추세로 보아 미구에 비슷한 현상이 우리 사회에도 생기리라 생각한다.

노령인구의 증가에 따른 경제적 부담이 커다란 사회문제로 부상하게 되었다. 고령자가 단순한 사회적 잉여 인간으로 그치는 것이 아니라 젊은이들이 져야 할 막중한 경제적 부담이 돼버린 것이다. 과過교육과 고령인구의 증가가 우리 경제생활에 미치는 부담은 증가일로에 있다. 나 역시 "살다 보니 이런 날도 있구나"라는 옛 속담대로 정신없이 살다 보니 그 드물다는 고희를 지나 여든 고개를 넘게 되었다. 이렇게 오래 살게 될 줄은 정말 몰랐다는 것이 시골 중학 동기생들이 한결같이 하는 소리다. 윗세대보다 오래 살게 되어 하는 말이니 괜한 소리가 결코 아니다.

노소의 역전

욕망의 사슬에서 벗어난 것을 기쁨으로 알 때 노년은 불평에서 자유롭게 된다고 로마의 키케로가 적어놓고 있다. 거기에 더하여 오랜 경험만이 전해줄 수 있는 모래알만 한 지혜라도 갖추게 된다면 의미 있는 노년이 될 수 있다고 생각해왔다. 그러나 며칠 전 영국의 국민투표에서 25-34세 유권자의 62퍼센트는 EU 잔류를, 65세 이상은 60퍼센트가 탈퇴를 선택했다는 소식에 대경실색하지 않을 수 없었다. 평소 의구심을 갖고 있는 젊은 세대들이 도리어 탈퇴 반대를 하였다.

내셔널리즘을 "현대세계의 소년범죄"라고 말한 남아프리카 출신의 영국 작가가 있다. 대개 이상주의적이고 열정적인 청년들이 광신적 자민족중심주의에 빠지기 쉬운 법인데 이번 경우 영국의 청장년들은 다수파가 건전한 양식을 보여준 것으로 생각된다. 경험에 의해서 계몽된 성숙함을 보여주어야 할 노년층이 노망을 부린 것이나 진배없다. 한심한 일이다. 아름다운 노년을 가꾸기가 정말로 힘든 것이란 생각이 들면서 그것을 삶에서 실현한 것으로 생각되는 인물들이 머릿속에 떠올랐다.

아름다운 노년

먼저 떠오른 이는 작년 가을에 작고한 일본의 여배우 하라 세쓰코(原節子)다. 1950-1960년대 일본 영화의 황금시대에 대표 배우로 활약한 그녀의 부음은 작고한 지 거의 두 달 후에나 세상에 알려졌다. 고인의 유지에 따라서 가족들이 늦게 밝힌 것이다. 공연히 떠들썩하게 할 필요가 없다는 취지에서였다. 95세였던 그녀의 작고는 일본열도의 큰 뉴스가 되었을 뿐만 아니라 전세계에서 추모 열기를 불러일으켰다. 조그맣게 보도되었다는 국내 뉴스를 놓친 필자는 일간 『뉴욕 리뷰 오브 북스The New York Review of Books』에 나온 로버트 고틀리프Robert Gottlieb의 칼럼 기사를 통해서 소식을 알게 되었다. 그는 노프Knopf출판사의 편집장을 지냈고 정기적으로 『뉴욕 리뷰 오브 북스』에 기고하는 인물이다.

하라가 출연한 「동경 이야기」가 미국에서 첫 상영된 것은 1972년이었다. 영화를 보자마자 그때껏 보았던 어떤 영화와도 전혀 다르다는 생각이 들었고 마치 체호프의 소설처럼 진실하고 감동적이어서 빨려 들어갔다고 적고 있다. 영화가 후반부로 들어가자 안목 있는 관중의 눈에 눈물이 고이는 것을 알 수 있었는데 자신도 그러했고 그 후 열 번 이상 보았지만 볼 때마다 눈물을 금할 수 없었다고 한다. 2012년에 전 세계의 유수한 영화감독들이 그때껏 나온 영화 중 최고의 영화로 「동경 이야기」를 선정했다며 극찬을 아끼지 않고 있다.

하라는 40대 초반에 은퇴한 후 완벽한 은둔생활을 하였다. 몇몇 학교 동창을 만나는 것 이외에는 아무와도 접촉하지 않았고 은퇴 후의 그녀의 모습을 촬영하는 데 성공한 이는 없었다. 마지막 인터뷰에서 영화 출연을 즐기지 않았으며 가족의 생계를 위해 출연했다고 고백했는데 사실 그녀는 가정 사정으로 중학을 중퇴한 이력이 있다. 그녀를 중용한 오즈 야스지로(小津安二郎) 감독과의 염문설이 있었으나 양쪽 모두 결혼을 하지 않았다. 유명 연예인이 흔히 보이는 부박한 행동거지를 전혀 보여주지 않았다. 반듯하지 못한 언행을 하게 되면 쓸쓸해져서 피한다고 말하는 은퇴 전의 동영상에서는 진정성이 느껴졌다. 자기감정에 충실한 것이 그대로 반듯한 행동거지로 나타난 것이다. 고틀리프는 '일본의 그레타 가르보'라는 별명을 거론하면서 가르보는 은퇴 후에도 복귀를 가끔 생각했다며 하라의 "가차 없는 자기부과적 고독"을 대비시키고 있다.

생각난 또 한 사람은 호세 무히카 전 우르과이 대통령이다. 재임 중 대통령 관저가 아닌 교외의 허름한 민가에서 정치 동료이기도 한 부인과 단둘이 살았다. 고물 폭스바겐을 손수 운전하고 다녔으며 관용차를 타는 경우에도 운전수가 도어 열어주는 것을 못 하게 했다. 봉급의 대부분을 기부하고 한 달 1천 불 정도로 생활하였고 손수 요리도 하고 접시도 닦았다.

세계에서 가장 가난한 대통령이란 소리를 들었으나 정작 그는 "욕심이 많아 아무리 많이 가져도 만족할 줄 모르는 사람이 곧 가난한 사람"이라고 말해서 박수를 받았다. 환심을 사기 위해 그러는 것이 아니라 평생을 그렇게 살았다. 가장 행복하다고 느낀 때가 언제였느냐는 외국인 기자의 질문에 그는 이렇게 대답하였다. "수감생활 중에는 비를 맞는 일이 없었어요. 석방된 후 처음으로 비를 맞으며 길을 걸었지요. 빗물이 얼굴에 흘러내려 입을 적셨을 때 참으로 행복하다는 생각이 들었어요." 그는 13년 동안 옥중생활을 한 처지였다. 도통한 현자 같기도 하고 천성의 시인 같기도 한 그가 대통령으로서 얼마마한 행정 능력을 발휘했는지는 알 수 없다. 어디에서나 현실정치는 도통한 현자를 우롱하기 마련이다. 그러나 그의 언행 자체가 국민들에게는 격려가 되고 의지할 언덕이 되었을 것이다. 말로는 민주와 평등과 우애를 외치면서 생활과 언행은 전혀 그렇지 못한 표리부동한 정치꾼들이 얼마나 많은가! 그러한 세계에서 이토록 투명하게 간소한 삶을 영위하는 전직 대통령은 가장 아름다운 노년이요 그 전범이라 할 것이다.

한 권의 책과 좌우명 하나

어려운 부탁 혹은 질문

강연 끝에 혹은 젊은이들의 모임에서 가끔 접하게 되는 어려운 요청 비슷한 질문이 있다. 꼭 읽어두어야 할 책 한 권을 권한다면 어떤 책이겠느냐는 것이다. 또, 사회로 나가는 젊은이들에게 권면할 좌우명 하나를 소개해달라는 경우도 있다. 책 한 권, 좌우명 하나라고 하니 아주 어려워진다.

한 권의 책

서양에는 무인도에 가서 얼마 동안 머물러야 할 형편인데 단한 권의 휴대가 허용된다면 무슨 책을 가지고 가겠느냐는 가정법 질문이 있다. 이러한 질문은 구체적이어서 그나마 답변하기가 쉬운 편이다. 질문 받는 당시에 관심사가 되어 있는 분야의 책을 대면 그만이기 때문이다. 문학비평가 조지 슈타이너G. Steiner는 '라신Racine'을 가지고 가겠다고 해서 자신이 선호하는 문인을 드러내고 있다.

벌써 오래전에 고인이 된 최재서 교수는 6·25 피란 당시 『옥스퍼드영어사전』과 『셰익스피어 전집』을 배낭에 넣어 갔다고 한다. 그분은 본시 20세기 영문학이 주요 관심 분야였는데 이를 계기로 그 후 셰익스피어에 관한 글을 많이 쓰고 단행본도 내었다. 이것은 그분이 셰익스피어 관련 책을 내면서 그 계기를 적는 맥락에서 토로한 말이다. 영어사전을 넣고 떠났다는 것은 외국 문학자다운 선택이었다고 생각된다.

청록파 시인의 한 사람으로 거명되는 박두진 시인은 6·25 피란 때 배낭에 자신의 시집을 넣고 갔다. 어딘가에서 군인이 검문을 하는데 그는 배낭 속에 들어 있던 시집을 보여주면서 이 시집의 저자라고 했더니 군인이 경례를 부치며 무사통과를 시켜주었다고 한다. 당시만 하더라도 주민등록증이나 도민증이 없던 시절이니 시집이 확실한 신분증이 돼준 것이다. 이것은 그가 후배 시인에게 들려준 얘기로 6·25 전후 시기에 청록파 시인의 명성이 대단했다는 것을 보여준다. 가난한 젊은 시인에겐 자신의 시집이 가장 아끼는 가보였음에 틀림없다.

역시 고인이 되었지만 일본 도쿄대학 이마미치 도모노부(今道友信) 교수가 들려주는 얘기도 흥미 있다. 2차 세대대전 말 일본 도쿄에 가한 미군기의 폭격은 지금의 시점에서 보면 상상을 초월하는 것이었다. 이러한 공습 때 이마미치 교수의 집에 불이 붙었다. 당시 학생이었던 그는 무어라도 책을 건져야겠다며 서두르다가 김소운 번역의 『조선시집朝鮮詩集』을 들고 나왔다고 한다. 그 책을 접하고 몹시 감동을 받았던 터라 위기의 순간에 집어 들었다는 것이다. 그래서 그런지 이마미치 교수는 자기가 좋아하는 시로 김소운 번역의 정지용 시「조약돌」을 거론하고 설명하는 녹음 카세트를 내놓은 바 있다.

무인도로 간다든가 앞날을 장담할 수 없는 결단의 순간에 가지고 갈 한 권은 당자가 놓인 상황에 따라 달라질 수 있다. 그러나 대개 순발력 있는 선택에 의해서 긴요하고 중요한 것을 고르게 될 것이다. 자신의 지향이나 선호에 따르는 자기를 위한 것이 아니고 타인에게 권고하는 '한 권의 책'은 질문이 잘못된 것이라 할 수 있다. 가령 심신의 수양을 위해서 꼭 읽어야 할 한 권이라든지 1930년대 한국 소설 가운데서 꼭 읽어야 할 한 권이라는 식으로 지향점을 분명하게 한정하고 물어야 적정한 답이 나올 것이다. 적정하게 제기된 질문에는 벌써 대답이 들어 있다는 말이 있듯이 잘못된 질문에는 적정한 대답이 있을 수가 없다. 이 세상에는 읽어야 할 양서들이 얼마나 많은가!

좌우명 하나

'좌우명 하나'도 부탁 내지는 질문하는 이가 놓여 있는 상황과의 연관 속에서 적정한 대답이 나올 수 있을 것이다. 이 세상에는 금싸라기같이 좋은 말이 얼마든지 있다. 종교의 경전이나 중국의 제자백가諸子百家를 위시해서 동서고금의 금언, 격언, 명언들이 하늘의 별처럼 무량하게 또 총총히 빛나고 있다. 그중에서 무엇을 고르랴? 바로 그렇기 때문에 궁금해서 묻는 것이 아니냐고 부탁하는 쪽에서는 말할 것이다. 많이 접해본 금언이나 명언 가운데서 지금까지의 경험으로 보아 가장 공감이 가며 삶의 실감과 부합하는 말이 있다면 그것은 "삶은 병정 노릇 하는 것Life is being a soldier"이 아닌가 생각한다.

사람들은 자기 세대가 가장 불행하고 자기네 청년시대가 가장 험했다고 생각하는 경향이 있다. 특히 삶의 경험이 얕은 층일수록 그러하다고 의심되는 경우가 허다하다. 지금의 젊은 세대가 나이 들어 구세대가 되면 대개 비슷한 심경에 이르게 되리라. 그러나 생각해보면 세상에 특히 우리 한반도에 태평성대가 왔던 적이 있었을까? 또, 태평성대라 한들 몇몇 특권적 극소수가 아니라면 과연 지겨운 '고해苦海'의 멍에로부터 자유로울 수가 있었을까? 보통 사람들의 경우에 말이다.

비관적인 접근은 대체로 비관의 실현으로 이어질 개연성이 높다. 그래서 말대로 된다는 말도 생겨난 것일 터이다. 그러나 비관적인 접근은 크나큰 환멸에 대한 예방책이 된다는 소극적 미덕이 있다. 비관론은 막강하고 비정한 현실에 대비하는 약자의 방어책이 될 수가 있다. 삶을 장미가 뿌려진 탄탄대로라 예단했다가는 크게 마음을 다칠 확률이 높다. 특히 우리와 같이 긴 수난의 역사를 가진 풍토에서는 더욱 그러하다. 따라서 기대 수준을 낮추어 닥칠지 모를 어려움이나 고통에 대비하는 것이 좋을지도 모른다.

삶은 수자리다

딱히 어떤 계기가 있어서가 아니라 스토아학파 철인들의 글에 끌리고 위로받았다. 가령 "화살 피하기 위해 과녁 서 있는 것 아니고 사람 피하기 위해 불행 있는 것 아니다"란 에픽테토스의 말은 물리칠 길 없는 평범함의 예기鋭氣로 다가온다. 여성 노예의 아들로 태어나 박해 때문에 다리를 절게 된 그는 결국 해방 노예가 되어 공부에 매진하며 자기 철학과 삶을 일치시켰다고 전한다.

"삶은 병정 노릇 하는 것이다"라는 말은 로마의 스토아학파들이 만들어낸 것이다. 세상살이는 다름 아닌 수자리살이라는 게 살아온 삶의 실감에 가장 근접한 것이 아닌가 생각한다. 헤르만 헤세의 『싯다르타』에서 주인공은 편력 중의 구도자 집단을 따라가서 3년간 금욕적 수도생활을 한다. 그때 그가 배우고 익힌 것은 생각하기, 기다리기, 단식하기였다. 단식과 기다림을 통해서 자신을 제어하는 법을 익힌 것이리라. 삶을 병정 노릇 하는 것이라 생각하면 우리는 많은 것을 견디어내고 세상을 받아들일 수 있는 것이 아닌가 생각한다. 이것은 물론 영웅이나 지사의 길로 들어선 이들에겐 해당되지 않는 얘기다. 소심하고 겁많은 보통 사람들이 삶에 대처함에 있어 혹 위로가 될지 모른다는 생각에서 적어본 것이다. 요즘 소싯적 전쟁의 악몽을 재생시키려는 기세로 뒤숭숭한 소식이 연거푸 터져 나오기 때문에 그런 것인지도 모른다.

막상 닥치고 보니

소싯적 꿈에 대하여

지금 우리 사회에서는 도시 거주 인구가 단연 다수파가 되어 있다. 서울이나 부산 같은 대도시가 아니더라도 많은 사람들이 시골 아닌 도시에서 하루하루 삶의 보금자리를 틀고 있다. 그러나 도시 거주 인구 중 노년층의 대부분은 시골 출신이다. 근대화 과정이라 불리는 역사적 과정은 사실 도시화 과정이기도 하다. 도시화 과정이 진행되면서 지금의 많은 노년층이 도시 거주자로 편입되거나 변신한 것이다. 물론 시골과 도시라는 이항대립 구도는 현실에 있어 가시적으로 양립하고 있는 것은 아니다. 가령 서울서 인천으로 가는 길에 즐비한 건물과 주택 구역 중 어디가 도시이고 어디가 시골일 것인가? 50년 전과 달리 지금은 구별이 되지 않을 지경이다.

소싯적 꿈

시골 출신 도시 거주자의 대부분은 삶의 중간기에 이제 노경에 접어들면 한적한 시골 혹은 고향으로 내려가서 유유자적하리라는 막연한 꿈을 꾸어보았을 것이다. 사위가 낯설지 않고 안온하며 생활의 리듬이 상대적으로 느긋하고 유장한 시골에서 여생을 보낸다는 것은 제법 근사해 보이는 매혹이었다. 시끌시끌하고 가끔 타자와 몸을 부딪치게 되는 허영의 저자에서 벗어나 자연의 은혜를 만끽하며 여생을 즐기는 것은 자기 삶에 유종의 미를 덧칠하는 것으로 생각되었다. 지금 생각하면 한참 철부지였던 쉰 줄에 끼적거려본「노후老後」라는 나의 비산문非散文은 그러한 소싯적 꿈을 적어본 것이다.

하늘이 꼭 보자기만 한
산골 마을이면 되리라
따스한 물 콸콸 솟는
온정溫井 마을이면 더 좋으리라

양지바른 봉당에서
해바라기하다
글씨를 쓰리라 소리를 들으리라
군불도 지피리라

자작나무 흰 가지 무심한 사이로
저녁 연기 띄우리라
다시 한 번 영락없는
새봄을 기두르며

채마 텃밭 빈터에서
지는 해 바라보고
이 세상 겨울 수자리
끝내기도 마플리라
─당신과 함께

깨어진 꿈

그러나 막상 그 '노후'를 맞고 보니 모든 것이 예상과는 전혀
딴판이다. 주위의 노년을 접해보지 않은 것이 아닌데 노년에 대
한 이해가 아주 부실하였다. 노경이라는 것은 젊은 날의 기운과
힘이 점진적으로 쇠잔해가기는 하나 순순히 맞이할 수 있는 꽤
괜찮은 상태라고 막연히 생각했다. 그동안 묵묵히 자아를 위해
복무해왔던 육체가 반란을 도모하여 일제히 봉기하는 비상사태
라는 것을 충분히 인지하지 못하였던 것이다. 아니, 무서운 사
실과 직접 대면하는 것을 피해 무의식의 차원에서 자발적인 인
지 정지를 이행한 것인지도 모른다.

어쨌건 육신의 구석구석이 국지적인 불복종을 자행하며 주인 행세를 해온 정신에 도전해오는 것이 노년이다. 마음은 가주어假主語일 뿐 진주어眞主語는 몸이라는 사실은 세상만사가 그렇듯이 실지로 당해보아야 절실한 실감이 된다. 노년은 유유자적할 수 있는 해 지기 전의 농한기가 아니다. 시험 보기가 직업이 된 요즘 청소년들이 학교와 학원 오가듯 안과와 내과와 치과 등등을 수시로 오가야 하는 소모적 비상사태이다. 이러한 비상사태에 신속히 대처할 수 있는 선의와 영리를 겸비한 병원이라는 억압적 기구는 도시에 널려 있지 않은가. 그러니 어떻게 자작나무 서 있는 산골 온정 마을에서 한 많은 이승 수자리를 마감할 수 있을 것인가.

소싯적 꿈을 허망하게 하는 것은 병원과 관계된 것만이 아니다. 자연이 은혜로운 것이며 몸과 마음에 대해서 치유력을 발휘하기도 하는 것은 사실이다. 그러나 젊고 미래 양양하고 건강할 때나 자연은 친화적이다. 몸이 왕성하지 못할 때 자연은 우호적이기를 그친다. 견딜 수 있는 힘듦과 고통을 큰 재미로 바꿀 수 있는 인간 능력은 등산을 보더라도 젊고 건장할 때나 작동한다. 고갯길을 오르거나 산길을 가는 것은 노년에게 커다란 위험이 될 수 있다. 겨울철에는 더욱 그러하다. 찬 공기와 감기가 두려워 실내에 박혀 있는 것이나 빙판길을 걸으면서 조심조심하는 것이 어찌 유유자적일 수 있을 것인가.

자연의 본색

노년이 되면서 자연 속에 잠복해 있는 원시의 폭력성과 적대성을 새삼 감지하게 된다. 혹독한 강추위와 무더위, 장마와 가뭄, 강풍과 홍수, 산사태와 지진, 독사와 역병 같은 자연의 막무가내 폭력으로부터 스스로를 보호하기 위해 인간은 도시와 문명을 건설했다. 도시와 문명의 혜택 덕분에 우리는 변덕 많은 자연의 폭력성에 노출된 자신을 항상 의식하지 않아도 되었다. 그러나 노년에 이르면 사정이 달라진다.

신체의 변화와 마음의 변화는 함께 간다. 예전엔 즐겨 찾던 으슥한 산골짜기나 나무숲에 이제는 가기가 싫어졌다. 잠깐 동안의 휴식이라면 몰라도 며칠을 눌러 있으라 하면 이내 진력이 나고 떠나고 싶어진다. 그만큼 사람 없는 곳이 이제는 당기지 않는다. 산속에 칩거한 옛날의 은자도 마음 한편으로 빈 골짜기에 울리는 사람 발자국 소리, 즉 '공곡空谷의 공음跫音'을 기다렸다는데 그게 노년에는 더욱 절실해지는 것인지도 모른다.

노년들이 가장 두려워하는 것은 노망 즉 인지장애란 불청객이 불쑥 찾아오는 것이다. 그런데 가족이나 친지들과 어울려 부지런히 접촉하고 대화하는 것이 인지장애 예방에 크게 도움이 된다고 한다. 특히 손자와 접해서 자주 대화하는 할머니들에게서 그러한 사례를 많이 본다고 한다. 먹고 싶은 것이 실제로 신체가 필요로 하는 것이란 사실은 비타민C를 필요로 하는 산월

전의 여성이 풋살구를 먹고 싶어 한다는 속설에도 드러난다. 그러니 젊을 때와는 달리 으슥한 산골을 마다하는 것은 가까운 사람과 자주 어울리라는 육체적 요청의 전언일지도 모른다.

꿈 깨고 나서

최초의 모더니스트이며 도회의 시인인 보들레르는 한 산문시에서 군중이 고독을 의미하며 다수multitude와 고독solitude은 서로 바꾸어 쓸 수 있는 말이라 적고 있다. 거기에는 '홀로임solitude'과 '외로움loneliness'이 별개라는 함의가 있다. '홀로임'은 문자 그대로 홀로 있는 것이지만 '외로움'은 타자들과 함께 있을 때 날카롭게 자신을 드러낸다. 그런 맥락에서 사람은 시골에서나 도시에서나 외로운 존재지만 그 체감의 강도에는 차이가 있다. 다수와 어울림으로써 '외로움'을 타지 않게 되는 게 많은 사람들의 보편적인 경험이 아닌가 한다.

젊은 날의 꿈이 늘그막에 이루어지는 것이 아름다운 삶이라는 말이 있다. 허영의 저자와 욕망과 분규의 거리를 벗어나서 아름다운 삶을 도모하려는 소싯적의 꿈은 처음부터 실현될 수 없는 멍청이의 개꿈인지도 모른다. 그렇다면 남아 있는 길은 무엇일까. 우리의 도시 속에 친화적 '자연'을 지속적·누적적으로 도입하여 자연 친화적 사회 공간을 만드는 것이 필요하다. 그리하여 고층 빌딩이 즐비한 인공 위주의 공간을 인간화된 자연 공간으로 보충하는 것이다. 나무 심기나 꽃 가꾸기를 통한 녹지 공간 확장 등의 사회적 노력들이 그 구체적 사례가 될 것이다.

B. C. 6세기 아테나이의 현자이자 소수 의견이긴 하지만 그리스비극의 실질적 창시자로 꼽히기도 하는 솔론은 "많은 것을 배워 보태며 늙어가고 있다"고 한 시편에 적고 있다. 그의 본을 따르는 것이 소싯적 꿈의 허망함을 알게 된 사람들에게 남겨진 위안이 아닐까 하는 생각이 든다. 하기야 바람 잘 날 없는 한반도에서 태어난 주제에 안온한 노년을 꿈꾸거나 꿈꾸었다는 것 자체가 한심하고 민망하기 짝이 없는 짓거리일지도 모른다.

늙기도 서러운데

아주 오래된 이야기

살고 있는 동네에 꽤 큰 공원이 있다. 운동기구도 있어 날씨 좋은 휴일엔 나들이 가족으로 제법 붐빈다. 공원 둘레로는 평지보다 높은 산책로가 조성돼 있는데 폭은 아주 좁다. 마사이족 걸음으로 씩씩하게 걷는 젊은이가 자주 보인다. 꾸부정한 남녀 노인의 모습도 보인다. 발바닥이 편하게 되어 있어 이따금 거니는 편이다.

하루는 맞은편에서 중학생쯤 돼 보이는 소년이 자전거를 타고 왔다. 이건 아니다 싶어서 자전거를 잡고 말했다. "여긴 자전거가 다니는 길이 아니잖아?" 소년은 가타부타 아무 말도 없이 나를 빤히 쳐다보는 게 아닌가! 한참을 그러더니 역시 아무 말도 없이 자전거를 끌고 가버렸다. 순간 섬뜩한 느낌이 들었다.

지하철에서 "왜 자리를 양보해주지 않느냐"고 한 노인이 상대방 젊은이에게 구타를 당했다는 뉴스가 생각났다. 일본에서는 구타치사에 이르렀다는 소식이 있었다.

직업병의 잔재

칠판을 등지고 서서 허튼소리나 하다가 백발이 된 처지여서 부지중에 얻은 직업병이 있다. 나이가 아래라고 생각되면 선의의 내정간섭을 한다든가 착오를 지적하는 버릇이 그것이다. 내딴엔 타이른다고 생각했는데 저쪽은 웬 참견이냐고 받아들인다. 착오를 지적당했을 때의 무안함을 간과하는 것도 사실은 이쪽의 무례일 것이다. 무자각의 직업병 증세를 지적받고 참괴한 적도 있다. 전화 통화 중에나 앉은 자리에서 한 소리를 되풀이한다는 것이다. 전달 능력 부족으로 이해 못 하는 내용을 다시 설명하는 교실에서의 버릇이 교실 밖에서도 자행된다는 것을 알았을 때 적이 무안하였다.

조심한다면서도 무시로 도지는 것이 직업병이다. 그래서 입다물고 살아야 한다고 다짐하곤 하는데 쉽지 않다. 고대 그리스의 비극 시인 아이스킬로스의 작품에 "새로 얻은 권력은 언제나 잔혹하다"라는 대사가 보인다. 벌써 오래전에 읽고 뇌리에 입력된 것인데 좀처럼 지워지지 않는다. 현실에서 되풀이 재확인하게 된 탓인지도 모른다. 나이 어림과 젊음도 따지고 보면 새로

44

얻은 앳된 특권이다. 그래서 부지중에 잔혹해지기 쉽다. 순수와 잔혹이 때로 동행하는 것도 이 세상 슬픈 모순의 하나이리라. 직업병의 발동을 조심하기 때문에 최근에 끼적여본 소품 「어둠 속의 독백」은 내 일상의 가감승제 없는 그림이라 해도 틀림없다. 캄캄한 아파트 단지에서 전속력으로 달려오는 자전거를 보면 늘 아슬아슬한 느낌이 든다. 안전불감증은 이런 사소한 일상사가 축적되어 고질병이 되는 것이지 반드시 큰일에만 해당되는 것은 아니지 않나 생각한다.

어둠 내린 아파트 단지에서
불 없는 자전거
전속력으로 달려와
겁나게 비켜간다.
보아하니 고등학생
무서워 말은 못 하고
인마!
공부나 좀 그렇게 하려무나.

경로의 기원

경로사상이란 것이 있었다. 학생 시절 버스에서 연장자나 고령자를 보면 자리에서 일어났다. 그것이 주류요 대세였다. 경로

교육을 받았기 때문인데 다시 생각해보면 고령자가 적었기 때문이었을지도 모른다. 효제孝悌사상의 기층을 이루고 있는 조상 숭배나 경로의 관습은 대체로 그것이 발생하고 유지되어온 고장의 생산양식에 관련된다.

가령 집약적인 농작물의 경작과 재배는 주어진 여건 속의 오랜 경험에서 나온 지식의 축적을 요구한다. 이러한 축적된 경험을 지닌 노인은 자연히 생산의 지도자가 된다. 아마도 이것이 경로사상의 근원이요 조상숭배의 한 원천일 것이라는 주장에 이의를 제기하기는 어려울 것이다. 변화의 속도가 빠르고 기술 혁신이 현기증 날 정도로 전개되는 시대에 노인은 이제 옛날처럼 불가결한 지식의 원천이 되지 못한다. 전자 기기나 PC 처리의 경우에 드러나듯이 고령은 지둔遲鈍과 무지의 동의어가 되기 십상이다. 세뱃돈이라도 두둑이 주고 손자에게 배워야지, 가르쳐줄 것은 별로 없다. 게다가 옛날과 달리 고령자의 수효와 비율이 엄청나게 불어나 고령사회로 진입하였다. 그러니 경로사상이나 거기서 유래한 관습이 어떻게 유지될 수 있을 것인가. 핵가족이 대세를 이루면서 경로정신이 전수되는 주요 현장인 가정교육도 대체로 소멸한 지 오래다.

경로사상과 같은 전통적 정신 자산을 유용성이나 이해관계라는 관점에서 접근하고 파악하는 것은 너무 야박하지 않으냐는 반론이 가능하다. 그러나 야박하고 삭막한 것이 세상이요 인

46

간사이다. 그렇기에 사람들은 가령 "시어머니 죽을 때는 좋더니만/보리방아 물 부으니 생각난다"는 「밀양아리랑」의 한 대목에 공감한다. 며느리에게 흰자위를 굴릴 수도 없고 그리할 처지도 못 된다.

결혼 적령기를 넘긴 여성을 흔히 '올드미스'라 하는데 이것은 일본에서 만들어 쓴 말이고 영어권에서는 old maid라 한다. 그 동의어에 spinster가 있다. 전자와 달리 후자엔 경멸적인 함의가 진하다. 본시 물레질하는 여자를 뜻했는데 결혼 적령기를 넘긴 미혼 여성이란 뜻으로 처음 쓰인 용례는 『옥스퍼드영어사전』에 1719년이라 기록되어 있다.

처음엔 모욕적인 함의가 없었으나 18세기 들어서서 실을 잣고 물레질하는 등속의 경제적 업무에서 이들의 노동력이 덜 필요해지자 미혼 여성은 집안에서 더 이상 긍정적인 경제적 자산이 되지 못한다. 집안의 군식구가 되기 십상이고 이에 따라 경멸적인 함의가 따라붙게 되었다. 벌이도 못하는 군식구라 천대받았다고 할 수 있다. 아비의 죽음은 잊어버릴 수 있지만 세습재산의 상실은 쉬 잊지 못한다는 마키아벨리의 말과 마찬가지로 세상의 야박함과 삭막함을 보여주는 사례라 할 수 있다.

아주 오래된 이야기

최근 노년혐오의 급속한 확장이 연일 보도되고 있다. 노인 청년 간의 세대 갈등이 아주 심화되고 있으며, 그것을 방증하는 통계수치도 제시되고 있다. 평소 체감하고 있는 터여서 놀랄 일이 아니다. 65세 이상을 노인으로 간주하는 모양인데 그 이전의 나이에도 대학가의 술집이나 찻집에서 '출입 사절'을 경험했다는 사례는 허다하다. 또 '고령사회'로의 진입이 야기하는 문제점이 거론되면서 고령자란 신분이 점점 더 눈치꾸러기가 돼 간다는 것을 실감하지 못한 이도 없을 것이다. 사회적 잉여 인간인 고령자를 경원하고 기피하는 것은 지상에서 오래된 이야기다. 어제오늘에 시작된 우리만의 얘기가 결코 아니다. 그것은 지상의 상례이자 자연스러운 추세이다. 다만 문화나 사회 안정도의 차이에 따라 그 정도나 대응 방식이 다를 뿐이다.

고령자는 오래 살겠다는 소망을 이룬 지상의 성공자이다. 소망을 이루지 못하고 떠난 불행한 이들을 생각할 때 그렇다는 것이다. 축복받지 못한 한반도에서 고령이 되도록 살면서 삭막한 세상과 야박한 인간관계에 익숙해지거나 적응하지 못했다면 헛산 것이다. "적응한다는 것은 적응하지 못하는 상태에 익숙한 것일 뿐"이라는 『마의 산』의 라이트모티프에 비추어 보더라도 그렇다. 노년혐오가 아무리 만연해도 지상의 성공자들은 기죽을 필요도 기죽을 까닭도 없다. "늙기도 설워라커든 짐을 조차 지실까" 하는 송강 정철의 헛소리는 너털웃음으로 물리치면 된다.

일부에선 젊은이들이 갖게 될지 모르는 노화공포증을 우려하고 있다. 고령사회가 되어 청년들의 부담이 느는 것이 노년에 대한 두려움을 낳는다는 것이다. 그러나 이것은 지나친 헛걱정이다. 시퍼런 청춘들이 씩씩하게 오래 살 궁리를 해야지 노인됨을 앞당겨 두려워하는 것은 뒷걸음으로 길을 가는 것처럼 자연스럽지 않다. 그야말로 기우杞憂이다. 언제 어디서 기습해올지 모르는 죽음에 대응하듯이 대범하게 대해야 할 것이다. 늙음의 두려움이 죽음의 두려움보다 더 클 수는 없다. '갈수록 수미산'이란 옛 지혜를 되새기며 양자를 합일시키는 게 상책일 것이다.

아니면 말고

고령자가 되어 새삼스레 실감하곤 하는 것은 불교적인 지상의 슬픔이다. 생자필멸生者必滅, 회자정리會者定離, 제행무상諸行無常을 젊은 날엔 일종의 절묘한 시로 수용했다. 그러나 지금은 우리가 허우적거리며 헤엄치는 고해苦海를 요약한 리얼리즘의 극치란 생각이 든다. 극도로 축약된 리얼리즘이 시로 변한 것이다.

어찌 보면 눈치 보이는 사회적 잉여 인간이라는 견고한 '주제 파악' 후에 한구석에서 꾸어다 놓은 보릿자루 노릇이나 하는 게 남아 있는 선택지일지도 모른다. 눈빛 초롱초롱한 새싹들에게 간헐적으로 산타클로스 노릇을 할 수 있다면 더할 나위 없는 행운일 것이다. 그러나 그것은 고해 장기 체류자의 몰염치한 나태가 될 수도 있다. 장기 체류자의 자산 중 하나는 경험이다. 비록 순발력이나 명민한 두뇌 회전에서는 청장년을 따르지 못한다 하더라도 경험에 있어서만은 어엿한 부자다. 잔머리를 못 굴린다면 그것은 취약점이 아니라 장점이 될 것이다.

노년이 할 수 있는 사회적 기여가 있다면 연륜과 경험에서 나온 장기적 안목을 제공해 젊음의 혈기나 성급함을 조정하는 것이 아닐까 생각된다. 1884년의 갑신정변이 실패한 데는 여러 가지 이유가 있지만 김옥균을 제외한 주동 인물이 모두 20대의 풋내기라는 사실과 크게 연관된다고 생각한다. 혈기왕성하기 때문에 담대한 계획도 가능했지만 세상을 너무 가볍게 보는 것은 그리스인들이 경계한 일종의 휴브리스hubris라 여겨진다. 1792년에 선출된 프랑스 입법의원의 평균 연령은 겨우 26세였다. 그 후에 전개된 혁명의 일탈이나 유혈 낭자한 공포정치는 이 사실과 깊은 연관이 있다고 생각한다. 히틀러 유겐트를 동원한 나치스, 흑셔츠 청년단에 의존한 무솔리니, 홍위병을 동원한 마오쩌둥 등이 상서롭지 못한 역사 진행을 주도했다는 것은 우연이 아닐 것이다. 언제 어디서나 과감하고 대담한 지도력과 함께 신중하고 원숙한 지도력은 필수적이다. 그중의 한쪽 날개는 장기 체류자의 경험적 통찰에 귀 기울임으로써 가능하다고 한다면 망발이 될 것인가.

독방과 독서실

홀로임으로부터의 도망

취학 이전의 유년기를 나지막한 산자락에 자리 잡은 일자一字 집에서 보냈다. 부엌을 중심으로 왼편에는 조그만 안방과 건넌 방, 오른쪽에는 사랑방이 있는 초가집이었다. 전기가 들어오지 않는 곳이어서 석유 등잔을 썼다. 부친이 책을 볼 때는 당시 '호야'라 했던 등피를 씌운 석유램프를 썼던 것으로 기억한다. 까맣게 그은 등피 속을 종이로 닦던 부친의 모습이 떠오른다. 가장 오랫동안 성장기를 보내며 중학과 고교를 다녔던 고장에서도 우리가 살던 집은 조그만 방이 세 개 있는 일자집이었다. 전기가 들어와 흐릿한 전등이 방 안을 밝혀준 것은 그나마 다행이었다.

독방에 대한 동경

어쩌다 동급생 집에 놀러가서 그 집이 대청마루가 있는 기역자집이면 대체로 방이 얼마쯤 크다는 것을 알게 되었다. 큰 집에는 대체로 세간도 많았다. 하지만 큰 집에 사는 것을 부러워한 적은 없었다. 그러나 아주 드물게 독방을 쓰는 동급생이 있는 것을 알게 되고 나서는 마음이 달라졌다. 독방을 쓰게 되면 얼마나 좋을까 하고 은근히 부러워하게 된 것이다. 옆에서 나는 기침 소리나 말소리에 신경 쓰지 않고 마음대로 책도 읽고 누웠다 앉았다 하면 얼마나 거침없이 마음 편안할 것인가! 정신 집중도 더 잘될 것이고 공부도 더 잘될 것 같았다.

나만의 온전한 독방을 갖게 되어 연래의 소원을 성취한 것은 초로를 앞두고서였다. 오래전에 끼적여본 「불 켜진 램프」란 비산문에 보이는 다음 대목은 독방을 갖지 못했던 시절에 아래를 내려다보며 자신을 위로하려던 심정도 배어 있지 않나 생각된다. (널리 알려져 있다시피 에픽테토스는 서기 1세기에 로마 동쪽의 변경 지역에서 출생한 스토아파 철학자이다. 노예 신분의 어머니 밑에서 자랐으며 다리가 불편한 장애를 가지고 있었다. 일찌감치 그의 지적 재능을 알아본 주인 에파트로디토스는 그를 해방 노예로 풀어주고, 철학을 공부할 수 있게끔 해주었다고 한다. 스스로 저술한 것은 없고 그의 가르침을 제자가 편찬한 『어록Enchiridion』 등이 있다.)

화살 피하기 위해

과녁 서 있는 것 아니고

사람 피하기 위해

불행 있는 것 아니라던 에픽테토스

가진 것이라고는 도시

베개 하나에다

걸상 하나에다

램프 하나뿐이던 에픽테토스

독서실 선호

그러한 소싯적 경험 탓인지 어엿한 자기 방이 있는데도 군이 집 근처 독서실에 간다는 청소년들의 말을 듣고 적잖이 의아하게 생각했다. 선뜻 이해가 되지 않았다. 그 연유를 물어보고 알아낸 사유를 정리하면 대충 다음과 같이 요약할 수 있을 것 같다.

집에서 혼자 공부하면 여러 가지 해찰을 부리게 된다는 소리가 있었다. 괜히 냉장고 문을 열어 주전부릿감을 찾는다든지 음악을 틀어놓고 싶다든지 하는 유혹을 받게 되기가 쉽다는 것이다. 심지어 선잠을 자게 되는 경우를 거론하기도 했다. 이에 반해서 커다란 탁자 맞은편에서 공부하는 동년배가 보이면 한편으로 외로움이 해소되어 마음이 든든해지고 부지중 선잠에 빠지는 것을 걱정할 필요가 없다는 것이다. 이렇게 말한 청소년은 같은 독서실이라도 칸막이가 된 부스는 싫다고 부연하였다. 소수이긴 하지만 부모의 감시의 눈길이 느껴지지 않아 독서실이 좋다는 경우도 있었다.

이러한 청소년들의 습관 배후에는 상대적 풍요 상황이 자리 잡고 있다는 생각이 든다. 오디오는커녕 라디오도 없던 시절 집 안에 해찰거리는 별로 없었다. 그러고 보면 팝 음악부터 PC 게임에 이르기까지 해찰거리로 가득한 독방에서 공부나 독서에 정신 집중을 한다는 것은 여간한 자제력이 아니면 어렵겠다는 생각이 든다. 벽장문이나 찬장을 아무리 여닫아보아도 주전부리거리가 있을 리 없었던 결여 상황이 사실 공부나 독서에는 좋은 조건이 된다는 것은 역설적이다. 생각해보지도 못한 일이다. 집에 있으면 부모가 감시하는 눈길이 느껴져 싫다는 말을 듣고는, 사장이 회사 안에 있으면 중압감을 느끼다가 출타 중이라는 것을 알게 되면 괜히 기분이 좋아진다고 하던 어느 회사원 생각이 났다.

그러나 가장 중요한 것은 탁자에 동년배들이 앉아서 공부하는 독서실에서는 동료들이 많아 막연한 외로움이 해소되고 마음이 편안해진다는 술회가 아닌가 생각된다. 자기 집의 독방에서 혼자 공부하다 보면 온 세상이 화려하게 돌아가고 있는데 자신만 외따로 겉돌고 있다는 생각이 들지만 독서실이란 공적 공간에서는 결코 홀로가 아니라는 소속감이 생기는 것이라고 이해된다.

그러기에 소중한 사적 전용 공간을 마다하고 적지 않은 금액을 지불하면서 독서실을 찾는 것이리라. 집은 잠자고 가족과 함께 식사하고 이야기하며 사는 다목적 공간이지만 독서실은 오로지 책만을 상대하는 특수공간이라는 분별이 나태나 일탈, 해찰을 미연에 방지해주는 데 효과가 있을 수 있겠다는 생각이 든다.

고독을 감내하는 힘

우연히 접하게 된 특정 청소년들의 술회를 일반화하는 것이 아닌가 하는 의구심이 들지 않는 것은 아니다. 그러나 비슷한 생각을 토로하는 복수의 청소년들을 접하면서 흔히 말하는 세대 차라는 것을 다시 절감했다. 협소한 거주 공간에서 여러 가족이 어울려 사는 경우의 심리적 분규, 강요된 유사 사교성, 혹은 프라이버시의 전적인 부재는 가난 문화의 가장 두드러진 특징이다. 독방에 대한 동경과 간구도 엄밀히 따져보면 이러한 가난 문화에서 생겨난 결여의 소산이라 할 수 있다. 독방의 충분하고 효율적인 선용이 기피 내지는 경원시되는 것은 어떻게 보면 최근의 도회 청소년들이 가난 문화의 굴레에서 그만큼 벗어났다는 증거인지도 모른다.

그러나 한편으로는 우연히 접한 청소년들의 공부나 독서가 자신들의 내적 욕구의 추구나 충족이 아니라 부모를 비롯한 외부 압력이나 강요에의 순종과 연관된다고도 할 수 있다. 대개학생들이어서 대학 입시나 자격시험과 같이 많은 사람이 몰리는 특정 분야의 공부나 독서에 전념한다는 사정과 연관된 것이 아닌가 한다.

간절한 내적 욕구의 필연이 개재한다면 프라이버시와 정신 집중이 보장된 독방처럼 친화적인 공간은 달리 없을 것이다. 내적 욕구의 추구는 타자의 틈입과 시선을 거부하는 홀로이기를 요구할 것이기 때문이다.

버지니아 울프의 『자기만의 방』은 1929년에 단행본으로 출간되었으나 원래 그 전해에 여자 대학생을 대상으로 한 강연에 기초한 책이다. 이제는 페미니즘의 고전적 문서로 간주되기도 하지만 그 발생은 보다 간명 단순하다. 가령 엘리자베스시대엔 왜 여성 문인이 없었는가와 같은 물음에 대한 응답 형식으로 구상된 것이었다. 이 에세이에서 울프는 여성이 시나 소설을 쓰려면 연소득 500파운드와 자물쇠가 달린 자기만의 방이 필요하다고 말한다. 그러면서 제인 오스틴이 자기만의 방을 갖지 못해 거실에서 소설을 썼고 내객이 오면 쓰던 원고를 감추곤 했다는 전기적 사실을 지적한다. 자기만의 방을 갖지 못했던 엘리자베스시대 여성 가운데 문인이 없었다는 사실의 속사정이 넌지시 암시되어 있는 셈이다.

소설 쓰기와 같은 특수한 경우를 일반화할 생각은 전혀 없다. 그것은 국외적 사회 소수파의 놀음이기 때문이다. 하지만 어떤 일에 종사하고 어떤 일을 추구하건 복잡한 현대문명의 실제 상황에선 고도의 정신 집중이 요구되는 것은 부정할 수 없다. 그리고 고도의 정신 집중이 프라이버시의 공간에서 효율적으로 작동한다는 것도 부정할 수 없다. 프라이버시의 공간은 한편으로는 고립의 공간이요 자유의 공간이기도 하다. 그것은 잠정적인 고립이요 자유일 수도 있다. 그러나 어쨌건 고립과 자유의 공간임에 틀림없고 거기에는 그 나름의 심리적 부담이 따른다. 고립과 고독을 감내할 수 있는 능력이 사실은 우리가 흔히 말하는 자기 훈련의 핵심이라 할 수도 있다.

그러나 요즘 자기훈련의 중요성은 대체로 간과되는 경향이 있는 것이 아닌가 우려된다. "자유는 산꼭대기의 공기와 같다. 약한 자는 그 어느 것도 감내할 수 없다"는 말이 있다. 자유의 향유는 고독을 감내할 수 있는 정신에게만 가능하다. 그런 의미에서 고독 감내 능력은 지적·기술적·인간적 성취를 위해서 필수적인 것일 뿐만 아니라 우리가 지향해야 할 시민적 미덕이 되기도 한다. 자유과 고독에 대한 감내 능력이 결여될 때 사람들은 쉽사리 다수에 부화뇌동하는 군중으로 변한다. 라브뤼예르가 감탄사를 곁들여 적고 있는 "홀로 있을 수 없다는 이 크나큰 불행!"이 세계 도처에서 만연하고 있다는 감개를 금할 수 없다. 그것이 배타적 민족주의와 원리주의 종교가 세를 얻고 있는 21세기 정치지도의 한 모서리가 아닌가 생각된다.

그 개 안 물어요

새 풍속도에 붙여

배낭의 시대

요즘 가장 흔하게 목격되는 것은 배낭을 짊어진 행인의 모습이다. 거리에서나 지하철에서나 배낭을 짊어진 사람들이 자주 눈에 띈다. 여유 있는 도시 학생들이 란도셀을 메고 다닌 시절이 있었다. 군인이나 등산객이 짊어지는 것이 배낭이었는데 그것이 언제부터인가 학생들 사이에 퍼져나갔다. 그러더니 버스 정류소 같은 데서 배낭을 진 아주머니나 할머니도 자주 보게 된다. 최근에는 반듯한 신사복 차림에 배낭을 진 모습도 큰 위화감 없이 볼 수 있게 되었다. 2010년대를 배낭의 시대라 불러도 무방하지 않을까 하는 생각이 든다.

사실 등에 지는 것은 손에 든다든가 머리에 이는 것보다 한결 가뿐하고 편하다. 그러기에 여인들은 아기를 등에 업었고 농부들은 지게를 졌다. 보부상도 등짐을 지고 장삿길에 올랐고 고개를 넘었다. 이렇게 아동이나 여성이나 농부가 등을 이용하기 때문에 점잖은 사람들은 등산이라도 하는 경우가 아니라면 배낭을 지는 일은 없었다. 그런 배낭이 남녀노소 구별 없이 각계각층의 사람들 사이에 번지고 있으니 우리가 과연 평준화로 가는 사회에 살고 있다는 실감이 나기도 한다. 어쩌면 배낭 활용은 해외여행을 비롯해서 여행을 많이 다니는 사이에 익숙해진 상대적 풍요 시대의 새 관습일지도 모른다. 1970년대 반전 데모가 한참이던 시절의 미국에서 배낭이 유행한 것이 우리 사이로 흘러들어온 것인지도 모른다.

사람과 개와 고양이

배낭 지기가 퍼지기 훨씬 전부터 개를 데리고 다니는 사람들도 많아졌다. 대개 도시인들의 경우겠지만 애완견을 데리고 다니는 젊은 여성들이 주택가에서는 아주 흔하다. 또, 여러 가지로 구경감이 되고 비싸게 얻은 것 같은 개를 데리고 다니는 남성들도 흔하다. 아파트에 애완견을 안고 드나드는 사람들도 많다. 산업화되기 이전에 성장기를 보낸 세대에게는 확실히 산업화 이후에 낯익게 된 정경으로 보인다. 개라면 어린이의 배설물을 치우는 청소꾼으로 또는 문간에서 낯선 사람을 알려주는 파수꾼으로 기른 것이 옛 마을의 관행이었다. 고양이도 어린 소녀들이 안고 다니는 애완동물이 아니라 성가신 쥐를 처리하는 역할을 맡고 있었다. 천장에서 쥐가 소란을 피우면 고양이 소리를 흉내 내어 조용하게 만들기도 했다. 고양이와 쥐는 늘 동시적으로 연상되었다. 이제 애완 고양이를 보고 쥐를 떠올리는 경우는 드물 것이다.

위에서 말한 실용적 목적이 아니라 개나 고양이를 어엿한 애완동물 혹은 반려동물로 기르거나 함께 산다는 것은 기본적인 생계 걱정이 없어야 가능하다. 그래서 소소한 대로 애완동물은 신분의 상징이 되기도 한다. 애완동물이 많아진 것은 우리의 생활수준이 현격하게 향상된 후의 현상이다. 하지만 그것은 일면적인 진실일 뿐이다. 가령 주말 등산 인구가 많아진 것 역시 생활수준의 전반적 향상과 관련되지만 한편으로는 일상생활에서 받게 되는 스트레스 해소 필요성의 증대와 관련되기도 한다. 마찬가지로 애완동물의 보급은 사람과 이웃에게서 얻지 못하는 위로와 연대감을 찾으려는 충동과 관련된다. 요컨대 넓은 의미의 고독감을 달래려는 욕구와 관계된 것으로 보인다.

투르게네프의 산문시 「개」에 등장하는 외로운 사내는 사나운 폭풍이 휘몰아치는 밤에 한방에 있는 개와 교감을 완성하는데 애완동물의 소유자는 강도는 다르지만 대체로 비슷한 경험을 공유하고 있을 것이다. 체호프의 단편 「개를 데리고 다니는 여인」에서 여주인공은 얄타에 개와 함께 등장한다. 당초엔 외롭고 권태롭고 행복하지 못한 인물로 나오던 여주인공이 사랑을 하게 된 후에는 개의 모습이 보이지 않는다. 애완동물의 의미를 예사로우면서도 극명하게 보여주는 삽화이다. 이 작품에서 개는 인간 고독과 불행과 권태의 징표가 된다.

애완의 이모저모

현대의 작은 사내들은 대체로 직장에서 '갑질'을 하기 일쑤인 상사에게 시달리게 마련이다. 갑의 의중에 따라 맥없이 좌지우지된다는 자의식에서 자유롭지 못하다. 그것이 사실이든 피해망상에서 온 과장된 것이든 누군가에 의해 좌지우지된다는 생각은 자부심을 덧나게 한다. 그러나 '을'은 굴욕을 감수하지 않고서는 안전할 수가 없다. 그는 애완동물을 데리고 스스로 '갑질'을 할 수 있게 된다. 하라는 대로 하면서 자기 앞에서 얼레발을 치는 강아지는 덧난 자부심을 쓰다듬어주며 삶의 쓴맛을 덜어준다. 결여를 보완하는 심리적 대체동물로만 애완동물을 생각하는 것은 물론 일면적이다. 자연과의 유대를 잃어버린 현대 도시인에게 애완동물은 잃어버린 자연을 벌충해준다는 측면도 있다. 그러기 때문에 특히 도시 거주민 사이에서 애완동물은 귀염을 받는다 할 수 있다.

잃어버린 애완견을 찾아주는 사람에게 거금을 주겠다며 텔레

비전 광고에 나와 울면서 호소하는 외국인 할아버지를 보고 심사가 뒤틀렸던 경험이 있다. 젊은 시절의 얘기다. 잃어버린 어린 아들딸을 찾으려 눈물로 호소하는 일은 많이 보았다. 지난날 우리가 더러 목격했던 일이다. 애써 기른 송아지가 팔려나간다고 훌쩍이는 농부의 아들을 본 적도 있다. 덩달아 가슴이 찡해지는 정경이었다. 그러나 잃어버린 애완견 때문에 징징 우는 노인이라니! 공감은커녕 어떤 역겨움까지 느꼈던 것으로 기억한다.

그 무렵 3천만 마리의 고양이와 3천만 마리가 훨씬 넘는 애완견이 있다는 미국의 통계 숫자를 보고 경악하였다. 그들을 위해서 소비하는 금액도 천문학적 숫자에 달해 더욱 놀란 바가 있다. 우리가 워낙 못살던 시절이라 저런 액수를 세계의 빈곤 추방을 위해서 사용한다면 얼마나 좋을까 하는 철부지 생각까지 들면서 부아가 났다.

우리 사회에서도 애완동물의 수효나 거기 드는 비용이 적지 않으리라 생각한다. 그만큼 우리도 생활의 여유가 생긴 것이다. 자기가 벌어서 자기 좋은 데 쓰는 일에 토를 달거나 참견을 하는 것은 점잖지 못한 일이다. 그것은 사사로운 일에 대한 내정 간섭이다. 따라서 값비싼 애완동물 소유자에게 은근히 눈총을 주는 일에 공감하지도 동조하지도 않는다. 그러나 애완동물과 관련하여 흔히 보게 되는 일에 대해선 무관심할 수가 없다.

걷기가 건강에 최고라고 최초로 발설한 이는 히포크라테스라는데, 모든 소견에는 반론이 있게 마련이지만 이 말에는 반론이 없다고 한다. 그래서 아파트 단지 안이나 인근 공원에서 걷는 경우가 더러 있다. 그럴 때마다 신경이 쓰이는 일이 있다. 우선 자전거를 전속력으로 타고 가는 초중등 학생이 위협적이다. 운동 삼아서 그러는 것 같은데 도무지 마음이 놓이지 않는 경우가 허다하다. 역시 전속력으로 달리는 음식점이나 세탁소의 배달 오토바이는 한결 더 위협적이다. '빨리빨리'를 강조하는 주인의 독촉도 문제겠지만 좁은 공간에서 일할 때 쌓이는 스트레스를 일거에 해소하려는 듯한 충동이 더 문제적이라 생각한다.

무서운 개

요즘 부쩍 많아진 애완견을 데리고 다니는 주인들은 전혀 위협적이지 않다. 대개 아주 얌전하다. 문제는 귀염을 받는 애완견 쪽에 있다. 등 뒤에서 갑자기 요란한 소리를 내어 행인을 놀라게 한다. 애완견이 다른 애완견을 보거나 근접하면 발작이라도 하듯이 악을 쓰고 짖기 때문이다. 깜짝 놀란 뒤에 화가 나는 것은 애완견의 주인들이 아주 재미있다는 듯이 상대 애완견을 음미하고 서 있다는 사실이다. 그들의 귀염둥이가 소음공해에 한몫하면서 심약한 사람들을 놀라게 한 데 대한 미안함 같은 것은 전혀 보이지 않는다.

동물비교학자인 콘라트 로렌츠는 『인간은 어떻게 개와 친구가 되었는가』라는 재미있고 유머러스한 책에서 개가 주인의 얼굴을 닮는다는 말을 하고 있다. 이것은 동물 관찰에 도가 튼 사람의 주장이니만큼 틀리지 않는 말이라고 생각된다. 오래 함께 산 부부들은 서로 닮아간다는 말이 있다. 그러니 오래 살다 보면 개도 주인을 닮아가는 모양이다. 애완견이 다른 애완견을 보고 악을 쓰는 것은 주인의 심성을 닮아서 그런 것인지도 모른다.

가장 불쾌한 때는 느닷없이 애완견이 접근해 오거나 스쳐 가는 경우다. 흠칫 놀라 돌아보게 되는데 그러면 예외 없이 주인은 말한다. "그 개 안 물어요." 우리가 독사 아닌 율모기를 보고도 놀라는 이유는 물릴까 두려워서가 아니다. 까닭 없이 두렵고 불쾌하기 때문이다. 갑자기 나타나는 모든 생물의 동작은 그것이 미물이라 하더라도 우리를 놀라게 한다. 도로나 공원에 개를 풀어놓는 것은 금지사항이다. 설사 목줄을 쥐고 있는 경우에도 갑작스러운 접근으로 행인을 놀라게 하는 것은 장한 짓이 아니다. '그 개 안 물어요'란 것은 '댁의 사정'이요 댁의 앎일 뿐이다. 물리지 않았으니 아무 소리 말라는 말과 같다. 남의 입장에 서 보지 않고 자기 입장만 내세우는 한 도덕적 사고는 들어설 여지가 없다. 비록 잠깐 동안이라 하더라도 남을 놀라게 하고 불쾌감을 주는 것은 일종의 '갑질'이다. 타인에 대한 배려 없음과 무신경을 잘 나타내는 말이 "그 개 안 물어요"라 생각한다. 사소한 사안에서도 타인에 대한 배려가 우선시되는 사회가 바로 무던

한 사회이다. 타인보다도 자기 소유의 동물을 중시하는 사람이 많은 것 같다. 무던한 사회는 격차를 없애는 것만으로는 이루어 낼 수 없다.

가까운 것 속의 지혜

보고 듣고 느끼다

옛 시골의 기억

옛날 시골 공중목욕탕에 가면 흔히 볼 수 있었던 그러나 요즘은 볼 수 없는 정경이 있다. 뜨거운 탕 속에 단수 혹은 복수의 노인이 몸을 담근 채 별로 매력 없는 쉰 목소리로 고저장단이 있는 소리를 내는 모습이다. 눈을 감고 다른 목욕 손님은 전혀 아랑곳하지 않은 채 무아경이 되어 소리를 하는 것인데 알고 보니 시조의 창을 하는 것이었다. 아주 느리게 창을 해서 한번 시작하면 언제 끝날지 모를 지경이었다. 어쩌다 들른 목욕탕에서 이런 괴이한 소리와 정경을 접하게 되면 어린 마음에 우선 재수 없다는 생각이 들었다. 노인들이 점령한 탕 속에 들어가는 것도 내키지 않아 대충 수건으로 몸이나 닦고 나와버리

67

곤 하였다.

좋은 감정이나 행복한 기분이 지속되면 엔돌핀이란 천연 진정제가 생성된다는 것은 이제 널리 알려진 사실이다. 다만 구체적 세목에서만은 조금씩 다른 설명이 있는 것 같다. 한참 됐지만 영국의 어느 의과대학에서 발표한 사실이라며 노래를 부르는 것이 엔돌핀 생성에 가장 유효하다는 토막 뉴스를 본 적이 있다. 노래를 듣고 음악을 듣는 것도 괜찮지만 직접 노래를 부르는 것이 최고라고 당시의 토막 뉴스는 전하고 있었다.

행복과 건강

그 보도를 접하고 떠오른 것이 옛날 시골 공중목욕탕에서 목도한 고령 시조꾼들이었다. 온탕에 몸을 담그는 것은 몸을 쾌적한 상태로 만들어 그것만으로도 소소한 대로 행복 경험이 된다. 호메로스의 『오디세이아』에는 "우리가 항상 낙으로 삼는 것은 먹기 잔치, 라이어, 춤, 깨끗한 옷, 온수욕, 그리고 잠자리"라는 대목이 보인다. 어느 왕자가 하는 말인데 고전세계의 축복받은 귀족들이 추구한 행복의 구체적 세목을 보여준다. 그러니 쾌적한 온탕 속에서 무아경이 되어 시조창을 하는 노인들은 마구 생성되는 엔돌핀의 효험을 만끽하며 점입가경의 황홀경으로 빠져들어간 것이 아닌가. 그들은 현대의 의학 지식과 관계없이 행복한 상태로 빠져드는 최고의 방법 혹은 건강 증진법을 체득해서 실천한 것이 아닌가!

　옛 시골에는 마을마다 부지런하다고 호가 난 할머니 할아버지가 있었다. 시계가 없는 옛 농촌에선 대개 일출과 일몰 시간에 맞추어서 일상생활의 리듬을 조정했다. 그러니 일찍 일어나고 일찍 잠자리에 들었다. 그러는 가운데서도 마을에서 호가 난 근면 노인들은 집안일에 아주 충실하면서 놀음과 같은 일탈이 없었다. 그러니 더할 것도 뺄 것도 없는 날씬한 몸매에다 기운 찬 목소리로 동네에서 늘 정정한 모습을 보여주었다. 또 규칙적인 농사일에 전념하니 하루하루가 근로와 운동의 날이 될 수밖에 없었다. 대체로 건강하고 또 마을의 해결사가 되어서 이웃에서도 인망이 높아 어르신 대접을 받았다. 동네 의원의 조언이나 계도를 받음 없이 몸에 배인 근면과 성실이 건강의 기반이 된 것이다. 계도가 있었다면 그것은 선대가 보여준 본보기였을 것이다.

그들의 희망사항

　시조창에 열중하던 노인들에게 은근히 흰자위를 굴리고 호감 없이 바라본 죗값을 치르게 된 셈인지 어느새 뜻밖의 고령자가 되고 이 구석 저 구석 신체의 부조를 느끼는 처지가 되었다. 마음이 몸을 부리는 것이 아니라 몸을 섬기는 것이 마음이 아닌가 하는 생각도 갖게 되었다. 몸이 단연코 갑이요 마음은 을에 지나지 않는다고나 할까? 그러다 보니 일삼아 건강 정보를 나누고 걱정을 나누는 고령자 모임에도 전보다 자주 가게 되었다. 시골 중학 동기 동창 모임 같은 것이 그중의 하나다. 해마다 줄어가는 동창생의 소식을 주고받는데 단연 으뜸가는 화제는 건강과 미구에 닥칠 삶의 끝자락에 대한 불안이다. 귀 기울이는 사람보다 떠들어대는 사람이 더 많은 이런 모임에서 그나마 의견의 일치를 보는 것은 어떻게 하면 가까운 가족에게 부담되지 않게 또 큰 고통 없이 세상을 뜨느냐는 것이 중요 당면 과제라는 것이다. 그러면서 제일 두려운 것이 치매증이라는 것에도 대체로 의견이 일치한다. 구체적 사례를 들먹이면서 오만 정 다 떼놓고 세상 뜨는 것의 무참함을 말하기도 한다.

"철들자 망령이라"는 속담이 있지만 그전엔 망령 혹은 노망이라고 하는 것이 보통이었다. 노인의 경우 없는 언동을 두고 비유적으로 폭넓게 쓰였다. 조금 더 엄밀성을 부여하기 위해 치매라는 말이 쓰이더니 요즘은 인지장애 혹은 인지증이라고 하는 경우도 많다. 말이 촉발하는 편견을 배제하기 위한 고려에서 나온 의학용어인 것 같다. 후진국이 개발도상국으로 불리게 된 것과 비슷한 경로를 거쳐 쓰이게 된 것이다. 그러면서 인지장애를 예방하기 위해서는 머리를 많이 쓰고 가령 외국어 공부를 하는 것이 좋다는 구체적 사례를 거론하는 경우도 있다.

실지로 100세가 넘은 일본 노인의 일상을 다룬 다큐멘터리를 국내 공영방송이 내보낸 적이 있다. 우연히 보게 되었는데 그 정정한 사이비 노인은 매일 아침 냉수마찰을 하고 외국어 공부를 하고 노인복지센터에서 건강 관련 강연을 하기도 하였다. 그가 한글 습득을 위해 작성한 노트도 보여준 것으로 기억한다. 활발한 두뇌 활동이 인지장애 예방이 된다는 것은 지속적으로 활용을 해야 신체 기관의 퇴화를 막을 수 있다는 원리에서 유래한 말이다.

발견의 눈길

현대 의학이 이러한 사실을 밝혀내기 전부터 가령 노년에 외국어 공부를 해서 정신을 단련하는 등의 관행은 널리 시행되고 있었다. 앞서 말한 100세 넘은 젊은 노인의 경우 특정 외국어를 마스터하자는 것보다 두뇌 훈련의 새 소재와 재미를 찾아서 건강도 도모하자는 것이 일거양득의 목적으로 보인다. 그러나 실제적 목표를 설정하고 외국어 공부에 나선 사례는 수두룩하다.

20세기 미국 비평의 장로이자 최고의 영어 산문가라는 평가를 얻었던 에드먼드 윌슨은 만년의 병상에서 개인 교사를 초빙해 헝가리어를 공부하였다. 혁명 후의 소련을 방문하기 전에 러시아어를 공부해서 푸시킨을 읽었다는 그는 헝가리의 푸시킨이란 호가 난 시인을 읽기 위해서 헝가리어를 공부한 것이다. 우리에겐 『한국전쟁비사The Hidden History of The Korean War』의 저자로 알려진 I. F. 스톤은 대학을 중퇴하고 저널리즘에 투신했는데 한 학기 동안 그리스어를 공부한 적이 있었다. 60대 후반에 그리스어를 다시 배워 고전을 읽고 81세 되던 해 『소크라테스의 재판The Trial of Soctates』을 상자했다. 그리스어는 배우기 어려운 말로 알려져 있고 그래서 영어에서도 "It's all Greek to me"는 이해할 수 없다는 뜻으로 쓰인다.

정통 사회민주주의자를 자임하는 역사가 토니 주트는 체코 반체제 인사의 도움 요청 편지를 받고 나서 그로서는 충격적인 사달을 겪게 된다. 이를 계기로 중년에 체코어를 공부하기 시작해 수동적인 이해에서는 마스터를 했다. 처음엔 하루 두 시간씩 자습했으나 나중엔 근무하던 학교에서 정식 수강을 했다.

이런 문인 학자들의 뒤늦은 외국어 공부가 인지장애 예방을 위한 조처로 취해진 것은 물론 아니다. 지적 호기심과 인문학적 열정의 소산이라고 보는 것이 옳다. 그러나 그것은 명시적 이유이고 잠재적으로는 근접해 오는 삶의 종언이 주는 심리적 불안으로부터의 도피책이었다고 할 수 있다. 점증하는 몸의 횡포와 위협으로부터 마음의 자율을 확보하기 위한 자구책으로 구상된 것이다. 나이는 숫자일 뿐이라는 말에는 젊은 마음을 유지하는 것이 곧 늙음을 늦추는 방법이라는 함의가 깃들어 있다. 지혜는 심오한 것이지만 가깝고 평범하고 하찮아 보이는 유서 깊은 일상에 널려 있기 마련이다. 행복의 파랑새처럼 지혜 또한 우리 주변에서 발견의 눈길을 기다리고 있는 것이 아닌가 생각된다.

목적과 희망이 사람을 살린다

『로자 룩셈부르크』란 독일 영화를 본 적이 있다. 조명희 단편 소설 「낙동강」의 여주인공 로자의 역할 모형이 된 폴란드 출신 여성 혁명가의 일생을 다룬 전기영화이다. 피살된 그녀의 시체를 운하에 버리는 마지막 장면과 함께 기억에 각인되어 잊히지 않는 장면이 있다. 감옥에 있을 때 나이 지긋한 중년의 여성 교도관이 읽을 만한 책을 추천해달라고 하자 그녀는 지체 없이 톨스토이의 『안나 카레니나』를 권한다. 그 삽화가 묘하게 감동적이었다. 막연하게 혁명이론서나 의식화에 관련된 서적을 추천하려니 생각했기 때문인지도 모른다.

필독서를 하나 추천해달라는 부탁을 더러 받게 되는데 이럴 때 막막한 심정이 된다. 수많은 고전음악 가운데서 가장 좋아

74

하는 것이 무엇이냐는 질문을 받았을 때처럼 난감해진다. 하고 많은 책 중에서 어떻게 한 권을 고를 수 있단 말인가. 그러나 곧 로자 룩셈부르크의 삽화를 떠올리며 상황에 어울리는 책을 생각나는 대로 말해준다. 얼마 전 어떤 젊은이 모임에서 그런 청을 받고 빅터 프랭클의 『죽음의 수용소에서』를 읽어보라고 권한 일이 있다. 절망적인 상황을 이겨낸 기록이어서 어려운 처지의 사람들에게 용기와 희망을 안겨줄 터이기 때문이다. 너무 암담한 이야기이기는 하지만 그렇기 때문에 더욱 그 전언은 강력하고 호소력은 압도적이다.

이 책의 저자 프랭클은 오스트리아의 빈 출신으로 2차 세계대전 때 모친, 형, 아내 등이 모두 유대인 강제수용소에서 살해되었다. 부친은 그 전에 병사하였고 해외로 이민 간 누이 한 사람만은 화를 면할 수 있었으나 전 가족이 나치의 만행에 희생된 것이다. 그나마 정신과 의사라는 직업 때문에 수용소에서 살아남을 수 있었던 그가 수용소의 경험을 통해 체득한 삶의 지혜를 적은 것이 이 책이다. 본시 1946년에 독일어로 출판되었고 첫 번째 영어 번역본의 제목은 『죽음의 수용소에서 실존주의로From Death Camp to Existentialism』였다. 그 후 『인간의 의미 탐구Man's Search for Meaning』로 바뀌어 출간되었다. 1997년 그가 92세의 나이로 사망했을 때 24개 국어로 번역되어 있었고 1천만 권 이상이 팔렸다는 경이적인 기록을 세웠다. 우리나라에서도 여러 가지 표제로 간행된 것으로 알고 있다.

배고픔과 지독한 굴욕, 죽음의 공포와 부정의에 대한 걷잡을
수 없는 분노에도 불구하고 삶을 견디어내게 한 것은 언젠가는
사랑하는 가족을 만나게 되려니 하는 희망과 간구였다. 요컨대
사랑하는 사람들의 이미지, 종교, 섬뜩한 유머 감각, 그리고 흘
낏 눈에 들어오는 나무나 일몰과 같은 자연의 아름다운 모습이
'죽음의 수용소'라는 극한 상황 속에서는 새로운 의미로 그에게
다가오게 된다. 그것이 그로 하여금 지옥의 계절을 견디어내게
하는 막강한 힘이 되어주었다. 아프기 전까지는 건강의 고마움
과 행복을 모르듯이 이전엔 대수롭지 않고 당연한 것으로 받아
들였던 자연이나 일상 속의 평범한 세목이 극히 소중하고 아름
다운 것으로 드러났다는 것이다. 죽음의 수용소에 갇혀 있지 않
은 사람도 쉽게 공감이 되는 이야기다.

그는 미래에 대한 희망을 갖지 못하는 사람들이 고난을 이겨
내지 못하고 쓰러진다면서 구체적인 사례를 들고 있다. 작곡가
이자 오페라 대사 작사자로 꽤 알려졌던 연상의 막사 동료가 있
었다. 어느 날 그 작곡가가 그에게 이상한 꿈을 꾸었다고 털어
놓았다. 무엇인가 알고 싶은 것이 있으면 말을 해보라, 그러면
모든 의문에 대한 해답이 주어질 것이라고 꿈속의 목소리가 말
하기에 전쟁이 언제 끝나느냐고 물어보았다는 것이다. 그 꿈을
언제 꾸었느냐는 질문에 작곡가는 "1945년 2월"이라고 대답했

다. 때는 3월 초였다. 꿈속의 목소리가 무어라고 답했느냐는 물음에는 "3월 30일"이라고 소곤거렸다.

이런 꿈 이야기를 들려주는 작곡가는 희망에 차 있었고 꿈속의 목소리가 전한 내용이 틀림없다고 확신했다. 그러나 약속의 날이 가까워져도 수용소에 들려오는 전쟁 소식은 딴판이었다. 아무래도 그 날짜에 석방될 것 같지는 않았다. 3월 29일에 작곡가는 갑자기 병이 나 고열에 시달렸다. 꿈속의 목소리가 전쟁과 그의 고통이 끝나리라고 예언했던 3월 30일에 그는 인사불성이 되었고 3월 31일에 세상을 떴다. 겉으로 드러난 바로는 발진 티푸스가 사인이었다.

정신과 의사인 저자는 용기나 희망과 같은 정신상태가 신체의 면역상태와 밀접한 연관이 있으며 용기나 희망의 갑작스러운 상실은 치명적인 결과를 낳는다고 말하고 있다. 이 책이 처음 나온 1946년엔 이러한 생각이 지금처럼 광범위하게 수용되지는 않았을지도 모른다. 그러나 질병의 심신 상관성은 오늘날 하나의 상식이 되어 있으며 가령 웃음이 병을 낫게 한다는 말은 그 통속적 적용의 사례일 것이다. 삶에서 목적과 의미가 중요하다는 것 또한 널리 인지되고 있다.

인간이 소망할 수 있는 궁극적이고 가장 높은 목표는 사랑이라면서 인간의 구제는 사랑을 통해서 또 사랑 속에서 가능하다고 프랭클은 말한다. 또, 실제 경험을 통해서 이 세상에 아무것도 가진 바 없는 사람도 자신이 사랑하는 사람을 생각할 때—비록 잠시 동안이라 하더라도— 행복을 느낄 수 있다는 것을 이해하게 되었다고도 적는다. 사람은 자신만을 위해서뿐만 아니라 타인을 위해서 사는 존재이기도 하다는 것을 인식할 때 성숙에 이른다는 생각을 우리는 다시 확인하게 된다.

프랭클의 이야기는 죽음의 수용소라는 극한 상황에서의 경험을 토대로 한 것이다. 그리고 그러한 극한 상황은 매우 예외적인 상황이다. 그러나 인간의 삶이 장미가 뿌려진 탄탄대로가 아닌 이상 누구나 어렵고 절망적인 상황에 부딪히는 경우가 있을 것이다. 자아정체성이 확립되지 않은 청년기에는 더더욱 그러하다. 그럴 때 희망을 잃지 않고 실현 가능한 목표를 설정해 뚜벅뚜벅 걸어가는 것이 자기성취에 이르는 확실한 길일 것이다. 최악이라고 말할 수 있는 한 최악의 상황은 아니라는 말은 이때 우리에게 의지할 만한 길잡이가 되어준다.

싱싱한 벌꿀과 밀랍의 냄새

세계의 경이 앞에서

20세기 한국 작가들의 일반적인 버릇이 있었다. 늘그막에 가서 역사소설에 손을 대는 것이다. 젊을 적엔 의욕적이고 실험적이기도 한 작품을 썼다가도 얼마쯤 연만해지면 역사소설 쪽으로 몸을 돌린다. 김동인, 박태원이 그랬고 김성한, 손창섭도 그랬다. 요즘 그리되는 사정을 이해할 것 같은 느낌이다. 한 사람의 독자로서 필자도 나이 들면서 소설보다는 논픽션인 역사나 전기 쪽으로 관심이 간다. 문학의 주요 관심사는 결국 인간에 대한 관심사인데 실재 인물이나 역사적 사실을 다룬 논픽션이 한결 직접성의 울림을 갖고 있기 때문이다.

근자에 『뜻밖의 교수 : 책 속의 옥스퍼드 생활The Unexpected Professor : An Oxford Life in Books』이란 회고록을 재미있게 읽었

다. 존 캐리John Carey라는 옥스퍼드대학 교수가 쓴 것이다. 어
느 친구가 영문학사를 쓰는 것이 어떻겠느냐 해서 처음엔 마음
이 당겼으나 지루한 고역인 데다가 대부분의 사실들을 인터넷
에서 쉽게 접근할 수 있다는 생각이 들자 마음이 달라졌다. 그
래서 보다 사사롭게 영문학과 자신과의 관계를 적은 책을 쓰게
되었다고 밝히고 있다. 영문학을 어떻게 만나 어떻게 어울리게
되었으며 그 결과 어떻게 되었는가를 다룬 책을 내게 된 것이
다. 1934년생이니 필자와 거의 동년배란 사실 때문에 읽어가면
서 흥미가 더해졌다.

영국은 서구 근대를 선도하면서 19세기 후반에 그 절정기를
맞았다. 그러니 우리와는 비교가 안 되는 선진사회이다. 따라서
그의 역정을 읽어가면서 부러운 점이 한두 가지가 아니었다. 부
친은 회계사, 조부는 서기였고 모친은 대장간집 딸이었다. 4남
매 중 막내인 그의 바로 위의 형은 자폐증을 앓았다. 부친은 열
살 조금 넘어서 고아가 되었는데 조부가 속해 있던 서기 상조회
의 도움으로 교육을 받고 회계사가 된 것이다. 그러니까 영국노
동당이 집권해서 이른바 '요람에서 무덤까지'의 복지 정책을 쓰
기 이전에도 다양한 사회적 복지 장치가 있었던 셈이다.

이튼이나 해로 같은 명문 사립 출신이 다수파인 옥스퍼드에
서 그는 대학 진학 교육을 과하는 일반 공립학교인 그래머스
쿨grammar school 출신이었다. 그가 입학한 1950년 초와 비교해

볼 때 옥스퍼드는 굉장히 많이 변하였으나 변하지 않은 것이 딱 하나 있는데 그것은 불균형하게 많은 사립학교 출신자를 받아들이는 것이라고 비판하고 있다. 한편, 그래머스쿨 시절을 회고하면서 배웠던 교사들의 재능을 칭송한다. 교사들과 같은 인물이 되고 싶게 만들어 학생들의 삶을 변화시키는 재능을 가지고 있었다는 것이다. 이상적인 교사상인 셈이다. 1950년대 전시하의 황량한 고교 시절을 떠올리며 감회가 깊었다.

그는 장학금을 받고 옥스퍼드에 진학하게 된다. 그 소식을 알리자 오래 사귄 첫사랑 소녀는 축하의 입맞춤을 선사해주었으나 눈에는 공포 빛이 지나가더라고 적고 있다. 대학 진학 후 그는 같은 공부를 하는 여학생과 친해지고 뒷날 결혼하게 된다. 그 소식에 모친은 첫사랑을 버려도 되느냐고 힐난조로 말했으나 그 이상의 간섭은 하지 않았다. 드러내기 불편한 사실은 모두 지우는 "생략의 거짓말"로 가득 찬 우리 쪽 회고록 관행과는 대조되는 대목이 많았다. 그래서 더욱 읽을 맛이 난다.

연구원이었던 시절 그는 경제학자인 로이 해러드Roy Harrod를 알게 된다. 케인즈의 제자이며 케인즈 평전을 쓰고 처칠의 자문 역을 맡기도 했던 그에게 수모를 당했던 것 같다. 그와 그의 동료들이 회사원들을 '서기들'이라고 경멸조로 칭하는 것을 들으며 부친을 생각했다. 부친을 알았다면 필연 그들은 자신과 함께 자기 부친을 업신여겼을 것이며 그때의 경험이 『지

식인과 대중 : 문학 지식인 사이의 오만과 편견The Intellectuals & the Masses : Pride & Prejudice Among the Literary Intelligentsia : 1880-1939』을 쓰게 했다고 실토하고 있다. 예사로운 투로 적고 있지만 아주 신랄한 속물근성 비판이다.

2차 세계대전 당시의 영국도 곤궁한 사회였다. 1940년대까지 어머니가 짜준 양말만 신어야 했다. 달걀도 귀해서 부친의 접시에만 하나를 얹어놓으면 그것을 떼어서 자녀들에게 나누어 주려는 부친을 모친이 나서서 말리는 정경도 보인다. 그럼에도 우리와는 영 다른 세계라는 느낌으로 시종했다. 가장 부러웠던 것은 그의 양봉 경험이다.

마흔 살 되던 해에 그는 대학에서 차로 40분 거리에 있는 시골의 고옥을 사서 나무를 심고 양봉을 시작한다. 그의 꿀벌에 관한 서술은 흥미진진하다. 꿀벌은 인간보다 훨씬 오래전부터 지구상에 살았다. 호박琥珀에 박혀 있는 가장 오래된 화석은 8천만 년 전의 것이다. 스페인 동굴벽화에는 8천 년 전의 사냥꾼이 야생 벌꿀을 따는 그림이 있다. 고대 이집트인이 최초로 양봉을 시작했는데 고분 무덤 그림에는 꿀벌을 제어하기 위해 연기를 피우고 또 꿀과자 만드는 장면이 있다. 일벌은 벌통에서 3마일 떨어진 곳까지 날아가며 하루에 1만 개의 꽃송이를 방문한다. 1초에 200번 날개를 팔락이며 동료에게 채취 장소를 알려주기 위해 벌집 앞에서 정교한 춤을 춘다. 여름에는 벌통 속에 5만 마리가 있고 5주 끝에 일벌은 기진맥진해서 죽는다. 일벌은 한평생 찻숟갈 반쯤 되는 4분의 1온스의 꿀을 모은다. 그러나 꿀 풍년 때는 한 벌통에서 80파운드 정도의 꿀이 나온다. 벌통 세 개가 있었기 때문에 그는 200 내지 300파운드의 꿀을 채취하였다는 것이다.

그러나 양봉의 진짜 재미는 꿀을 따는 것이 아니다. 여름밤에 벌통에 귀를 대면 꿀에서 습기를 제거하기 위해 수만 마리가 날개를 파닥이며 잉잉거리는 소리가 기막히다는 것이다. 브레이크 램프처럼 빛나는 뒷다리의 오렌지색 꽃가루 덩이를 보는 것도 그렇다. 특히 벌통을 열었을 때 나는 꿀과 밀랍의 싱싱한 냄새가 기막힌데 이 냄새는 꿀벌들에게는 애벌레들의 상태 그리고 여왕벌의 건강과 나이와 산란능력에 관한 최신 뉴스를 제공하는 정교한 정보망이라고 한다.

"바쁜 꿀벌은 슬퍼할 겨를이 없다"는 말이 있다. 속담처럼 유통되는데 본래 윌리엄 블레이크의 「지옥의 잠언」에 나오는 대목이다. 슬퍼할 틈이 없는 꿀벌의 수명이 겨우 5주라는 것은 애처롭게 느껴진다. 그러나 벌통을 둘러싼 자연의 신비와 경이는 우리를 황홀하게 한다. 그러한 경이를 스스로 찾아낸 바 없는 처지에서는 저자가 부럽기 짝이 없다. 찾아내기는커녕 그런 기막힌 경험은 앞으로도 남의 일로 그칠 것이니 이 경이 체험의 가난뱅이는 피치 못할 자괴감이 늘어날 뿐이다.

초신성과 네잎클로버

초신성은 슈퍼노바supernova라는 서구어의 번역이다. 태양에 비해 100만 배에서 1억 배 정도까지 밝은 별이라고 사전에 나와 있다. 이러한 초신성이 생성되는 과정의 이해는 전문적인 물리학적 혹은 천문학적 지식을 요한다. 문외한으로서 그것을 말하고자 하는 것은 아니다. 초신성과 관련된 기록에 대해서 이야기하려는 것이다.

1572년에 카시오페이아 성좌 안에서 새 별이 환하게 빛났다. 이 별은 덴마크의 천문학자 튀코 브라헤에 의해서 관측되었는데 2년 동안 하늘에 있는 어떤 별보다 밝게 빛났다. 그래서 한동안은 대낮에도 볼 수 있었다고 한다. 1603년에 아주 환한 저녁별이 또 나타났다. 유명한 요하네스 케플러가 이 별을 세심하게 관측했다. 천상의 이러한 사건들은 아주 진귀하고 주목할 만한 것이었다. 왜냐하면 두 별이 모두 오래된 별의 폭발인 초신성이었기 때문이다. 한 은하계에서 초신성은 상당히 드문 것이었다. 위에서 이야기한 초신성 이전에 초신성이 하늘에서 첫 번째로 폭발한 것은 1054년 7월 4일이었다. 그러나 이에 관한 기록이 서구에는 없고 중국과 한국에만 보인다고 한다.

필자는 이러한 사실을 제이콥 브로노프스키와 B. 매즐리시 공저인 『서양의 지적전통』을 통해서 알게 되었다. 서구에서도 관측하지 못한 것을 한국과 중국에서 관찰했다는 사실이 우선 관심을 끌었다. 이 책을 접한 1960년대엔 영미에서 발간된 책에서 한국이 언급되는 일은 극히 드물었다. 따라서 묘한 긍지와 흥분까지 경험한 것이 사실이다. 1054년이라면 우리의 고려시대에 해당한다.

『삼국사기』에도 일식 현상에 대한 기록이 자주 나온다. 천문 관측을 통해서 왕가나 나라의 명운을 알아보려는 당대의 관행에 따라 하늘의 이상 현상을 꼬박꼬박 기록해두었기 때문이다. 그런데 왜 수학과 천문학을 중시했던 그리스 이래의 과학 전통을 이어받은 서구에서 첫 번째 초신성을 주목하지 못한 것일까? 왜 한국이나 중국에서 관측하고 기록한 뒤 장장 500년이 지나서야 겨우 다른 초신성을 관측하게 된 것일까?

서구에서는 오랫동안 달과 행성 너머의 우주는 변화하지 않는다는 아리스토텔레스의 우주관이 지배적이었다. 그러므로 그 것을 신봉하고 있는 사람들 눈에는 초신성 같은 사건이 눈에 들어오지 않았다. 처음부터 새 현상을 기대하지 않았기 때문이다. 튀코 브라헤나 요하네스 케플러 같은 천문학자가 초신성을 관측함으로써 아리스토텔레스의 설명 체계가 흔들리게 되는 것이다.

앤드류 스탠웨이의 『자연요법백과』는 인체가 가지고 있는 치유 능력 즉 면역 기능을 강화함으로써 질병을 예방하고 치유할 수 있다는 것을 설파하고 있는 책이다. 미국에서 베스트셀러가 되었고 우리나라에서도 번역판이 나온 것으로 알고 있다. 의사들의 일차적 기능은 사람들이 우선 병이 나지 않도록 가르쳐주는 것이라고 그는 말한다. 본시 의사를 가리키는 닥터doctor라는 말은 교사를 가리키는 라틴어에서 나왔다. 그래서 예방을 가르쳐주는 것이 의사의 일차적인 소임이요 병을 치료하는 것은 이차적인 것이라고 말한다.

이 책에는 네잎클로버를 잘 찾아내는 묘기를 가진 여성의 이야기가 나온다. 그녀는 풀밭이 있는 곳이면 어디서건 네잎클로버를 곧잘 찾아내어 사람들을 놀라게 했다. 같은 장소에서 다른 이들이 아무리 눈여겨보아도 찾지 못하는데 번번이 찾아내니 놀랄 수밖에. 비결이 무어냐는 물음에 그녀의 답변은 아주 간단하였다. "믿음"이라고 그녀는 짤막하게 대답하며 덧붙였다. 사실 네잎클로버는 어디에나 있게 마련이다. 그러니 여기 어디엔가 반드시 있다는 믿음을 갖고 찾아보면 쉽게 눈에 띈다는 것이다. 설마 했던 사람들도 따라해보니 과연 잘 찾아낼 수 있었다. 뿐만 아니라 다섯 잎 클로버도 찾을 수 있었다고 적고 있다.

믿음은 산도 움직인다는 말이 있지만 믿음의 중요성을 얘기하는 맥락에서 적고 있는 삽화이다. 그러면서 자연 치유가 네잎클로버와 비슷한 것이어서 행운을 가져오고 신비하면서도 잡기 어려운 것이라고 말한다. 만약 자연 치유가 일어날 수 있다는 것을 믿지 않으면 그것을 경험할 가능성은 매우 적다. 자연 치유의 믿음을 증가시키는 방법을 연구하는 사람들이 권고하는 기술은 "나의 몸은 스스로 치유될 수 있다" "나의 몸은 치유의 에너지로 차 있다" 등의 긍정적 생각을 반복하는 것이라고 한다.

여기서 우리의 관심사는 자연 치유와 같이 거창한 것이 아니다. 네잎클로버가 반드시 있다는 믿음을 갖고 찾아보면 쉽게 찾을 수 있다는 사실이 중요하다. 대학에서 가르칠 때 이 삽화를 언급한 적이 있다. 그런데 그다음 시간에 들어갔더니 교정의 풀밭에서 네잎클로버를 쉽게 찾아냈다는 학생들이 있었다. 과연 그럴까 하고 몇이서 찾아보았는데 성공했다는 것이다. 그러면서 다섯 잎 클로버는 찾아지지 않더라고 말했다. 그만큼 그것은 드문 모양이다.

믿음이란 것은 이렇게 중요하다. 그러나 처음부터 개연성이나 실현성이 전혀 없는 것을 믿는 것은 믿음이 아니다. 깊은 물 위를 걸어 온 성인 이야기를 믿으며 그 흉내를 내려고 시도하는 것은 위험한 일이다. 100미터를 8초에 주파할 수 있다고 믿고 매일처럼 훈련을 쌓아도 좌절만을 경험할 것이다. 그것은 자기 파괴적인 광신이며 망상이다. 인간으로서 가능한 범위 안에서의 어떤 것에 대한 믿음이 놀라운 결과를 낳는다는 사실의 인지와 수용이 중요하다.

믿음이 중요한 것만큼 어떤 선입견이나 고정관념은 유해하고 자기최면적일 수 있다. 달과 행성 너머의 우주는 불변이라는 고정관념에 사로잡힌 서구인들은 초신성의 폭발을 주목하지 못했다. 그것은 그들의 기대지평 바깥의 일이었기 때문이다. 이에 반해 그런 전통적 고정관념이 없었기 때문에 천 년 전의 우리 조상은 초신성의 출현을 기록에 남겨둘 수 있었다. 객관적·실증적으로 검증되지 않은 가설이나 통념에 사로잡히면 많은 것을 보지 못하게 된다. 역사나 현실을 보는 시각도 마찬가지다. 객관적 타당성이 결여된 통념의 멍에에서 벗어나기 위해서는 지속적인 관심의 확대가 중요하다.

어느 마도로스의 전언

60년간 사제생활을 한 프랑스의 신부가 그를 존경하는 신도로부터 질문을 받았다. 많은 사람들의 고해를 들으며 오랜 세월 사제생활을 했으니 많은 것을 배웠을 것이 아니냐는 취지였다. 그러자 전혀 배운 것이 없다고 신부는 말했다. 그러더니 잠시 후에 덧붙였다. "그러고 보면 한 가지 배운 것이 있습니다. 세상에는 어른이 없다는 것입니다. 우리는 모두 어린애예요." 모든 어른이 어린이의 성향과 품성을 그대로 가지고 있다는 것으로 이해할 수 있다. 그것은 어른에 대한 찬사로도 들리고 한편으로는 질책으로 들리기도 한다. 어린이의 천진난만함을 유지하고 있다고 받아들이면 찬사가 되지만 성숙에서 멀다는 뜻으로 받아들이면 질책이 될 수밖에 없다. 영국 시인 워즈워스의 단시에

"어린이는 어른의 아버지"란 말이 나오지만 프랑스의 신부가 했다는 말도 그 비슷한 것인지 모른다. 지극히 간명하고 단순하나 그렇기 때문에 더욱 많은 것을 생각하게 하는 말이다.

앞에 나오는 프랑스의 신부님은 적어도 여든은 된 고령자일 것이다. 한 분야에서 오랫동안 종사한 고령자는 축적된 경험에서 나온 지혜랄까 전언을 가지고 있는 경우가 많다. 아주 평범하거나 예사로운 것일 수도 있지만 일생일대의 경험이 담겨져 있어 배우는 바가 많다. 우리는 흔히 젊은이의 도덕적 순수를 기리고 고무한다. 또 젊은이의 도덕적 순수는 분명히 소중한 사회적 자산이다. 그러나 경험에 의해서 계몽되고 도야되지 않은 도덕적 순수는 한갓 아름다운 무지에 지나지 않을 수도 있다. 세상에서 필요한 것은 아름답고 미워할 수 없는 순수가 아니라 계몽되고 도야된 순수라고 해도 과언이 아니다. 그런 맥락에서 경험 많은 고령자에게 귀 기울이는 것은 참으로 소중한 교육적 경험이 된다. 얼마 전 한 고령자에게 들은 이야기도 혼자서만 알고 있기에는 아까운 것이어서 적어두려 한다.

젊어서 그는 오랫동안 선원생활을 하였다. 요즘은 모르지만 1950년대만 하더라도 해양대학은 국비 지원이어서 학비 걱정을 할 필요가 없었다. 마침 집안 형편이 어렵게 되어 직업에 대한 적성을 크게 고려하지 않고 해양대학에 지원했고 졸업 후 곧바로 선원생활을 시작했다. 오랜 해상생활에 갈등과 고민이 적지 않았다. 적성에 대한 회의도 만만치 않았다. 그러나 삶이란 일종의 극기 훈련 과정이란 생각이 들면서 어려움을 이겨내고 인내심을 길렀다. 그리하여 자기 직업에 익숙해지고 나중에는 긍지도 갖게 되었다. 우리의 경제 수준이 극히 취약할 때 비교적 높은 소득을 누릴 수 있었기 때문이다. 그는 경력이 쌓임에 따라 순조롭게 승진을 했다. 마침내 항해선의 선장이 되었고 가족들에게 유족한 생활을 보장해줄 수 있게 되었다. 가족과 떨어져 지내는 오랜 선상생활의 고충도 예사롭게 되었다. 그리고 정년을 맞았다.

정년 후 그는 큰 항구의 도선사로 일하게 되었다. 항구에 들어오는 선박을 안전하게 인도하는 소임을 맡은 도선사는 고소득 직종으로서 희망자가 많았다. 따라서 높은 경쟁률의 시험을 거친 끝에 얻은 일자리였다. 들어오는 선박이 많으면 많을수록 소득이 높아지기 때문에 큰 항구의 도선사는 소득이 높을 수밖에 없다. 그러나 가령 비 오고 바람 부는 캄캄한 밤에 배를 인도하는 것은 고난도의 업무였다. 그것은 정신의 집중을 요하는 격무에 속했다. 상대적으로 높은 소득은 고난도 업무에 따르는 보수였다.

나이 칠십이 되어 정년으로 도선사 일에서 물러났다. 그러나 10여 년간 종사하면서 담당 지역의 여러 세상사에 정통하게 되었다. 현지 밀수업자의 동태를 알게 된 것도 그중의 하나였다.

직업의 성격상 소문이나 동료와의 정보 교환을 통해서 자연히 파악하게 된 것이다. 그리고 그가 훤히 꿰뚫게 된 그쪽 암흑세계에는 불변의 법칙이 있다는 것을 알게 되었다. 밀수업에 손을 댄 사람치고 끝이 좋은 사람은 거의 없다는 사실이다. 대개의 경우 법망에 걸려 자유를 잃거나 도망자 신세가 된다. 벌어서 숨겨놓은 돈이 있다 하더라도 가족 생계비로 돌려놓고 보면 곧 바닥이 난다.

그쪽 세계의 말로 한탕 해서 운 좋게 큰돈을 손에 쥔 뒤 다시는 손대지 않겠다고 하는 사람들도 있다. 실제로 얼마 동안 자숙하고 새 일을 꾀하기도 한다. 그러나 얼마가 지나고 나면 다시 골수 알코올중독자처럼 옛 버릇에 손을 대게 된다. 이번엔 정말 마지막으로 한탕 하고 새 생활을 도모하겠다고 결심하지만 새로 시작한 사업이 잘 풀리지 않는다든가 벌이가 시원치 않으면 다시 손을 댄다. 그리고 법망에 걸려 자유를 잃거나 도망자가 되어 가족들을 참담하게 한다. 그런 맥락에서 그 세계엔 실패자만 있을 뿐 성공한 자는 없다. 일시적인 '성공'은 오래지 않아 실패로 귀결된다는 것이다. 그러면서 내린 결론은 아주 당연하고 심상한 것이다. 바르게 사는 것이 잘 사는 길이라는 것.

같은 말이라도 하는 사람에 따라 무게와 울림은 다르게 마련이다. 가령 학교에서 오랫동안 교사생활을 한 사람이 "바르게 사는 것이 잘 사는 길"이라고 한다면 늘 하는 소리를 또 한다는 시큰둥한 반응밖에 얻지 못할 것이다. 아니 "누가 선생 아니랄까봐?" 하고 입을 삐쭉대는 반응을 촉발할지도 모른다. 그것은 하나 마나 한 소리밖에 되지 못한다.

오랜 해상생활의 경험 끝에 도선사란 희소한 직업에 종사한 마도로스의 입에서 나오는 "바르게 사는 것이 잘 사는 길"이란 말은 감동적이기까지 하다. 그는 가족과 떨어져 외로운 해상생활을 했다. 파도 소리를 들으며 또 북극성과 남십자성을 쳐다보며 하늘의 별을 헤아리며 많은 밤을 보내었다. 망망한 바다 한가운데를 헤쳐 가면서 사람 사는 것의 의미와 이모저모를 생각했을 것이다. 그리고 일확천금을 꿈꾸는 암흑과 범죄 세계에 대해서도 많은 것을 알게 되었다. 그러한 삶의 역정 끝에 스스로 내린 결론은 "바르게 사는 것이 잘 사는 길"이란 평범한 생각이었다. 이야기를 듣고 숙연한 느낌마저 들었던 게 사실이다. 그런 말을 듣게 되는 자손들도 평범하나 오랜 경험에서 나온 이 말에 의당 무심할 수가 없을 것이다.

좋아하는 말 · 싫어하는 말

시인 김수영에게 「가장 아름다운 우리말 열 개」란 글이 있다. 그가 열거한 열 개의 우리말은 대체로 유년기에 많이 듣던 말이어서 모더니스트로서의 그에게는 어울리지 않는다는 느낌을 준다. 그러나 말은 일정한 맥락 속에서 다른 낱말과 통사적統辭的 관계를 가짐으로써 뜻 있는 의미 단위가 된다. 좋아하고 싫어하고는 기호의 문제로, 옆에서 참견할 사안은 아니다. 하지만 좋아하는 낱말이 당사자의 사람됨에 대해서 시사하는 바가 많은 것은 사실이다. 김수영이 열거한 아름다운 우리말을 보면 그가 심정적으로 항상 서민 편이었다는 것이 그대로 드러난다. 서민 생활과 밀착된 낱말들이 대부분이니 말이다.

나의 경우 각별히 좋아하는 말은 없다. 가령 '예감'이나 '미련'

같은 낱말은 적절히 쓰였을 경우 반갑다는 느낌을 받고는 한다. 그런 맥락에서 어쩌다 접하면 정말 반갑다는 느낌이 드는 낱말이 있다. 가령 '말광대'라는 말이 그렇다. 요즘은 곡마단이라 하지 말광대라 하지 않는다. 그러나 해방 전 우리 어렸을 적에는 곡마단이 거리에 들어오면 '말광대'가 들어왔다고 해서 하나의 뉴스가 되었다. 아마 검정말이 불 속을 뚫고 달려가는 장면이 큰 구경거리라고 해서 말광대란 말을 붙였을 것이다. 돌이켜보면 말광대를 구경한 것도 한두 번 정도에 지나지 않는다. 지금은 곡마단도 없어졌으니 말광대는 확실하게 쓸모없는 옛말이 되고 말았다. 말광대에서는 누워서 발로 접시를 돌리는 소녀들에게 식초를 무진장 먹여 몸의 유연성을 도모한다는 소문이 자자했다. 그러나 장성한 후 한겨울에 옷을 얇게 입고도 추위를 견디도록 소금을 마구 먹였다는 얘기를 듣고 인간의 잔혹성에 다시 한 번 소름이 끼쳤던 기억이 있다.

'소롯길'이란 단어도 접하면 반가운 마음이 든다. "저 소롯길로 한 마장 정도만 가면 곧 신작로가 나섭니다." 1·4후퇴 때 피란길에서 수없이 들어본 말이다. 시골에서 한 마장이라 하면 도무지 대중이 잡히지 않았다. 5리도 한 마장, 10리도 한 마장이라고 하는 것 같았다. 상주하는 주민에겐 늘 왕래하는 곳이니까 가까운 거리라는 느낌이 들어서 그리 말한 것이었겠지만 고단한 피란민에게는 그렇지가 않았다. 어쨌건 당시 아주 많이 들어본 말이어서 소롯길 하면 반갑게 들리지만 그런 말을 들을 기회는 아주 드물다. 사전에서 '소롯길'을 찾아보면 소로小路를 찾아보라고 되어 있다. 그러나 초가집이나 외갓집에서 보듯이 리듬감도 중요하기 때문에 소롯길이라고 해야 실감이 가는 게 나의 경우다. 철령이나 죽령보다 대관령이나 추풍령이 훨씬 발음이나 인지가 편안하다. 인명의 경우에도 이이李珥나 이황李滉보다 윤선도나 이순신이 듣기 좋고 발음하기도 편하다. 그래서 그런지 소로란 말은 들어본 경험이 없다. 좁고 호젓한 길을 오솔길이라 한다지만 입말로 들어본 적도 없다. 그래서 소롯길이란 말이 더욱 정감 있게 들리는지도 모른다.

변화가 빠른 우리 사회에서는 사회 변화의 속도를 반영해서 말의 변화도 빠르다. 어릴 적에 많이 들어본 말인데 이제 못 듣게 된 말도 많다. 얼마 전 김주영의 소설을 읽다가 "가시버시 맞잡고 노래 부른다"란 대목을 접하고 감개가 무량한 바가 있었다. 어린 시절에 많이 들었는데 그 후 완전히 잊어버렸다시피 한 말이기 때문에 그렇다. 시인 작가는 그런 맥락에서 잃어버린 말을 되살려내는 언어 채광자이기도 하다. 그런 말 중 하나가 '공중으로'이다. 이 말은 어린 시절에 많이 들었을 뿐 아니라 많이 써본 말이기도 하다. 그런데 근자에 완전히 사라지다시피 하였다. 한글학회에서 펴낸 『우리말 큰사전』의 '공중3' 항목을 보면 '공연히3'으로 풀이가 되어 나온다. 보기가 없어서 이것만 가지고는 접해보지 않은 이는 이해가 잘 되지 않을 것이다. 대개 악의나 저의 없이 심심해서 지어낸 말을 두고 스스로 해명할 때 "공중으로 그런 것이다"라고 했다. 숙제가 없는데도 "너 『사회생활』 숙제 해왔니? 해왔으면 나 좀 보여다고"라는 말로 숙제를 안 해온 학생에게 잠시 혼란을 주고 나서 "야, 걱정 말아. 공중으로 해본 소리야"라고 맺는 일이 많았다. 그런데 지금은 완전히 사라진 것이다. 다시 찾아올 기회가 없는 것 같아 더욱 귀해 보인다.

좋아하는 말이라고 딱히 생각나는 것은 별로 없지만 싫어하는 말은 더러 있다. '봉사'라는 말이 그렇다. 우리 초등학교 시절은 태평양전쟁 때여서 학교에서 끊임없이 어린 학생들을 들볶았다. 장정들을 군인이나 징용으로 많이 뽑아가서 농촌에 일손이 모자랐던 것이다. 그래서 초등학교 학생까지 모심기, 보리베기, 보리밟기, 솔뿌리 캐기에 동원하고는 하였다. 그런 일을 근로봉사란 이름으로 시켰고 또 당하였다. 봉사란 말이 정말 싫어진 것은 그런 근로봉사 때문이 아닌가 생각된다. 해방이 되고 나서도 이 봉사란 말을 즐겨 쓰는 사람들이 많아졌다.

큰 벼슬을 하는 사람이나 혹은 민의의 대변자가 되겠다고 나선 사람들이 흔히 "내 생애의 마지막 봉사로 알고 국민을 받들어 모시겠습니다"라고 말한다. 봉사란 글자 그대로 '받들어 모심'을 뜻한다. 정말 높은 벼슬 하는 이들이 국민을 '받들어 모시는 사람'인가? 봉사를 뜻하는 그리스어가 '디아코니아diakonia'인데 이때 '디아'는 '통해서'의 뜻이고 '코니아'는 먼지를 의미한다고 한다. 그러니까 직역하면 '먼지를 통해서'이고, 이를테면 청소하듯이 정말 궂은일을 한다는 함의를 가지고 있다는 것이다. 높은 자리에서 예닐곱 명의 보좌관을 거느리며 고급 승용차 타고 다니는 것은 근본적으로 봉사와는 거리가 먼 것이다. 게다가 걸핏 하면 시쳇말로 '갑질 하기' 일쑤다. 그것은 봉사가 아니라 군림이다.

이렇게 말을 오용하는 바람에 봉사란 말은 내게 더욱더 싫은 말이 된 것으로 생각된다. 입에 발린 말의 오용을 피하고 바른 말을 쓰는 것도 시민적 책무 중 하나일 것이다. 그런 의미에서 시인 작가들이 모국어에 대해 지고 있는 책임은 막중한 것이라 하지 않을 수 없다.

하마터면 그때

살다가 보면

불발탄 아래서

  북미 정상 간에 한참 험한 말을 주고받던 것이 불과 얼마 전이다. 그 무렵 서울을 방문한 외국인이 서울 시민들의 너무나 평온한 모습이 감탄스럽다고 토로하는 것을 들은 적이 있다. 오래전에 예정된 여행이라 강행하다시피 해서 떠나왔지만 친구나 가족이 우려를 표명하며 만류했다는 것이다. 은근히 걱정된 것도 사실이지만 대규모 테러 사건이 빈발하는 요즘 세상에 안전지대가 어디 있겠느냐며 가족과 자기자신을 설득했다고 한다. 막상 와서 너무나 태연하게 생업에 종사하고 일상생활을 영위하는 시민들을 보니 뜻밖이기도 하고 존경스럽다는 것이다. 그러면서 한국이 단기간에 여러모로 발전을 보인 것이 우연이 아니라는 느낌이 들었다고 흔히 들어보는 외교적 언사까지 덧붙였다. 이러한 외국인 경험은 각별히 예외적인 경우가 아니리라.

외국인에게 의외란 느낌을 주면서 일단 신뢰감을 표명하게 하는 우리의 안정된 모습을 우리들 자신도 문득문득 실감하는 때가 있다. 그것은 대형 사고를 접하고 우리 자신의 안전 불감증을 우려하는 것과 같은 맥락에서다. 우리가 오랫동안 연속적인 위기를 살아오면서 길러온 내성耐性과 타성으로 말미암아 얼마쯤 둔감해진 것은 아닌가 하고 생각하게 되는 경우가 적지 않았다. 과거의 우리 역사로 보아 이만 정도의 평온과 평화를 누리는 것도 얼마쯤 분수에 맞지 않는 것이고 그러니 이번엔 기필코 무슨 일이 일어나는 게 아니냐 하는 방정맞기까지 한 불안감을 느끼게 되는 경우도 없지 않았다. 사실 휴전 이후 우리는 언제 터질지 모르는 거대한 불발탄 아래서 살아온 것이라는 게 나의 실감이다.

그러한 탓인지 외국에서 커다란 테러 사건이나 사고가 터지면 세상사가 걱정되는 한편으로 우리만 고단한 것이 아니란 생각이 들어 은연중 위안을 받게 되는 것도 부정하기 어렵다. 큰 사고가 이른바 개발도상국이 아닌 유럽의 번화가에서 터져 나올 때 그런 심정이 두드러지게 마련이다. 미국과 소련이라는 초강국 사이의 냉전이 끝난 것처럼 보이더니 이내 세계 도처에서 내전內戰이 벌어졌다. 우리만 고단한 것이 아니라는 사실에 위안을 받을 사이도 없이 그 규모와 숫자가 커지고 불어나서 전 세계에 위기감을 안겨주었다. 제주도에 난민들이 몰려들고 그 처리를 놓고 당국이 부심하는 사태가 보여주듯이 원격지라 생각했던 곳이 사실상 원격지가 아닌 것으로 드러났다. 세계가 좁아지고 오그라들고 있다는 것을 새삼 실감하게 된다. 고속도로나 KTX로 부산과 서울의 거리가 축소되었듯이 고속 항공기는 중동과 한국의 거리도 축소시키고 있다. 포성이 먼 데서 난다고 안심할 수 없는 시대가 오늘의 우리 시대이다.

초등학교에서 태평양전쟁을 체험하고 중학생 때 6·25를 경험한 우리 세대는 사실상 전쟁과 전후의 혼란기에 삶에서 가장 중요한 형성기를 보냈다고 할 수 있다. 삶을 바라보고 미래를 조망할 때 안온하고 뿌듯한 행복보다는 불안과 결여의 그림자가 어른거렸다. 세계를 바라보고 이해를 꾀할 때도 평화와 공존이 아니라 전란과 위기의 그림자가 전경화前景化되고는 하였다. 진취적이고 도전적인 정신에게는 모험과 스릴이 가득한 시대로 생각되기도 했을 것이다. 하지만 유년기나 형성기의 어두운 경험은 그러한 낙천적 태도를 비현실적인 것으로 실감시켜주었다. 그렇다고 우리 세대가 매양 오만상을 찌푸리고 살아온 것만은 아니다. 포격으로 이지러진 마을에도 봄이 오고 호드기 소리가 들려왔듯이 위기 속에서도 허한 웃음소리를 내면서 살아가는 것이 사람의 일이다. 부상자의 신음 소리를 들으면서도 끼니

챙겨 먹는 것을 요구하는 게 생존의 논리이다. 부상자를 돌보는 윤리적 당위는 신음 소리 한옆에서 허겁지겁 기갈을 채우는 비정 위에서 가능하다.

위기 상황을 감내하며 살아왔다고 실감하지만 따지고 보면 개인의 삶도 위기로 차 있다. 아무리 무사 평온해 보이는 삶이라 하더라도 출생에서 임종에 이르기까지 사실은 무수한 위기로 차 있는 게 개체적 삶의 도정道程이다. 기대수명이 길어진 오늘에는 상상하기 어렵겠지만 우리 세대의 어린 시절만 하더라도 홍역으로 아이를 잃는 집안이 아주 흔했다. 아이가 가지고 놀던 동전을 삼켜 목에 걸리는 바람에 병원을 찾는 경우도 있었고 식중독으로 거짓말처럼 아이를 잃는 경우도 있었다. 배추 밑동을 깎아 먹고 그때 말로 '똥독'이 올라 사경을 헤매다 살아나는 일도 드물지 않았다. 자동차가 많지 않아 교통사고는 없었지만 물속에서 헤엄을 치다가 사고를 당하는 일도 흔했다. 자신의 삶을 돌아보며 그때 하마터면 큰일 날 뻔했다는 사달을 몇 가지씩 가지고 있지 않은 경우는 드물 것이다.

남이 볼 때는 대수롭지 않게 생각되지만 당한 사람에게는 평생 상처로 남아 있는 사달도 있다. 주사공포증이 있어서 주사를 피하거나 주사 맞을 때마다 진땀을 흘리는 초등학교 동기생이 있었다. 학교에서 예방주사를 맞다가 주삿바늘이 부러졌다. 주사 담당자도 당황하고 본인은 말할 것도 없었다. 둘 다 진땀을 흘린 끝에 주삿바늘을 팔뚝에서 빼내는 데 성공하였다. 시간이 얼마나 걸렸는지는 모르지만 두 사람에게는 아주 긴 시간으로 느껴졌을 것이고 특히 당사자는 생애 최장의 위기가 되었을 것이다.

물가에서

초등학교 상급반과 중학생 시절을 보낸 고향에는 남북에서 흘러온 강물이 합쳐지는 합수머리가 있다. 또 당시엔 상당한 규모였던 저수지가 세 개나 있었다. 해마다 익사 사고가 정기적으로 발생하였고 순식간에 그 소문이 퍼졌다. 그러나 정기적이랄 수 있는 사고는 그치지 않고 일어났다. 요즘의 교통사고와 비슷하다고 생각하면 될 것이다.

우리 동네에서도 익사 사고자가 몇 명인가 나왔다. 초등학교 상급생이 호암지란 저수지에서 불행을 당한 것은 얼음이 깨져서였다. 당시 그는 6학년 학생으로 키가 훤칠한 멋쟁이였다. 저수지 근방의 큰집에 가서 차례를 지내고 오다가 질러간다고 결빙한 저수지를 건너다 변을 당한 것이다. 설날쯤 되었으니 한겨울이어서 완전히 얼어붙었다고 생각했는데 그게 오산이었던 것이다. 그의 불행은 나중에 학교에서 교장 훈화 때 물 조심 얼음 조심하라며 거론되어서 더욱더 기억에 생생하다. 이 호암지에서 거의 해마다 사고가 나서 연못 귀신이 사람을 잡아가는 것이라는 이야기가 떠돌았다.

또 같은 골목에 사는 초등학교 같은 학년의 여학생이 탄금대 근처의 여울목에서 실족하여 변을 당하였다. 심부름을 보냈다가 사고가 난 것이어서 부모들이 더욱 애통해하였다. 한여름인데 어머니가 어린 딸의 시체를 안방에 옮겨놓고서 계속 불을 때고 있다고 동네 사람들이 안타까워하였다. 잘잘 끓는 방에 눕혀두면 물에 빠져 죽은 사람이 살아나기도 한다는 얘기가 있다면서 기적을 바란 것이다. 소생할 리 없었다.

그런데다 외가 쪽으로 겨울에 얼음을 지치다가 변을 당한 이가 있어 모친은 우리 형제에게 물가에 가지 말라고 입버릇처럼 일렀다. 겁이 많은 쪽이어서 물가에는 가지 않았다. 당시 우리 또래 사이에서는 개헤엄이나 송장헤엄을 칠 줄 아는 아이들이 많았다. 읍내에서 떨어진 변두리에 사는 아이들이 그러했는데 넓지 않은 조그만 못이나 개울에서 익힌 것이었다. 어울리는 계제가 되어도 당연히 그런 축에 끼지를 않았다.

수영을 익히려고 결심한 것은 6·25 이듬해 여름의 일이다. 전란 중이어서 아무래도 익혀두는 것이 필요하겠다는 생각이 들어서였다. 강원도 원주 근처의 중앙선 소역이 있는 강변에서 작심을 하고 수영 독습을 시작했다는 것은 이미 딴 데서 이야기한 바 있어 되풀이하지 않겠다. 주위에 동년배가 없었으니 독습을 한 것이고 보통 개구리헤엄이라 부르는 평영을 택했다. 그렇게 해서 익힌 기초를 크게 개선한 것은 대학에 입학하고 나서의 일이다. 7월 초순에 학기말고사를 끝내고 방학이 되었으나 곧 휴전이 되는 바람에 10월 초 개학을 하게 되었다. 환도하면서 서울로 복귀하는 준비 기간이 필요해서 그리된 것이다. 거의 석 달 동안 계속되는 방학에 속 시원한 해방감을 만끽하였으나 시골에서 딱히 할 일이 없었다. 8월 말쯤부터 같은 동네의 고교 동기와 어울려 더러 수영을 다니게 되었다.

호암지가 우리의 수영장이 되었다. 둘레가 근 10리가 되는 큰 저수지인데 주변은 과수원이나 공동묘지 혹은 신작로나 인가가 두르고 있었다. 과수원이 끝나는 지점에서 가장 가까운 대안對岸까지의 거리가 100미터쯤 되었고 어린 소나무가 듬성듬성서 있었다. 단양 출신의 윤이라는 동기생은 수영의 명수였다. 송장혜엄, 즉 배영을 하면 얼마든지 물에 뜰 수 있다고 장담하고는 하였다. 임이란 또 한 명의 동기생은 스스로 자기 앞가림을 할 수 있을 정도라고 했지만 경험은 많은 터였다. 옷을 물가에 벗어놓고 알몸이 되어 대안까지 건너갔다가 잠시 쉬었다 돌아오는 일을 하기 시작했다. 제일 자신 없어 하는 내 사정을 보아서 두 동기생은 속도를 줄이며 서서히 크롤로 나갔고 나는 평영만을 외곬으로 고집하였다. 강권하다시피 해서 나를 끌어들인 그들은 보호한답시고 나를 가운데 놓고 좌우 양쪽에서 헤엄쳐 갔다. 어린 시절 셋이서 밤길을 가다 보면 무섬증이 생기고 그러면 으뜸가는 겁쟁이를 한가운데로 세워주었는데 꼭 그 짝이었다. 안도감이 생겨서 그런지 한 번 건너고 나니 자신이 생기고 막연한 무섬증도 가셨다. 그들의 조언으로 혼자 터득한 개구리헤엄의 결함을 보충한 것이 커다란 득이었다. 될수록 두 팔을 넓게 뻗쳤다가 오므리되 동작을 서서히 하면서 숨 고르기를 하라는 요령을 다시 명심하고 익힌 것이다.

환도하던 그해는 늦더위가 심했다고 기억한다. 추석이 9월 하순이었는지 10월 초였는지는 전혀 기억에 없다. 어쨌건 추석 전날에도 물에 들어가는 게 차지 않았던 것만은 분명하다. 마침 두 동기생과는 연락이 되지 않아 혼자서 호암지로 향했다. 전에 그랬듯이 과수원 끝자락에 옷을 벗어놓고 하던 대로 대안을 향해서 헤엄쳐 갔다. 그런데 절반쯤 왔을 때 이전과는 달리 혼자서 헤엄친다는 사실이 염두에 떠오르며 갑자기 무서운 생각이 들었다. 수영 경험자라면 아는 사실이지만 수면으로 앞을 내다보면 대안이 까마득하게 보인다. 그때까지 그것을 크게 의식한 적이 없었다. 아마도 수영이 능숙한 동반자가 있어서 든든하게 생각했기 때문일지도 모른다. 그런데 갑자기 대안이 아득하게 멀다는 생각이 들면서 겁이 나고 동시에 머릿속이 조금은 멍멍해지는 느낌이었다. 자신도 모르게 팔다리를 급히 움직이며 허우적거렸다. 팔다리 동작이 급해지니 숨도 가빠졌다. 나도 모르게 어! 하는 소리를 질렀다. 전진이 되지 않고 모르는 사이 물도 먹은 것 같았다. 아 이렇게 끝나는구나! 순간 정신을 차려야 한다는 생각이 퍼뜩 들었다. 팔다리를 천천히 오므렸다 뻗쳤다 하면서 숨을 고르게 내쉬었다. 앞으로 틀림없이 전진하고 있다는 생각이 들며 공포증도 얼마쯤 가시었다. 서서히 팔다리를 움직이며 죽어라 하고 나아갔다. 대안에 당도하자마자 반듯하게 누워서 하늘을 올려다보니 이젠 살았다는 생각이 들며 저절로 한숨이 나왔다.

한참 누워 있다가 일어나 돌아갈 생각을 하니 도무지 헤엄쳐 갈 자신이 없었다. 아까 경험한 공포감에 다시 사로잡힐 것 같은 느낌이 들었다. 안전제일이 아닌가! 그야말로 실오라기 하나 걸치지 않은 알몸으로 저수지 주변을 걸어서 과수원 끝자락에 당도했다. 옷을 걸치면서 보니 한참 먼 물가에서 초등학교 상급생쯤 돼 보이는 아이들 두엇이 "바이바이" 하며 장수잠자리 잡기를 하고 있었다. (장수잠자리를 잡아 막대기 끝에 매어놓은 긴 실 끝에 묶고 막대기를 휘두르며 "바이바이" 하면 멍청한 잠자리가 짝을 찾다 걸려들어 잡히는 경우가 있었다.) 그들이 알몸의 나를 보았는지 못 보았는지는 알 수 없었다. 너무나 창피하고 수통스러워 부리나케 그 자리를 떴다. 그 자리를 뜬 것으로 그치지 않고 그 후 누구에게도 죽을 뻔했다는 얘기를 하지 않았다. 수영을 배우고 나서 얼마 안 되어 누구나 한 번쯤 위기를 경험하게 마련이라는 투로 얘기했을 뿐이다. 그 뒤 하천이나 저수지

에서 수영하는 일은 가급적 피하였고 부득이한 경우에도 안전
제일주의를 실천하게 되었다.

위의 경우는 당사자의 불찰로 말미암아 야기된 위기였다. 혼
자서 수영한 것이 불찰이었고 사전에 심사숙고하지 않고 즉흥
적으로 전날의 관습을 좇은 것이 불찰이었다. 그러나 자신의 불
찰과 관련 없이 겪게 되는 위기도 있다. 역시 스무 살 전후의 일
인데 대전에서 출발하여 보은으로 가는 도중 잠이 든 사이였다.
갑자기 버스가 정거한 듯 몸이 앞뒤로 흔들리더니 차 안이 시
끄러워졌다. 눈을 떠보니 버스 속 앞자리 승객 몇몇이 차에서
내렸다. 얼마 동안인지 모르지만 곤히 잠들었던 모양으로 영문
을 알 수 없었다. 덩달아 내려가보니 앞서 내린 승객들이 모두
탄성을 지르고 있었다. 버스가 비탈진 좁은 도로 끝에 가까스
로 서 있었다. 앞쪽에서 달려오는 트럭을 피해 정거했다는 것인
데 당장이라도 비탈 옆으로 굴러떨어질 것 같은 아슬아슬한 형
국이었다. 운전사는 하마터면 큰일 날 뻔했다면서 상대 트럭 운
전사를 호되게 욕하는 것으로 사과를 대신하였다. 승객들은 불
행 중 다행이라며 하늘이 도왔다는 식으로 한마디씩 하였고 이
게 바로 구사일생이라고 문자를 쓰는 노인도 있었다. 이런 식의
교통과 관련된 '구사일생'은 누구나 서너 번씩 겪어보았을 것이
다. 역시 맞은편에서 오는 버스를 피하다가 도로 옆 논두렁에
옆으로 누워버린 버스에서 내린 적도 있었다.

위에 적어본 것은 이른바 '재수 없는 사고'에 해당하는 위기였다. 사고가 아니면서 삶의 역정에서 신상의 안위와 관계되는 큰일 날 뻔한 사달은 제법 많다. 비교적 안정된 직업이라는 교직에 있으면서도 그러했으니 보통의 경우 더욱 다양할 것이다. 어떻게 보면 삶은 '하마터면' 하는 사고나 병고와 같은 위기 상황이 복병처럼 잠복해 있는 수자리다. 그 수자리에서 사람은 환경과 우연의 막강한 힘에 속절없이 노출된 채 번롱翻弄되는 가련한 갈대로 병정 노릇을 한다. 용감하고 패기 있는 도전적인 사람들은 그런 막강한 힘에 맞서서 대거리하는 격투기로 삶을 수용할 것이고 행운이 협조하면 그런 만큼의 열매를 거두기도 할 것이다.

사고나 병고는 그 자체로서 커다란 악이긴 하다. 그러나 한 번 스치고 지나갈 때마다 삶의 본원적인 취약성과 소중함을 상기시켜줌으로써 우리의 마음가짐을 새롭게 다져준다. 단조로운 일상의 복됨을 알려준다. 그리고 우리로 하여금 운명 앞에서의 겸허를 권면하고 격려해준다. 용감한 자는 한 번 죽지만 겁쟁이는 수십 번 죽는다는 말이 있다. 그런 말을 접하게 될 때마다 자신을 두고 하는 얘기 같아 계면쩍어지게 마련이다. 어쨌거나 우연의 폭력이나 위기와 맞서는 과정에서 내성을 길러 의연할 수 있는 것도 용기라고 할 수 있다면 외국인이 놀랍게 생각하는 평온 유지 능력도 사실 우리의 저력일지 모른다.

제
2
장

그 이름 안티고네

그 이름 안티고네

편향과 쏠림

오이디푸스는 자신의 끔찍한 과거를 알고 나서 스스로 통치자의 자리에서 내려온다. 외숙이자 처남이기도 한 크레온이 이를테면 섭정으로서 테바이를 다스리게 되는데 오이디푸스의 두 아들이 너무 어렸기 때문이다. 두 아들이 장성한 후 교대로 테바이를 다스리기로 약조하나 잘 지켜지지 않자 결국 형제간에 다툼이 발생한다. 폴리네이케스가 아르고스의 군대를 끌고 와서 테바이에 자리 잡고 있는 에테오클레스를 공격하는데 이 싸움에서 형제는 둘 다 죽게 된다. 다시 테바이의 왕이 된 크레온은 외국 군대를 끌고 와서 조국을 공격한 폴리네이케스의 시신을 매장하지 못하게 한다. 그러나 안티고네는 크레온의 명령을 어기고 오라비의 시신을 매장하려다가 발각되어 사형선고를 받고 석굴에 갇히게 된다. 결국 안티고네는 목을 매어 자살하고 이를 본 약혼자이자 크레온의 아들인 하이몬은 아비를 찌르려다 실패한 뒤 스스로 목숨을 끊는다. 아들의 자살 소식을 들은 에우리디케 또한 자살하게 된다.

이것이 소포클레스의 테바이 3부작의 하나인 『안티고네』의 거친 배경이자 요약이다. 근자에 필요가 있어 『안티고네』를 다시 읽었다. 고전의 책임 있는 번역과 주석을 지향하는 대학 교재 출판사인 미국의 해킷Hackett출판사에서 2001년에 발행한 번역본으로 읽어본 것이다. 번역자인 폴 우드러프의 서론을 읽다가 흥미 있는 사실을 알게 되었다. 그는 미국 학생들 사이에서 크레온의 옹호자가 많아서 놀랐다고 적고 있는데 우리 쪽과는 정반대의 현상이다.

선호의 이모저모

벌써 10여 년 전의 일이지만 문학 입문 수업 시간에 학생들에게 소포클레스의 테바이 3부작을 읽고 그 가운데서 선호하는 한 작중인물을 택해 그 특징과 선호 이유를 적으라는 과제를 낸적이 있다. 예상과는 달리 안티고네를 선택한 경우가 가장 많았고 작품 선호도에서도 『안티고네』가 『오이디푸스왕』을 훨씬 웃돌았다. 1년 후에 동일한 과제를 부과했는데 결과는 이전과 동일하였다. 몇 가지 이유를 추정할 수 있을 것이다. '오이디푸스

콤플렉스' 때문에 소포클레스를 읽기 전에도 학생들은 오이디푸스 신화의 줄거리에 대해서 아주 친숙하다. 이러한 친숙성이 『오이디푸스왕』을 읽었을 때의 충격적 감동의 수용에 대해 완충장치로 작용할 수 있다. 이에 반해서 안티고네 신화에의 노출은 상대적으로 취약하기 때문에 작품을 읽었을 때의 충격적 감동은 더 클 수 있다. 또 여학생 비율의 상대적 증가도 참작해야 한다고 생각된다. 남녀 학생 비율이 엇비슷한데 여학생의 거의 전부가 안티고네 편에 서서 열의에 찬 공명과 공감을 표현하기 때문이다. 그러나 이러한 추정을 떠나서 우리의 현실 상황이나 정치적 경험이 학생들로 하여금 『안티고네』에서 유관성을 발견하고 공감하게 했을 가능성이 높다. 실상 많은 학생들이 이 고전 비극의 당대적 성격, 과거 속의 현재에 놀라움을 표시하면서 고전에 대해 새로운 시각을 갖게 되었음을 실토하기도 하였다.

널리 알려져 있다시피 1790년 이후 19세기 내내 유럽의 대표적 시인, 철학자, 학자들이 『안티고네』를 그리스비극 중 최고의 작품이라고 칭송하였다. 이러한 『안티고네』 숭상은 흔히 프랑스혁명과의 연관 속에서 설명된다. 개인과 역사의 만남을 체험한 인문적 지식인들에게 사사로운 삶과 공적인 삶 그리고 역사적 삶의 뒤엉킴을 극화하고 있는 『안티고네』가 선호와 숭상의 대상이 되었다는 것이다. 그런 과정에서 "인간 노력이 마련해놓은 것 가운데서 가장 숭고하고 또 모든 면에서 가장 완벽한 예술작품의 하나"라는 헤겔의 『안티고네』 예찬이 나온다. 그리고 그는 거기에서 비극의 갈등 혹은 비극적 충돌의 전형을 본다. 그것은 선과 악의 갈등이 아니라 상호 배제적인 두 개의 부분적 선 사이의 갈등이다.

일반적 수용

정치공동체의 명령과 친족 윤리가 부과하는 의무 사이에서 혈족 의무와 죽음을 선택한 안티고네를 변호하고 숭상하는 학생들이 작품에서 읽어내는 것은 헤겔 흐름의 갈등의 실체가 아니다. 그들은 대체로 크레온이란 권력자의 전횡적인 권력 행사에서 부정의와 오만을 읽어내고 안티고네의 죽음에서 정의와 인간 존엄의 순교를 본다. 반역자의 시체는 통상적인 장례 절차를 거친 매장을 허용치 않는다는 당대의 관행과 같은 세목을 그들은 크게 개의하지 않는다. 따라서 약혼자에게 관용을 베풀어달라 호소하는 아들에게 건네는 "집 안의 반역자를 눈감아준다면 집 밖의 반역자를 어떻게 다스린단 말이냐"는 크레온의 발언도 정치공동체의 내적 논리라기보다는 권력자의 방자한 권위주의적 작태로 받아들인다. 그러한 맥락에서 "가망 없는 일에 나서는 것은 부질없는 일"이라며 당초 협력을 거절하는 이스메네는 비겁한 현실 추수주의자로 규정된다. "생자를 즐겁게 할 이 승의 시간은 짧지만 사자를 사랑할 시간은 영원하다"는 안티고네의 믿음도 수사적 장치라 생각하는 편이다. "명예가 진정으로 귀속해 있는 것들을 존중하기 때문에 나는 간다"는 안티고네의 마지막 말도 학생들은 굽힐 줄 모르는 양심의 최후로 받아들인다. 요컨대 학생들은 고전 비극을 사회와 불화 관계에 있는 근대적 자아의 순교를 다룬 근대극으로 수용하고 있는 셈이다. 물론 학생들이 자신들의 수용 방식을 투명하고 명료한 언어로 자각하고 있는 것은 아니다. 그러나 확실한 건 그들은 대체로 크레온을 하나의 전횡적인 폭군으로 규정하고 안티고네를 이에 저항하다 순교하는 근대 지식인의 선구자로 수용하고 있다는 점이다.

물론 학생들의 일차적 수용을 보완하기 위한 정보 제공이 교실에서 이루어진다. 그리스비극의 발생과 소멸, 신화의 창의적 구성, 디오니소스 축제의 일환으로서의 비극 경연과 경연 과정, 비극과 희극의 차이, 비극의 장르적 특성, 아테나이 도시국가에서의 극장의 의미 등에 관한 정보를 제공한다. 또 중요한 것은 하나도 빼놓지 않고 허술한 것은 하나도 들여놓지 않는 완벽한 구성, 번역을 통해서 사라졌을 숭고 문체의 울림 등도 작품의 전체적 이해를 위해서 소개된다. 그렇기는 하지만 중요한 것은 이러한 예비지식이나 주변적 정보 없이도 소박한 일반 독자로서 학생들이 『안티고네』를 흥미 있게 또 감동적으로 향수한다는 사실이다. 본래의 텍스트와는 거리가 먼 근대극으로 읽기 때문에 도리어 학생들은 이 작품에 열중할 수 있다고 말하는 편이 온당할지도 모른다. 파생 텍스트의 가능성과 해독의 다양성이 커지는 작품이야말로 고전의 이름에 합당한 것이라는 사실을 재확인하게 된다.

학생들의 이러한 반응이 잘못되었다거나 작품을 오해했다는 것이 아니다. 문제는 안티고네를 일방적으로 숭상하는 입장이 절대 다수를 차지하는 반면 소수파의 관점은 거의 보이지 않는다는 점이다. 즉 그 편향과 쏠림 현상이 얼마쯤 문제적이라는 것이다. 쏠림 현상을 거스르는 의견이 거의 없다는 것은 주류에서 벗어난 개인적 의견이나 그 개진이 사실상 곤란하다는 사실을 드러낸다. 안티고네의 반대편에 서 있는 크레온은 과연 취할 점이 전혀 없는 부정돼야 할 인물인가?

작품이 진행됨에 따라 크레온의 취약점이 차차 드러나는 것은 사실이다. 그는 의심이 많아지고 남의 말을 경청할 줄 모르게 되면서 폭군적 면모를 드러낸다. 그러나 그는 합리적 질서에 대한 헌신을 보이고 있으며 공공심이 강하고 공정하면서 개인적인 야망에서 자유롭다. 반역자의 시체는 매장하지 않는다는 관습법에 충실하려 하면서 "집 안의 반역자를 눈감아준다면 집 밖의 반역자를 어떻게 다스린단 말이냐"라고 말할 때 그는 폴리스의 지도자로서 막스 베버가 말하는 '책임윤리'에 충실하려 하고 있다. "폴리스는 폭풍 속의 배와 같다"는 말은 권위주의적 성향의 정치인이나 독재자가 흔히 쓰는 비유로 간주되기 쉽다. 그러나 폴리스의 지도자로서 책임감을 느낄 때 그것은 속 보이는 단순한 구실이 아니다. 사실 당시 테바이는 내란 위험에 직면해 있기도 하였다. 크레온을 옹호하려는 것이 아니라 안티고네와 크레온을 선과 악의 대립으로 보려는 것은 비극을 멜로드라마로 보는 것과 진배없다는 것을 말하고 싶을 뿐이다. 상호 배제적인 부분적 선 사이의 갈등이란 비극 갈등의 특성을 고려해보더라도 크레온을 단순한 폭군으로 간주하는 것은 상황 전체를 보지 않고 일면만 보려는 편향된 태도이다. 그는 타자의 충고를 듣고 이스메네를 사면하는 등 인간미를 보여주기도 한다. 요컨대 그는 그 나름의 장점을 지니고 있는 인물이다. 모든 등장인물이 자기 나름으로 정당성을 갖는다는 게 훌륭한 비극의 비극성이라 할 수도 있다.

서로 다른 반응

우리 학생들이 어두운 정치사를 반영하여 권력자를 적대적 타자로 간주함에 반해서 미국 학생들은 그렇지 않음을 보여준다. 그들의 크레온 변호론은 정치공동체 지도자의 책임윤리에 대한 공명에서 나온다고 추론할 수 있는데 적어도 그들은 권력자를 단순화된 적대적 타자로 간주하지는 않는 것 같다. 그것은 그만큼 그들이 공동체의 일원으로서 공동체의 운영에 책임을 느낀다는 뜻이 될 것이다. 흔히 하는 얘기로 공동체의 주인이라는 의식이 강한 측면이 있는 것으로 보인다. 그렇다고 그들이 안티고네에 대해서 적대적 태도를 가지고 있는 것은 아닐 듯하다. 여기서 선호를 좌우하는 것은 심정적으로 무게를 어느 편에 두느냐는 강조점의 문제일 것이다. 즉 어느 부분에 액센트를 두는가의 문제다. 그들이 우리 학생들보다 정치적으로 안정된 사회에 살고 있다는 사실이 계기가 된 것인지도 모른다.

우리 학생들의 안티고네 선호는 비판받을 성질의 것이 아니다. 분명히 『안티고네』는 정치극이다. 앞서 보았듯이 근대 서구 지식인들도 안티고네 선호를 보여주고 있다. 또 고전극도 현대 독자들이 읽으면 자연히 또 부지중에 근대극이 되게 마련이다. 이것은 모든 고전이 수용되는 방식이기도 하다. 다만 모든 것을 정치적인 억압과 저항, 전제와 항거라는 이분법으로 접근하고 그러한 면에서 편향과 쏠림 현상을 보이며 소수파의 목소리가 들리지 않는다는 것이 문제적이라는 것이다. 크레온의 경우 공동체의 지도자가 보여주는 내면화된 책임윤리에서 나온 행동은 분명한 정당성을 가지고 있다. 그러한 국면이 우리 학생들의 반응에서 별로 보이지 않는 것이 얼마간 별스럽게 느껴진다. 주류적 대세만이 압도적이고 있음 직한 소수 의견이 보이지 않는 것은 정상이라 할 수 없다. 그러한 상황이야말로 전체주의적 풍토의 온상이 될 수 있다는 우려가 가능하기 때문이다. 카리스마적

지도자나 유능한 선동가에 의해서 휘둘릴 가능성이 커지는 것이다.

안티고네 대 크레온의 대립에는 단순히 가족과 정치공동체, 사적인 것과 공적인 것의 대립만 있는 것은 아니다. 여성과 남성이란 젠더 간 대립, 젊음과 어른이란 세대 간 대립도 구현하고 있다. 이 모든 것을 아우르면서 등장인물 각자의 입장에 서서 볼 때 비로소 비극 『안티고네』의 이해가 온전해질 것이다. 그럴 경우 안티고네 이상으로 크레온도 비극적 인물임이 드러난다. 그리고 부분적 선 사이의 갈등이란 테제도 더욱 선명해질 것이다.

소수 의견의 매력

그 재미와 효용

이 세상의 많은 문제에는 대립하는 복수의 접근법이나 답변이 있게 마련이다. 달걀이 먼저냐 암탉이 먼저냐 하는 낯익은 수수께끼부터 인간 본성이 착한 것인가 혹은 악한 것인가 하는 인간론에 이르기까지 상반되는 답변을 가진 문제는 수두룩하다. 딱 부러지게 해답을 내릴 수 없다는 점에 사안의 복잡성이 있고 그러기에 편향되지 않은 냉정한 검토나 성찰이 요구되기도 한다. 천동설과 지동설의 경우처럼 만인이 수긍하고 시인할 수 있는 진실이 밝혀지면 문제는 해소되지만 그러한 과학적 영역은 세상사에서는 극히 한정되어 있다고 할 수 있다.

문학의 경우

가령 문학작품을 대하는 경우에도 사람마다 안목이나 성향이나 독서 경험에 따라서 그 평가는 달라지게 마련이다. 그래서 비평의 객관성이니 공정성이니 하고 말하지만 궁극적으로는 향수자의 호오 문제로 귀착되고 만다는 말도 아주 근거 없는 것은 아니다. 결국 비평은 단순화해서 말하면 작품에 대한 향수자의 호오를 밝히면서 그 연유를 얼마만큼 설득력 있게 기술하는가에 따라서 공명을 얻기도 하고 불신을 받기도 하는 것이라 느껴진다. 물론 작품의 수용이나 평가가 각인각색이라 해도 그 사이에 아무런 기준이나 공통성이 없다고 할 수는 없다. 사람들은 공유 경험에 대해서 엇비슷하게 반응하게 마련이고 정도의 차이는 있지만 감동이나 별무감흥의 동질성이 인지된다. 이러한 공통의 동질성 때문에 베스트셀러란 문화 현상이나 특정 스타일의 유행 현상도 생겨나는 터일 것이다. 이른바 정전正典 형성도 누적된 광범위한 공감의 바탕 위에서 이루어진 것이지 소수 지적 권력자의 임의나 모의로 형성된 것은 아닐 것이다.

한 작품을 두고 극도로 상이한 평가가 병존하고 있으니 비평이란 것은 부질없고 무의미하다고 생각하는 사람들도 있다. 특히 시인 작가들 사이에서 그러한 생각은 생소하지 않은 것으로 관찰된다. 그러나 여러 관점이 있고 사람마다 다르기 때문에 비평의 재미가 있다는 것이 사실에 가까울 것이다. 모든 작품이

123

서로 달라 재미가 있듯이 특정 작품에 대한 논평도 서로 다르기 때문에 읽는 재미가 있다. 정당의 공식 대변인처럼 새 작품에 대한 정석적 유권해석을 내리는 비평과 비평가만이 있다면 그 세계는 얼마나 갑갑하고 삭막할 것인가. 개성적이며 시류를 타지 않는 다양한 목소리는 언제 어디서 접해도 후련하고 상쾌한 것이다.

획일적이고 우렁찬 다수의 목소리 속에서 분별력 있는 이단적인 목소리가 들려오면 그것만으로도 우리의 흥미를 끌고 우리의 지적 호기심을 자극한다. 가령 톨스토이는 그 이름을 모르는 사람이 없으나 읽는 사람은 별로 없어 보이는 걸출한 작가다. 『안나 카레니나』가 너무 길고 벅차다고 생각되면 적어도 『크로이처 소나타』나 『이반 일리치의 죽음』 정도는 읽어보아야 한다고 생각한다. 죽음의 실상과 그 형이상학적 심연을 못 본 체하고 지내는 삶은 기본적으로 거짓이라는 것을 고통스럽게 상기시켜주는 중편 『이반 일리치의 죽음』은 임박한 죽음을 통해 삶의 의미와 가치를 되묻고 있다. 등장인물들의 위선에 대한 풍자적 시선이나 죽어가는 이의 고독과 고통에 대한 에누리 없는 묘사는 톨스토이 특유의 박진감을 얻고 있다.

그런데 이 작품에 관해서 미국 비평가 에드먼드 윌슨Edmend Wilson은 부정적인 평가를 내리고 있다. 톨스토이 만년의 작품이 대체로 도덕주의적 편견 때문에 우그러져 있지만 많은 사람들이 탄복해 마지않는 『이반 일리치의 죽음』에서 주인공이 도무지 곧이들리지 않는다는 것이다. 지방의 인습적인 법관이 죽음에 임해서 보여주는 사고의 궤적이나 심정의 동태가 도무지 어울리지 않으며, 톨스토이가 직접 겪었을 성싶은 내면적 경험을 이반 일리치에게 투사하고 부여한 것에 공감이 가지 않는다는 것이다.

　『이반 일리치의 죽음』에 대한 윌슨의 논평은 하나의 유력한 '소수 의견'이라 생각된다. 러시아혁명 후 소련을 방문하기 전에 러시아어를 마스터한 터요 또 20세기 미국 비평계의 장로로서의 위치가 그의 견해에 권위와 후광을 부여하는 것은 사실이다. 속물적인 시골 법관으로서는 격에 맞지 않는 변모와 의식의 동태를 보여준다는 윌슨의 인간관은 그 자체가 문제적이다. 사람이란 흔히 생각하듯 일관성 있는 존재가 아니다. 영웅이라고 해서 사시장철 영웅적인 언동을 보여주는 것도 아니고 이렇다 할 특징이 없는 범인이라고 해서 특정한 계제에 비범함을 보여주지 못하란 법은 없다. 사람은 누구나 타인의 의표를 찌르는 언동의 가능성을 가지고 있다. "정말 그 사람이 그럴 줄은 몰랐다"는 흔히 듣게 되는 말은 그러한 사정을 시사해준다. 일관성이 없는 인물을 마치 일관성이 있는 것처럼 처리하는 것은 문학의 한 약속이자 편의요 관습일 따름이라고 해도 지나친 말은 아니다.

윌슨의 소수 의견은 이렇게 우리에게 여러 가지 성찰의 계기를 마련해준다. 그리고 톨스토이라는 문학적 거인에 대해 토를 달았다는 점에서는 통쾌한 느낌마저 든다. 일반적 통념에 대한 이의 제기는 사실상 문학이나 예술의 중요 작동 방식이기도 하고 특유의 매력이기도 하다. 그래서 참신하고 설득력 있는 소수 의견은 마침내 새로운 다수 의견 즉 일반적 통념으로 부상할 가능성도 내포하고 있는 셈이다.

셰익스피어와 워즈워스

문학에서의 강렬한 소수 의견으로 말하면 톨스토이의 셰익스피어 비판처럼 도전적인 것도 별로 없을 것이다. 영어 사용 세계에서 "정전의 중심"이라고까지 숭상하는 셰익스피어에 대한 자기 견해를 기독교 세계의 모든 교양인들 사이에서 볼 수 있는 정평定評과 조화시키기 위해 여러 해 동안 끈질기게 노력했으나 그에 대한 "제어할 수 없는 혐오감과 지루함"을 어쩌지 못했다고 그는 말한다. 셰익스피어에 대한 자기 생각이 우연한 심경이나 경솔한 태도의 결과가 아님을 강조하면서 자신을 시험하기 위해 러시아어, 영어, 독일어, 그리고 권유받은 대로 슈레겔 번역본 등을 되풀이 읽었으며 75세의 나이에 전 작품을 통독했으나 여전한 혐오감, 지루함, 당혹감만을 경험했다고 서두에서 말한다. 셰익스피어가 천재이기는커녕 평균적인 보통 문인도 못

된다면서 인물 창조 능력도 없고 언어는 단조하게 과장되어 우스꽝스럽다고 결점을 나열한다. 자신의 생각을 작중인물의 입에서 나오게 하며 미적 감정도 전적으로 결여되어 있고, 생각은 독창적이지도 흥미 있지도 못하며 예술가란 이름에 값하지 못한다고 혹평한다. 배우 출신이기 때문에 가능했던 기술적 숙련이 유일한 장점이라면서 가령 『리어왕』도 선행 밑그림의 표절이자 개악이라고 말한다. 그의 어조는 일관되게 단호하고 서슴없다.

톨스토이의 글이 아니라면 아마도 묵살되었을 이러한 셰익스피어에 대한 공격은 그 가차 없는 우상 파괴적 열정 때문에 통쾌한 읽을거리가 되어준다. 비평 대상인 셰익스피어보다 필자톨스토이를 이해하는 데 효과적일 것이겠지만 문학사상 가장흥미진진한 소수 의견이라는 점에서 그 가치는 소홀치 않은 것으로 생각된다. 철저한 산문가이자 리얼리스트가 보는 시인관이란 점에서도 흥미 있고 광의의 도덕적 열정이 미적인 것에 대해서 눈멀기 쉽다는 점을 극명하게 보여주는 사례라 할 수도있다. 개종 이후 『예술이란 무엇인가』에서 보여주는 그의 종교적성향이 한 문학적 거장을 과녁으로 삼아서 분출된 것이라고 보면 납득되는 면도 있을 것이다. 그의 소론이 한 노인의 안하무인격 폭언이 아닌 것은 취약하고 과장된 것이긴 하지만 일말의정당성을 가지고 있기 때문일 것이다. 읽을 만한 소수 의견은 언제나 문학의 본질적 문제에 대해서 검토하고 성찰하는 계기를 마련해준다. 과장된 언설은 개개 특성을 확대해서 보여준다는 점에서 만화적 성격을 가지고 있다.

톨스토이의 경우와 같이 담대하고 열정적인 것은 아니나 흥미 있는 문학상의 소수 의견 사례는 적지 않다. 「초원의 빛 Splendor in the Grass」이라는 엘리아 카잔 감독의 영화가 있다. 1960년대 우리나라에서도 상영되어 널리 알려진 청춘 영화이다. 혹시 관람한 적이 있는 올드팬들은 안경잡이 여교사의 힐난을 받은 주연배우 나탈리 우드가 시를 낭독하다 말고 교실을 뛰쳐나오는 장면을 기억할 것이다.

초원草原의 눈부심(빛)과 꽃의 영광은
다시 찾을 길 없다 해도
우리는 슬퍼하지 않으리
뒤에 남아 있는 것에서 힘을 찾으리니

'초원의 빛'이란 표제의 연원이 된 이 대목은 긴 제목을 가지고 있으나 흔히 「영혼불멸송頌」이라 불리는 워즈워스 시편에서 따온 것이다. 영광이 지상을 떠나버렸다는 감회가 되풀이되는 이 시편을 두고 미국 비평가 라이어널 트릴링Lionel Trilling은 시인에게서 영감이 사라졌음을 노래한 것이라고 분석했지만 대부분의 영시 사화집에서 지극한 우대를 받고 있는 시편이다. 그런데 영국 케임브리지대학의 비평가 리비스F. R. Leavis는 이 시를 혹평했을 뿐 아니라 교실에서도 열을 내어 성토하는 버릇이 있었다고 알려져 있다. 혹 이 시편을 호평하는 사람이 있으면 싸움을 걸다시피 했다는 얘기도 전해진다. 주류적 견해에 대한 그의 공격은 이 시편에 보이는 조금은 어색한 비유와 관련돼 있는데 어쨌건 격렬한 소수 의견임에는 틀림이 없다. 그리고 그것이 자기현시를 위한 일종의 노이즈 마케팅이 아니기 때문에 문학상의 쟁점으로 이야기되기도 하는 것이다.

소수 의견이면서 권위와 설득력을 가지고 있는 경우도 적지 않다. 가령 그리스비극은 풀 수 없는 갈등의 결과 자살로, 따라서, 비극적인 죽음으로 마감되었다는 것이 『비극의 탄생』에서의 니체 명제 중 하나다. 강력한 디오니소스적인 요소를 비극으로부터 배제함으로써 그리되었다는 것이다. 소크라테스와 에우리피데스가 비극의 자살에 한몫을 한다. 이에 대해 니체의 중요 영역자의 한 사람인 월터 카우프만Walter Kaufmann은 세 사람의 위대한 비극 시인이 각각 100편 안팎의 많은 작품을 써냈으니 주제와 내용이 탕진되었으며 따라서 후속 시인들이 무엇을 쓸 수 있었겠느냐는 괴테의 말을 동조적으로 인용하고 있다. "베토벤이 서른두 개의 피아노 소나타를 남겨놓았는데 우리가 할 수 있는 것이 과연 무엇이 남아 있겠느냐"고 탄식하며 세 개의 피아노 소나타를 남긴 쇼팽의 경우를 상기하면서 제작 경험이 풍부한 시인의 통찰을 수긍하게 된다. 그렇다고 니체의 독창적 비극 정신 이해가 무효화되는 것도 아니고 타격을 받는 것도 아니다. 원숙한 소수 의견은 이렇게 강력한 충격으로 다가와서 우리에게 새로운 성찰을 요구한다.

시인의 경우

근대 일본의 경우엔 하이쿠의 거장이라는 17세기의 마쓰오 바쇼〔松尾芭蕉〕를 제쳐 놓고 18세기의 요사 부손〔與謝蕪村〕 선호를 공언한 시인 하기와라 사쿠타로〔萩原朔太郎〕의 경우도 하나의 중요한 소수 의견 제시자라 할 수 있을 것이다. 화가로서도 알려진 부손은 바쇼를 숭상하고 그의 시풍을 따라 하이쿠를 썼으나 마침내 독자적인 경지를 개척한 하이쿠 시인이다. 하기와라가 두 사람을 비교해서 부손의 우위를 지적한 것은 아니다. 당초 전통 하이쿠에 별 감흥을 받지 못한 하기와라는 하이쿠보다 긴 시형인 와카〔和歌〕에 끌렸다고 토로하고 있다. 젊은 날엔 하이쿠가 싫었으나 나이 들어가면서 바쇼를 이해하게 되고 좋아도 하게 되어 일본에 태어나 쌀밥을 쉰 해 동안 먹으니 자연스레 그리되는 것에 마음이 쓸쓸해진다고 적고 있기도 하다. 어쨌건 즐겨 애송했다는 부손의 하이쿠를 현대 시인의 입장에서 풍요로운 정감의 서정시로 읽고 있는 「향수의 시인 요사 부손鄕愁の詩人

與謝蕪村」은 바쇼에게 쏠려 있는 평가에 균형을 잡아주며 또 하나의 별을 보라고 말한다. 하기와라의 책은 전통 시가의 평석자들이 보여주는 건조한 훈고訓詁를 뛰어넘어 고전 텍스트를 서정시로 복원시켜준다. 대단한 소수 의견의 사례라 생각된다.

우리의 경우엔 정지용보다도 김영랑을 터놓고 고평한 해방 직후의 서정주도 중요한 소수 의견 제시자라 할 수 있다. 그러나 당시의 정지용이 보여준 정치적 행보에 대한 불만과 정지용으로의 독자 쏠림 현상에 대한 반동 형성의 요소가 강했던 터라 그의 소수 의견 제시는 지속적이지 못하고 잠정적인 것으로 그치고 만 것 같다. 지나친 과작도 시인됨에 있어서는 취약점이 되기 쉽고 그런 맥락에서 김영랑의 단조성은 정지용의 다양성과 견주어 한계로 드러나게 마련이다. 정지용이 자기의 애송시로 「모란이 피기까지는」을 들고 있는 것은 유념해둘 만한 일이다. 근자엔 사회의식이 강했던 모더니스트 김수영에 비해서 무의미의 시론을 표방한 김춘수를 고평하는 소수 의견이 일부 젊은 시인들 사이에서 대두한 것이 사실이다. 대담하고 직선적인 시적 진술에 대해서 소심하고 섬세함으로 일관된 시풍을 대비시킨 것이고 그것은 좋은 대조가 되어주었다. 그러나 정치적 상황 변화도 맞물리면서 어느 사이 흐지부지되고 말았다. 이러한 소수 의견은 두 시인의 장단에 대해 상보적 시선을 제공함으로써 젊은 시인들에게 자성의 계기를 마련해준다는 점에서 그 나름의 의미가 있었다고 생각된다.

끝으로

물론 세상엔 자기현시를 위한 일종의 노이즈 마케팅 흐름의 내용 없는 소수 의견 제시의 사례도 허다하다. 청년기의 소수 의견 제시에는 그러한 자기현시적 요소가 강한 경우가 많고 이에 따라 소기의 목적을 달성하는 경우도 없지는 않다. 그러나 그것은 단기간에 시효가 끝나고 마는 공허한 소동으로 그칠 공산이 크고 정당화의 근거가 희박하다. 정당한 사유를 갖추지 못한 성급한 소수 의견 제시는 뚜렷한 명분이나 의견 차이도 없으면서 끼리끼리 작당해서 고함을 지르는 군소 사회단체를 연상케 한다.

우리 사회에서는 여러모로 쏠림 현상이 심하다. 정당 지지에서 정치인 선호에 이르기까지 또 학교 전공 선택에서 직업 선택에 이르기까지 쏠림 현상은 막심하다. 책 읽기나 그 평가에서도 사정은 마찬가지다. 정형외과의 번창이나 소아과 및 산부인과 의원의 격감은 물론 수요의 감소와 연관되는 현상이다. 그러나 수요의 감소 자체가 대세에 대한 민감성과 주류 다수파로 귀속하려는 쏠림 현상과 직접 연관돼 있다. "홀로 있을 수 없다는 이 크나큰 불행!"이란 라브뤼예르의 탄식을 강렬하게 공유하고 있기 때문일 것이다. 그만큼 대세를 좇고 주류로 합류해야 한다는 강박관념에 사로잡혀 있다.

그러나 홀로 있을 수 있는 고독의 감내 능력 없이 성숙한 개인은 형성될 수 없다. 무리 지어 살면서도 사람은 잠을 자고 꿈을 꿀 때 단독자로 수면상태에 빠지고 단독자로서 꿈을 꾼다. 그것이 인간 조건이다. 쏠림 현상을 극복하는 데 있어 소수 의견의 활발한 제시와 이를 매개로 한 자기 성찰은 개인의 성숙과 사회의 성숙을 위해서 긴요하다. 또 정당성 있는 소수 의견이 사회적 압력에 대한 자기검열의 대상이 되어서도 안 된다. 억압은 국가의 폭력 기구나 장치에서만 비롯되는 것은 아니다. 동원된 "고독한 군중"도 댓글부대도 숨어 있는 폭력 장치다. 두려움 없이 자기소신을 밝힐 수 없는 사회는 엄밀한 의미에서 자유로운 사회가 아니다. 모든 수준에서 다양한 소수 의견이 두려움 없이 제시될 수 있는 사회라야 열려 있는 자유사회라고 할 수 있을 것이다.

도편추방에 대하여

조개껍질과 질그릇

혼선의 유래

재판에 의하지 않고 공중의 투표에 의해 위험인물을 10년간 국외로 추방하는 것을 오스트라시즘이라 한다. 그렇게 세계사 교과서에 나와 있다. 고대 그리스의 참으로 흥미진진한 이 제도는 투표에서 도편陶片 혹은 타일을 사용한다 해서 '도편추방'이라 한다. 그런데 우리 세대가 중학교에서 서양사를 배울 때엔 조개껍질을 사용한다 해서 '패각추방貝殼追放'이라고 배웠다. 도자기 조각을 뜻하는 도편과 조개껍질을 뜻하는 패각은 달라도 한참 다르다. 그런데 슬며시 어느 사이에 패각이 추방되고 도편이 그 자리를 차지하게 된 것이다. 어릴 적에 본 일본 서양사 교과서에서도 분명 패각추방이라고 나와 있었다.

패각추방이 도편추방으로 바뀐 사정이 궁금해서 기회가 생기면 역사학 관련 인사에게 물어보곤 했는데 시원한 답변을 듣지 못했다. 우리 쪽 역사 용어가 일본에서 쓰던 것을 그대로 옮겨 쓰는 경우가 많으니 아마 일본에서 오역했을 공산이 크다는 추정적 설명이 고작이었다. 근자에 일본 쪽 사전을 통해서 그 사연을 알게 되었다. 잘못된 번역에서 혼선이 생긴 것은 사실이나 오역의 주역은 일인이 아니라 본바닥 인물이었다. 플라비우스 아리아누스Flavius Arrianus의 오역에서 유래했다는 것이다.

아리아누스라는 이름을 접하고 일변 놀랍고 일변 반가웠다. 20세기 걸작 소설의 하나인 마르그리트 유르스나르의 『하드리아누스 황제의 회상록』에도 등장하는 인물이기 때문이다. (이제 고인이 된 유르스나르는 아카데미 프랑세즈의 최초의 여성 회원이었다.) 기원 2세기의 인물로서 소설 속에선 소小 아르메니아 총독 겸 함대 사령관으로 등장하는데 사실史實에 근거한 것임이 분명하다. 황제에게 편지를 보내고 있고 그 편지가 '인내'란 마지막 장의 첫머리에 나온다. 깍듯이 존칭을 써서 황제와 신하의 관계임이 드러나 있지만 사실상 친구 사이였고 역사가로서 알렉산드로스 대왕의 동방 원정을 다룬 역사책을 남겼다 한다. 어쨌건 그의 불찰로 패각추방이란 말이 생겨난 것이다. 도편을 가리키는 말이 ostracon인데 ostraco가 조개를 뜻하는 연결어이기도 해서 혼선이 생긴 것으로 보인다. 정확한 것은 그리스어를 알아야 할 것 같은데 대충이나마 의문이 풀리니 시원하고 후련한 느낌이다.

도편추방과 탄핵재판

아테나이 민주정치의 기초를 닦은 것으로 유명한 클레이스테네스가 도편추방을 도입한 것으로 역사책에 나온다. 널리 알려져 있듯이 너무나 강력하고 대중적 인기가 있어 참주가 될 가능성이 높은 인물을 경계하여 도입된 것이다. 해마다 도편추방을 할 것인가를 물어 과반수 찬성을 얻으면 그 뒤 투표를 해서 6천 표 이상이 나온 인물은 10년간 국외로 추방했다. 그러나 시민권과 재산은 보전되었고 돌아온 후에는 아무런 지장을 받지 않았다. 또 유능한 인물인 경우 폴리스가 위기에 빠지면 10년 미만이라도 귀국이 허용된 경우도 있었다. 사료상으로 확인된 도편추방의 사례는 열두 건 밖에 되지 않았고 기원전 4세기 이후엔 사실상 유명무실한 제도가 되고 말았다. 그래서 도편추방보다도 역시 클레이스테네스가 도입한 탄핵재판의 역할과 의미가 크다고 주장하는 의견도 많다.

민주제의 전복 음모, 함선, 군대를 포함해서 폴리스를 적에게 넘기는 일, 민회나 평의회에서의 제안자에 대한 뇌물 공여와 같은 중대한 범죄행위에 적용되는 탄핵법은 극히 엄격했고 탄핵재판에 회부되어 뒷날 분석과 연구 대상이 된 사례도 백 수

십 건에 이른다. 공직자나 정치가에 대한 책임 추궁이 엄격했음을 알 수 있다. 공과 사의 구별이 엄격했고 청렴결백했으며 시민 사이에서 제우스란 별명까지 얻은 유명한 페리클레스가 이 탄핵재판에 회부되었다는 것은 플라톤의 『고르기아스』에도 나온다. 사형을 구형받았으나 벌금형으로 끝났다. 그 후 시민들은 페리클레스 이외의 지도자가 없다는 것을 깨닫고 공직 취임을 요청하여 장군직에 다시 선출되었으나 얼마 지나지 않아 창궐한 전염병으로 세상을 뜬다는 것은 친숙한 역사적 사실이다.

정치의 어둠

도편추방을 위한 투표가 아테나이에서 진행되고 있었다. 읽기 쓰기를 못하는 한 주변 인물이 다가와서 어떤 사람에게 도자기 조각을 내밀며 거기 아리스타이데스란 이름을 적어달라고 부탁했다. 부탁을 받은 사람은 아리스타이데스가 무슨 해코지를 한 것이냐고 물었다. 그러자 그가 대답했다. "해코지당한 일은 없습니다. 아리스타이데스를 알지도 못해요. 그러나 도처에서 그를 공정한 사람이라고 부르는 게 아주 넌더리가 나서요." 그 말을 듣자 부탁받은 사람은 부탁받은 대로 자기 이름을 도자기 조각에 적었다. 부탁받은 사람은 바로 아리스타이데스였던 것이다. 플루타르코스가 전하는 기막히게 멋있는 이야기다. 그런데 많은 역사가들이 이런 얘기를 곧이듣고 그로부터 아테나

이의 민주정치, 도편추방에 대한 어떤 결론을 도출하려 한다면 그것은 과연 적정하고 온당한 일인가?

매카시 선풍이 휘몰아칠 때 미국 대학에서 쫓겨나 영국으로 건너간 후 케임브리지대학 교수로 정착한 핀리는 『고대 세계의 정치』에서 이러한 의문을 제기하고 나서 회의론을 전개한다. 2차 세계대전 이후 있었던 발굴에서 이름이 적힌 도편 1만 1천여 개가 발견되었다. 대부분의 도편들은 도편추방 투표가 끝난 후 무더기로 버린 것임이 분명했다. 그러나 아크로폴리스의 서쪽 비탈에서 발견된 190개의 도편 무더기는 모두 테미스토클레스란 이름이 적혀 있었다. 글씨체로 보아 몇 사람이 적은 것이고 투표자에게 나누어주기 위해 미리 준비해두었다가 사용하지 않은 것임이 명백하였다.

1만 1천여 개의 도편 중 얼마 정도가 이처럼 사전에 준비된 것인지는 헤아릴 길이 없다. 또 플루타르코스가 전하는 이야기의 진실 여부도 가늠할 길이 없다. 사전에 준비된 테미스토클레스 도편이 도편추방의 역사에서 유일한 경우인지도 알 길이 없다. 그렇게 말하고 나서 핀리는 플루타르코스가 말하듯이 아테나이 정치가 유례없는 도덕적 순결을 가지고 있었다고 믿기는 어렵다고 적고 있다. 그러니까 부정투표는 20세기 후발 국가들의 특산물만이 아닌 셈이다. 그렇다고 세상에 드러난 한두 가지 부정적 사례를 보고 그것을 일반화하는 것은 사리에 맞지 않다.

마르크스나 니체 같은 근대 사상가들이 천재 민족이라고 상찬해 마지않았던 그리스인들이 민주정치를 통해서 보여준 정치적 지혜와 실천은 인류의 위대한 역사적 유산이다. 도편추방은 아테나이 이외에도 잠정적으로 민주정을 채용했던 폴리스에서는 시행되었다. 지금 세상에서 직접민주주의를 공상하는 것은 분명한 시대착오이다. 그러나 직접민주정치가 보여준 기막힌 장점도 한계점도 우리가 정치를 생각할 때 빼놓을 수 없는 시사점을 안겨준다고 생각한다. 심심치 않게 등장해서 화제가 되는 우리 사이의 데마고그를 접할 때마다 이 세상에 없는 도편추방제도가 그리워진다. 이 글은 그리스비극에 매료되어 그 이해를 위해 비전문적 접근을 시도한 그리스 역사 읽기 과정에서 알게 된 사항을 '공유'하고자 적은 것임을 덧붙여둔다.

전통과 민주제

20세기 야만의 광풍은 문명의 한복판에서 휘몰아쳤다. 그 대
표적인 사례가 나치즘이다. 역사적 맥락에서 긴 눈으로 보면
12년이란 시간에 불과했지만 그 광풍의 파괴적인 영향력은 전
대미문의 것이었다. 양심은 유태인의 발명품일 뿐이라면서 서
구의 전통적 휴머니즘에 대해 정면으로 도전하며 폭언을 일삼
았던 히틀러 주변의 핵심적 인물은 괴링 같은 마약중독자, 힘러
같은 사디스트였다. 지하 벙커에서 일가 자살로 생애를 마감한
공보상 괴벨스를 제외한 대부분의 측근들은 최후의 결정적 순
간에 모두 충성했던 상전에게 등을 돌리고 제 살길을 찾아 나서
서 그들의 참모습을 보여준다.

한 무더기의 사회적 잉여 인간들이 주동이 되어 벌인 전쟁과

계획적 학살이 끝난 후 당연히 유럽에서 또 독일에서 자성의 목소리가 나오기 시작했다. 칸트로 대표되는 철학, 괴테로 대표되는 문학, 그리고 바흐 이후 모차르트, 베토벤으로 대표되는 음악을 낳은 정신의 왕국 독일이 어떻게 한 줌의 무뢰한들이 주도한 정치적 폭거에 속절없이 무력하였는가, 하는 자괴감 섞인 자성이었다.

깊은 내면성의 그늘

그중 대표적으로 떠오르는 것이 토마스 만이 토로한 괴로운 자기반성이다. 2차 세계대전이 끝나갈 무렵 미국 의회도서관에서 들려준 일련의 강연은 바로 이러한 주제에 대한 심도 있는 검토이다. 정신적 자유와 정치적 자유의 분리라는 루터적 이원론의 심화는 독일의 교양 개념에 정치적 요소가 포함되는 것을 방해했고 그로 말미암아 심오한 내면성이 강조되었다고 그는 강조한다. 섬세함과 마음의 깊이, 비세속적인 것에 대한 몰입과 침잠, 자연에 대한 경건한 태도, 순수하고 진지한 사상과 양심 등 높은 서정시가 갖는 본질적 특색이 곧 내면성이란 특징이다. 독일 철학, 독일 음악, 독일 가곡 등이 모두 내면성의 소산인데 이 내면성이 바로 나치스의 정치적 야만의 등장을 가능하게 했다는 것이다.

"개인이 정치에서 문화와 사생활로 철수하는 것이 각별한 위

엄을 얻게 되었고 문화는 정치의 고상한 대용품으로 여겨졌
다"고 『독일 역사에서의 문화의 유혹The Seduction of Culture in
German History』의 저자 볼프 레페니에스Wolf Lepenies도 대체
적으로 비슷한 분석을 하고 있다. 이러한 견해에 설득되면서도
무엇인가가 빠져 있는 추상적인 담론이라는 미흡감을 막연히
느꼈던 것이 사실이다. 그러던 차에 접하게 된 것이 랄프 다렌
도르프의 사회역사적 분석이다. 그의 독일, 영국, 미국에서의 연
구와 실천적 활동이 독일에 대한 보다 객관적 시점과 분석을 가
능하게 한 것이 아닌가 생각된다. 브루포트W. H. Bruford의 『자
기계발의 독일 전통The German Tradition of Self-Cultivation』이란
책 속에 간접 인용되어 있는 장문의 분석을 요약하면 대충 다음
과 같다.

다렌도르프의 분석

18세기의 너른 의미의 독일 봉건제는 19세기의 산업주의가
나라를 변모시키고 있을 때에도 사라지지 않았다. 봉건제는 옛
프러시아 전통에 충실하였던 모든 직급의 신교도 공무원, 군인,
외교관, 토지귀족들 사이에서 지배적이던 보호자적 통제주의나
권위주의적 사고와 감정 및 관습 속에서 살아남았고 산업계의
지도자들에게도 퍼져 있었다. 이러한 체제를 추방하려던 바이
마르공화국의 미온적 시도는 성공을 거두지 못했다. 귀족층, 고

급 관료, 모든 종류의 경쟁적 엘리트의 권한을 파괴하고 마침내 전후 서독 민주주의의 토대를 닦은 것은 역설적이게도 전체주의의 추구 속에서 이루어진 국가사회주의의 광신적 결의와 실천이었다. 1944년의 나치 저항 운동가들이 원한 것도 낡은 권위주의의 복원이었을 개연성이 크다. 이 저항운동의 최선의 역사가도 그들이 '수정주의자'라는 점에 동의하고 있다. 다시 말해서 나치스가 전체주의 운영을 위해 봉건적 잔재를 모조리 청산하였고 그 터전에서 비로소 영국이나 프랑스에서와 같은 의회민주주의가 서독에서 이루어졌다는 것이다.

형성Bildung을 복종의 정신과 연계시키는 초기 토마스 만과 달리 다렌도르프는 공적 덕목보다 사적 덕목의 계발, 그리고 '비참여'가 독일 사회의 지배적인 태도였고 그것은 문학에서 칭송되고 정치에서 실천되었다고 말한다. 그리고 권위에 대한 동일한 복종적 태도는 가정, 교육, 교회, 법률, 산업의 제 관계 속에서도 그대로 발견된다고 말한다. 의견이나 이해관계에서 갈등이 발생할 때 최선의 해결을 위해서는 권위주의적인 부친 같은 인물에 의존할 수 있다는 믿음이 언제나 자리 잡고 있었다. 그러나 이성적 토론에 의한 문제 해결을 믿고 있는 사회에선 의견 차이란 불가피한 것으로 수용되고 환경이 변하면 새로운 문제가 출현하게 마련이며 그것은 뒷날의 수정이 가능한 잠정적 조처에 의해서 조정될 수 있다고 믿는다.

트뢸치의 비교 논의

다렌도르프의 사회학적 분석은 독일인의 자유관을 보는 에른스트 트뢸치Ernst Troeltsch의 관점에 대해서 귀중한 보충 설명이 된다. 트뢸치는 영국인의 자유관과 독일인의 자유관을 이렇게 분석한다. 영국의 자유관은 봉건제의 전통과 1688년 명예혁명 때의 청교도와 비국교도의 완고한 개인주의가 융합함으로써 이루어진 것이다. 지방 향사 계급은 상인 계층과 연합하여 영국적 자유의 주요 특징이 되는 독립성과 개인의 자발성을 발전시켰고 거기에 의회란 기반을 제공하였다. 또 식민지 경영에서의 선구적 경험, 초기 자본주의시대의 영국 상업의 자유로운 팽창, 수다한 과거 성취의 기억이 많은 기여를 하였다. 군주제, 고급 귀족, 국교 교회는 자유의 장애물이 아니라 국가적 제도로 간주되었다. 이들은 민족국가의 필요에 크게 적응하였고 유용한 사회적 기능을 행사하였다. 19세기에 들어와서 비로소 프랑스의 민주적 사상이 이 체계 속에 들어와서 어떤 영향을 끼쳤다.

영국이나 프랑스보다 낙후하였던 독일에서 자유는 권리보다는 의무, 아니 의무와 동체인 권리로 구성되어 있었다. 개인이 전체를 구성하는 것이 아니라 개인들은 전체와 자신들을 동일시하였다. 자유는 평등이 아니라 제 자리와 기능 속에서의 개인의 봉사였다. 이 점에 개인의 위엄과 실제 영향력이 놓여 있었다. 트뢸치는 독일의 자유관과 영국의 자유관을 대조적으로 분석하면서 그 배후가 되어 있는 정치적·역사적 전통의 차이를 중요시한다. 영국과 프랑스에 비해서 상대적으로 낙후하였던 독일이 적어도 민주제의 성공적인 운영에서는 뒤져도 한참을 뒤진 연유를 짐작할 수 있다. 요컨대 민주적 전통의 취약성이 나치스의 대두를 저지하지 못한 중요한 이유가 된다.

우리의 경우

독일의 역사적 경험에 대한 일별은 자연히 우리의 정치사를 돌아보게 한다. 신빙성이 없는 대로 현존하는 통계를 따르면 해방 당시 우리 국민의 문맹률은 78퍼센트에 이른다. 그러한 상황에서 1948년 우리는 민주제라는 미지의 정치 실험을 시작하게 된다. 유럽의 정치적 선진국인 영국에서 여성에게 투표권을 부여한 것은 1918년의 일로, 일정한 재산 조건이 충족되는 30세 이상의 여성에게 한정된 것이었다. 21세 이상의 여성 전원에게 투표권이 부여된 때는 1928년이다. (이른바 정치적 선진국에서도 기본권 획득이 지속적이고 고난에 찬 시민적 노력으로 근자에 이루어졌다는 뜻이지 우리 쪽 여성참정권 부여가 빨랐다는 뜻이 아니다.)

우리는 1948년에 처음으로 역사적 보통선거를 치렀다. 정치적 참여나 실천의 기회가 많지 않았던 터전에서 그것은 전혀 새로운 정치적 실험이 될 수밖에 없었다. 순탄하고 효율적인 운영이 기약될 수 없는 불리한 조건이요 상황이었다. 그럼에도 민주제가 꾸준한 학습과 시민적 노력의 대상이라는 자각이 없이 사회문제의 만능 해결사라도 되는 양 자유와 민주에 대한 '주물 숭배'만이 번창한 것이 아닌가 하는 생각이 든다. '압축성장'이 빚어낸 폐해의 지적은 있어도 '압축 민주제 운영'이 야기한 여러 비극적 사태에 대한 통렬한 성찰과 자성은 없지 않았나 생각한다. 통치자의 의지나 정치인의 선의로 쉬 달성될 수 있는 것이란 자각되지 않은 안이한 희망적 관측이 지배적이었다. 역대 '독재자' 규탄에만 시종한 감이 없지 않다. 그리고 규격화된 구호만이 외쳐졌을 뿐이다. 대의민주제가 오랜 정치적 전통과 자유를 위한 투쟁의 산물이란 것에 대한 시민적 자각은 대체로 희박했다고 할 수 있다. 그런 측면의 지적은 기성 권력의 변호론이란 지탄을 받을 공산이 컸다.

음산하기 짝이 없는 최근 보도를 접하고 국민들은 분노와 함께 참담한 굴욕감을 느끼고 있다. 일천한 민주제의 실험 과정을 떠올리면서 절망감을 달래야 할 것인가. 망연자실할 뿐이다. 단합된 노력으로 위기를 지혜롭게 극복하고 민주제 성숙을 위한 계기로 삼는 것이 초급한 당면 과제일 것이다.

우리 안의 전근대

끈질긴 잔재

올해 우리는 광복 70년을 맞았다. 이 말은 식민지시대를 경험한 인구가 70대 이상의 고령자로 국한되어 완전히 국민의 극소수파가 돼버렸다는 것을 의미하기도 한다. 어려서 혹은 젊어서 알게 된 분들의 수효가 막무가내로 줄어든다. 올해 들어서 추모의 글을 세 편이나 쓰게 되었다. 젊어서부터 알아온 시인과 옛 직장 동료와 중학 동창생을 추모하는 글이다. 살아남은 자의 의무려니 생각하고 적으면서 그때마다 '회자정리 제행무상'이란 낯익은 문자가 절실하게 다가오곤 하였다. 그러면서 늙는 것이란 바로 아는 이들의 수효가 줄어드는 것이구나, 하고 절감하게 된다.

신속하고 다양한 변천

지난날을 돌아보며 느끼는 첫 감개는 격변의 세월을 살아왔다는 아주 진부한 감상이다. 역사상 이렇게 많은 변화와 신속한 변천을 경험한 세대는 달리 많지가 않을 것이다. 역사 속의 진보를 가령 해당 사회의 생산력 향상이나 평등 의식의 확산이라는 관점에서 보면 우리가 획기적인 진보의 궤적을 그려왔다고 자부해도 마땅하다. 이럴 때 척도가 되는 것은 구체적 세목을 통한 비교라 해도 좋을 것이다.

1940년대에 나온 이태준의 『사상의 월야』는 자전적인 소설이다. 그리고 자기 생애에 극히 충실한 것임은 객관적으로 드러나 있다. 또 서로 사정을 빤히 아는 풍토에서 작가가 거짓이나 과장을 꾀한다면 곧 들통이 나고 말 것이다. 작품에서 주인공은 휘문고보 재학 시절 입주 가정교사로서 한말에 훈련대장을 지냈다는 '김대장'의 손자를 가르치게 된다. 김대장은 자기 손자가 하인의 자식과 공 던지기 하는 것을 금한다. "학교선 양반 상인의 구별이 없다"며 손자를 감싸다가 "너도 말하는 걸 보니 상놈이다"라는 호통을 받고 이내 쫓겨나게 된다. 1920년대 초의 일인데 나라가 결딴나고 세상이 바뀌었는데도 훈련대장을 지냈다는 위인의 의식 수준이 겨우 이 정도였다. 이것이 불과 90년 전의 일이다.

면면한 연속성

그러나 대규모의 변화 속에서 지속되는 연속성도 만만치 않다. 최근 박학의 국사학자 친구에게서 흥미 있는 이야기를 들었다. 조선조 중종 때 어느 명문가에 재주가 비상한 노비가 있었다. 어깨 너머로 남 읽는 책을 보기만 해도 좔좔 외우고 한 번 들었다 하면 잊어버리는 법이 없었다. 재주를 가상히 여긴 주인이 추천해서 과거를 보게 했고 급제하여 벼슬길에 오르게 된다. 극히 희소한 경우겠지만 이렇게 수직적 신분 상승의 사례도 있었다는 것이다. 근자에 친구는 그에 관한 글을 썼다. 그런데 신분 상승의 주인공이 마침 저명인사의 가문이어서 문중 사람이 찾아와 강력히 항의했다. 어엿한 양반가 조상을 노비로 격하시켜 역사를 왜곡하고 가문의 명예를 실추시켰다는 것이었다. 친구는 실록의 기록대로 적은 것이고 또 비상한 재주의 주인공과 그를 알아보고 출사의 기회를 제공해준 주인 양쪽을 칭송하며 역사 속의 미담으로 적은 것이지 결코 비하한 것이 아니지 않으냐고 반문했다. 그러면서 반론을 하려면 증거를 제시하라고 답변했다. 얼마 후 문중 족보를 가지고 왔는데 족보는 조선조 말에 제작된 것이어서 증거능력을 전혀 갖지 못한다고 물리쳤다 한다.

그러고 보니 나도 그 비슷한 항의 편지를 받은 적이 있다. 서애 유성룡의 『징비록』에는 나라의 기강도 없고 지배층의 책임

감도 없는 것의 사례로 우리 군사끼리의 살육 삽화가 적혀 있다. 임진란 때 왜군이 해상으로 쳐들어 온 직후의 일이다. 용궁龍宮 현감 우복룡禹伏龍이 군사를 거느리고 병영으로 가던 중 경상도 영천의 길가에서 밥을 지어 먹고 있는데 하양河陽 군사 수백 명이 방어사에 예속되어 북으로 가다가 말에서 내리지 않고 그냥 지나갔다. 그러자 우복룡은 "너희들은 반란을 일으키는 군사"라며 꾸짖는다. 하양 군사들은 병사兵使의 공문을 보이며 해명했으나 우복룡은 부하를 시켜 그들을 포위하고 반란군이라며 모두 살해해서 들판에 시체가 가득하였다는 것이다.

명저 읽기를 권장하는 일련의 일간지 시리즈 글에서 『징비록』을 거론하며 이 대목을 인용한 적이 있다. 그러자 우복룡의 자손 된다는 이가 일방적인 매도라고 반박하며 조상의 공적이란 것을 나열한 편지를 보내온 것이다. 임진왜란 당시 좌의정, 영의정, 사도도체찰사四道都體察使란 중책을 맡았던 이가 쓴 기록이요 그 친필 필사본이 국보 제132호로 지정되어 있는 책에서 인용한 것인데 그것이 일방적인 왜곡이라니 대꾸할 말이 없었다. 사람이란 장단점이 있고 공과가 있게 마련이니 우복룡에게도 필시 공적이 있었을 것이다. 중요한 것은 왜군이 해상으로 쳐들어온 직후에 우리 군사 다수를 살상했다는 기막힌 사실이다. 그러니까 "지나간 일을 징계懲하고 뒷근심이 있을까 삼가毖노라"며 쓴 책이 『징비록』이다.

청산해야 할 잔재

글로벌시대라는 오늘에도 이른바 명문가의 후예들 사이에서는 조상숭배와 족보숭상이 여전한 것 같다. 그러나 엄격히 말해 나의 조상과 나는 아무런 관련이 없다. 가까운 몇 세대 전의 조상이라 하더라도 그의 공적이 나의 자랑이 될 수 없고 그의 비행이 나의 수치가 될 수는 없다. 가까운 선조의 선행에서 자신의 행동 규범을 찾고 비행에서 반면교사를 구한다면 그것은 전적으로 그의 내적 자유란 고유 영역에 속하는 일이요 가상할 만한 일이다. 그러나 그것을 타자에게 기대하거나 요구할 근거도 권한도 없다. 가문 단위의 조상숭배나 족보숭상은 일종의 수직적 역사 연좌제이다. 이에 대한 극복 없이는 산업화에 성공했다 하더라도 우리는 근대화의 영구한 지각생이 되고 말 것이다. 지역주의가 확장된 '수평적 족보주의'라면 족보주의는 축소된 '수직적 지역주의'다. 모두 청산해야 할 구시대의 한심한 잔재요 폐습이다.

"역사는 아무도 묻지 않는 것에 대답하는 귀머거리와 같다"는 비유를 통해 톨스토이는 역사에서 교훈을 찾는 일이 부질없다고 말했다. 부질없는 일이 아니라 실제로 교훈을 찾아내고 현명하게 대처하는 일을 찾아보기가 힘든 것이 우리네 인간사다. 우리의 오늘이 한말 상황과 흡사하다고 말하는 이들이 많다. 그럼에도 거기서 역사적 교훈을 찾아내고 현명히 대처하려는 동정을 찾아보기는 힘들다. 선조先祖라는 망령공동체亡靈共同體의 일원이 되어 동일화를 꾀할 것이 아니라 날카로운 비판적 통찰을 통해서 우리의 미래를 도모하는 것이 필요하다.

덧셈과 뺄셈

이준과 유관순

어느 역사적 미담

처참한 전투가 벌어졌다. 죽은 자와 죽어가는 자가 온통 지면을 덮었다. 찌는 듯한 더위 속에 햇볕이 사정없이 부상병을 내리쬐고 있었다. 부상병 가운데는 누구나 그 인격을 흠모해 마지 않던 귀족이 있었다. 그는 부상당해 죽어가고 있었고 아픔과 갈증으로 몹시 고생하고 있었다. 전투가 끝나자 친구들이 그의 구조에 나섰다. 한 병사가 손에 컵을 들고 그에게로 다가왔다. "필립 나리님, 깨끗한 냉수를 가지고 왔습니다. 마실 수 있도록 머리를 들어 올리겠습니다." 컵이 필립 경Sir Philip Sydney의 입술에 닿았다. 그때 필립 경의 눈이 바로 옆에 누워 죽어가는 병사의 눈과 마주쳤다. 간절한 눈길을 접한 필립 경은 "이 물을 저

153

사람에게 주게" 하고는 컵을 그에게 밀면서 말했다. "자, 이 잔을 받게. 그대의 필요가 나의 필요보다 더 크네."

중학 시절 교과서에서 배운 내용이다. 본시 어린이를 위해 엮은 『50가지 유명한 이야기Fifty Famous Stories』에 실려 있던 이야기다. 여기 나오는 미담의 주인공이 시인이자 학자요 군인이자 조신朝臣인 필립 시드니다. 그가 네덜란드의 주트펜에서 전사했을 때 서른두 살이었고 영국 국민 모두가 애도하였다. 그런데 위의 일화가 처음으로 언급된 것은 시인의 사후 25년이 되던 해에 친구가 쓴 전기에서이고 그 전기는 다시 40년 후에야 간행되었다. 친구가 쓴 전기 이외에는 그것을 뒷받침해줄 현장 목격자가 없었다고 영국의 학자 비평가인 프랭크 커모드는 적고 있다. 그래서 시인의 친구는 플루타르코스의 『알렉산더의 생애』에 나오는 대목을 '기억'했던 것 같다고 말하는 주장도 있다. 의미와 진실을 너무 엄격하게 구별하면 역사 이야기는 우리에게 재미없어질 것이라는 게 커모드의 생각이다.

이 세상에 널리 알려지고 인구에 회자되는 역사적 삽화에는 엄격한 사실 검증을 견디어낼 수 없는 것이 많다. 대개 과장되거나 미화되거나 극화된 것이 많다는 얘기가 된다. 사과가 떨어지는 것을 보고 뉴턴이 '만유인력의 법칙'을 알아내게 되었다는 속설이 있다. 그러나 사실은 조금 다르다. 1665년 역병 때문에 케임브리지대학이 문을 닫았을 때 22세의 뉴턴은 과부 어머니의 정원에서 사과가 떨어지는 것을 보았다. 그 순간 젊은 뉴턴에게 떠오른 생각은 사과가 중력에 의해서 땅으로 끌렸다는 것이 아니었다. 그것은 뉴턴 이전에도 알려져 있던 생각이지 전혀 미지의 것이 아니었다. 그에게 떠오른 것은 나무 꼭대기까지 도달하는 것과 같은 중력이 지구를 넘어 무한히 공간으로 뻗어나간다는 추측이었다. 중력이 마침내 달에 도달하리라는 것이 뉴턴의 새로운 생각이었다. 그리고 그 중력이 달로 하여금 궤도를 돌게 하리라는 것이었다. 이후 지구의 얼마만한 중력이 달을 떠받치는가를 계산하고 그것을 이미 알려진 나무 높이의 중력과 비교하였다. 즉 그것은 사과와 달이라는 두 개의 서로 다른 외관에서 유사성을 포착한 것이다. 뉴턴은 중력이라는 한 개념의 두 표현을 사과와 달이라는 두 현상 사이에서 찾아냈고 그 개념은 그의 창조였다는 것이 수학자이자 인문학자인 <u>브로노프스키</u>의 설명이다.

우리의 경우

이준 열사는 우리에게 익숙한 역사 인물이다. 1907년 6월에 개최된 제2회 만국평화회의에서 을사보호조약의 부당성을 호소하기 위해 헤이그에 밀사로 파견되었으나 일본의 방해로 회의장에 들어서지도 못하고 기자회견을 하는 것으로 그치고 말았다. 그 후 병환으로 객사했는데 해방 직후에는 자살설이 크게

번졌다. 비분강개 끝에 자살했다는 것이다. 초등학교 시절 이
준 열사를 다룬 짤막한 다큐멘터리 영화 비슷한 것이 있었고 우
리는 단체 관람을 갔다. 회의장에서 열사가 할복자살해서 내장
을 던지는 장면이 있었고 변사가 열띤 어조로 대사를 읊조렸다.
곧이들리지 않겠지만 실지로 경험한 사실이다. 해방 직후의 감
격시대에 애국선열들의 활동이 얼마쯤 과장되고 극화되어 퍼
진 것이다. 이준 열사의 할복자살설도 그런 극화된 삽화 중 하
나였다. 오늘날 우리는 객관적으로 고증된 사실에 입각해서 애
국선열의 고난의 행적을 파악하려 하고 있고 이것은 당연한 일
이다. 그런데 해방 직후의 과도한 극화나 미화와는 달리 엄연한
사실을 축소 왜곡하는 사례를 보게 되기도 한다. 유관순의 행적
을 일부 교과서에서 취급하지 않으려 했다는 보도가 있었다. 별
거 아닌데 출신 학교 관계자들이 과장 미화해서 유관순의 업적
을 크게 만들었다고 주장하는 이가 있었다고 한다. 나중에 사과
한 것으로 결말이 났지만 앞뒤 가림이 없는 경망하고 사실에 어
긋나는 유감스러운 촌극이었다.

초등학교 5학년에 해방을 맞은 우리 또래는 중학 저학년 때
「순국의 소녀」란 제목으로 서술된 유관순의 행적을 국어 교과
서에서 배웠다. 지금은 거의 잊히다시피 된 소설『순애보』의 작
가 박계주朴啓周가 쓴 글이다. 이 글은 당초 「순국의 처녀」란 제
목으로『경향신문』에 실렸던 것인데 '처녀'가 '소녀'로 바뀐 채

교과서에 수록된 것이다. 우연히 내가 다닌 충주중학교의 교사 중에 유관순과 함께 천안 아오내에서 시위를 주도했던 이백하 李栢夏 선생이 계셔서 그때 일을 생생히 들을 수 있었다. 몇몇 주동자들이 체포되어 투옥되었는데 유관순 열사는 옥사했고 이 선생은 2년 징역을 살았다. 해방 직후에 나온 작가 전영택田榮澤 의 『유관순전』이란 책에는 이런 사실들이 소상히 적혀 있었다.

연합군의 전쟁 승리 덕분에 해방을 맞은 터라 해방 직후 우리의 항일 투쟁이나 운동을 과장해서 말하는 경향이 없지 않았다. 이렇다 할 기여를 하지 못했다는 대다수 국민의 자괴감이 이러한 경향을 부추긴 국면도 있다. 그러나 시위운동을 한 어린 여학생의 옥중에서의 죽음은 일제의 만행을 상징하는 사안이어서 기억해둘 만한 일로 여겨졌고 국민의 긍지에도 기여하였다. 각계각층 남녀노소 할 것 없이 일제에 대한 전면적 저항이 있었다는 증거로서도 아주 적정했다는 것 또한 사실이다. 유관순은 우리에게 익숙한 이름이 되어 있다. 그런데 이러한 역사적 사실을 지우려는 기도가 있다는 것은 어처구니가 없는 일이다. 엄연히 있었고 누구에게나 익숙한 사실을 지우려는 것은 역사적 인물에 대한 도리에서 벗어난 뺄셈이라 하지 않을 수 없다. 물론 유관순 이상으로 저항에 기여한 인물이 있을 수 있다. 그러면 발굴해서 널리 알리면 될 것이다.

객관적 사실 인지가 중요하다

어느 나라에나 국민적 영웅이 있다. 그 밖에도 용기나 선행의 표상으로 혹은 따라야 할 전범으로 숭상되는 인물이 있다. 가령, 영국에는 첫머리에 인용한 필립 시드니 경이 있고 프랑스에는 잔 다르크가 있다. 이들은 어느 정도 미화되고 극화되거나 발명되었다는 공통점을 가지고 있다. 사람들은 자신의 고통이나 행동을 극화하는 것과 마찬가지로 선호하고 숭상하는 인물을 포장하고 미화한다. 그것은 비난받아야 할 일만은 아니다. 그것은 애정의 헌사(獻詞)요 고백이다. 자라는 세대에게 본뜰 전범으로 그리하는 경우도 있으니 교육용이라고 할 수도 있다. 또한, 선호 인물에 대한 덧셈이라고도 할 수 있다.

그러나 합리주의의 세례를 받은 근대인에게 지나친 미화나 극화는 호소력을 갖지 못한다. 뿐만 아니라 적어도 역사적 인물에 관한 한 덧셈이나 뺄셈에서 자유로운 객관적 인간상을 보여줄 의무가 우리에겐 있다. 민족주의는 모든 격정이 그렇듯이 우리의 눈을 흐리게 할 공산이 크다. 가령 충정공으로 추앙되는 민영환의 자결도 일단의 책임 의식을 보여주었으니 역사적 기억에 값한다고 할 수 있다. 그러나 전봉준이 농민전쟁에서 실패한 뒤 체포되어 심문받는 자리에서 중앙 탐관오리의 대표로 고영근, 민영준과 함께 민영환을 거론했다는 사실도 똑같이 기억돼야 할 것이다. 덧셈도 뺄셈도 없는 사실대로의 인간상 제시를 통해 우리는 전면적 사실 확인의 중요성을 몸에 익혀야 할 것이다. 그것은 시민적 지혜 형성에 불가결한 요소이기도 하다.

과거의 수모에 대한 복수

가혹 행위 보도를 보며

공격성 이론의 부침

1973년 콘라트 로렌츠는 동물행동연구로 노벨생리학·의학상을 받았다. 공동 수상이었다. 그 무렵이 아마 그의 명성의 절정기가 아니었나 생각된다. 행동학 혹은 비교행동학의 창설자 중 한 사람으로 간주되는 그는 『공격성에 관해서On Aggression』에서 유명한 명제를 제기한다. 동물계에서 동종끼리의 살해를 감행하는 것은 인간이란 동물뿐이라는 것이다. 인간 이외의 동물의 공격성은 동종끼리의 살해 행위에 이르지 않도록 하는 억제 기제가 작동한다. 그러한 공격 억제가 종의 존속에 유용한 것은 말할 것도 없다. 가령 이리끼리 상호 공격하다가 약자가 취약 부위인 목덜미를 드러내 보이면 강자는 공격을 정지한다.

다시 말해 항복한 쪽에 대한 공격은 계속하지 않는다. 그런데 인간에게선 그런 억제 내지는 제어 기제가 작동하지 않는다는 것이다. 문명화한 인간이 동물의 '본능'을 상실했기 때문이라는 것이 로렌츠의 주장이다. 항복을 위장한 후에 공격을 가하는 것을 경험하고 나서 위장 항복에 대처하다 보니 제어 기제가 통째로 고장 난 것이 아닌가 하는 추측도 있다. 그 후 로렌츠의 명제는 도전을 받게 된다. 다른 동물도 동종끼리 살해를 감행한다는 사례가 보고된 것이다. 인접 집단의 구성원에 대한 침팬지의 집단 공격과 살해 사례, 수컷 사자나 고릴라의 젖먹이 살해 사례도 보고되고 있다. 고정적인 본능이론으로 인간행동을 설명할 수 없다는 것이 대세가 된 듯 보인다.

인간의 공격성

로렌츠의 공격성 이론과 프로이트 심리학을 '통섭'한 것이 앤서니 스토의 『인간의 공격성Human Aggression』이다. 정신과 의사인 저자가 1968년에 펴낸 이 책은 오늘날 로렌츠의 이론이 그렇듯 부분적으로 한물간 느낌이 없지 않다. 가령 동물 사이의 싸움 대부분은 위험한 전투가 아니라 의식화된 힘겨루기 시험이라고 그는 말한다. 강자의 공격을 제어하는 효능을 가진 이빨, 부리, 앞발 돌리기와 같은 '유화宥和동작'은 인간에게서도 보이는데 악수의 관습이 바로 손에 무기가 없다는 것을 보여주는 유화동작의 일환이라고도 한다. 거의 로렌츠의 견해에 의존하고 있어 어떤 한계를 드러내고 있다. 그러나 일반 독자를 대상으로 구상된 이 책이 인간에 대한 많은 통찰을 담고 있는 것만은 부정할 수 없다.

그의 주장에 따르면 성과 함께 공격성도 인간의 본능 장치의 기본적 부분이다. 개체나 종의 존속에서 생물학적 기능을 한다는 것이다. 프로이트는 당초 성 본능을 중시한 나머지 공격성을 간과했다. 우월성, 완벽성, 그리고 향상을 향한 노력이 모두 공격성의 일부이며 공격 성향이 성 본능보다 더 중요하다고 믿었던 아들러는 프로이트와 결별하게 된다. 프로이트는 59세인 1915년에야 공격성을 성과 나란한 위치에 두고 중요한 기제로 인정한다.

이에 따라 곤란의 극복, 지배의 성취, 외부세계의 지배를 위해선 공격성이 필요하다고 앤서니 스토는 말한다. 자연세계는 적대적 위협이 극복되거나 회피되어야 삶이 유지되는 장소이므로 공격 행위에 대한 잠재력을 가질 필요가 있다고 공격성의 적극적인 국면을 설명하는 것이다. 그의 인간의 공격성 검토에서 우리의 당면 문제와 유관한 것을 대략 다음과 같이 추려볼 수 있다.

1 세력권 동물이기 때문에 인간에겐 이웃에 대한 생득적 적개심이 있다. 가령 뻐꾸기가 운다고 치자. 그 소리가 미치는 범

위가 그 뻐꾸기의 세력권territory이다. 인간도 세력권 동물이고 조폭 간의 집단 싸움은 이 세력권을 두고 벌어진다.

2 의존과 공격 사이의 상호 관계는 인간의 각별한 공격성을 설명해준다. 다른 동물에 비해 인간은 독립하지 못하고 의존하는 기간이 길다. 공격 충동의 주요한 기능은 개개 인간이 독립하여 스스로 자기를 돌보기를 보증해주는 것이다.

3 종으로서의 인간의 고약한 특징은 무력한 자를 괴롭히려는 성향이다. 자기보다 분명한 약자를 박해하는 경향은 공격자 자신의 과거 치욕에 대해 복수하려는 욕구가 있다는 사실에 의해서 비로소 설명될 수 있다.

4 성적 흥분이나 공격 흥분에서 몸의 상태는 극히 유사한데 이는 흥미 있는 사실이다. 싸우던 부부가 섹스로 싸움을 끝내는 일이 많다.

5 욕구불만이 분노를 증가시키는 것은 명백하다. 그러나 좌절 없는 곳에 공격도 없다는 생각은 잘못된 것이다.

6 최근의 범죄학적 연구는 폭력 사범, 성범죄 사범, 위험한 교통법규 위반자가 동일한 인간형에 의해서 이루어진다는 것을 보여준다.

7 정치인은 대체로 공격성이 강한 사람들이다.

주여 어찌하리까

우리 사회의 병폐 중 하나는 어떤 사달이 벌어지면 온 나라가 요란하게 소란을 피우다가 이내 잠잠해지고 곧 잊힌다는 것이다. 모든 것이 일과성으로 그치고 만다. 병영에서의 가혹 행위는 어제오늘의 일이 아니다. 가슴 아픈 사병 자살 사건은 거의 항상적인 불상사다. 그러나 사달이 불거지면 잠시 소란하다가 이내 잠잠해지고 만다. 사실 병영 내의 가혹 행위가 빈발하는 것은 학교폭력이 항상적인 사회에서 예측 가능한 사안이다. 우리는 매우 폭력적인 사회에 살고 있다. 육체적 가혹 행위만이 폭력이 아니다. 저질 언어폭력이나 인신공격이 무절제하게 자행되고 있다. 이 모든 것이 내부의 '공격성' 절제를 기피하기 때문이요 공격성 조정에 실패했기 때문이다. (유학에서 말하는 예禮는 기본적으로 공격성의 순치나 조정에서 출발한 것이라 생각되지만 여기서 상론할 계제는 아니다.)

공격 충동과 성 충동은 깊이 연관되어 있다. 성욕의 억압이 강제되고 있는 청년들의 좁고 밀집된 생활공간에서 가혹 행위가 빈발하는 것은 불가피한 일이다. 문제는 그러한 위험성과 잠재성을 인정하고서의 적절한 대비책이다. 그것이 결여되어 있다고 생각한다. '지나간 치욕에 대한 복수'는 자기에게 치욕을 가한 자에 대한 복수가 아니다. 종로에서 뺨 맞고 한강 물가에서 약자에게 주먹질하는 것이다. 그런 의미에서도 타인에 대한 배려가 각별한 사회를 만들어야 한다. 허약한 '관심병사'만을 분류할 것이 아니라 잠재적인 가혹 행위 '관심병' 리스트를 작성해서 부대장이 책임지고 관리해야 할 것이다. 이들은 사회에 나가서도 폭력 사범이나 성폭력 사범으로 발전할 가능성이 크다. 학교에서나 군에서나 전문가들의 공동 연구로 장기적인 가혹 행위 대책 방안을 수립해서 매뉴얼로 활용해야 할 것이다.

보도를 보면서 진정 가슴 아픈 것은 지속된 가혹 행위를 견디지 못하고 짤막한 삶을 자살로 마감하는 마음 여린 동포의 최후이다. 자살을 결심할 정도라면 왜 자해를 하기 전에 가해자의 가슴에 총을 겨누지 못했을까, 하는 안타까운 마음이 된다. 만약 그리했다면 사실이 크게 알려져 마음 놓고 부하나 동료를 괴롭히는 자의 가혹 행위가 줄어들었을 것이 아닌가? 아무리 괴롭혀도 무사통과니까 고약한 가혹 행위가 끊이지 않는 것이 아닌가? 강심장의 비정한 가해자도 죽음의 위험을 무릅쓰고 가혹 행위를 하지는 못할 것이 아닌가? 그러나 이렇게 잠시 동안 생각해보는 것도 국외자의 사치스러운 감상感傷일 것이다. 노예가 된 사람은 노예 심리를 개발하게 마련이다. 지속적인 가해는 피해자의 기개마저 파괴해서 무력한 정신공황 상태로 만들었을 것이니 말이다. 그런 의미에서 모든 약자들에게 들려주고 싶은 우화가 있다.

항시 자기보다 강한 짐승들의 공격을 받아 절망에 빠진 꼬마가 주에게 말하였다. "주님이시여, 모든 짐승들이 나를 잡아먹으려고 하는 것은 어인 까닭입니까?" 주는 대답하였다. "애야, 낸들 어쩌겠느냐? 너를 보면 나도 그러고 싶은걸."

누구나 강해야 하며 힘이 없이는 자유도 정의도 평등도 있을 수 없다는 것을 뜻하는 이 우화는 식민지의 시인이었던 타고르가 인도 국민에게 들려준 이야기이다. 개인의 경우에도 국가의 경우에도 회피할 수 없는 진부하나 냉혹한 사실과 대면하게 한다. 시인 타고르는 이 순간 마키아벨리 흐름의 현실주의자로 자신을 드러낸다.

남몰래 흘린 눈물
또는 눈물의 현시소비

　오래전엔 아주 흔한 정경이었으나 이제 그러께의 눈처럼 사라진 것이 우리 주변엔 많다. 가령 11월이 되면 전선줄마다 제비가 새까맣게 모여 앉아 지절대며 소리 잔치를 벌였다. 늦가을이 되어 강남으로 날아가는 제비 수효는 엄청나게 많아서 소읍의 전선줄은 더 비비고 들어갈 틈이 없을 지경이었다. 소리도 요란해서 읍내 어디를 가나 시끌벅적하여 별세계에 온 듯했다. 그 정겨운 소음은 지금 생각하면 고마운 자연이 변방 빈민굴에 내려준 풍요의 축복이었다. 그 많던 제비들은 죄다 어디로 갔나? 이제는 청제비 자체를 볼 수가 없게 됐다. 한 많은 빈민굴 반도에서의 축복받지 못한 어린 시절이 더러 애틋한 그리움으로 회상되는 것은 간헐적으로 경험한 이러한 자연의 은총 때문이다. 안타깝게도 젊은 세대들이 영구히 경험하지 못할 그러께 눈의 세목은 한두 가지가 아니다.

사라진 울음판

그 무렵 흔히 볼 수 있던 것은 졸업식장에서 학교를 떠나는 여학생들이 보여주는 울음판이었다. 졸업식이 끝날 즈음엔 모두 강당 바닥에 주저앉아 대성통곡을 했다. 교사들이 말려보지만 울음소리를 높여줄 뿐이었다. 울음판이 제풀에 그쳐버리는 것은 한참이 지나서다. 그때만 하더라도 가정형편 때문에 상급학교로 진학 못 하는 여학생들이 많았다. 사내자식은 몰라도 딸자식은 시골에선 대체로 초등학교, 드물게 중학교 수준에서 교육을 끝내는 것이 예사였다. 진학 못 하는 졸업생이 울음판을 주도하였고 그 나름의 이유 있는 감정 표출이었다. 그것은 또 떠나는 모교에 대한 예의라 생각되기도 했다. 언제부터인지 모르지만 졸업식장에서의 울음판 의식은 이제 구경할 수 없게 되었다. 교육 연한의 연장과 관련된 현상이기도 하고 씩씩하게 진행된 도시화가 눈물과 울음을 촌스럽게 만든 탓도 있을 것이다. 그 잔재가 남아 있다 하더라도 극히 간소화되고 단축되었으리라.

감정의 제어 없는 표출은 흔히 금기시된다. 혈육의 불행에 임해서 발 구르며 통곡하는 것은 자연스럽고 건강한 감정 반응이다. 그러나 누구나 공명하면서도 민망해한다. 자연의 횡포에 대

168

한 방책防柵으로 구상된 것이 문명이듯이 감정의 자연을 조정하는 것이 예의요 인간 위엄이다. 인간으로서의 품위와 위엄은 감정의 자연에 대해 금욕적 반응을 요구한다.

그렇다고 감정을 제어하는 것만이 능사는 아니다. 적정 수준의 감정 표출은 건강에도 좋고 일정 수준의 카다르시스 효과를 빚는다. 졸업식장에서 대성통곡한 주인공들은 후련한 정화감을 경험했을 것이다. 슬퍼서 우는 것이 아니라 울기 때문에 슬퍼진다는 윌리엄 제임스의 역설적 가설을 빌리면 울음으로 빚어낸 새 슬픔이 본래의 슬픔을 밀어낸 것이라 할 수도 있다.

눈물과 간접 체험

우리 눈에 눈물을 핑 돌게 하는 것은 현실에서의 직접적 불행 체험이 아니라 간접 체험인 경우가 많다. 예술작품이나 영화와 같은 간접 체험이 우리의 심금을 울린다. 체호프의 『세 자매』를 최초로 상연하게 된 모스크바예술좌 단원들에게 작품 대사를 읽어주었을 때 모두들 눈물을 흘렸다고 한다. 타인을 위해 흘린 기억 속 내 최초의 눈물은 교과서에서 읽은 일본 사무라이를 위한 것이었다. 어려서부터 초승달을 향해 "내게 칠난팔고七難八苦를 내려주소서" 하고 빌었던 그는 젊은 나이에 형장의 이슬로 사라진다. 소원 성취를 한 셈인데 사람은 가지가지이지만 참 별난 인물이다. 장성하고 나서 구제할 길 없는 자학증 환자를 위해 흘린 홑 여덟 순정의 눈물이 아까워서 분해했지만 이 또한 얄궂은 사바세계의 씁쓸한 인간사이리라.

눈물이 비애 감정과 연관된 것은 사실이나 분하고 노여워서 촉발되는 경우도 있다. 경성의학전문교수였던 하사마 후미카즈(挾間文一)의 『조선의 자연과 생활朝鮮の自然と生活』*이란 책을 6·25 전란 중에 보게 되었다. 이 책을 따르면 해방 직전 한국의 맹인 수는 약 2만 명이었다. 안과 전문 개업의는 스무 명에 불과했고 그중 여덟 명이 서울 거주였다. 유아기 어린이에게 안과 질환이 많았는데 비타민A 결핍 같은 영양부족에 기인한 각막연화증이 대부분이었다. 당시 농민들의 식단을 보면 단백질이나 지방이 극히 적었고 김치에 넣는 새우가 거의 유일한 단백질 취득원이었다. 젖먹이 때의 영양부족으로 인한 안질로 실명에 이른 경우가 가장 많았다. 그래서 하사마는 개구리, 메뚜기, 민물고기를 잡아먹어야 한다고 적고 있다. 이 대목에 이르러 난데없는 분노와 함께 부지중에 눈물이 줄줄 흘러내렸다. 순탄치 못한 환경 속에 있었고 6·25 때 심한 유행성 결막염의 자연 치유를 경험한 전력과도 관계된 것이지만 특이한 눈물 체험이었다.

독일 함부르크주가 1998년을 '한국 문학의 해'로 정했다. 그

---

* 1944년에 출간된 이 책의 저자는 당시 경성대학교와 경성의학전문학교의 약학 교수였다. 그는 인천 앞바다에서 발견한 모익충毛翼蟲이란 발광 곤충 연구로 일본동물학회의 학술상을 수상했다.

덕분에 난생처음으로 독일 구경을 하게 되었다. 9월 15일 오후 여섯 시에 한국 주간의 개막제가 함부르크 시청에서 열렸다. 사회자가 진행하는 개막식은 아니었다. 시간이 되자 한복으로 곱게 차려입은 서른 명 정도의 한국 여성들이 악보를 들고 앞으로 나왔다. 말쑥한 정장 차림의 독일인 남성 예닐곱 명도 함께 악보를 들고 나왔다. 이들은 한국인 지휘자의 지휘와 역시 곱게 차려입은 한국 여성의 피아노 반주를 따라 제창을 하였다. 홍난파의 「고향이 봄」이 흘러나왔다. 나도 모르게 눈시울이 뜨거워지고 눈물이 핑 도는 것을 느꼈다. 아주 드문 경험이었다.

중년이거나 중년을 훨씬 넘긴 노년의 동포 여성들은 한결같이 찌든 얼굴이었고 화려한 의상에도 불구하고 구차함을 드러내고 있었다. 그들의 대부분은 60년대나 그맘때 간호사로 일하기 위해 독일로 건너와 정주한 동포들이었다. 절박한 필요나 포한이나 눈먼 우연이 그들로 하여금 저렇게 이역 땅에서 「고향의 봄」을 부르게 하는 것이리라. 그런 생각이 드는 순간 눈물이 핑 돌았다. 그것은 내 감정의 자연이었고 굳이 숨기고 싶지도 않았다. 따라서 남의 감정의 자연을 비방하거나 폄훼하고 싶은 생각은 전혀 없다.

눈물의 현시소비
근자에 와서 많이 볼 수 있는 새로운 유형의 눈물은 공개 장소에서 여봐라는 듯 보이는 눈물이다. 많은 사람들이 개탄해 마지않는 불행한 사태에 관해 말하면서 눈물을 보이거나 손수건으로 훔치는 일을 종종 보게 된다. 당사자는 진정에서 나온 감정의 자연이리라. 그러나 어쩐지 눈물을 상품화하고 도구화하고 있다는 불쾌감이 드는 것도 사실이다. 감정의 자연은 은폐하고 숨기는 것이 보통인데 도리어 그것을 광고하고 홍보하니 난감해지는 것이다. 이러한 눈물의 '현시소비'는 발레리의 말을 빌리면 "부정不正을 양식으로 먹고사는 정치"와 연관되어 있는 것이 보통이다. 오래된 관행이지만 나의 불찰로 주목하지 못했던 것인지도 모른다.

사람이 눈물을 보이는 것은 그만큼 측은지심이 깊다는 징표일 수 있다. 그러나 그것은 남몰래 흘린 눈물인 경우에나 진정성 있는 것으로 보인다. 자신의 무량한 측은지심이나 연민감을 드러내기 위함이란 혐의가 있는 눈물은 우리를 씁쓸하게 하고 외면하게 한다. 눈물 같은 인간의 자연이나 웃음 같은 인간 고유의 능력마저 도구화하고 상품화하는 것이 천박한 현대의 병리적 징후이다.

눈물은 헤퍼서도 아주 없어서도 못쓰고 보란 듯이 드러내도 민망하다. 존재의 깊이에서 솟아나는 남몰래 흘린 눈물이야말로 삶의 본원적 슬픔을 일깨우면서 자신을 돌아보게 한다. 싸구려 감상은 사람됨의 격하를 자초한다.

환자에서 고객으로

배려와 말장난

　사범계 학생이나 교사 자격증을 취득하고자 하는 학생들은 교생실습 과정을 거쳐야 한다. 대개 부속학교에서 소정의 실습을 이행하게 된다. 교생敎生은 교육실습생이란 뜻인데 영어로는 student teacher라 한다. 학생 신분의 교사라는 뜻이니 무슨 뜻인지 분명해질 것이다. 교생실습을 마치고 돌아온 학생들은 현장 경험에 대해 의견을 나누는 모임을 갖게 된다. 칠판을 향해 앉아 있기만 하다가 처음으로 칠판을 등지고 서서 가르치다 왔으니 모두 할 이야기들이 많다. 또 자기 나름의 새롭고 놀라운 경험과 발견을 보고하게 마련이다.

　젊었을 때 오래 동안 사범계 학교에서 근무하였던 탓에 그런 모임에 참석해야 할 경우가 많았다. 교생실습 후의 모임에서 가

173

장 많이 듣게 되는 이야기 중 하나가 "집안은 나쁜데 학생들은 참 착하고 좋아서 놀랐다"는 발견의 토로였다. 해마다 그런 이야기를 하는 학생이 있었고 거기 공감을 표시하는 학생들이 많았다. 그럴 때마다 똑같은 질문을 던졌다. "집안이 나쁘다는 것은 무슨 뜻인가? 사는 집이 불결하고 나쁘다는 말인가? 혹은 그 집안에서 역적이나 범죄인을 다수 배출했다는 말인가? 아니면 그 집안에 대대로 악성 유전병이라도 이어져온다는 말인가?" 이렇게 과장된 형태의 유도 질문을 하게 되면 이내 그 학생은 "경제적으로 어려운 집안"이란 뜻으로 말한 것임을 시인하게 된다. 그렇다면 사실대로 "경제적으로 어려운 집안임에도 불구하고 학생이 어둡지 않고 밝고 착하다고 말해야 할 것이 아닌가" 하고 지적함으로써 맡은바 논평의 소임을 다하곤 하였다. 벌써 4, 50년 전의 옛일이다.

노약자와 교통약자

사실 우리가 일상적으로 쓰는 관용적인 어구나 말씨에는 구시대의 잔재인 사회적·계층적 편견이 잠복해 있는 경우가 허다하다. 우리의 어휘 선별 능력이나 의식 수준도 많이 섬세해지고 향상되어 요즘은 위에서 언급한 것 같은 무의식적 편견을 드러내는 일은 드물어졌다고 생각된다. 그리고 비하의 혐의가 있는 말을 버리고 될수록 중립적이고 상대를 배려하는 어사를 사용하려는 사회적 노력이 이루어지고 있는 것도 사실이다. 그것은 가령 여러 가지 직종의 명칭에서 현저하다. 청소부 대신에 미화원, 간호부 대신에 간호사, 수위 대신에 경비원이라고 부르는 것이 그 보기이다. 운전수手가 운전사士가 되더니 요새는 운전기사技士라 하는 것이 대세가 된 감이 없지 않다. 따라서 어린 시절에 사용하던 운전수란 단어가 머리에 입력된 처지에서는 곧잘 그 말이 튀어나와 본의 아니게 비하성 발언을 하는 것으로 오해받기도 한다.

상대방에 대한 호의적 배려에서 하는 말이 반드시 상대에게 통하는 것은 아니다. 중학 시절 아르투어 슈니츨러의 단편소설 「맹인 제로니모와 그의 형」을 읽고 깊은 감동을 받은 일이 있다. 본격적 에세이스트로서 명망이 있었던 김진섭 번역이었는데 손바닥 반만 한 크기의 미니 문고본으로 나온 것이었다. 비교적 최근에 나온 임홍배 번역의 독일 단편선 『어느 사랑의 실험』에는 '장님 제로니모와 그의 형'이란 제목으로 수록되어 있다. 오래간만에 다시 읽어보고 역시 좋은 단편이라고 생각했지만 감동은 받지 않아 감동에도 면역이 있다는 사실을 재확인했다. 사전에는 '장님'이 '소경의 높임말'이라고 정의되어 있다. 그러나 시각장애인 당사자는 '장님'이란 어사를 싫어하고 보다 중립적인 '맹인'을 좋아한다고 한다. 장님이란 말은 지팡이와 연관되어 장애인 됨을 함의하기 때문이다. 오래전에 어느 작가에게 들은 이야기인데 그것이 시각장애인들 사이에 편재하는 반응인지 아닌지는 확인하지 못하였다. 한자에 대한 소양이 없는 세대에선 통하지 않는 반응일지도 모른다.

시내버스에는 노약자석이란 것이 있다. 운전석 바로 뒤쪽 그러니까 버스의 전방 좌석이 대체로 노약자석으로 정해져 있다. 그러나 노약자석에 노약자가 앉아 있는 경우는 매우 드물다. 노약자는 서 있고 휴대폰에 열중한 젊은이가 앉아 있는 경우가 많은데도 이름만은 노약자석이다. 그런데 최근에는 '교통약자석'으로 바뀌어가고 있다. 노인들에게 노약자임을 상기시키는 게 마음에 걸려 늙을 로老 자를 빼버린 것인지 노약자석을 불법 점령하고 있는 아름다운 청춘들에게 조금이라도 심적 부담을 덜어주려는 갸륵한 선의의 발상인지는 알 수 없다. 그러나 노약자의 입장에선 공연한 말장난이 아닌가 하는 생각이 든다. 노인들에게 노인 됨을 상기시키는 것은 결코 결례되는 일이 아니다. 나이 값을 하라는 계고가 되어준다면 도리어 좋은 일일 것이다.

편견 타파의 길

이 비슷한 현상이 병원에서도 일어나고 있다. 몇몇 대학병원 진찰실에 가보면 "××고객이 나가시면 ××고객이 들어오십시오"나 그 비슷한 문자 표시판이 보인다. 환자가 고객으로 변한 것이 언제부터인지 모른지만 머지않아 대세로 굳어질 가능성이 크다. 환자에게 병자임을 지속적으로 상기시키는 것이 좋지 않겠다는 배려에서 나온 것일 터이다. 그러나 환자는 환자이고 고객이라 불러준다 해서 기분이 좋아지는 것이 아니다. '교통약자'의 경우와는 달리 '고객'은 종합병원의 무의식을 드러내는 말이라 생각된다. 환자란 병원의 수익을 올려주는 고객일 뿐이라는 무의식이 깔려 있다. 환자 편에서 보면 병원의 봉이라는 처량한 자의식이 생겨나게 마련이다. 종합병원도 백화점과 마찬가지로 기업이요 상점의 하나라는 사실을 실감나게 한다. 국내 유수의 종합병원장이 메르스 사태를 차단하지 못하고 확산시킨 일에 대해 사과하는 화면을 본 적이 있다. 그분의 고충과는 상관없이 환자를 고객으로 간주해온 '의료기업'의 필연적 귀결이 아닌가 하는 생각이 들어 착잡한 심정이었다.

위에서 말한 바와 같은 완곡어법婉曲語法의 변형인 완곡어사쓰기는 우리만의 것은 아니다. 후진국이란 말이 개발도상국으로 대체되는 것은 세계적 추세이다. 그만큼 강대국도 약소국의 눈치를 보고 배려하게 되었다는 뜻일 것이다. 상대에 대한 갸륵한 배려에서 나왔다 하더라도 완곡어사는 필경엔 말장난으로 그칠 가능성이 크다. 가령 널리 쓰이는 택시 기사란 단어를 생각해보자. 운전수란 말은 말할 것도 없이 일제日製 한자어다. 자동차와 함께 생겨났을 것이다. 그런데 이 말이 기피 대상이 되어 운전사로 쓰이게 되었다. 한동안 버스 운전석 바로 뒤에는

"운전사와 잡담하지 마시오"라는 문구가 보였다. 그러나 택시
기사란 말이 유포되면서 이제 운전기사가 대세가 된 것으로 보
인다. 왜 운전수를 기피하게 된 것일까? 그것은 그 직종이 사회
적 지위가 낮은 것으로 간주되고 이에 따라 비하의 함의가 생겨
나고 그것을 피하기 위해서 운전사란 말로 대체한 것일 터이다.
그러니 운전기사의 사회적 지위가 높아지거나 우리 사회가 직
업에 대한 편견을 완전히 불식하지 못한다면 언젠가는 운전기
사란 말도 다시 기피어가 될 공산이 크다.

중요한 것은 직업에 귀천이 없다는 생각이 사회 구성원에게
광범위하게 내면화되는 것이다. 그리고 그러한 생각이 확실하
게 정착될 수 있도록 직종 사이의 소득 불균형이 괄목할 만하게
축소되거나 소거되어야 한다. 초등학교 재학 중이던 해방 직후
공민 시간에 "앉아 있는 신사보다 서 있는 농부가 고귀하다"란
벤자민 플랭클린의 말을 접한 일이 있다. 미 군정청에서 발행한
공민 교과서에 나오는 대목이다. 조선총독부에서 낸 일본어 수
신修身 교과서에서 과장된 미담만 접하다가 이런 대목을 접하니
신기하게 여겨지면서 새 세상이 왔다는 실감을 하였다. 그 후
장장 70년의 세월이 흘렀다. 많은 것이 변했지만 우리 사회에서
직종에 대한 편견이나 그것을 구체적으로 뒷받침해주는 직종
간의 소득 불균형은 사라지지 않고 도리어 증폭된 감이 없지 않
다. 갈 길이 참으로 멀다고 하지 않을 수 없다.

0 대 22

걱정스러운 사태

에르빈 베르츠Erwin Werz란 독일인 내과 의사가 있었다. 저들의 이른바 메이지시대에 약 30년간 일본에 체류하며 도쿄의과대학에서 교육과 진료 행위에 종사하였다. 일본 정부가 국립대학의 외국인 교사 임용 제도를 폐지함에 따라 그는 대학을 떠나게 된다. 그는 고별강연에서 유럽에서 볼 수 있는 과학적 연구의 분위기가 고대 그리스에서부터 발전해왔다면서 일본에는 과학적 연구의 분위기가 없다는 것을 언급했다. 전통의 차이에서 빚어지는 현상임을 부언한 것은 당대 일본인의 체면을 고려한 처사였다고 생각된다.

그의 고별강연 소식이 나간 뒤 곧 규슈〔九州〕 고쿠라〔小倉〕 주둔 사단의 군의부장이 현지에서 베르츠의 발언을 비판하는 연설을 하였다. 베르츠가 말하는 분위기가 더디긴 하지만 조성되고 있으며 미구에 학문의 성과를 유럽으로 수출할 날도 가까워지고 있다고 그는 역설했다. 이 군의관이 일본 근대문학이 낳은 문호의 한 사람이라고 평가되는 작가이자 번역가인 모리 오가이〔森鷗外〕요 시점은 1902년이다. 여담으로 덧붙이지만 오장환 초기 시편 「역易」에 "고쿠라 양복을 입은 소년 장님" 점쟁이가 나온다. 고쿠라는 학생복으로 많이 쓰인 두터운 바탕의 면직물을 가리키는 일본어인데 규슈 고쿠라 지방에서 생산되었다고 해서 생긴 이름이다. 1945년 8월 9일 미군은 나가사키에 두 번째 원자폭탄을 투하해서 일본의 무조건항복을 촉진시켰다. 당초 고쿠라를 목표로 선정했으나 안개가 아주 심해서 나가사키로 옮겼다는 것이 태평양전쟁사에 기록되어 있다.

50년 후

베르츠와 모리의 강연 이후 채 50년이 안 되어 일본은 노벨물리학상 수상자를 배출하게 된다. 1949년 일본의 이론물리학자 유카와 히데키〔湯川秀樹〕가 노벨상 수상자가 되지만 그 계기가 된 연구 성과는 그보다 훨씬 앞서 이루어진 것이다. 1934년에 중간자 이론 구상을 발표했고 그 이듬해 '소립자의 상호작용'에 관한 논문을 통해 중간자의 존재를 예언했다. 1947년 실제로 파이 중간자가 발견됨에 따라 그의 학설이 널리 공인되고 그는 일본인 최초의 노벨상 수상자라는 영예를 안게 된다. 21세기로 접어든 오늘날 일본이 노벨과학상 수상자 스물두 명을 배출했다는 것은 널리 알려진 사실이다. 다분히 민족주의 감정에서 촉발된 것으로 보이는 모리의 발언은 100년 만에 명실공히 실현된 것이다. 거기 비하면 일본인 두 명의 문학상 수상자나 한 명의 평화상 수상자는 조그만 삽화에 지나지 않는다.

노벨상은 세계적 명성에도 불구하고 아니 바로 그 때문에 논쟁적인 상이기도 하다. 특히 문학상과 평화상에 관한 한 여러 가지 비판과 이견은 단순한 '화젯거리'로 치부할 성질의 것만은 아닌 것으로 보인다. 그러나 번역을 필요로 하지 않는 보편적 비어사적 언어non-verbal language 위주인 과학의 세계에서 객관성은 원초적 문제를 제기하지 않는 것으로 생각된다. 과학세계에서의 판단과 판정은 많은 사람들 사이에서 비평적 일치를 쉽게 도출할 가능성이 크다. 그리고 거기에서 유래하는 통계 숫자는 그만큼 공신력이 크다고 할 수 있다.

일본은 여러모로 우리에게는 참으로 곤혹스러운 이웃이다. 근접 과거에서만 그런 것이 아니다. 문무대왕릉이 말해주는 먼 옛날부터 충무공의 비극적 영웅전이 말해주는 긴 전쟁에 이르기까지 무도한 가해자로 일관해온 면이 없지 않다. 그러나 따지고 보면 정다운 이웃사촌으로 일관하는 나라들이 어디 있을 것인가. 서로 치고받고 하면서 지리적 필연을 수용하는 것이 세상사가 아닌가. 그렇게 볼 때 심히 불편한 이웃이 있다는 사실을 우리의 존명 의지를 각성 및 강화시켜주는 계기로 삼아야 할 것이다.

우리의 대일 감정이 잘 드러나는 것은 스포츠 분야에서일 것이다. 우리뿐만이 아니다. 스포츠는 민족감정이나 타국에 대한 적대 감정이 가장 첨예하고 격렬하게 나타나는 분야의 하나일 것이다. 평소 스포츠에 그리 큰 관심을 보이지 않는 이도 가령 대일본 축구전이나 야구전이 있다면 밤샘을 예사로 하는 경우를 많이 보았다. 다른 나라는 몰라도 일본만은 이겨야 한다는 생각이 강해서 그만큼 대일본 스포츠전은 흥미진진해진다. 이겼을 때의 신명과 패배했을 때의 분통 터지는 분함을 모르는 사람은 없을 것이다. 그것은 일본의 경우에도 마찬가지일 것이다. 그러나 원초적 민족감정이 분출되게 마련인 스포츠 대전에서 승리하는 것은 괜찮은 일이긴 하지만 길고 넓은 안목으로 볼 때 그리 중요한 사안이 아니다.

과학 역량의 강화가 시급하다

자존심이 상하는 것은 가령 노벨상 과학상 부문에서 우리가 0 대 22로 완패하고 있다는 사실이다. 상 자체가 중요한 것이 아니라 0 대 22라는 숫자가 드러내는 과학 역량의 차이가 중요하다. 그것은 단순한 과학적 역량을 넘어서서 문화적 역량의 차이라고도 할 수 있고 더 확대하면 국력의 차이라고 할 수 있다. 우리는 지금 선진사회 진입을 위해 각 분야에서 혼신의 노력을 경주하고 있다. 선진사회 진입이 우리의 국력 신장과 존명 능력의 향상으로 이어지는 것이기 때문이지 단순한 민족적 허영 때문은 아니다.

선진사회의 지표는 단순한 경제지표로 드러나지 않는다. 생산력의 규모와 함께 사회적 불평등의 철폐나 고도의 사회적 덕성도 그 지표가 될 것이다. 누구나 알고 있듯이 천연자원도 관광자원도 빈약한 처지에서 우리가 의존할 것은 교육을 통한 인재 육성 즉 인적자원밖에 없다. 각 분야에서 뛰어난 인재가 나와서 우리의 국력 향상에 기여해야 한다. 가장 중요한 것은 과학 및 기술공학의 시대가 요구하는 전문가의 육성이다. 그리고 이를 위해서 기초과학의 융성 또한 당면 과제가 되어 있다. 그러나 기초과학 융성이나 과학 역량의 신장을 위한 사회적 노력의 징표는 별로 보이지 않는다. 여러 징후는 도리어 과학 역량 증진 노력에 찬물을 끼얹는 쪽으로 가고 있음을 우려하게 한다. 획기적인 정책이나 여러 형태의 사회적 노력으로 우리의 과학 역량 제고를 도모해야 할 것이다. 국민들도 스포츠에 기울이는 관심 이상으로 우리의 과학적·문화적 역량 증진에 관심을 가져야 할 것이다. 그러지 않는 한 0 대 22라는 격차는 앞으로 더욱 커질 공산이 크다. 곤혹스러운 이웃의 오만도 더욱 기고만장해질 것이 아닌가. 선진사회 진입을 위한 중요한 당면 과제의 하나가 과학 역량의 강화이니만큼 획기적인 정책적 대처가 있어야 할 것이다.

옛날은 딴 세상이다

세목 속의 진실

실제로 보는 것

지역에 따라 차이가 나겠지만 우리 세대의 어린 시절만 하더라도 푸줏간에 가서 반말을 하는 일이 흔했다. 어른들만 그러는 것이 아니라 아이들에게 '하오'를 하지 말라고 가르쳤다. 어느 시대에나 한발 앞서가는 계몽된 선각자들이 있어서 그들은 그러한 폐습을 따르지도 않고 가르치지도 않았다. 이러한 계몽된 선각자들이 사회 소수파였음은 말할 것도 없다.

조선조사회가 주자학의 원리주의적 수용에 기초한 극도로 경직된 신분사회였다는 것은 널리 알려져 있다. 가령 승려도 천민이었기 때문에 개화기 이전에는 서울 출입이 금지되었다. 그러나 학교에서 배우고 책을 통해 익힌 것보다 푸줏간에서의 조금은 별난 관습의 목격이 사태 파악에 한결 효과적이었다. 그래서 "백문이 불여일견"이란 유서 깊은 옛말이 큰 호소력을 갖게 된 것이리라.

재미있게 읽히는 『임꺽정』에서 되풀이되는 라이트모티프의 하나는 신분상의 귀천이 있을 수 없고 반상班常의 구별이 얼마나 우스꽝스러운 것이냐는 것이다. 젊은 독자들은 그렇듯 자명한 이치가 어째서 그토록 되풀이되는가, 의문을 품을 수 있다. 그러나 1920년대라는 역사적 시점에서 그러한 생각은 가히 전복적 이념이었다. 형평사衡平社 등이 설립되는 등 사회운동이 활발히 전개되었지만 그 영향은 미미하였다. 우리 사회에서 반상 관념이 크게 제거된 것은 토지개혁과 6·25 사변을 통해 지주층이 완전히 몰락한 뒤의 일이다. 지역에 따라 역시 차이가 있겠지만 이전에 지극한 욕이었던 '불상놈'이란 말도 그러께의 눈처럼 사라졌다. 활발한 지리적 이동과 사회이동을 특징으로 하는 근대사회에서 사람들은 고향 상실 경험을 공유한다. 근대인의 삶은 기본적으로 타향살이다. 도시화와 이에 따른 익명성의 대세가 개개인의 신분적 기원을 사실상 소거하고 금력 및 능력이 사회적 신분 상승의 중요 요인이 된다. 오늘날 반상 개념이 남아 있다 하더라도 조선조의 유지와 함께 그 붕괴와 망국에 크게 기여한 옛 명문가 후예들의 상호 인지적 밀담이나 관념 속에서나 찾을 수 있을 것이다. 옛 반상 관념에 집착하는 경우에도 그

것을 공공연히 표명하는 일은 없어 보인다. (일본의 경우 '부락민'에 대한 편견은 아직도 일소되지 않은 지역이 있는 듯하다.)

사투리와 나무숲

1948년 중학 2학년 때 문경의 조령관문으로 단체 소풍을 간 적이 있다. 당시엔 여행이라 했지만 차를 타고 가는 소풍이어서 학교에서 '여행'이란 존칭을 붙인 것에 지나지 않는다. 여행이라면 근사해 보이지만 여러 갈래로 밧줄을 매어놓은 화물 트럭에서 밧줄을 붙잡고 서서 가는 구차하고 초라한 행색이었다. 그러나 불과 얼마 전까지만 해도 이른바 '산사람'들 때문에 웬만한 산골이면 출입이 금지되었던 시절이라 100여 리 남짓한 원행遠行은 우리들에겐 기대에 찬 사건일 수 있었다.

연풍延豊에서 시작되는 이화령 고갯길이 꾸불꾸불하고 아슬아슬하였다. 조령관문은 볼만한 축조물이었고 나뭇잎이 떨어진 감나무 고목에 무수히 달린 빨간 감이 인상적이었다. 지금은 새로 지어서 복원을 해놓았지만 다 허물어지고 아치 모양의 뼈대만 남아 있던 제3관문이 뚜렷하게 기억난다. 그것은 좀처럼 보기 힘든 폐허의 아름다움이어서 그 후에도 그대로 남겨놓았으면 좋지 않았을까 하는 생각을 한 적이 있다.

그때 놀랍게 생각된 것은 싸 간 도시락을 먹었던 제1관문 주변에서 접한 지역 주민들 특히 아주머니나 할머니들의 말씨였

187

다. 지독한 영남 사투리였고 처음엔 잘 못 알아들은 대목도 있었다. 연풍에서 고개 하나 너머인데 이렇게 다르다니! 일변 신기하고 일변 기이하게 생각되었다. 그들의 대부분이 아마도 친정과 시집 두 곳을 제외하곤 다녀본 곳이 없으리라는 생각을 그때는 하지 못했던 것이다. 훨씬 뒷날 1960년대 충남 공주에서 기차를 타본 적이 없다고 말하는 할머니를 보고 놀란 적이 있다. 그러나 그것이 그 세대 여인들의 공통적인 무경험이었을지도 모른다. 시집살이하느라고 집 안에 갇혀 있던 사람들이니 고개 하나를 두고 완전히 다른 말을 하는 것은 당연한 일이다. 6·25는 우리의 삶에 무량한 충격을 주었지만 그중의 하나는 비록 일시적이라 하더라도 전례 없는 지리적 이동을 경험시킨 것이다. 지리적 이동은 당연히 자기네와는 다른 세계가 있다는 사실을 실감시켜주었을 것이다.

또 하나 놀라운 경험은 그때 처음으로 나무숲과 단풍의 아름다움을 목격했다는 것이다. 때마침 단풍철이어서 제1관문에서 제2관문에 이르는 달구지길 왼편으로 보이는 단풍 든 나무숲은 가히 절경이었다. 처음으로 절경의 경험을 안겨준 그 단풍 숲은 지금도 변함이 없다. 그 무렵 내가 살던 충주는 세 개의 나무 없는 민둥산과 발원지가 다른 두 개의 강물이 두르고 있는 분지여서 나무숲을 볼 기회가 없었다. 여름 장마가 그치면 산사태로 뻘겋게 된 흉터가 산꼭대기에 새로 생기곤 하였다.

정지용을 비롯한 20세기 한국 시인들에게 매료되어가던 시절이라 당연히 청록파 시인들도 애독하였다. 그러나 나무숲을 노래한 박두진 시편 「청산도靑山道」를 위시해서 청록파 시인들이 노래하는 자연에 대해 늘 의문이 들고는 하였다. 이 시인들은 도대체 어디서 이렇게 무성한 숲과 거룩한 자연을 경험한 것일까? 그것은 상상력이 빚어내는 이른바 자연숭배의 일환이 아닌가? 아니면 또 시인들이 나무숲이 무성한 심심산천에서 자란 탓일까? 그러다가 "가도 가도 붉은 산이다/가도 가도 고향뿐이다"라고 노래한 오장환과 박두진이 모두 안성 사람이란 것을 알게 되었을 때는 쓴웃음을 금할 수 없었다. 그러던 차에 목격한 문경새재 주변의 나무숲을 보고서는 무성한 숲이 있기는 있구나, 거짓이 아니구나, 하는 생각이 들었다. 그러한 나무숲이 아주 희귀 현상이란 게 아쉽게 생각되었다. 그 후 보은 속리산에 가서야 다시 무성한 나무숲을 볼 수 있었다.

옛날은 딴 세상이다

푸줏간에서 주인에게 반말을 했다는 것은 아주 사소한 사안이다. 우리 세대 동년배 사이서도 주목하지 못한 사람이 다수파다. 그 후 우리 사회는 그런 일이 사실로 있었느냐고 반문하게 될 만큼 커다란 변화를 겪었다. 불과 70년 전이 전혀 딴 세상처럼 느껴질 것이다. 비단 반상의 구별이란 의식상의 폐습뿐만이 아니고 모든 것이 상전벽해처럼 변한 것이다.

문경새재에 가서야 처음으로 나무숲을 보았다고 이야기하면 이 역시 사실이냐고 반문할 것이다. 그러나 그것이 불과 60년 전의 엄연한 국토 현실이다. 경부선을 타보면 좌우 양변으로 붉은 산만이 이어졌다. 이따금 잔솔밭이 보이면 그것은 지방 세도가의 산소인 경우가 대부분이었다. 그러기에 "가도 가도 붉은 산이다/가도 가도 고향뿐이다/이따금 솔나무 숲이 있으나/그 것은/내 나이같이 어리구나/가도 가도 붉은 산이다/가도 가도 고향뿐이다"(오장환, 「붉은 산」)라고 시인은 탄식하지 않을 수 없었다. 괜찮은 문학작품은 그 자체의 내재적 가치를 넘어서 사회사를 반영하며 좋은 사료史料가 되어준다.

우리 사회가 신분적 편견에서 탈피하여 보다 건전한 인간관을 갖게 된 것은 분명한 발전이요 진보이다. 사소해 보이지만 그것은 천대받던 계층의 자각이나 의식화와 함께 장구하고 줄기찬 교육적·문화적·사회적 노력과 실천의 결과다. 그리고 사회 변화를 통해서 신분적 편견의 허위성과 부조리를 목도하고 확인했기 때문이다. 이에 반해서 국토의 산림 재조성은 보다 가시적인 사회적 노력에 의해서 성취된 것이다. 흔히들 나무 심기, 연탄 사용, 석유 활용의 결과라는 정도의 피상적 이해를 갖고 있다. 그러나 다수 화전민의 하산이 가장 긴급하고 중요한 과제였다. 산에 불을 지르고 그 자리에 메밀이나 심어서 원시적인 생활을 영위하는 화전민들을 그대로 두고 산림 재조성을 기대할 수는 없었다. 1965년부터 시작된 본격적인 산림 재조성 노력 중에서 42만 명에 이르는 화전민 이주 계획은 1979년에 가서야 가까스로 소기의 목적을 달성하고 끝났다.

옛날은 우리가 살고 있는 세상과는 딴 세상이다. 그 딴 세상을 이해하기 위해선 역사적 상상력이 필요하고 또 공부도 해야 한다. 역사 교육은 그러므로 연대기의 암송이 아니라 역사적 상상력의 교육이 되어야 마땅하다. 역사는 중요하고 의미 있는 사회 변화의 기록이다. 그것은 역사적 사실의 기록이지만 '사실'은 해석된 사실이기도 하다. 그렇다고 '사실'의 엄밀한 검토와 확인을 거치지 않고 자의적 '해석'을 능사로 삼는다면 그것은 중뿔난 이념의 전시용 마스게임에 지나지 않을 것이다.

인간사와 사회 변화의 서술로서의 역사는 당연히 정치사로 환원될 수 없다. 정치는 막강하게 중요하지만 그것이 삶과 사회의 전부는 아니다. 사회 변화를 총체적으로 바라보는 역사는 당연히 정치, 사회, 경제, 문화, 생활상, 그리고 관습 등을 총체적으로 보아야 한다. 가령 조선조의 역사를 정치사로 환원할 때 그것은 '이병판吏兵判 양전쟁탈兩銓爭奪'이 핵심인 당쟁사로 그치고 말 것이다. 국민의 10프로가 될까 말까 한 계층의 세도가 후보생들의 막무가내 이전투구가 어떻게 역사의 전부가 될 것이며 될 수 있을 것인가. 일부에서 '치욕의 역사'라고 하는

20세기 우리의 현대사도 정치사로의 환원을 경계하면서 사회 변화와 발전의 엄정한 궤적 탐구가 되어야 할 것이다. 그것은 사회사, 경제사, 문화사, 생활사, 풍속사가 정치사와 어울리는 총체성의 역사가 될 것이다. 극도로 단순화되고 국지화되고 축약된 역사는 결국 몇 개의 추상적·정치적 언어로 환원되고 말 것이다. 거기서 역사의 참모습은 덧셈과 뺄셈과 곱셈으로 우그러지고 변형되고 마침내 실종된다.

겨울 나그넷길에서

중국을 다녀보고

　중경重慶에 도착한 날 오후에는 우리 옛 임시정부 청사를 가보았다. 점심을 먹고 나서의 첫 행보였다. 그것이 갖추어야 할 예의처럼 생각되었다. 사진으로 많이 본 장면을 재확인한다는 느낌이었다. 예상과 현실이 다르지 않아 도리어 일말의 비감을 자아내었다. 고난의 흔적은 빈한하기 마련이지만 너무도 빈약하고 삭막하였다. 이튿날 서쪽으로 약 400리 떨어진 '대족석각大足石刻'을 구경하러 갔다. 70개가 넘는 석각 현장이 산재해 있는데 길이가 31미터에 이르는 거대한 와불을 비롯해서 수많은 석각이 인상적이었다. 그러나 너무나 많고 다양하고 규모가 커서 산만하다는 느낌을 받았고 조금 지나니 세목의 구체가 거의 떠오르지 않는다.

어떤 지옥

그 가운데 오랫동안 뇌리에 남아 있는 것은 규모가 작은 조각이 가뜩 들어 있는 지옥도랄까 지옥상이다. 지옥으로 떨어진 죄인들을 단죄하는 무시무시한 조각이다. 누워 있는 죄인의 가로막 아래에다 톱을 대놓고 두 사람의 형리가 톱질을 하고 있다. 두 형리가 달라붙어 한 사람은 지아비 죄인의 이빨을 빼고 한 사람은 지어미의 내장을 도려낸다. 한 쌍의 남녀가 고통 속에 일그러진 표정으로 높은 불기둥을 안고 있는데 불기둥은 새빨갛게 채색되어 있다. 그리고 아랫도리만 댕강 남아 있는 몸뚱이……. 지옥 형벌의 양상이 너무 다양해서 역시 세목은 잘 떠오르지 않는다. 사바세계의 잔혹상을 총망라해서 모아놓은 것 같은 느낌이었다. 교수형을 당한 시체의 입에서 치아를 빼내는 여인을 다룬 고야의 동판화가 있다. 교수형을 당한 이의 치아에는 마법의 힘이 있다는 미신에 빠져 범행하는 장면이다. 그래도 고야의 그림에선 여인이 겁에 질려 외면한 채 치아에 손을 대고 있어 구원의 여지가 있고 리얼리즘 특유의 호소력이 있다.

유럽에선 근대도시의 빈민굴을 세속 지옥이라 하였다. '대족석각' 한 구석의 지옥은 잔혹한 고문 현장이요 형벌 현장이었다. 옛 청교도 목사의 설교에 보이는 지옥 불길의 묘사도 끔찍하기는 하지만 그 못지않게 참혹하고 처참하다. 이러한 협박이 과연 착한 사람으로 개종하는 데 도움이 되었을까, 하는 의심이 들었다. 이러한 위협과 공갈에 넘어갈 정도로 심약한 사람들은 애당초 끔찍한 죄인이 되지 못했으리라. 지옥의 공포보다는 부처님의 자비로운 상호相好가 개과천선에 효과적이었을 것이다. 지옥의 사디즘보다 극락의 약속이 한결 효과적일 것은 오늘의 세속 도시에서도 마찬가지이리라.

부강에서 우선까지

현지에 가자마자 중국 간체자를 공부하지 않은 것이 후회가 되었다. 우리에겐 쉬운 게 어렵다는 것이 간체자의 역설이다. 교통 표지판에 적혀 있는 영천永川이나 사평莎坪 같은 지명을 대하면서 유럽에서 느끼지 못하는 아시아의 연속성을 느꼈다. 대륙과 육지로 연결되어 있다는 특성 때문에 일본 지명과 비교해 본다면 우리와 중국의 지명의 유사성이 두드러진다. 아마도 상세한 중국 지도를 펴본다면 우리의 거의 모든 지명이 그대로 적혀 있음을 발견하게 될 것이다.

중경을 빠져나올 때 구시가에 남아 있는 3층 기와집이나 아파트 사이를 관통하는 모노레일을 못 본 것은 아니다. 그러나 오를 때 보지 못한 꽃이 내려올 때 보인다는 고은의 시처럼 돌아올 때 비로소 눈에 뜨이는 구호들이 있었다. 부강, 민주, 문명, 화해和諧, 자유, 평등, 공정, 법치, 애국, 경업敬業, 성신誠信, 우선友善 등등 열두 개의 구호가 곳곳에 적혀 있다. 단어 서너 개를 하나의 단위로 해서 도로변의 기둥이나 표지판에 적어놓은 것이다. 처음엔 중경시에서 주관해서 저러는 모양이라고 생각했다. 그러나 장강 하류의 도시에서도 사정은 마찬가지였다. 남창南昌인가에서는 '사회주의의 핵심 가치'라면서 열두 개의 단어가 나열되어 있는 것이 보였다. 그러니까 중국 공산당의 정체성 홍보이자 달성해야 할 당면 과제의 요체로 책정된 것으로 보인다.

경업은 우리에겐 생소한데 자기의 직업을 귀히 여김을 뜻하는 것 같다. 화해는 화목함이요 우선은 친함 혹은 벗과 사이가 좋음을 뜻한다. 사회가 지향하는 대목적을 설정한 것인데 거기에는 정치적·경제적 이상과 돈독한 인간관계에 대한 지향이 두루 표방되어 있다. 민주, 자유, 평등, 공정, 법치를 위시해서 좋은 말은 모조리 동원되어 있다. 그만큼 야심적이고 이상적이라 할 수 있지만 너무 두루뭉술한 나열이어서 얼마쯤 후지다는 느낌이 들었다. 갖가지 직함이 수두룩하게 적혀 있는 빽빽한 명함을 대하는 것 같은 느낌이었다. 한편 간간히 전해지는 소식과 견주어 볼 때 현실과의 괴리를 그만큼 드러내는 것이라는 생각이 들기도 했다. 사실 민주, 자유, 평등만을 표방해서 한정적으로 추구한다고 해도 굉장히 벅찬 과업이 될 것이다.

널리 알려져 있듯이 18세기 프랑스대혁명 당시의 구호가 자유, 평등, 박애였다. 사실 이 세 가지 이상만 구현되더라도 더할 나위 없는 복된 사회가 된다. 로마의 하드리아누스 황제가 즉위한 후 발행한 화폐에는 라틴어로 세 단어가 적혀 있었다. 영어로 하면 humanity, happiness, liberty가 된다. 여기 나오는 인성이란 말에는 친절이나 자비와 같은 뜻도 내포되어 있으니 프랑스대혁명 때의 '박애'와 대동소이하다고 할 수 있다. 이렇게 대비해놓고 보면 근대 계몽사상이 표방한 이상은 하드리아누스 황제의 구호에 평등을 첨가한 것일 뿐임이 드러난다. 구호로 축약된 사회적 대목적이 한 사회의 에너지를 분출해서 모으게 한다면 아주 괜찮은 일이다. 문제는 대개의 정치적 구호가 하나의 장식품이나 가림막이 되어 헛구호나 헛소리로 그치는 경우가 많다는 점이다.

이백의 각필

마침 무창武昌에서 들른 황학루黃鶴樓의 경내에 각필정擱筆亭이란 정자가 보였다. 본시 북의 조조와 남의 손권이 대치하던 시절 초소였던 자리에 세운 황학루는 중국에서 손꼽히는 누각이라 한다. 당연히 많은 시인 묵객이 찾아와 빼어난 산천경개를 두고 시를 읊었다. 이백도 찾아와 붓을 잡았으나 이미 할 만한 말은 선객이 모두 다 한 터라 새로 쓸 것이 없어 붓을 놓고 말았다 한다. 그래서 각필정이 생겼다는 것이다. 그래서인지 황학루가 나오는 이백의 칠언절구는 '황학루에서 광릉으로 가는 맹호연을 보내며'라는 표제로 되어 있다. 송별의 장면을 적은 것이지 황학루를 직접 다루지는 않았다.

> 친구는 서쪽 황학루를 떠나
> 안갯속 꽃피는 춘삼월 양주로 내려가네
> 외로운 돛단배 푸른 허공 속으로 사라지고
> 하늘에서 흘러내려오는 장강만 보일 뿐
>
> ─이백, 「황학루에서 광릉으로 가는 맹호연을 보내며」

열두 개의 단어로 세상의 좋은 말은 다 가져다 사회의 대목적을 책정해놓은 중국의 경우 정치 구호에 관한 한 이제 후생들은 각필할 수밖에 없지 않은가 하는 생각이 들었다.

그런 한가한 생각의 한편으로 저리 큰 나라가 합심해서 맹렬한 기세로 댐 건설하고 고층 건물 세우고 상품 만들어내고 어선과 유학생과 군함을 내보내니 우리 처지는 어떻게 되는 것이냐는 걱정이 이는 것도 어쩔 수 없었다. 그나마 우리가 중국 본토보다 잘살았던 짤막한 호시절도 일장춘몽으로 끝나고 말았다. 사회적 낭비를 최소화하는 것이 우리의 당면 과제라며 고민하는 사람들이 별로 없는 것 같아 걱정되는 게 사실이다.

제 3 장

『채식주의자』에 대한 반응을 보며

『채식주의자』에 대한 반응을 보며

미국의 큰 자산

2010년에 작고한 역사가 토니 주트가 쓴『기억의 집』이란 회고록이 있다. 젊은 시절 마르크스주의 시온주의자로 출발했으나 뒷날 사회민주주의자로 자신을 정의한 이 유대계 지식인의 일생은 지적·지리적 편력이 다채롭다. 희귀병인 루게릭병으로 고생하던 만년에 쓰인 이 회고록 끝자락에서 그는 미국의 세 강력한 자산으로 토머스 제퍼슨, 팝송 가수이자 기타리스트인 척 베리, 그리고『뉴욕 리뷰 오브 북스』(이하『뉴욕 리뷰』)를 꼽고 있다. 뉴욕에서 질문을 받고 주저 없이 그리 답변하였다고 한다. 너무 알려진 탓인지 두 인물에 대해선 별말을 하고 있지 않지만『뉴욕 리뷰』에 관해선 부연 설명을 하고 있다. 뉴욕에서 나오는 이 격주간 서평지를 본떠서 나온 『런던 리뷰 오브 북스』
나 『부다페스트 리뷰 오브 북스』가 아무래도 발행지의 특정 그
룹의 입장을 대변하여 지역성을 드러내는 데 반해서 『뉴욕 리
뷰』는 뉴욕을 넘어서는 초지역적인 관점을 보여준다는 장점을
꼽은 것으로 기억한다.

1963년에 창간된 이 서평지는 그때그때의 중요 쟁점을 두루
다루면서 그 관심 영역이 폭넓고 다양하다. 월남전이 한참이던
시기에 창간된 만큼 초기엔 『한국전쟁비사』로 우리에게 알려진
I. F. 스톤의 월남전에 대한 비판적 논평 글이 자주 실리는 한편
당시 프랑스에서 불어온 구조주의 관련 글도 많이 실렸다. 고대
아테나이의 비극 축제에 여성 관람이 허용되었는가 하는 문제
는 아직도 학자 사이에 의견 일치를 못 하고 있다는 고전 담론
에서부터 우주 에너지의 약 23퍼센트가 미지의 암흑물질의 입
자 덩어리 속에 있다는 물리학자의 강의를 싣고 있는 이 서평지
의 지적 지평은 광대하다. 어쩌다 일본의 정기간행물을 보게 되
면 우리가 따라가려면 아직 멀었다는 감개를 촉발받게 되는 경
우가 있다. 그러다가 『뉴욕 리뷰』를 접하게 되면 미국이 일본을
멀찌감치 따돌리고 있는 풍요하고 견고한 문화강국이란 소회를
갖게 된다. 현재 13만 부가 나간다는데 독자가 세계 전역으로
분포되어 있다는 사정을 고려하더라도 대단한 숫자라 하지 않
을 수 없다.

어느 남성 작가의 반응

이 격주간 서평지가 2016년 8월 한강의 『채식주의자』를 다룬 글을 실었다. 미국 여성 작가 다이앤 존슨Diane Johnson이 쓴 글인데 당연히 제일 먼저 읽어보았다. 서평의 대상이 되고 그것이 잡지의 앞자락 두 번째 글로 실렸다는 것 자체만으로도 작가의 영예요 한국 독자로서도 긍지를 느낄 만한 일임에 틀림없다. 이 글을 통해서 이미 6월에 영국 작가 팀 파크스Tim Parks가 온라인의 일간 『뉴욕 리뷰』에도 한강의 작품에 대한 글을 썼음을 알게 되었다. 즉시 찾아보았는데 레비스트로스에의 인유인 '날것과 익힌 것'이란 표제로, 소개를 곁들인 서평이었다.

〈맨부커 국제상〉이 금년부터 영어로 번역된 단일 외국 소설로 수상 대상을 바꾸고 상금 5만 파운드(미화 7천 200만 달러)는 원작자와 번역자가 양분해서 받게 된다는 것을 알려주는 이글은 원작과 번역의 문제를 주로 검토하고 있다. 원어를 모르는 경우 번역을 어떻게 판단해야 하는가? 번역된 책이 유려한가 아닌가, 격조가 있는가 아닌가 하는 것은 판단할 수 있지만 원문도 그와 같다는 것을 어떻게 알 수 있단 말인가? 이러한 국면을 강조하면서 그 점을 동료 논객들과 토론하곤 하였다는 것으로 글은 시작되고 있다. 문학 텍스트에서 내용은 스타일 속에 드러나기 마련이라는 공리를 내세움으로써 파크스는 판단의 어려움을 다시 토론한다.

희생자인 채식주의자에게 독자의 동정이 쏠린다면서 불행한 기억에 눌리고 이해받지 못하는 그녀가 말하기와 먹기를 그쳤다고 요약하고 나서 육식을 좋아하고 녹색 야채에 무관심한 화자인 남편이 샐러드를 "군침이 도는 샐러드"라고 말한다는 것은 이상하다고 적고 있다. "칠흑 같은 어둠pitch black"에 싸인 부엌에서 어떻게 화자가 아내가 서 있는 것을 보았느냐는 의문도 제기한다. 사소하지만 지적을 받고 보면 취약점임을 인정하지 않을 수 없다. 번역자의 불찰이라 생각되는 영어 어법상의 부적정성의 지적은 수다하고 또 신랄하다. 인중人中을 뜻하는 'philtrum'을 접하고 사전을 찾아보았는데 원어도 그러한지 궁금하다고도 적고 있다. 세목에 대한 꼼꼼한 검토가 보이는데 대체로 극히 비판적인 소견을 보이고 있다고 생각된다. 〈맨부커 국제상〉의 규약 자체에 대한 부정적인 관점과 관련된 것이 아닌가 하는 생각을 갖게 한다.

어느 여성 작가의 반응

번역 텍스트의 어휘와 결에 대해서 미시적 관심을 보여주고 있는 파크스와 달리 존슨은 보다 본격적이고 정공적인 접근을 보인다. 육식을 비롯해서 결혼, 복종, 가족 돌보기, 간통, 예술, 인간 폭력, 탈인간적 환상, 금기, 절망한 자의 결단, 한국적 예법의 가혹한 압력 등을 다룬 흥미진진한 소설이라며 명망 있는 문학상 수상작에 대한 응분의 경의를 준비한다. 그리고 이 소설의 영예의 하나가 그 복합성에 있으며 이 복합성이 다양한 해석을 가능하게 하고 그 부분이 수상에 기여한 것이리라고 적는다. 3부로 구성된 작품의 줄거리와 등장인물을 개관하고 나서 낯선 외국 문화의 특이성 때문에 소설을 읽으면서 흔히 적용하는—가령 개연성, 풍자, 리얼리즘 등의— 기준을 적용할 수 없어 판단의 어려움을 겪게 된다고 실토하고 있다.

그러나 존슨의 강점은 작품을 한국사회의 상황과 연결시키는 능력에 있다. 몸뚱이에 그림 그리기는 쌍꺼풀 수술을 포함하여 여성의 3분의 1이 성형수술을 경험한 것과 관련이 있는 것이리라고 시사한다. 침입이나 침해의 수사가 많다면서 한국이 세계 최고의 자살률을 보이고 있는 것과 연관시키기도 한다. 문학작품 속에서 광기는 사회상에 대한 논평이 된다며 가령 나무가 되고 싶다는 작중인물의 욕망은 광기와 연관된 것이 아닐까 하고 부연한다. 이어서 한국인 특유의 한恨을 말한다. 존슨은 강렬한 항의의 감정이라면서 그녀가 이해하고 있는 한을 이렇게 부연한다. "한은 일종의 유니크한 한국인의 민족적 특성 혹은 정신 상황으로서 타인들이나 나라의 적 혹은 역사 그 자체에 대한 특유의 분노이다."

존슨이 어떤 전거典據에 기대어 이러한 이해를 갖게 되었는지는 알 수 없다. 그러나 한이 강렬한 감정이나 분노라는 것에는 동의하기가 어렵다. 원한이 공격적이고 능동적이고 때로 악의적일 수 있음에 반해서 한은 소극적이고 수동적이고 비공격적이다. 그것은 크고 작은 좌절감과 무력감에 기초한 운명에 대한 원망이요 야속함이며 슬픔의 정감을 동반한다. 근자에 빈번해진 격렬한 집단적 항의를 '한풀이'라고 하는 경향이 있는데 이 말을 역추적해서 강렬한 분노의 감정이라고 하는 것은 매우 국지적이고 비역사적인 추론이다. 더구나 한을 민족적 특성이나 정신 상황으로 파악하는 것은 정당화될 수 없는 논리의 비약이고 무책임한 일반화이다.

『채식주의자』에 대한 영미 쪽의 반응은 외국 문학 이해의 어려움과 함께 문체의 막강한 중요성을 다시 부각시켜준다. 문학이 사회의 거울이라는 명제는 너무 느슨해서 별 의미가 없다. 그러나 안목 있는 외국 독자가 우리 사회를 미처 돌아가는 광기의 사회로 인지하고 있다는 의혹은 충격적이다. 아니라고 반론하기 어려워서 더욱 그렇다. 자기 고장을 이상향이라고 믿어 의심치 않는 『슬픈 열대』의 남비콰라족이 보여주듯이 행복이나 불행 의식은 주관적인 것이다.

1920년대의 작가는 당대 사회를 '술 권하는 사회'로 그렸다. 『채식주의자』의 사회가 '광기 권유 사회'라는 것은 매우 반어적이다. 21세기 한국사회가 1920년대보다 더 열악하다는 함의가 있기 때문이다. 우리 모두의 자기반성이나 자기비판이 필요하다 생각한다. 말대로 된다는 무서운 말이 있다. "그립다 말을 할까 하니 그리워"라고 김소월은 노래했다. 우리에게 필요한 것은 "엽전이 별수 있나"라는 비관론으로의 한심한 역주행이 아니라 고난의 역사에 대한 성찰이라 생각한다.

한 외국인의 반응에 너무 큰 비중을 두는 것은 적정하지 않을 수도 있다. 그러나 우리 문화에 대한 객관적 이해를 통해서 '우리 알리기'를 하지 못했다는 것에 대해 공동의 책임 의식을 가져야 할 것이다. 통속적·축약적으로 한을 파악하고 있는 외국인이 있다면 무책임한 풍문의 교정을 꾀하지 못한 우리의 불찰도 작은 일이 아니다. 〈맨부커 국제상〉의 수상은 시원한 문학적 쾌거였다. 거기에 더하여 위에 적은 문제를 생각하게 하는 계기를 마련해준 것만 해도 『채식주의자』의 의미는 크다. 문화적 맥락에 대한 소양이 문학 텍스트 이해에 필수적이란 것을 말하고 있는 존슨의 글이 80대 고령자의 것이란 사실도 타산지석으로 삼아야 할 것이다.

'구라'라는 마술

마르케스에 관한 유쾌한 기억과 소견

송병선 교수의 '가르시아 마르케스 『백년의 고독』' 강연을 들으며 여러모로 감회가 깊었다. 이 책의 영어판이 나온 것은 1970년인데 미국의 대학 캠퍼스에서 크게 화제가 된 터라 재미있게 읽은 적이 있기 때문이다. 그것은 추억의 책이다.

새로 알게 된 사실

마르케스의 조국인 콜롬비아에서 유학 경험을 가진 송 교수가 들려주는 이야기에는 새로운 사실이 많았다. 6·25 당시 열여섯 개 참전국의 하나였던 콜롬비아에는 한국에 대한 우호적 감정이 농후해서 '혈맹'이란 말을 쓰곤 한다는 것이다. 그쪽 반정부 게릴라에게 잡힌 한국인 교수가 다른 외국인과 달리 특별

대우를 받은 일도 있었다 하니 그 정도를 짐작할 수가 있다. 뿐만 아니라 당시 한국전에 참가한 참전 용사의 이미지가 『아무도 대령에게 편지하지 않다』 등의 대령에 투영되어 있다는 내용도 처음 접하는 만큼 재미있게 생각되었다.

강연 중 송 교수가 보여준 사진에는 마르케스의 외조부가 살았다는 집이 있었다. 그 일부만 보아도 우리 쪽과는 비교가 안 될 정도로 고대광실이란 느낌이 든다. 현재 콜롬비아의 1인당 연소득은 8천 불 정도라 한다. 그렇지만 두 세대 전만 해도 콜롬비아의 생활수준이 훨씬 나았으리라 생각된다. 20세기 우리 시인들의 생가를 찾아보면 대개 일자집에 대청마루도 없다. 그렇게 옹색한 생활공간에서 우람하고 활달한 상상력이 나올 수 있을까 하는 의문이 들 정도다. 마르케스의 다채롭고 우람한 상상력이 단순히 문학 경험에만 의존한 것이 아닌 보다 탄탄한 경제적 토대에서 유래한 것이라는 느낌은 어쩔 수 없었다.

스페인어 문학권에서는 『백년의 고독』을 『돈 키호테』 이후의 대작이라고 간주한다는 것도 처음으로 듣게 되었다. 『백년의 고독』 결말에 가서 독자들은 그때까지 읽어온 것이 자석이나 얼음 같은 진귀한 물건을 가지고 마콘도를 찾아오곤 했던 멜퀴아데스라는 집시가 기록한 마콘도의 역사가 그대로 부엔디아 가계의 역사로 되어 있음을 알게 된다. 세르반테스가 『돈 키호테』는 아라비아어로 된 책의 번역이라고 적어두었다는 사실을 고려할 때『백년의 고독』의 서술 기법이 스페인 문학의 전통을 따르고 있다는 것은 쉬 짐작이 된다. 그러나 양자가 같은 수준에서 비교되고 있다니 놀랍다는 생각을 다시 하게 된다.

구라와 마술

마르케스 문학의 특징으로 지칭되는 마술적 리얼리즘에서의 '마술'은 여러 환상적 소도구나 장치를 뜻하지만 대범하게 말해서 근자에 유통되는 '구라'란 말로 요약할 수 있다고 생각한다. '구라'란 말은 어감으로 보아서 일본어에서 나온 것이 아닌가 짐작되지만 현재로서는 그 어원이 무엇인지는 단정할 수 없다. 다만 악의 없이 황당한 허언이나 과장을 가리키는 말로 유통되고 있다. 마르케스의 특기는 '구라'이고 거기서 독자들은 재미와 해학을 맛보게 된다. 가령 상사병을 앓고 있는 여인은 이렇게 그려진다. 아주 강렬하다.

절망적인 심정으로 미칠 듯한 레베카는 한밤중에 일어나 자살에의 충동을 못 이기듯 마당의 흙을 몇 주먹이고 퍼먹었다. 쓰림과 노여움으로 울어대면서 연한 구더기를 짓이겨 씹고 달팽이 등껍데기에 이를 갈았다. 그리고 새벽까지 온통 구토를 계속하였다.

방금 출산한 갓난이의 모습이 보이지 않아 찾아보니 날개가 달린 아이가 천장에 딱 붙어 있었다는 이야기는 우리의 전래장수설화에도 있었다. 그 비슷한 장면이 보이기도 한다.

그는 말수가 적고 숫기가 없었다. 그는 어머니의 배 속에서 울고 있다가 눈을 뜬 채로 태어났다. 탯줄을 자르는 동안 고개를 이리저리 돌리면서 방 안에 있는 것들과 사람들을 신기한 듯 겁 없이 살펴보았다.

140세나 사는 할머니, 4년 11개월 2일간 간단없이 쏟아지는 장마, 열일곱 명이나 되는 배다른 사생아를 하룻밤 사이에 잃어버리는 대령과 같은 숫자상의 구라는 『내 슬픈 창녀들의 추억』에서 다시 아낌없이 본령을 발휘한다. 담배를 달라는 창녀에게 "33년 2개월 17일 전에 끊었다"라고 남주인공이 대답하는가 하면 "당신 때문에 22년 동안 울었지요"라고 가망 없는 사랑을 토로하는 하녀가 있다. 독자들의 유쾌한 웃음을 촉발할 수밖에 없다.

환골탈태의 차용

『내 슬픈 창녀들의 추억』에는 다음과 같은 인용문과 그 출처가 적혀 있다. ""고약한 짓은 하나도 할 수 없습니다." 여관 여주인이 노인 에구치에게 경고했다. "잠자는 여자의 입에 손가락을 넣어서도 안 되고 그와 비슷한 어떤 짓도 해서는 안 됩니다.'"

일본 작가 가와바타 야스나리의 「잠자는 미녀」의 첫대목이다.

마르케스가 가와바타에게 빚지고 있음을 실토하고 있는 셈이다. 1992년에 출간된 마르케스 단편집 『기이한 나그네들Strange Pilgrims』은 영역본이 1994년에 펭귄문고로 나왔다. 이 단편집에 수록된 「잠자는 미녀의 비행기」는 마르케스의 작가적 역량과 재능이 기막히게 응축된 작품이다. 폭설로 출발이 지연된 파리발 뉴욕행 비행기 일등실에서 절세 미녀 바로 옆자리에 앉게 된 일인칭 화자가 여덟 시간 12분의 비행 시간 동안 잠자는 그녀 모습을 완상琓賞하는 자초지종이 그려져 있다. 아무것도 아닌 것 같은 소재를 빈틈없이 짜인 완벽한 단편으로 만든 솜씨는 경탄에 값한다. 작가 지망생이 교본으로 삼아 면밀히 연구하면 얻는 바가 많을 것이다. (질의 토론을 담당한 김현균 교수는 『돈키호테』가 없더라도 죽기 3년 전에 발표한 열두 편의 『모범소설집』만으로도 세르반테스는 문학사에 길이 남을 작가가 되었을 텐데 마르케스의 경우 『백년의 고독』이 없더라도 과연 그럴 수 있겠느냐는 흥미 있는 질문을 제기하였다. 그렇다는 답변에 필자도 기꺼이 동조하고 싶다.)

그런데 잘 검토해보면 『내 슬픈 창녀들의 추억』은 가와바타의 「잠자는 미녀」에 빚지고 있을 뿐 아니라 그게 없었다면 쓰이지 않았으리라고 할 수 있을 만큼 의존도가 높다. 마르케스 작품은 가와바타 작품과 대칭 관계에 있다고 할 수 있다. 젊은 미녀들을 수면상태로 빠트린 채 애완동물처럼 대상화해서 감상하는 것이 가와바타 소설의 구도이다. 언뜻 보아 음산하고 부도덕한 노추老醜의 세계다. 그럼에도 섬세한 감수성의 뒤척임, 쇠잔한 욕망과 민망한 집착의 허망함, 죽음과 소멸에 이르는 한시적 인간 존재의 본원적 슬픔, 그 자각 위에서 더욱 애타는 모든 아름다운 것에 대한 간구, 회한이 뒤따르는 회상의 순간 포착이 이 노추의 행태를 괴이하고 희귀한 서정적·심미적 서사로 올려놓고 있다.

마르케스의 구라로 일관된 민담적 서사는 가와바타의 섬세한 서정적·심미적 서사와는 대조적이다. 가와바타의 에구치 노인은 두 번째 만남에서 업소의 규칙을 어기고 육감적인 아가씨를 범하려고 생각하나 그녀가 숫처녀임을 알고 단념한다. 바로 이 삽화가 마르케스에게 영감을 주어 나이 아흔에 첫사랑을 알게 되는 사창굴 단골 고객의 초상을 마련한 것이라 생각된다. "처녀성의 절대적인 주인이 되어 침대에 누워 있는" 소녀를 남겨두고 자리를 떠난다는 것은 그대로 가와바타 모티프의 판박이 차용이다. 그 밖의 기본 구도는 가와바타 소설의 그것과 대조되게 마련하였다. 어쨌거나 이 작품을 읽고 나면 "서투른 시인은 흉내 내지만 능란한 시인은 훔친다"는 취지의 엘리엇의 말을 상기하게 된다. 마르케스가 아주 시원하게 환골탈태를 성취하고 있기 때문이다. 작가 특유의 '구라'란 마술을 활용해 이왕의 작품 세계와 연속성을 유지시킴으로써 서투른 작가라면 자초했을 모작이나 표절 시비를 사전에 봉쇄하고 있기도 하다.

마르케스가 독자의 질문에 대답하는 방식은 사실에 입각하기보다 '구라'인 경우가 많다. 따라서 그의 말을 액면 그대로 받아들일 필요는 없다. 정치인의 말을 액면대로 받아들일 필요가 없듯이 작가의 말도 액면대로 받아들일 필요가 없다는 말이다. 마르케스가 선행 작품의 착실 근면한 독자이며 연구자라는 사실은 간과되기가 쉽다. 그러나 그가 스페인 문학의 고전뿐만 아니라 버지니아 울프나 포크너 같은 현대 작가의 열성적인 독자라는 것을 잊어서는 안 된다. 쿤데라나 마르케스나 20세기 후반의 뛰어난 작가들이 모두 욕심 많은 문학 독자라는 사실은 우리의 문학 풍토에서는 특히 강조돼야 할 국면이라 생각한다. 마르케스가 『아무도 대령에게 편지하지 않다』를 열한 번이나 고쳐 썼다는 사실도 유념해두어야 할 것이다. 콜롬비아 작가 마르케스의 문학적 행복은 광대한 스페인 언어권에서 성장하고 배우고 글을 쓰고 책을 낼 수 있었다는 사실에서 유래한다. 그러한 행운과 무연無緣한 우리 시인 작가들이 넘어야 할 고개는 그러므로 한결 가파른 것일 수밖에 없다는 생각이 든다.

개인사와 사회사의 접점

전기의 매혹과 효용

학생 때 접하게 된 인물 가운데 매우 두터운 근시 안경을 쓴 분이 있었다. 부잣집 아들로 서울에서 태어나 전반생을 기활 좋게 살아온, 요즘말로 하면 금수저에 가까운 인물로 당시 그는 중앙청의 과장이었다. 라디오가 없는 시골집에서 자란 탓에 몰랐지만 6·25 전에는 이름이 쟁쟁한 아나운서였다 한다. 중학이나 대학도 세칭 명문교를 나와 세상을 자신만만하게 헤쳐 가는 것으로 비쳐 그 앞에서 괜히 주눅이 들고는 하였다. 지독한 근시 안경만이 그의 유일한 취약점이 아닐까 하는 생각이 들었다. 동기간이 많은 집안에서 그만이 유일한 안경잡이여서 그 사실을 말했더니 겸연쩍은 듯이 웃음을 지으면서 사연을 들려주었다.

중학에 들어간 직후 요즘에 추리소설이라 하고 당시엔 탐정

소설이라고 하던 것을 탐독하게 되었다. 그 계기가 된 것은 일본의 에도가와 란포(江戶川亂步)의 소설이었다. 미국의 에드거 앨런 포를 숭상해서 필명을 그리 지었다는 인물로 그의 일본어판 전집이 현재 미국 아마존에서도 광고되는 것으로 보아 그쪽으로 역량 있는 작가였던 것 같다. 밤늦게까지 읽었는데 일찍 자고 일찍 일어나야 한다며 걸핏하면 부친에게 야단을 맞았다. 하는 수 없이 방 안의 전등을 끄고 일찌감치 잠든 척하였다. 그리고 이불을 뒤집어쓰고 손전등을 켠 채 책을 읽었다. 재미가 들려 새벽녘까지 그런 식으로 책을 읽은 시기가 꽤 되었다. 그 뒤로 급속히 시력이 약화돼 안과에 가게 되어 결국 추리소설 중독이 드러나고 '안경잡이'가 되었다는 것이다. 만시지탄이었지만 부친은 탄식과 노여움을 풀지 못했다고 한다. 그 후 엄격한 부친의 하명에 따라 순 문과는 택하지 않았다고 그는 덧붙였다.

중독성

추리소설뿐 아니라 문학 또는 모든 예술에는 중독성이 있다. 한번 재미를 붙여 인이 박이고 나면 떼어버리기가 쉽지 않다. 중단 없는 중독상태가 평생 이어지고 그것이 직업화로 귀결된 경우가 문인이나 예술가의 경우일 것이다. 자각증세가 있긴 하지만 스스로 제어할 수 있는 정도의 수준이어서 어디까지나 취미나 여기餘技로 즐기는 것이 이른바 딜레탕트의 경우이리라.

프랑스의 비평가 알베르 티보데는 고대 그리스인들은 근대인이 즐기는 두 가지 재미를 알지 못했다면서 담배와 소설을 들고 있다. 그가 의식하고 한 소리는 아니지만 양자가 가지고 있는 중독성이 시사되어 있어 재미있다. 니코틴중독에서 탈출하기 어렵듯 소설 중독에서 탈출하기 역시 적어도 생활인으로서 시간에 쫓기게 되기 전까지는 쉽지 않다. 니코틴중독이 백해무익할 뿐 아니라 기대수명 향유에 치명적인 위협이 되는 독인 데 반해서 소설 중독은 선용하면 삶의 향유에 기여하는 바가 많다.

소설의 재미는 여러 가지가 있겠지만 크게 보아 남의 삶을 엿보고 엿듣는 재미라 할 수 있다. 대리 경험을 통해 상상 속의 불충분한 욕망 해소를 도모하면서 배우는 바도 많고 위로받게 되는 경우도 많다. 러시아 태생의 미국 작가 블라디미르 나보코프는 소설이란 "어른을 위한 동화"라고 정의하고 있다. 이야기를 즐기는 것은 어린애나 어른이나 다름이 없다. 개구리 올챙이 적 모른다는 말대로 별종인 양 '나쁜 믿음'에 빠져 뻐겨보지만 어른이란 실상 덩치 큰 어린애에 지나지 않는다. 비행기나 좀 태워주고 싸구려 막과자 봉지만 안겨줘도 정신 못 차리게 기뻐한다. 비위나 좀 맞추어주고 실현 가능성도 없는 사탕발림 약속을 늘어놓으면 우르르 몰려가서 쓸개라도 빼주는 것이 지구촌 현대사회의 유권자다. 앞의 어린이나 뒤의 어른이나 무엇이 다르다 할 수 있는가.

중독자를 쉽게 마련해내는 소설에 가장 근접한 것이 무엇일까? 그것은 회고록이나 전기가 아닐까 한다. 소설과는 달리 허구상의 인물이 아닌 현존하거나 실재하였던 역사적 인물을 다루는 것이 전기다. 그러나 남의 삶 엿보기의 재미를 안겨준다는 점에서 양자는 공통된다. 행인지 불행인지 책 읽기를 업으로 하는 직업에 종사하면서 적지 않은 수효의 소설을 읽어왔다. 즐기면서 읽은 것이 사실이고 소설 읽기에서 업고業苦를 느낀 적은 없다. 재미없거나 내 취향이 아니라고 생각되면 읽다가도 주저 없이 팽개쳐버리기 때문이다. 그러나 얼추 30대 중반을 분기점으로 해서 문학작품보다는 논픽션에 시간을 충당하게 되었다. 직업적 요청이라는 실제적 이유 때문이기도 하지만 문학이 채워주지 못하는 지적 갈증을 논픽션이나 비문학이 축여주기 때문이다. 그러다 보니 학문처럼 진보하는 것도 진척하는 것도 아닌 것으로 보이는 문학 분야에서는 생산 축소를 시도해보는 것이 문학 자체나 독자를 위해 유익하지 않을까, 하는 시험적·잠정적 생각을 말과 글로 토로한 바도 있다. 현존하는 고전만으로도 감당할 수 없을 정도로 풍요한데 굳이 잉여 농산물 같은 '잉여 작품'을 지속적·타성적으로 생산할 필요가 있는가, 하는 의문을 토로한 것이다. 고전을 바르게, 또 적극적으로 읽어보자는 반농반진半弄半眞의 역설이었다.

전기 혹은 개인사

근자에 들어서 소설보다는 전기나 회고록 쪽으로 시간을 할애하는 편이다. 특정 타자의 삶도 재미가 진진하지만 읽는 과정에서 그가 살았던 시대에 대한 이해가 넓어진다는 것이 중요한 매력이다. 소설보다도 전기는 역사에 가깝고 역사 이해에 도움이 된다. 그리고 역사 이해는 오늘의 세계 이해를 위해서 필수적이라 하지 않는가.

젊은 시절에 읽은 전기 가운데 지금껏 가장 강렬한 기억으로 남아 있는 것은 아이작 도이처의 트로츠키 3부작『무장한 예언자』『비무장의 예언자』『추방된 예언자』이다. 방대한 분량이지만 삶 자체가 너무나 극적이고 귀추가 궁금해서 독파할 때까지 책을 손에서 떼지 못하였다. 주인공의 삶이 상승 곡선을 그리는 첫째 권에서는 독자의 기분도 고조되었지만 파국적 하강 곡선을 그리는 셋째 권에 이르러선 덩달아 의기소침해지고 끊임없이 중첩되는 불행에 지겨운 느낌까지 들었다. 한 지적 정치적 거인의 파란만장한 역정이 박진감 있게 그려지는데 트로츠키가 청년기에 애독했다는 그리스비극의 궤적을 삶 속에서 그대로 보여주었다는 대목에 진한 공감이 갔다. 러시아혁명 과정에 등장하는 좌절한 낭만적 혁명가나 불우한 지식인들은 기라성같이 많은데 수다한 인물의 이름을 그때 익혔다. 세세하게 고증된 전기로서 러시아혁명에 대한 이해를 위해서도 필독서가 아닐까 생각한다.

근자에는 주로 작가나 문학 연구자의 회고록을 읽는 편이다. 그런 맥락에서 흥미 있게 읽은 것이 미국 출신 일본 문학 연구자이자 번역가인 도널드 킨의 『나와 20세기 연대기Chronicles of My Life : An American in the Heart of Japan』다. 그의 『일본문학사』나 일본의 작가론 등을 읽고 호감을 갖고 있던 차에 회고록이 나와 읽어본 것이다. 일본 문학에 관한 일본인의 비평서를 읽어보면 사사로운 개인적 관용어가 많고 비약이 많아 따라가기 어려운 면이 있다. 이에 비하면 킨의 책은 보편적인 언어로 쓰여 이해하기가 한결 수월하고 비약과 모호한 대목을 찾기 어렵다.

뉴욕 출신으로서 고등학교까지 반에서 줄곧 수석을 했다는 그는 16세에 컬럼비아대학에 입학했고 옆자리에 앉은 리李라는 중국인 학생을 통해 한자 공부도 하고 중국어도 공부하였다. 그 친구의 추천으로 영어로 『논어』를 읽어보았으나 처음 지루하다 생각했고 아더 웨일리Arthur Wailey 번역의 『겐지 이야기』는 꿈처럼 매혹적이었다고 적고 있다. 직업의 선택은 대개 우연에 의한 것이라고 파스칼은 적고 있는데 킨이 일본 시민이 된 계기도 우연이라고 할 수밖에 없다. 대학 때 알파벳 순서로 좌석이 배정되었는데 K 다음이 L이어서 중국인 학생과 짝꿍이 된 것이다. 대학 이후 줄곧 장학금으로 공부한 그는 1940년대 말 전후戰後에 케임브리지대학에서 공부한 적이 있다. 대학 식당에서 식사를 하는데 영국 학생들의 식사 속도가 너무나 빨라서 놀랐다. 식사가 끝나자마자 그들은 번개처럼 자리를 떴는데 그들은 식기를 싹싹 비웠고 남긴 음식이라고는 없었다. 전후의 궁핍한 시절이어서 제공된 식사가 소홀했기 때문인데 그때껏 더러 음식을 남기곤 했던 킨도 일자이후—自以後 남김없이 먹는 버릇을 키웠고 평생 음식을 남기는 법이 없었다고 적고 있다.

1960년대에 도널드 킨은 소련을 방문한다. 모스크바에서 일본 문학 연구자이자 번역가인 리보바 교수를 만나는데 두 사람은 길을 걸어가며 일어로 대화한다. 버스를 타자 여성인 리보바 교수는 "이제부턴 침묵입니다"라고 말한다. 정치적인 대화는 없었지만 리보바 교수는 매우 솔직하였고 킨은 모스크바의 사회 분위기를 단박에 직감할 수 있었다. 소련을 떠날 때는 출국 수속에 오랜 시간이 걸렸다. 비행기를 타고서도 긴장이 되었는데 마지막 순간에 비행기에서 내리라는 통고를 받는 소련 국민이 있다는 이야기를 들었기 때문이다. 비행기가 이륙하는 순간 모두가 웃음을 터뜨렸다. 긴장에서 갑자기 해방되자 터져 나온 웃음인데 "스톡홀름을 향해 출발할 때면 언제나 이렇답니다"라고 스웨덴인 스튜어디스가 말했다 한다.

1969년에 나온 킨의 『일본인의 서양 발견Japanese Discovery of Europe』이 러시아어로 번역되어 7천 500부를 찍었는데 발매 당일에 매진이 되었다. 그러나 재판이 나오면 계획경제의 잘못을 자백하는 셈이기 때문에 찍지 못했다. 인세는 루블화로 지불되었는데 소련 내에서만 사용할 수 있다는 통고를 받았다. 단 몇 줄의 서술이지만 당시 소련의 국내 사정과 "쇳가루를 뿌린 듯한 공기"가 실감 나게 전해진다. 그것은 공식 역사나 초대받은 여행자의 기행문이 전달하지 못하는 구체적이고 생생한 세목을 담고 있다. 그는 일본에서 연금을 받는 '문화공로자'이지만 일본에 대해서 솔직한 발언을 삼가지 않는다. 외국인이 하이쿠를 어떻게 이해하느냐고 말하는 일본인을 많이 만나는데 많은 외국 문학자를 배출한 일본에서 참 기묘한 일이라고 적는다. 일본 고전음악을 즐기는 일도 있지만 베토벤의 현악사중주나 베르디의 오페라처럼 감동받은 적은 없다고 담백하게 털어놓는다. 킨이 쓴 『일본문학사』를 본 도쿄대학 교수가 "작품은 물론 영어로 읽었겠지요?"라고 묻더라는 것도 적어놓고 있다. 전공 분야에서 한 발자국만 떼어놓아도 앞이 캄캄한 외곬 전문가는 어디에나 있는 모양이다.

아더 웨일리라는 인물

킨의 회고록에는 일본 문학과 중국 문학의 번역자로 알려진 영국의 아더 웨일리 얘기가 나온다. 케임브리지대학에서 아이누의 서사시 『유카라』를 강의하는 60세의 웨일리를 킨은 처음으로 만나보게 된다. 그러나 『겐지 이야기』를 "믿을 수 없으리만큼 아름다운 영어로 번역한 위대한 번역자 웨일리가 오랫동안 나의 영감의 원천"이었다고 그는 적고 있다. 그는 중국어도 공부해서 제2의 웨일리가 되고자 한 적도 있으나 일본 문학 연구만으로도 벅차서 중국어 지식은 차차로 엷어졌다고 털어놓고 있다. 웨일리에 대한 경탄은 그가 범어, 몽골어와 함께 주요 유럽 언어에 통달했다는 사실 자체보다도 세계 모든 지역의 문학, 역사, 종교에 대해 관심을 가지고 있는 비범한 개인에 대한 경탄이다. 만년에 웨일리는 포르투갈어를 익혔는데 그것은 어떤 젊은 친구의 시를 읽고 싶어서였다. 읽을 수 있는 학자가 전 세계에 100명도 안 되는 언어로 된 시를 번역하는 기쁨을 맛보기 위해 아이누 말을 익혔다는 웨일리 번역의 아이누 서사시 때문에 아이누인에 대한 잘못된 인상을 불식하게 되었다고도 킨은 적어놓고 있다.

킨의 경탄과 상관없이 웨일리는 경의에 값하는 탁월한 인물이다. 판화에 흥미가 있어 대영박물관의 판화 부문 학예관이 된 그에게 어느 날 누군가가 일본의 우키요〔浮世〕 판화를 들고 와서 여기 쓰여 있는 글자가 무어냐고 물었다. 당시 박물관에는 그 문자를 아는 사람이 없었다. 그때 웨일리는 일본어를 공부해야겠다고 결심하고 독학에 들어가서 통달하게 되었다. 사실 『겐지 이야기』는 천 년 전에 쓰인 작품으로 일본인도 현대어 번역판으로 읽는 게 보통이다. 그런 고전소설을 독학으로 공부하고 판독하기 어려운 목판본 주석에 의지해서 누구나 탄복하는 영어로 번역했다는 것은 놀라운 재주요 대단한 업적이다. 일본 작가 중에도 원본으로 읽는 것보다 한결 읽을 맛 난다고 하는 이들이 있는 실정이다.

그는 일본어 교과서를 만들었는데 얼마쯤 어학력이 있는 사람이라면 한 달만 공부하면 익힐 수 있다고 적어놓았다 한다. 독자를 격려하기 위한 과장이 들어 있었겠지만 수다한 언어에 통달한 그가 실천을 통해 획득한 경험담일 것이다. 번역에 임하면 일단 한 문장을 읽고 나서 궁리 끝에 원문을 보지 않고 영어로 썼다고 한다. 번역 냄새가 나지 않는 유려한 영어를 지향했기 때문이고 거기 성공했다는 게 중평이다. 그는 일본행 초청을 사절하면서 관심이 있는 것은 천 년 전의 일본이지 현재의 일본은 아니기 때문이라고 했다. 세속적 희비나 애환을 넘어서 시간을 아끼고 자기 일을 하면서 자기 세계를 향유했음을 말해준다. 전범으로 삼기에는 너무나 거창하지만 문득문득 돌아보고 참조해야 할 인물임에 틀림없다.

오키나와 경험

태평양전쟁 말기, 23세의 킨은 하와이에서 비행기를 타고 필리핀으로 건너가 거기서 오키나와행 배에 오른다. 미군의 오키나와 상륙은 1945년 4월 1일 결행되었다. 일본군의 저항이 거의 없어서 뜻밖이었다. 일본군 사령관이 섬의 북반을 단념하고 남부에 전력을 집중 배치했기 때문이었다. 상륙한 해변에는 복수의 민간인이 있었는데 그중에는 아기를 안고 꼬마 어린이를 데리고서 우왕좌왕하는 여인이 있었다. 여인은 위험을 느끼지 못하는 것 같았고 안전한 장소로 데려다주겠다고 말했으나 주의를 기울이지 않았다. 어린이를 안고 부상자가 수용되어 있는 장소로 데리고 갔다. 여인은 되풀이해서 무어라 말했으나 알아들을 수가 없었다. 많은 오키나와인, 특히 여성이 일본어를 말하지도 이해하지도 못한다는 것을 그때껏 몰랐다고 킨은 적고 있다. 그날 저녁에야 학교를 다니는 열 살 안팎의 소년을 만나니 일본어가 능숙해서 함께 동굴을 찾아다니며 안에 숨어 있는 이가 없느냐고 소리쳤다. 민간인이 몇 사람 동굴을 나왔는데 거의 모두 노인들이었고 어떤 일이 일어났는지 영문을 모르겠다는 투였다고 한다. 오키나와에서 전투가 끝나 섬을 떠날 때의 경험은 킨이 직접 적은 대로 옮겨본다.

　　나는 약 1천 명의 포로를 태운 배로 오키나와를 떠났다. 포로의 절반은 일본 군인이나 오키나와 방위대의 민병, 나머지 절반은 한국인 노무자였다. 포로 중에는 하와이로 향하는 도중에 사망한 이들도 있었다. 그들은 기독교의 매장법에 따라 바다에 장사 지내졌다.

일본군의 완패로 끝난 오키나와 전투에서 미군 전사자는 약 1만 2천 명, 일본군의 전사자는 약 9만 5천 명으로 일본 쪽 역사책에 나온다. 민간 비전투원의 사망도 9만 명이 넘는 것으로 추산되고 있다. 그 참혹함은 이루 말할 수 없지만 중학교, 고등여학교 학생도 모조리 군대에 편입되었다. 남학생은 진지 구축, 통신 등을 포함해 직접 총을 들고서 전투에 참가했고 여학생들은 간호원으로 부상병의 간호를 담당했다. 일본군은 피난민과 함께 점점 남단으로 쫓겨 가서 마을의 참호나 해안 벼랑 끝의 동굴은 이들로 가득 찼다. 해상으로부터의 포격, 근접해 오는 미군의 화염방사기에 노출된 참호 속의 사람들은 기갈과 부상과 병으로 신음하고 있었다. 여학생 간호부대는 최후까지 임무에 충실하였고 미군에게 항복하려 했으나 일본군의 방해로 수류탄 자살을 한 이들도 적지 않았다. 전후 일본은 '히메유리의 탑'을 세워 이들을 추모하고 있다. '히메유리'란 오키나와여자사범학교와 오키나와고등여학교의 병합 교우지의 표제로서 백합의 일종으로 굳이 뜻풀이를 해보면 '아가씨 백합'이란 뜻이 된다. 탑이 세워진 후 여학생 간호부대를 '히메유리부대'라 부르게 되었다.

　오키나와에서 일본 군인이 전멸한 것은 6월 23일이다. 일본군이 옥쇄玉碎*했다고 보도한 후에도 일본 수뇌부는 항복할 생각을 하지 않다가 원자탄 세례를 받고서야 무조건항복을 했다.

전체주의 수뇌부나 독재자는 어디에서나 사교 교주 같은 광신자적 성격을 공유하고 있다고 생각된다. 제주도 4분의 3 정도의 면적이라는 오키나와 본도本島를 방문했을 때 '히메유리의 탑'을 찾아 좀 더 호세한 정보를 알고 싶었으나 단시간 체류에다 기상 조건이 나빠서 뜻대로 되지 않았다. 킨은 오키나와 여성들이 일어를 하지도, 알아듣지도 못했다고 적고 있는데 이것은 우리의 경우에도 마찬가지였다. 해방 당시에도 농촌 지역에서는 성년 여성의 거의 전부, 그리고 남성 다수가 일어를 알지 못했다. 학교 교육을 받지 못한 대부분이 그랬다고 생각하면 된다. 대학 진학률이 세계 최상위인 요즘의 한국 젊은이들이 상상하지 못하는 사태일 것이다. 오키나와를 떠날 때 배에 동승한 한국인 노무자가 500명에 이르렀다는 사실도 태평양전쟁 당시 동포의 희생자 수가 얼마나 많았는가를 실감하게 한다.

조그만 희망사항

전기를 읽으며 접하게 되는 사실을 역사적 맥락에 놓고 참조하면서 행간을 읽는 것은 그 자체로서 흥미 있지만 역사에 대한 눈을 넓히는 데 기여한다. 뿐만 아니라 그것은 기억에도 도움이

---

* 옥이 아름답게 부서지듯이 명예나 충을 중시해서 깨끗하게 죽는 것을 말하는 것으로 『북제서北齊書』에서 유래한 말이다. 2차 세계대전 중 일본에서 일본군이 전멸했을 때 이 말을 썼다.

된다. 한 권의 책을 단순 통독했을 때보다 크로스 체킹을 통해서 사태를 파악하면 더욱 선명하게 기억에 남는 법이다. 과거에 대한 지식이 전혀 없으면서도 곧잘 과거를 심판하는 풍조가 퍼져 있는데 시정해야 할 사안이다. 잘 알아보고 이해하고 나서야 과거를 심판하는 기초적 자격을 갖게 된다는 것은 아무리 강조해도 지나치지 않는다. 한편 웨일리의 경우처럼 세상에는 경탄과 경의에 값하는 탁월한 인물들이 많다. 그러한 인물을 접해봄으로써 특히 젊은이들은 많은 것을 배울 수 있게 된다. 예습이 불가능한 단 한 번의 삶 속에서 적절한 모범 인물을 찾아내어 길라잡이로 삼는 것은 유익하고 보람 있는 일이요 그런 면에서도 전기 읽기는 슬기로운 삶으로 가는 길이라 할 수 있다.

19세기 중반 일본을 방문한 수많은 유럽인과 미국인들이 책을 읽는 이가 많은 것에 감탄하고 있다. 길가의 아기 보기 소녀나 수레꾼들이 틈만 나면 조그만 책을 꺼내 탐독한다는 것이다. 도널드 킨이 쓴 전기 『최초의 현대 일본인 : 이시카와 다쿠보쿠의 삶The First Modern Japanese : The Life of Ishikawa Takuboku』을 보면 1912년 26세로 죽은 중학 중퇴생인 그가 오스카 와일드나 바이런의 원서를 사서 읽는 장면이 나온다. 죽기 몇 달 전에도 약값이 없어 쩔쩔매는 판국에 아나키스트 크로포트킨의 저서를 사 보고 있다. 저들의 메이지유신 이후 많은 중졸 학력의 작가 시인들이 영어 책을 보고 번역을 하는 경우가 많다.

당시 일본의 문맹률이 세계 최하위란 것은 주목할 만하다. 지금도 일본의 주요 일간지가 제1면의 광고란을 책 광고로 충당한다. 일본의 범죄율은 인구 대비 미국의 20분의 1밖에 되지 않는다. 이들 사이에 아무런 상관관계가 없다고는 할 수 없다.

가령 극일의 길은 일본에 대한 적개심의 함양이 아니라 우리의 사회적·문화적 역량의 획기적 제고에 있다는 사실을 모두 알고 있으면서 별로 이야기하지 않는 것을 안타깝게 생각한다. 전기를 부지런히 읽으면 부지중에 자기반성의 기회가 많아진다는 것도 첨언해두고 싶다. 추상적·개괄적으로 서술되는 공식 역사와 구체제 개인사가 수렴되는 접점에서 역사적 진실을 발견할 수 있다는 것이 나의 생각이다. 그런 맥락에서 전기 분야, 특히 우리 근현대 인물에 대한 신뢰할 수 있는 평전이 많이 나오고 또 읽히기를 희망한다.

모국어의 존엄을 위하여

독일에서 공부하던 중 같은 유학생과 결혼하게 된 딸 부부에게 소생이 있다. 어느덧 나이가 되어서 외손이 유아원에 들어가게 되었다. 부모는 유아원에 들어간 아이가 조금이라도 더 독일어에 익숙해지려면 어떻게 하면 좋겠느냐, 집에서 도와줄 일이 없겠느냐고 상담을 했다. 그러자 유아원의 교사는 딱 부러지게 말했다. "독일어는 우리가 알아서 잘 가르칠 터이니 부모가 걱정할 필요가 전혀 없다. 집에서는 한국어나 잘 가르치도록 하라. 제1언어를 잘해야 제2언어도 잘하게 된다. 그 점을 명심하라." 근자에 L교수에게 들은 딸 내외의 경험담이다.

그 이야기를 듣고 우리 쪽 대학 총장보다 독일 유아원 교사가 언어에 대한 통찰과 언어 습득에 관한 지혜를 가지고 있다는 생각이 들었다. 대학에서 교원들에게 영어로 강의하기를 장려 내지는 요구한다는 소식을 접한 적이 많았기 때문이다. 적어도 교단에서 사용하는 영어는 정확하고도 모범적인 영어가 되어야 하는데 과연 원어민이 아닌 한국인으로서 그러한 역할을 제대로 수행할 수 있을까? 또 할 수 있다 하더라도 그 인원 비율이 얼마나 될 것인가? 그러한 회의를 가진 적이 있기 때문에 친구 딸의 독일에서의 경험담은 우리에게 향도가 되어야 마땅하다는 생각이 들었다. 쉽게 말해서 우리말을 잘하는 어린이가 영어도 잘한다. 우리말 읽기 쓰기를 잘하는 어린이가 영어 읽기 쓰기도 잘한다는 것은 관찰 가능한 경험적 사실이다. 모국어 혹은 제1언어의 중요성은 이런 맥락에서도 극히 중요하다.

현재 미국에는 약 150만 명에 이르는 우리 교민이 살고 있다. 웬만한 인구를 가지고 있는 미국 도시에는 우리 이민자들이 다수 살고 있어서 가령 샌디에이고나 디모인 같은 도시의 거리에서 뜻하지 않게 한국말을 듣게 되는 것은 결코 낯선 일이 아니다. 미국에서 어린 한국인이 외국 문화에 동화되어가는 과정을 관찰할 기회도 따라서 희귀하지 않다. 한국어와 영어를 말하는 어린이들에게서 볼 수 있는 흥미로운 점의 하나는 동일한 상황에 대한 그들의 반응이 그가 사용하는 언어에 따라 다르다는 것이다. 영어로 말할 때 그들은 직설적이고 솔직하고 자기주장을 드러낸다. 한국말을 쓸 때 그들은 보다 덜 직설적이고 한결

다소곳하다. 가령 부모가 무엇인가 먹으라 하면 영어로는 "싫어요I don't like it!"라고 말한다. 한국어를 쓸 때는 "배 안 고파요 I am not hungry" 혹은 "나중에Not now"라 대답한다. 부모를 부를 때 영어로 "Pa!" "Hey, Ma!"라고 거칠 것 없이 말하지만 한국말로는 약간 경어 투로 "아빠!"라 부른다. 이런 맥락에서 볼 때 언어는 단순히 세계를 바라보고 경험을 해석하는 특수한 방식일 뿐 아니라 태도를 형성하는 하나의 특수한 방식이기도 하다. 하나의 적정한 행동 규범을 배우는 과정은 특정 언어를 마스터하는 과정과 동일하다고 말하는 것도 가능하다. 한 특정 언어는 습득 과정의 어린이에게 그 언어가 속해 있는 문화에 고유한 적정한 행동 규범의 채용을 종용하는 것으로 보인다.

이렇게 언어는 인간의 사고나 행동에 있어 무의식의 수준에서도 막강한 형성력으로 작용한다. 뿐만 아니라 가령 문학의 경우 언어에 대한 민감성이란 것은 대체로 모국어 혹은 제1언어에 대한 민감성에 기초를 두고 있다. 모국어에 대한 반응이 둔탁한 감수성이 외국어에 대해 섬세한 반응을 보여주는 것은 불가능한 일이다. 모국어나 제1언어를 떠난 문학적 감수성은 따라서 얼마쯤의 상실이나 손상을 경험할 수밖에 없을 것이다. 그러한 사례로 '식민지 작가' 장혁주張赫宙의 경우는 비근하면서도 참담한 경우라 할 수 있다.

장혁주는 요즘의 젊은 세대들에겐 전혀 생소한 이름이지만 일제 식민지 체험을 한 세대에겐 각별한 감회를 불러일으킨다. 1905년 출생인 그는 대구고보를 마친 후 사립 학교 교원으로 있다가 1932년에 소설 「아귀도餓鬼道」가 일본의 진보적 잡지 『개조改造』의 현상 소설에 입선하여 작가생활을 시작한다. 일본의 유수한 종합지로 등단한 그는 왕성한 작품 활동으로 주목을 받았고 또 식민지 출신의 일어 사용 작가라는 특이성 때문에 화제가 되곤 했다. 그의 초기 단편은 개조사에서 나온 『권權이란 사나이』란 단편집에 수록되어 있는데 당시 한국 농촌이나 화전민의 난경을 주제로 한 것이다. 따라서 가령 「산령山靈」이란 화전민을 다룬 단편소설은 많은 부분이 검열로 복자伏字가 되어 있었다. 식민지 사회 현실의 제시가 그 초기 단편의 의도였다고 할 수 있다. 그러나 일본 군국주의의 득세와 국가총동원 체제가 수립되면서 현실 비판적인 문학은 설 자리를 잃게 되고 그 연장선상에서 장혁주의 작품세계도 변모가 불가피했던 것으로 여겨진다. 그 후 그는 일본의 군국주의 정책에 호응하며 창씨개명해 장혁주란 문학적 아명을 버리게 된다.

우리의 해방 즉 일본의 종전에 따라 그도 인간적·문학적 정체성의 문제로 소홀치 않은 고뇌에 싸였을 것으로 추정된다. 6·25 이후 그는 『오호 조선嗚呼朝鮮』이란 작품을 발표하면서 다시 주목을 받게 된다. 게오르규의 『25시』와 비교되는가 하면 『25시』보다 한결 가열하고 혹독한 현실을 다루고 있으며 한국의 운명에 대한 휴머니즘의 통곡이 보인다는 지도적 비평가의 논평을 받기도 했다. 한국전쟁이라는 문학적 호재를 활용하기는 했으나 지속적 감동을 주는 수작으로 승화시키지는 못했던 것으로 보인다. 중간소설로 떨어져 안타까움을 준다는 평언도 보였다. 어쨌든 그 후 그만 정도의 주목도 받지 못하고 만다. 그의 문학적 궤적을 소상하게 추적하지 못한 우리에게 충격적인 것은 그가 1991년에 영어로 쓴 장편소설 『고독한 여행Forlorn Journey』을 인도에서 출판했다는 사실이다. 당시 그는 86세의 고령이었다. 그가 왜 일어를 버리고 영어로 쓰게 되었는지는 상고할 길이 없다. 1993년에 도쿄대학 방문 연구원의 신분으로 일본에 체재했던 필자는 현지의 교포 문학도에게서 장혁주가 생존해 있으나 그 누구와도 만나지 않는다는 말을 전해 들은 바 있다. 그의 작품세계를 연구하고 있는 문학도 예외가 아니었으니 세계와 절연해서 살고 있는 셈이었다. 지금쯤은 세상을 뜬 지 한참 되었을 것이나 그의 만년에 대해서는 들은 바가 없다.

생각건대 『오호 조선』에서 보여준 남북에 대한 양비적兩非的 태도, 한때의 친조총련 입장, 뒤이은 일본 귀화에 따른 조국 배반자란 비난 등 신상 문제와 관련하여 그는 스스로를 세상에서 설 자리를 잃은 처지라 생각했는지도 모른다. 그러나 그러한 사회적 자아와 시민적 정체성의 문제를 떠나서 문인으로서의 그를 검토할 때 모국어 문제와 연관된 측면도 강한 것이 아닌가 하는 추정이 가능하다고 생각한다.

장혁주는 일본어 사용자로서 작가적 출발을 하였다. 물론 그도 처음엔 모국어로 습작을 했을 것이나 일본어로 활동함으로써 보다 폭넓은 독자층과 대면할 수 있고 작가적 신분이나 금전적 소득에서도 이로울 것이라는 판단을 했을 것이다. 그리고 그가 좀 더 그릇이 큰 작가였다면 우리말로 쓰는 것보다 일어로 씀으로써 더 많은 독자를 얻고 우리의 사회 현실을 폭넓게 알려 보다 효과적인 사회참여를 실천할 수 있었을 것이다. 그의 작가적 불운은 그의 작가적 정체성이 식민지 작가라는 한정된 정의에 의해 구속되어 있었던 데다 제1언어가 아니기 때문에 일본 문학 주류 작가와의 경쟁이 애초부터 불가능했고 또 사회 정세가 악화하여 당초의 항의문학이 설 자리를 잃게 됐다는 사실에 있었다. 그러나 그중에서도 가장 핵심적인 것은 그가 일본 문학의 전통에 익숙지 못해 문체 없는 작가로 시종해서 일본의 문학 독자들을 당기지 못한 것과 연관된다고 생각한다.

가령 초기의 단편 중에 「갈보」란 것이 있다. 표제 자체가 일본 독자에게는 호기심을 줄 것이나 읽고 나면 식민지 시골 삶에 대한 짧막한 르포를 접한 것으로 치부될 것이다. 나이브하나 조잡한 글체로 된 별난 치졸미와 호기심 유발 정도가 독자를 당기는 요인이었을 테고 좋은 문학이 부여하게 마련인 기억할 만한 문체적 경험을 안겨주지 못했을 것이다. 여러 가지 이유로 일본에서의 작가적 도정은 순탄치 못했고 그것이 아마도 그로 하여금 영어로 글을 써서 보다 넓은 세계 무대로 나가 많은 독자와 소통하겠다는 꿈을 꾸게 한 것이라 추정된다. 한글로 써서 한국 독자들을 상대할 것이 아니라 일어로 써서 보다 많은 독자들과 대면해보자던 20대의 포부가 부분적으로 실현된 경험을 가진 그로서는 영어로 써보자는 포부도 매우 유혹적이었을 것이다. 실제 영어로 된 작품을 읽어보지 못한 처지에서 말하는, 어디까지나 모험이 따르는 추정이다. 그러나 그가 너무 고령에 영어로 썼다는 것은 처음부터 무리였다고 생각된다. 그의 영어 학습 과정이나 영어 쓰기 훈련 과정에 대해서도 우리는 구체적으로 알지 못한다. 독자에게 호소하는 작품이기 위해서는 단순한 의미 전달에 그치지 않고 문체적 충격을 지닌 작품이어야 했을 것이다. 어순이나 구문에서 우리말과 유사성이 많고 또 한자어라는 공통성을 가지고 있는 일본어의 경우에도 장혁주는 문체적 성취를 획득하지 못해 이색적인 식민지 작가라는 정의 안에 갇혀 있을 수밖에 없었다. 그가 쓴 우리말 소설은 당대의 우리 작가와 비교해도 빈약한 수준이었다. 영어 쓰기는 누구의 눈에나 좌절이 예고된 비극적 시도였음에 틀림없다. 모국어를 떠난 작가의 순탄치 못한 궤적은 상상하기 어렵지 않다. 보다 많은 독자를 확보함으로써 보다 효과적인 사회참여를 수행할 수 있으리라는 기대가 결국은 그의 모국어로부터의 탈출을 야기했고 그것은 다시 시민적·문학적 무국적자의 신분으로 귀착되었다고 할 수 있다. 모국어를 떠난 작가는 이렇게 물을 떠난 물고기의 처지로 낙착된다. 한편 1950년대의 손창섭은 모국과 모국어를 떠남으로써 사실상 작가적 죽음에 이르게 되었다고 할 수 있다. 두 사람 모두 우리에게는 뜻깊은 반면교사로 보인다.

근자에 우리는 우리말이 급격한 변화를 겪고 있음을 보게 된다. 격심한 사회 변화를 겪고 있는 사회에서 그것은 자연스러운 일이기도 하다. 그러나 IT기술의 발달로 야기된 정보 폭발의 시대에 단축형 구문이나 약칭約稱的 어휘의 남용은 상당히 부정적인 영향력을 모국어에 가하고 있다. 그러한 편의 위주의 풍조로부터 문학은 어디까지나 초연한 채 깊이 있는 사고와 섬세한 감성을 지향해서 우리말을 운영해야 하리라고 생각한다. 일찍이 마르쿠제는『일차원적 인간』에서 "단축에 의해서 드러나는 것은 초월적인 함의를 베어 없애버린 것 같은 방식으로 제도화된 것이며 바로 그것일 뿐이다. 의미는 고정화되고 변조되고 뒤섞이게 된다. 일단 그것이 공식적 용어가 되고 되풀이 사용되고 지식인에 의해서 인가되면 그것은 일체의 인식론적 가치를 상실하고 의심의 여지없는 사실의 인지에나 소용될 뿐이다"라고 말했다. 그가 이야기한 것은 NATO나 UN 같은 약칭을 두고 한 소리이다. 그러나 모든 약칭이나 약어에도 해당되는 것이라 생각된다. 그러한 맥락에서 2차 세계대전 전후의 한 시대를 풍미

한 사르트르의 징후적인 책『문학이란 무엇인가』에 보이는 다음과 같은 말은 여전히 계고적인 의미를 지니고 있다.

작가로서의 우리의 첫째 의무는 언어의 존엄성을 재확립하는 것이다. 결국 우리는 말로써 생각한다. 언어로써 표현하기에 마땅치 않은 어떤 말할 수 없는 아름다움을 우리가 깊이 간직하고 있다고 믿는 것은 어리석은 일이다. 그뿐 아니라, 나는 전달할 수 없는 것이 있다는 주장에 반대한다. 그것은 모든 폭력의 원천이다. 우리가 향유하는 확실성을 나누어 가질 수 없다고 생각할 때는, 때려 부수고 태우고 목매달고 하는 길밖에는 남지 않는다.

산문 작가를 향한 이러한 호소가 시인에게 이방異邦의 방언으로 남아 있어야 할 이유는 없다. 다만 전달할 수 있는 것의 성질이 시와 산문에서 다를 수 있다는 것을 인정해야 한다는 전제하에서 그러하다. 언어의 존엄성을 재확립하는 것이 이른바 고운 말 쓰기나 인습적인 구문에의 맹목적인 순종이 아님은 물론이다. 모국어의 존엄성 확립을 위해 나는 무슨 기여를 하고 있는가? 모국어의 파괴와 훼손에 기여하는 일은 없는가? 이것은 모든 시인들이 때때로 엄숙하게 자문해야 할 우리 시대의 도덕적 책무이기도 하다.

시의 해석에 대하여

  해방 직후에는 우리말 큰사전이 없었다. 한글학회에서 편찬한 『큰사전』이 나오기 전이었다. 문세영 편의 사전이 있었지만 해방 전에 간행된 이 사전을 소장한 사람은 극히 한정되어 있었다. 이러한 공백기에 그나마 보급이 된 것은 김병제 편의 중사전이었다. 일제 때 옥사한 이윤재 선생의 서랑이 된다는 분이 편찬한 것이어서 단순한 우리말 사전 이상의 어떤 후광을 지니고 있었다고 기억한다.

  이 사전의 결함은 중사전이라 웬만한 단어를 찾아보아도 도무지 등재가 되어 있지 않다는 것이다. 가령 당시 중학에서 쓰인 국어 교과서에는 노천명의 「장날」이란 시가 실려 있었다.

대추 밤을 돈사야 추석을 차렸다.
이십 리를 걸어 열하룻장을 보러 떠나는 새벽
막내딸 이쁜이는 대추를 안 준다고 울었다.

여기 나오는 '돈사다'는 낯선 말이다. 사전에 찾아보아도 나오지 않았다. 무론 전후 문맥으로 보아서 대충 짐작이 가긴 했지만 짐작만으로 낯선 말을 정의할 수는 없는 일이다. 『큰사전』이 나오고 나서야 '돈사다'가 '팔다'의 사투리라는 정의가 사전에 나오게 된 것이다. 미당의 제2시집 『귀촉도』에는 「고향에 살자」란 시가 수록되어 있다. 소월의 "엄마야 누나야 강변 살자"를 연상케 하는 시편이다. 그러나 제목에서와는 달리 본문에서는 "계집애야 계집애야 고향에 살지"라고 변형이 되어 있는 것이 눈에 뜨이고 또 재미있다. 시편의 마지막은 이렇게 끝나고 있다.

시누대밭 머리에서
먼 산 바래고,

서러워도 서러워도
고향에 살지.

대나무가 자라지 않는 고장에서 자란 필자는 시누대밭이란 말이 생소하였다. 사전을 찾아보아도 역시 등재되어 있지 않았다. 그래서 '시누이네 대밭'이란 뜻인 모양이라고 혼자 막연히 생각했다. 예를 들자면 한량이 없지만 어쨌든 우리말 사전이란 것은 설명해놓아야 할 희귀어는 빼버리고 쉬운 말만 나열한 것이란 편견을 오랫동안 버리지 못하였다.

요즘 우리 사이에서는 시 해설이나 해설서가 많이 나오고 있다. 여러 시인의 시편을 모아 해설한 것도 있고 시집 전체를 해설한 것도 있다. 이러한 책을 접하면서 옛적 사전 생각이 떠오르는 경우가 더러 있다. 굳이 해설이 필요하지 않은 어사나 시편에 대해서는 장황한 설명을 해놓았지만 막상 궁금한 어사나 모호한 시편에 대해서는 별말 없이 슬쩍 넘어가는 듯한 인상을 받게 되기 때문이다. 또 객관적이고 구체적인 증거나 방증을 제시함이 없이 자의적인 추측으로 어사 해석이나 시편 해석을 대체하는 경우도 있다. 필자 자신의 추정이라면 그것이 추정이라는 것을 직접 밝히거나 문맥상으로 시사해야 하는데 그러는 법이 없이 넘어가니 초심자들에겐 잘못된 선입견을 주기가 쉽다.

가령 시어로 동원된 낱말에 대한 설명은 사람마다 다를 수가 없는 것이다. 신라 향가도 아니고 동시대인이 쓴 어사라면 해석공동체 다수가 동의할 수 있는 증거에 따라서 어의 설명을 해놓아야 할 것이다. 특수한 조어나 시인 특유의 버릇에서 나온 말이 아니라면 한 어사에 대한 어의 설명은 결코 주관적인 해석이나 자의적 판단으로 이루어져서는 안 될 것이다. 어의 설명에는 원칙적으로 해석의 차이가 있을 수 없다. 옛말이나 고전의 경우와는 다르다.

그러나 시편의 해석에서는 문제가 달라진다. 해석이란 시편의 의미를 규정하는 것인데 한 시편의 의미는 독자에 따라서 달라질 수가 있다. 우리는 해석의 다원성을 인정해야 한다. 이때 해석의 무게는 해석 과정에 보인 광의의 설득력에 의해서 결정되며 그 설득력에 따라 얼마만큼 해석 공동체의 비평적 동의를 얻느냐 하는 것이 관건이 될 것이다. 한 시편이 같은 시인의 다른 시편과 갖고 있는 관계, 시인의 작품세계에서 해당 시편이 차지하는 위치 등이 중요 고려 대상이 될 것이다. 또 폭넓게는 당대의 다른 시편 혹은 세계문학 속의 시편과의 관계도 고려 대상이 될 수가 있다. 이러한 다른 시편과의 관계 속에서 한 시편의 의미 지평은 넓어지고 그 함의도 깊어지는 것이다.

해설적인 글에서 이른바 난해한 시편이 주요 관심의 대상이 되는 것은 당연하다. 흔히 난해성이라고 할 때 어사의 일탈적·변태적 사용, 전언의 불투명성이나 독자의 의표를 찌르는 상상력의 곡예, 전례 없는 생소한 상념 등이 근저에 깔려 있는 경우가 많다. 그러나 거기 일정한 도식이 있는 것은 아니다. 좋은 시가 저마다의 방식으로 좋은 시가 되어 있듯이 이른바 난해시도 저마다 제멋대로의 방식으로 난해시가 되어 있는 것이다. 가령 우리 쪽에서 난해성의 최초의 전범으로 거론되는 이상의 「오감도」의 경우 어려움은 그 시행의 어려움 때문이 아니다. 시행은 분명하다. 문제는 시편이 총체적으로 말하고 있는 것이 무어냐는 것이다. 쉽게 말해서 전언의 모호성 때문에 난해하다고 하는 것이다. 그러나 이 시편은 축자逐字적인 해석이 무의미한 경우다. 하나의 진술을 적어놓고 다음 진술에서는 그것을 부정하고 있기 때문이다. 그래서 축자적인 해석에서 벗어나서 시편이 시도하는 독자에 대한 희롱기 섞인 관계 설정을 헤아리는 것이 중요하다. 적어도 이것이 필자의 해석이다.

한편 김수영의 초기 시편도 난해한 작품으로 흔히 거론되고 그 해석을 시도한 경우가 더러 있었다. 문제는 「묘정廟庭의 노래」나 「아메리카 타임지」 같은 초기 작품이 과연 상세한 해석에 값하는 작품인가 하는 것이다. 난해한 작품은 시인의 솜씨 미숙으로 빚어지는 경우도 많다. 앞에 시편들이 바로 그러한 예라고 필자는 생각한다. 시인 자신이 "히야까시 같은 작품"이라고 술회하고 있대서가 아니라 괜찮은 김수영 시편과 비교할 때 솜씨 부족과 어쨌든 범속으로 떨어지지 않고 튀어보자는 시적 허영이 빚어낸 결함 많은 작품이다. 이런 시편을 상세히 분석하려고 한다는 것 자체가 뛰어난 김수영 시편에 대한 모욕이라 할 것이다.

난해시에 대한 해석이나 접근이 실망스러운 경우가 많은데 필자가 본 바로는 얼마 전에 나온 이경호 평론집 『상처학교의

시인』에 포함된 미당 시편에 관한 해석과 논평은 흥미 있고 설
득력 있는 것이어서 주목할 만하다고 생각한다. 저자는 수록된
시론 하나에서 미당의 「멈둘레꽃」을 거론하고 있다.

바보야 하이얀 멈둘레가 피였다.
네 눈섭을 적시우는 용천의 하눌 밑에
히히 바보야 히히 우슴다.

사람들은 모두 다 남사당파와 같이
허리띠에 피가 묻은 고이 안에서
들키면 큰일 나는 숨들을 쉬고,

그 어디 보리밭에 자빠졌다가
눈도 코도 상사몽相思夢도 다 없어진 후

소주와 같이 소주와 같이
나도 또한 날아나서 공중에 푸를리라.

이 시편을 단독으로 이야기하는 것이 아니라 야생화를 다룬
시편들을 다루는 자리에서 즉 야생화의 시세계란 맥락에서 거
론한 것이다. 난해시라면 보통 모더니스트들의 기발한 작품들

을 지칭하는 경우가 많다. 그러나 모더니스트들의 '난해시'란 상세히 검토해보면 굳이 난해시라 할 수 없는 경우가 많다. 대개 통상적 이해 과정에서 변태적으로 일탈한 미숙한 경우가 많기 때문이다. 그러나 미당의 「멈둘레꽃」은 소홀치 않게 난해한 작품이다. 이 시편이 수록된 『귀촉도』의 다른 시편들, 즉 「밀어」 「꽃」 「무제」 「견우의 노래」 「목화」 「석굴암 관세음의 노래」 「혁명」 등과 비교할 때 어려운 시다. 그렇기 때문에 또 함부로 거론하기가 어려워 비평적 조명은 받지 못한 편이다. 그런 사정을 감안할 때 이 작품의 거론은 참신하고 또 의미 있다.

　이 작품의 난점은 하얀 멈둘레가 피었다는 첫 대목이다. 누구나 아다시피 멈둘레꽃은 노랗다. 그런데 하얀 멈둘레라니 일반 독자는 당황할 것이다. 물론 시인이 착각해서 멈둘레꽃이 하얗다고 말할 수도 있다. 실제로 신동엽 시편에 "노란 무꽃"이란 대목이 나와서 시인의 잘못을 지적한 현직 교사의 글도 있다. 그러나 미당 같은 우리말 귀신이 그런 실수를 저지를 리는 없다. 최소한 그의 텍스트에는 경의를 표시할 필요가 있다. 『상처학교의 시인』의 저자는 하얀 멈둘레가 멈둘레꽃이 아니라 "꽃이 시드는 무렵부터 그 자리에 하얗게 피어나는 씨앗 덩어리를 말한다"고 적절히 지적한다. 이것은 발견에 가까운 해석이고 거기 이의를 제기하기는 어렵다. 독단적이고 자의적인 해석이라 할 수 없는 적정성을 지니고 있다. 또 "하얗고 둥글게 피어 있는 그

모양으로부터 '히히 우습다'라는 정서를 찾아낸다"라며 기발한 착상이라고 첨가한다. 이어서 다음과 같은 문장이 나온다.

　　그런데 이 작품의 가장 빛나는 대목은 마지막 부분의 "눈도 코도 상사몽도 다 없어진 후/소주와 같이 소주와 같이/나도 또한 날아나서 공중에 푸를리라"에 표현되어 있다. 민들레꽃이 완전히 시들어버린 후 피어난 씨앗 덩어리가 바람에 말려 흩어지는 순간이 너무나 돌연하면서도 그럴듯한 상상력으로 표현되어 있기 때문이다. 시인은 민들레 씨앗 덩어리마저 흩어지는 모양을 보고 문둥이의 "눈도 코도 상사몽도 없어진" 것이라고 상상해보는 것이다. 그야말로 무화의 상태에 도달한 것을 말한다.

이 부분에 대해 축자적으로 일일이 동의하지 않는다 하더라도 시편의 마지막 대목을 관모冠毛가 날아가는 것과 연결시킨 것은 설득력 있는 탁견이다. 또 문둥이의 육신 퇴화와 연결시킨 것도 마찬가지다. 다만 작품의 해석에 결락 부분이 있다는 아쉬움을 남겨주는 것은 사실이다. 가령 야생화의 속성, 즉 초라하게 버려져 있지만 강인한 생명력을 간직한 야생화의 속성을 남사당패가 겪는 삶의 정황에 겹쳐놓고 있다는 해석은 설득력이 약하다.

　　필자가 보기에는 "히히 우습다"는 것은 노란 꽃자리에 들어선

하얀 관모를 위시해 노쇠한 민들레를 보고 느끼는 자연스러운 감정일 것이다. 또 "사람들은 모두 다 남사당파와 같이/허리띠에 피가 묻은 고이 안에서/들키면 큰일 나는 숨들을 쉬고"란 대목은 성행위를 말한다고 생각한다. 성행위를 "들키면 큰일 나는 숨들을 쉬는" 것으로 표현한 것은 미당다운 개성적이고 독보적인 언어 구사 능력의 발휘이다. 성행위 자체가 들키면 큰일 나는 것으로 볼 수 있고 나아가 거기서 불륜이나 일탈적 성행위의 함의를 읽을 수도 있을 것이다. 그러한 함의는 남사당파의 삶 일반과 연관된다. 이 부분만 적절히 보충하면 『상처학교의 시인』 속의 미당 시편 해석은 머리를 조아리는 독자들에게 시원한 조명이 되어줄 것이다. 또 우리 시 중 난해시의 하나를 해명하는 결과를 빚었다는 평가를 받게 될 것이다.

「멈둘레꽃」은 1941년 시집 『화사집』을 상자한 직후에 발표되었다. 그러나 사실상 『귀촉도』보다는 『화사집』의 시편과 훨씬 진한 가족 유사성을 보여주고 있다. "문둥이" "보리밭" "피 묻은 고이" "남사당파" 등이 모두 『화사집』 흐름의 어휘이다. 이 작품의 난해성도 사실은 한결 원숙한 『귀촉도』 시편에 비해서 젊은 날의 튀어보자는 시적 허영과 연관된 것으로 미당 시에서 점차 극복돼간 요소라 생각된다. 위에서 인용한 미당 시편은 표제를 위시해서 발표 당시의 것에 충실하였다. 이경호 평론집에서는 "용천"을 "문둥이"로 고쳤으나 필자는 발표 원문을 따랐다. 충청

도나 호남에서 문둥이를 '용천' 혹은 '용천배기'라고 하는 것은
사실이나 영남에서 쓰는 '지랄용천'이란 말의 함의도 아주 없다
고 할 수 없기 때문이다. 시인이 두 의미를 아우르고 있다고 보
아도 좋을 것이다.

고향의 산을 향해

정본 『이효석 전집』에 부쳐

　　중고교 교육을 받은 사람치고 가산可山 이효석을 모르는 사람
은 없을 것이다. 또 단편 「메밀꽃 필 무렵」이나 수필 「낙엽을 태
우면서」를 읽어보지 않은 사람도 드물 것이다. 그러나 2017년
이 이효석 탄생 110주년에 해당한다는 것을 기억하는 사람은
많지 않을 것이다. 2017년 2월 23일 서울 도심의 프레스센터에
서 그를 기리고, 또 이효석문학재단이 엮어 펴낸 정본 『이효석
전집』 전 6권의 출간을 기념하는 모임이 있었다. 출판을 기념하
는 모임에는 더러 참석한 적이 있으나 이번처럼 깊은 감회에 젖
어본 적은 없었다. 사사로운 개인사의 우연과 연관되기도 하지
만 이번 전집 출간에 얽힌 여러 가지 사정이 매우 희귀하고 갸
륵하게 생각되기 때문이기도 하다.

너무나 이른 만년

　초등학교 상급반 때 해방을 맞은 우리 또래는 그때 처음으로 한글을 깨쳤다. 한글을 깨치고 나서 처음 읽은 책이 김성칠의 『조선역사』, 박영종, 이원수의 동요집, 『정지용 시집』과 『청록집』 등이었다. 이어서 접한 것이 김동인, 이태준, 이효석의 단편집이다. 박문博文문고로 나온 이 단편선집들은 우리말 공부와 함께 재미난 책 읽기 공부가 되어 뒷날 책 읽기와 글쓰기의 길로 들어선 직접적인 계기가 되었다. 그래서 위의 작가 시인들은 나에겐 때때로 뒤돌아보게 마련인 고향의 갈미봉 같이 느껴진다. 근대 일본 시인 이시카와 다쿠보쿠(石川啄木)에게 "고향의 산을 향해 할 말이 없어라, 고향의 멧부리는 고맙기만 하구나"란 단가가 있다. 평범해 보이지만 절창이라 생각되는데 위에 적은 이름들은 내게 있어 고맙기만 한 고향의 산이요 멧부리다. 그 멧부리의 하나에 들어선 밋밋한 교관목喬灌木 상록수를 두루 모아놓은 『이효석 전집』 출간을 기념하는 모임에 끼었으니 감개가 무량할 수밖에 없었다.

　가산 이효석은 1907년 2월 23일 태어나 1942년 5월 25일에 별세했다. 우리 셈법으로 해도 36세의 애석하게 짧은 생애였다. 해방 직후 우리는 입버릇처럼 '일제 36년간'이란 말을 썼다. 길고 어둡고 괴로운 36년이란 느낌이었는데 한 작가의 삶으로서는 얼마나 짤막한 세월인 것인가! 그러는 일변 가산의 삶보다

곱절이 넘게 별 볼 일 없이 살았다는 생각이 들면서 민망하고 면목이 없다는 소회를 금할 수 없었다. 그 짧막한 생애 중에 작가는 시간의 냉혹한 풍화작용에 끄떡없는 글, 최상의 경우 주옥같다는 옛말이 어울리는 수려한 산문을 남겨놓지 않았는가. 그 어엿한 징표가 이번의 정본 전집이 아닌가.

생각해보면 요절은 가산만의 사사로운 불행이 아니었다. 그 이전의 나도향, 최서해, 김소월을 비롯해서 김유정, 이상, 이상화, 현진건, 윤동주 등 수많은 별들이 너무 이른 나이에 만년을 맞았다. 고희는 넘어서야 노인 취급을 받는다는 요즘과 비교할 때 20세기 초반이 얼마나 구차하고 척박한 시대였나 하는 것을 실감케 한다. 그러한 시대에 갖가지 악조건에도 불구하고 문화 실천에 헌신한 선인들이 있었고 그 노력의 결과 우리는 오늘의 문화적 풍요를 누리고 있다. 일용할 양식 구하기에 바빠 우리가 잊어버리고 있는 사회적 기억의 결손 부분 중 하나라 하지 않을 수 없다.

정치실천과 문화실천

불시에 도둑처럼 왔다는 해방을 맞아 그것이 타국의 군사적 승리의 결과이며 우리가 해방을 위해 이렇다 하게 기여한 바 없다는 자의식은 그 후 대다수 국내 잔류자들의 자격지심으로 굳어졌다. 그 결과 어두웠던 시절의 정치실천을 배타적으로 과대

평가하는 경향이 생겨났다. 그것은 자연스레 국내에서의 문화실천을 상대적으로 과소평가하는 경향으로 이어졌다. 우리는 국내외에서 전개된 크고 작은 눈물겨운 정치실천에 대해서 응분의 경의를 표해야 하며 또 그 역사적 의미를 정당하게 평가해야 마땅하다.

그러나 매사에 균형감각은 필요하다. 문화실천의 중요성도 간과해서는 안 된다. 점령군 치하의 역경 속에서 가령 우리 어문생활의 근대화를 위해 노력한 한글학자와 조선어학회의 노력, 영세하고 열악한 출판 환경 속에서 자아 표현과 언어공동체의 정서 함양과 모국어의 세련을 위해 진력한 수다한 문인들, 어린이들이 부를 수 있는 동요를 위시해서 노래 좋아하는 민족 구성원에게 부르기 좋은 노래를 조달해준 음악가 등의 공동 노력이 있음으로 해서 소홀치 않은 수준의 문화 향유가 가능하였다. 또 그 터전에서 우리 문화의 창조적 계승을 도모할 수 있었다. 이러한 문화실천은 다른 모든 분야에서도 이루어졌고 우리는 문화실천이 동시에 정치실천이었음을 인지하게 된다.

사랑의 노동

이번 정본 『이효석 전집』의 출간은 어두웠던 시절의 문화실천이 동시에 정치실천이었으며 그것도 아주 실속 있고 소득 있는 실천이었음을 보여준다. 전집의 작품들이 예외 없이 고향 상실과 모국어 억압 시대의 사회사를 구현하고 있다는 점에서 그러하다. 문화유산의 전수와 정리 그리고 인계는 문화사의 기술 대상이지만 특정 개인이 감당하기에는 버거운 과업이다. 이번 경우 작가의 가족이 그 일을 감내하여 이루어내었다. 작가의 장남 이우현 씨는 이미 1959년에 부친의 작품을 편집해서 전 5권의 『이효석 전집』을 출간한 바 있다. 그러나 당시의 출판 관행상 초기 작품 상당 부분은 전집 수록이 불가능하였다. 이 전집 출간 직후 유학차 도미하였다는 것은 그가 사명감을 가지고 전집 편집과 간행에 임했음을 보여준다. 오랜 외국생활 끝에 2011년에 귀국한 그는 사재를 출연하여 이효석문학재단을 설립하고 부친의 문학을 기리는 중점 사업을 시작하였고 그 최초의 결실이 정본 『이효석 전집』 전 6권의 출간이다.

　이 전집의 교감 및 편집 책임자인 이상옥 교수는 폴란드 출신의 영국 작가 콘래드 연구로 학위를 한 영문학자로서 평생 강단에서 영문학을 가르쳤다. 작가에 대한 애정에서 『이효석의 삶과 문학』이란 비평서를 낸 바가 있고 이번에 원전을 포함한 관련 문헌을 엄격히 교감하면서 철저한 텍스트 비평을 거쳐 정본 전집을 탄생시킨 것이다. 즉 이효석 문학의 원본 확정을 성취한 것이다. 그것이 매우 힘들고 정밀한 비평적 노동이었음은 책머리에서 밝히고 있는 기준을 접하지 않더라도 쉽게 상상이 간다. 재단에서 제의한 수고비도 극구 사양하고 사명감으로 작업에 임했다는 저간의 사정을 듣고 숨겨진 미담에 적지 않은 감동을 받았음을 고백한다. 그 자체가 낙이요 선인 '사랑의 노동'이 실종된 요즘의 세태에서 극히 드문 사례일 것이기 때문이다.

작자의 손을 떠난 문학작품은 독자의 향수와 수용에서 비로소 그 의미가 완성된다. 그런 의미에서 작자의 지향과 어휘 구사 관습의 철저한 고증을 통해서 이룩한 정본 전집은 독자들에게 신뢰할 만한 텍스트를 제공한다는 이점 이외에도 1920년대와 1930년대 주요 작가의 정본 확정의 필요성을 일깨워준다. 우리가 읽고 있는 많은 옛 텍스트에 오류와 편집자의 독단이 산재해 있다는 사실을 새삼 상기시켜주기 때문이다. 광범위한 근대문학 정본 확정이란 주요한 문화적 과제를 제시하고 있기 때문에 후속적 파급효과를 기대하게 된다.

마음의 귀족 지향

이번 정본 전집에는 한글 신문과 잡지가 강제 폐간된 이후 발표의 외통수 선택지로 남아 있던 일어로 된 단편과 산문까지 두루 번역하여 수록하고 있다. 미완의 일문 소설도 예외가 아니다. 작가의 전모를 파악하기 위해서는 필수적인 수순인데 지금껏 간과된 부분을 보완한 것이다. 또 발표 당시 게재지의 관행이나 편의에 따라서 적정하게 범주화하지 못한 글을 장르 개념을 엄격히 적용하여 새롭게 분류하기도 했다. 가령 「성수부聖樹賦」

란 글은 애초에 단편으로 분류돼 발표되고 또 선행 전집에서도 그리 수록되었다. 그러나 등장인물도 줄거리도 없이 생각의 진행을 기록하고 있다는 점에서 과감하게 수필로 분류하여 수록하고 있는 것도 눈에 뜨인다.

"생활의 귀족 되기는 어려우나 마음의 귀족 되기는 쉬운 듯하다"는 언뜻 보아 평범한 문장으로 이 글은 시작된다. 그러나 이 문장은 사람과 사회에 대한 깊은 통찰을 담고 있다. 깊은 내면성을 특징으로 하는 독일 문학과 음악과 철학의 주요 향수층으로 등장하는 독일의 교양시민층 형성의 심리적 계기는 바로 "마음의 귀족" 지향이라 할 수 있다. 또 오늘날 인문적 지식인의 배출을 가능케 한 것도 바로 이 "마음의 귀족" 지향일 것이다. 그것은 "생활의 귀족" 됨의 결연한 단념과 포기를 의미하기도 한다. 꼼꼼히 읽을 때 이효석 산문은 뜻깊은 사색의 단초가 되어 준다. "장미의 진짬 생명은 한 시간이라고들 한다. 즉 꽃이 피어서 질 동안까지의 가장 아름다운 시간은 단 한 시간이라는 것이다." 「화초3」에 나오는 대목이다. 소박한 심미주의 표명이라고 처리할 것이 아니라 삶의 의미 찾기의 일환이라는 점에 유념해야 할 것이다.

수필 「청포도의 사상」에는 풀밭에 매인 산양이 애잔하게 우는 장면이 나온다. 이 장면은 단편 「가을과 산양」에 나오는 장면과 비슷하다. "턱 아래다 불룩하게 수염을 붙인 흰 염소는 그

용모만으로도 벌써 이 세상에 쓸쓸하게 태어난 나그네다. 초점 없는 흐릿한 시선을 풀밭에 던지면서 그 어느 낯설은 나라에서 이 세상에 잘못 온 듯이도 쓸쓸하게 운다." 여기서 나그네는 사실상 이방인이란 뜻이다. 동일한 발상이 작품이나 독립된 산문에서 동시에 발견되는 것은 흔한 일이다. 한 작가의 전 작품을 읽을 때나 발견할 수 있는 재미이기도 하다. 1930년대에 이런 호소적 지문을 쓸 수 있었던 작가는 많지 않았다. 이번 전집을 읽으면서 다시 확인하게 되는 사실이다.

진진한 해외여행

제6권에는 권말 부록으로 「이효석 어휘 해설」이 실려 있다. 근 30페이지에 빽빽이 적혀 있는 어휘를 훑어보면서 100년도 안 되는 시차를 두고 얼마나 많은 변화가 일어났는가 하는 것을 실감하게 된다. 외국어처럼 낯설어진 경우도 없지 않다. 용도 폐기된 듯한 어휘도 허다하다. 가령 "결김에" "공칙하게" "끊다" "날탕" "넛보" "대건하다" "뒤넘꾼" "먼전" "염량" "단망하다" "퇴내다"와 같은 단어를 아는 사람은 별로 없을 것이다. 그러나 알고 보면 아주 긴요하게 쓰일 수 있는 쉬운 말이다. 손쉽게 버리기엔 너무나 아까운 말들이다. 좋은 우리말을 두고서 쓰지 않고 버리는 부끄러운 폐습은 여전하다. 적정 어휘의 탐구와 구사를 위한 노력이 근자의 문학에서 쇠퇴한 것이 아닌가 생각된다.

변하는 것은 어휘만이 아니다. 어법 자체가 변한다. 가령 깍듯한 존칭으로 일관된 편지글의 서두는 "김동인 씨에게"라 되어 있다. 편집자가 그리 붙였다 하더라도 이것이 당대 관행이 아니었나 생각된다. 일본에서는 아직도 "존경하는 스승 ×× 씨"라는 투의 어법을 쓰는 경우가 많다. 요즘 우리들은 그러지 않는다. 그리하면 큰 결례가 될 것이다.

사과를 깎을 때 우선 8등분으로 갈라놓고 나서 껍질을 벗기는 것이 보통이다. 식당에서만 그러는 것이 아니라 여염집에서도 그런다. 그러나 옛날 시골에서는 왼손에 사과 알을 들고 꼭지 쪽에서 가로로 한 바퀴 돌면서 깎아내려갔다. 도중에 쉬는 법 없이 깎아내린 껍질이 길면 길수록 사과를 잘 깎는 것으로 간주되었다. 1950년대 일본의 오즈 야스지로 영화에서 늙은 아버지가 사과를 그리 깎는 장면을 접하고 따뜻하고 애석한 그리움을 경험한 적이 있다. 정본 전집을 읽어가면서 비슷한 소회를 반복적으로 경험하였다. 그럴 법 없는 젊은 독자들에게 이 전집 읽기는 과거란 이름의 외국으로의 진진한 해외여행이 되리라 생각한다.

특성화된 전집을 바라며

번역문학의 융성에 부쳐

  우리나라에서 번역문학의 문화적 위상은 높지 않다. 어느 나라에서나 비슷한 사정이라 생각되지만 가령 이웃 일본과 비교해보면 사뭇 떨어진다. 지난날 역관이 중인층에서 충원된 문화 전통과 무관하지 않을 것이다. 또 외국 문학이 소개되기 시작한 1920년대 초기에 번역이 주로 일본어 중역이고 또 초역抄譯이 많았다는 사정과도 연관될 것이다. 「낙동강」의 작가 조명희가 톨스토이의 희곡 『산송장』을 번역했고 「봉숭아」와 「고향의 봄」의 작곡가 홍난파는 시엔키에비치의 『쿠오 바디스』를 번역했는데 모두 중역이자 축약된 초역이었다.

  그렇지만 그 때문에 번역문학의 중요성이 줄어드는 것은 아니다. 1921년에 나온 김억의 역시집 『오뇌의 무도』는 중역이지만 우리 근대시 형성에 막강한 영향을 끼쳤다. 20세기 한국 시의 형태는 이 시집에서 유래했다고 해도 과언이 아니다. 우리 근대시에 많은 3행 혹은 4행으로 된 연聯의 형태가 바로 그것이다. 또 이 역시집이 준 문화적 충격은 당대 시인들이 남긴 글이나 회고담 속에 생생히 기록되어 있다. 어느 나라의 문학에서나 발전의 초기 단계에서 번역은 형성적인 기여를 하게 마련이다.

우리 사회에서 번역문학이 본격적으로 궤도에 오른 것은 1950년대에서 1960년대에 이르는 10년간이었다. 이때 국내 유수한 출판사들이 세계문학전집을 기획해서 많은 소설 번역이 나왔다. 당시로서는 획기적이고 야심적인 기획이었고 많은 제약에도 불구하고 큰 성과를 거두었다. 1970-1980년대에 등장한 많은 작가들이 이때에 나온 번역을 통해서 문학 수업을 하였다. 또 중역이 사라지는 데도 크게 기여하였다.

최근 우리 출판계에서는 외국 소설 번역이 왕성하게 이루어지고 있다. 한 유수 출판사의 『세계문학전집』이 독자의 호응을 널리 얻으면서 여러 출판사가 경쟁적으로 고전과 현대소설의 번역을 기획하고 있는 것으로 보인다. 과거의 유럽 및 미국 중심의 작품 선정도 크게 수정되었다. 이러한 경쟁적인 출판은 양질의 번역과 독자적인 작품 선택을 낳아 결과적으로 번역문학의 지평 확대나 질적 향상에 기여하리라 생각된다. 그러기 위해서는 몇 가지 조건이 대폭적으로 충족되어야 할 것이다.

우리말로 된 번역문학은 궁극적으로 우리 문학이다. 그것은 조선조의 『두시언해』가 우리 문학이 되어 있는 것과 마찬가지 이치다. 번역은 단순히 외국 문학을 옮겨서 우리의 시야를 넓혀주는 구실만 하는 것이 아니다. 그것은 강력하고 낯선 충격을 가해서 우리말에 새로운 가능성과 유연성을 부여하는 것이기도 하다. 그런 점에서 우수한 번역은 창작 이상으로 모국어에 큰 기여를 할 수 있다는 것이 유념돼야 할 것이다.

외국 문학에 독자를 빼앗긴다며 번역문학의 융성에 의구심을 표명하는 의견도 없지 않다. 그러나 긴 안목으로 볼 때 그것은 기우에 지나지 않는다. 1930년대에 일본에서 작가 가와바타 야스나리는 "이와나미문고가 일본 문학의 적"이라고 공언한 적이 있다. 작가들의 호응을 얻은 발언이었다. 이와나미문고를 통해 외국작품이 많이 읽히는 바람에 일본 문학이 소홀히 돼 읽히지 않고 그 결과 일본 문학을 빈약하게 한다는 논리였다. 그러나 뒷날 그것은 기우이자 오산이었음이 드러났다. 외국 고전을 접한 많은 독자들이 문학 애호가가 되어 일본 문학의 애독자가 되었기 때문이다. 이런 계몽된 독자들의 등장이 뒷날 일본 작가가 노벨상을 타게 되는 데 튼실한 배경이 되어주었다.

지금과 같이 외국 문학을 총망라한 나열식 문학전집이 아니고 출판사마다 특성화된 고유의 브랜드를 개발하는 것도 필요할 것이다. 특성화되지 않은 전집을 통한 경쟁은 중복을 통해서로 상처를 주기 쉽다. 얼마 전 방대한 '도스토옙스키 전집'을 기획 출판한 출판사가 있었다. 또 불문학자 김화영 교수의 손으로 『알베르 카뮈 전집』이 완간된 바 있다. 모두 출판사의 집념이나 역자의 헌신적 노력이 낳은 빛나는 결과였다. 이렇듯 작가 중심의 전집이나 선집을 내는 것도 특성화의 한 방법이 될 수 있을 것이다. 그것은 허명무실한 이른바 잘 나가는 베스트셀러만을 출판하는 일부의 관행을 극복하는 데도 도움이 되어줄 것이다.

이 글로벌시대에 세계에서 가장 많이 통용되는 언어를 익혀 책을 읽도록 도모해야지 우리말로 된 번역문학의 융성에 기대를 거는 것은 시대착오적이라고 말할 사람이 있을지도 모른다. 그러나 제1외국어 독해 능력의 소유자가 아무리 늘어나도 번역문학이 무의미해지는 것은 결코 아니다. 민족어로 된 문학은 언제나 필요하고 그 수요 또한 그치지 않을 것이다. 글로벌시대에 와서 더욱 열광적인 다수 관객과 응원 열기를 끌어 모은 월드컵 경기가 보여주듯이 민족과 민족주의는 인류의 현 발전 단계에선 그 누구도 얕볼 수 없는 격정과 열기의 근원이기 때문이다.

나의 번역 체험

효녀 제인

1960년대 말 일본에서 『오역—번역문화론』이란 책이 나와 크게 화제를 모은 일이 있다. 저자는 그로타스Grootaers란 벨기에 출신의 신부神父로, 오랫동안 중국에서 체재했고 일본 체재가 18년에 이르는 언어학자다. 벨기에 출신인 만큼 프랑스어와 네덜란드어가 제1언어였던 그는 일단 영어로 글을 쓰고 그것을 일본인이 번역하면서 상호 토론 끝에 책을 낸 것이다. 일어 이해에는 문제가 없었으나 일어로 글쓰기는 어려워 그러한 절차를 밟은 것이었다. 일본 도착 후 서점에 들어가서 놀란 것은 번역서가 굉장히 많다는 것이었다 한다. 일본 체재 중에 그가 발견한 것은 일인들이 외국 문학이나 예술에 대한 지식은 풍부하지만 외국어 지식은 빈약하다는 사실이었다. 번역서를 읽은 첫인상은 아마추어가 처음 찍은 사진을 보는 것 같았다고 한다. 시간이 지나자 번역서에 대한 비판이 없다는 사실을 깨닫고 그것이 큰 문제라고 생각하게 되어 욕먹기를 각오하고 책을 낸 것이다.

책에는 유수한 출판사에서 나온 유명 교수의 번역서에 보이는 오역이 구체적으로 지적되어 있다. 유수한 종합지에 게재된 논문에 얼마나 많은 오역이 보이는가 하는 것도 구체적으로 지적한다. 오역을 낳게 하는 문화적 맥락의 차이나 성서나 고전 인유引喻의 몰이해 등 구체적 사항을 지적하고 있는 이 책은 단순한 오류 지적서가 아니라 당당한 번역론과 문화론이 되어 있다. 이 책을 읽고 나면 번역을 한다는 것이 얼마나 어려운 일인가를 실감하게 된다. 저자는 외국어 숙달을 위해서는 사전을 찾지 말고 추리소설을 읽으라는 이색적인 충고도 곁들이고 있는데 어쨌건 유익하고 유쾌하며 도전적인 책이다.

그러면 일본의 번역서는 전부 엉터리인가? 저자가 아는 한에서는 『프랑소아 비용 시전집』과 로렌스 스턴의 『신사 트리스트럼 샌디의 생애와 의견The Life and Opinions of Tristram Shandy, Gentleman』에는 거의 오역이 없다고 말한다. 그러면서 3, 40년의 시간이 걸려서 그런 책이 나왔다는 사실을 잊어서는 안 된다고 덧붙이고 있다. (번역자들이 30년이나 40년을 두고 틈틈이 번역했다는 것인지, 첫판을 내고 난 뒤 오역을 고쳐서 개정판 내기를 30년간 했다는 것인지, 첫 번역이 나온 후 여러 역자가 번역을 시도해서 선행 번역을 참조하며 조금씩 개선하는 사이 마침내 오역 없는 결정본이 나오게 됐다는 것인지는 분명치 않다.) 요컨대 공을 들이라는 것이다.

일본은 19세기 후반 개화 이후 외국 문물 도입 측면에서 극히 탐욕스러웠다. 일본 근대화의 첫걸음이 외국인 교사, 유학생, 구미 시찰단, 번역이라고 말하는 것에서도 엿볼 수 있듯이 번역이 일본의 발전에 크게 기여하였다. 일본 문학 번역자인 사이덴스티커는 일본을 "번역자의 낙원"이라고 말한 바 있다. 번역자의 사회적 위상이나 수입이 상대적으로 높다는 의미였을 것이다. 그리고 그쪽에서는 동일한 책에 대한 번역이 수다하게 나오고 있다. 그런데도 혹은 그렇기 때문에 1960년대에 나온 그로타스의 발언이 큰 센세이션을 일으킨 것이다. 물론 40년 세월이 흐른 오늘날 그쪽 사정도 많이 개선되었을 것이다. 국제적으로 한결 개방적이고 많은 유럽 혹은 미국 쪽 외국인 일본 연구자들을 가지고 있는 일본에서 번역의 질도 훨씬 개선되었을 것이다. 아직도 일본인의 영어 발음이 나쁘다는 등 시대착오적인 생각을 하는 사람들이 있지만 그것은 옛날의 이야기다.

그로타스가 일본 번역서에 오역이 많은 것이 번역서에 대한 비판의 부재와 관련이 있다고 본 것은 정확한 진단이다. 물론 외국어 실력이 모자라고 언어 감각이 무딘 것이 중요하지만 비판 부재는 만성적 타성의 교정 가능성을 배제한다. 그러한 의미에서 젊은 소장 영문학자 모임인 영미문학연구회가 이왕에 출판된 영미문학 번역서를 면밀히 검토하여 그 실상을 책으로 묶어낸 것은 시의적절하고 극히 의미 있는 일이다. 영미문학연구회에서는 다수 회원이 참가한 번역평가사업단을 구성하고 두 명이 한 팀이 되어 동일한 원본에 대한 기존 번역본을 일일이 대조 검토한 후 다시 전반적 토론 과정을 거쳤다 한다. 그리하여 충실성과 가독성이란 기준에 근거해서 1등급에서 6등급으로 분류하고 그중 1등급과 2등급의 것을 추천본으로 정해 그 근거와 과정을 두 권의 『영미명작, 좋은 번역을 찾아서』란 표제로 간행한 것이다.

번역을 원본과 비교하면서 읽는다는 것은 쉬운 일이 아니다. 또 수다한 번역본을 비교 검토하는 것도 흥미진진한 일은 아니다. 그러나 비평이나 비판의 무풍지대이고 아무런 선택 기준도 보이지 않는 분야에 비평적 지도를 작성하려는 선구자적 열의를 가지고 작업에 임한 흔적이 역력하다. 이 보고서의 내용은 참담하며 우리 출판계에 대해 강력한 경고가 되어주고 있다. 또 일반 독자에게도 책 선택에서의 세심한 배려가 필요하다는 것을 보여주고 있다. 중요한 대목을 인용해보기로 한다.

일반 독자들이 가장 많이 찾으며, 이번 연구에서도 대종을 이룬 소설 장르의 경우 믿고 추천할 수 있는 번역본이 전체 번역본의 8퍼센트에 그쳐 앞선 연구 때의 6퍼센트와 대동소이하다. 이번에 평가한 소설작품에서도 여전히 열에 아홉 이상이 번역서로 읽기에는 신뢰성이 부족하거나 아예 신뢰할 수 없거나 혹은 표절본인 셈이다.

여기서 유념해야 할 것은 오역이 거의 없고 가독성이 뛰어난 1등급에 속하는 번역물은 불과 몇 권밖에 되지 않는다는 점이다. 그러한 사정을 염두에 두고 생각하면 추천할 수 있는 번역본이 열 권 중 한 권 정도라는 것도 사실은 상당한 정상참작의 소산이라고 해야 할 것이다. 적어도 영미문학에 관한 한 그나마 믿을 수 있는 번역본은 7퍼센트밖에 안 되는 셈이다. 문제는 이러한 참담한 사실이 한국전쟁 이후 반세기가 훨씬 지나서야 겨우 사회문화적 의제로 제기되었다는 사실이다. 영어는 우리에게 제1외국어이고 친숙도가 높은 편이다. 사정은 다른 문학 분야에서도 비슷하리라고 추정된다. 그러나 한편으로 생각하면 문학 분야에서의 부실한 번역은 상대적으로 해악이 적은 편이다. 가령 사회과학을 위시해서 과학 분야에서의 오역이나 의미를 종잡을 수 없는 번역본이 끼칠 해악은 생각만 해도 끔찍하다. 따라서 모든 분야에서 이와 같은 평가 작업이 수행되어야 한다고 생각한다.

『영미명작, 좋은 번역을 찾아서 2』의 총론 마지막 부분에는 번역의 현황을 극복하기 위한 방책이 제시되어 있다. 양식 있는 번역자가 최선의 노력을 경주할 수 있게끔 고무하는 경제적·사회적·문화적 조건의 구축, 번역의 중요성에 대한 사회적 인식 제고, 편집과 교열에 대한 출판계의 관행 개선 등을 지적하고 있는데 적절하고 타당한 견해이다. 이러한 지적 사항이 얼마나 시급한 것인가 하는 점을 나의 번역 경험에 비추어서 이야기해 보려고 한다. 한 권의 번역 책이 나오는 과정에 대한 일차적 파악도 번역의 현황뿐 아니라 우리 사회의 한 모서리를 이해하는 데 도움이 되리라 생각하기 때문이다.

파리대왕

『영미명작, 좋은 번역을 찾아서』두 권에는 필자가 번역한 몇 점이 2등급을 얻어 추천본으로 등재되어 있다. 오류도 일일이 지적해서 감복하였다. 고마운 한편으로 개운치 못한 느낌을 떨치지 못하고 있다. 비록 사소한 것이라도 오역이 있는 번역을 내놓은 것은 떳떳치 못한 일이다. 그런 사정도 있지만『파리대왕』에 대해서는 개인적으로 감회가 없지 않다. 이 번역은 우리나라에서 첫 시도인데 아이리스 머독의『그물을 헤치고』와 함께 1968년에 신구문화사에서 '현대세계문학전집'의 하나로 나왔다. 나는 두 권과 씨름하며 1967년에 2천 700장의 원고를 만들었다. 마침 직장을 옮긴 직후여서 여러 가지로 분주하고 고단한 나날이었다.

번역을 하게 된 것은 경제적인 이유 때문이었다. 목돈을 마련하자면 번역이라도 하는 수밖에 없었다. 그러니까 엄연한 아르바이트였다. 당시 대학 교원의 봉급은 그야말로 저임금이었다. 봉급 이외에 기성회비를 받는 길이 있고 기성회비 중 교원에 대한 보조는 전체 액수의 45퍼센트를 넘지 못한다는 규정이 있었다. 그것은 학교에서 걷는 기성회비 총액 중 45퍼센트까지는 교원 후생 복지에 써도 된다는 뜻이고 사실상 많은 학교에서 그렇게 쓰는 것이 관행이었다. 하나 내가 근무한 지방 대학은 마침 교사 증축에 열을 올릴 때였고 그것을 핑계로 기성회비 재원의 후생비도 있으나 마나한 것이었다.

사람은 누구나 자기가 하는 일을 합리화하는 경향이 있다. 돈도 생기고 공부도 된다는 합리화를 했다. 번역이 꼼꼼한 정독을 요구하는 만큼 정독의 습관화에 도움이 되는 것은 사실이다. 또 독자와의 소통이 중요하기 때문에 명료한 글쓰기 훈련이 되는 것도 사실이다. 그러나 하는 일이 따분하고 또 생색도 나지 않는다. 번역하는 동안엔 마음 놓고 책도 못 읽는다. 당시 나는 세칭 '잘 풀리는 평론가'였다. 청탁을 뿌리치는 것이나 글을 못 쓰는 것이나 속이 편안하지 않았다. 마침 미국 평화봉사단원이 영어 교사로 와 있어 의문 사항에 관해 문의할 수 있었던 것은 그나마 다행이었다. 지금은 쉽게 주석 책을 구할 수 있지만 당시 그렇지 못했다. 롱맨Longman출판사에서 나온 요크 노트York Notes의 『파리대왕』판이 나온 것은 1980년의 일이다. 페이버Faber출판사에서 나온 주석 달린 Faber Educational Edition이 이미 1962년에 나왔지만 그때는 그것이 있는 줄도 몰랐다. 오직 미국의 캐프리콘Capricorn문고 대본을 두고 사전과 씨름했다.

먼저 끝낸 것이 『그물을 헤치고』였고 『파리대왕』이 다음이었다. 끝낼 무렵에는 원고지에서 누린내가 날 지경이었다. 그때는 원고 매수에 따른 매절賣切 형식이 관행이었다. 그러나 한꺼번에 품값을 받는 것이 아니다. 다 끝내고 납품을 하면 3분의 1, 책이 나오면 다시 3분의 1, 그리고 책이 나온 후 일정 기간이 지나야 잔액 3분의 1을 받는 구차한 과정이었다. 또 아르바이트로 한 일이어서 그것이 책으로 나온 후의 생각도 별로 하지 못했다. 교정 볼 생각을 아예 못했고 출판사 쪽에서 요구하지도 않았다. 내가 쓴 내 자신의 '저서'라면 교정을 보았을 것이다. 그러나 번역이라 내 책이라는 생각이 별로 들지 않았다. 지방 거주라는 사실도 작용했지만 두 권 모두 출판사에 일임하였다.

당시 신구문화사는 교정을 꼼꼼히 보는 출판사로 알려져 있었다. 따라서 원고를 또박또박 정서하는 데 신경을 썼을 뿐이다. 책이 나오기 전이지만 고인이 된 이종익 사장이 "별로 재미가 없다던데요"라고 말한 것이 듣기 거북하고 마음에 걸렸다.

이것저것 신경을 많이 쓰는 사장의 질문에 편집부 직원들이 원작이 재미없다는 의견을 내놓지 않았나 생각한다. 두 권의 번역이 단행본으로 나왔을 때 물론 싫지는 않았다. 그러나 책이 나온 후 통독을 하지도 않았다. 번역 과정이 지겹게 여겨졌기 때문이다. 『그물을 헤치고』 중에 주인공이 파리에 가서 여인을 뒤쫓는 장면만은 찾아 읽은 생각이 난다. "나의 행복은 슬픈 얼굴을 하고 있다"는 매우 시적이고 정감 있는 문장이 있는 대목이 마음에 들어 특히 공들여 번역했기 때문이다. 책이 나온 후 『파리대왕』에 대한 이야기를 하는 사람도 없었고 나도 즐거운 기억이 아니어서 더 생각하지 않았다. 필요에 따라 가끔 역서 항목에 『그물을 헤치고』 『파리대왕』을 적어두는 것이 고작이었다. 그 후 15년 만에 다시 그 책을 만나게 된다.

그 후일담

1983년 늦가을 어느 저녁, 집 전화통에 불이 났다. 윌리엄 골딩의 〈노벨문학상〉 수상 결정 소식이 전해지면서 그의 작품의 번역자란 것을 알고 신문사에서 전화를 해온 것이다. 기사 작성을 위한 문의 사항이 대부분이었고 글을 써달라는 요청도 있었다. 직접 찾아온 이도 몇 명 있었고 그중에는 자기 출판사에서 책을 내자는 이도 있었다. 출판은 그 전 신구문화사와의 관계도 있고 해서 당장 결정할 수 없다고 말했다. 신구문화사 쪽에서도 옛 판형으로 책을 내겠다며 촌지를 건네주었다. 그리고 나서 며칠 만에 책이 나왔는데 구판에서는 『그물을 헤치고』가 앞에 있었는데 새 판에서는 『파리대왕』을 전면 배치하고 있었다. 그 신속함에 놀랐지만 그보다도 더 놀란 것은 일주일도 채 안 되어 몇 군데서 『파리대왕』이 새로 나온 사실이었다. 〈노벨상〉 수상 작가는 최소한 20만 부가 나간다는 소문이었다. 아무리 그렇기로 일주일 안에 책 한 권이 뚝딱 번역되어 나오다니 놀라지 않을 수 없었다. 그런데 새 책을 낸 곳에서 커다란 광고 포스터까지 만들어 재빨리 배포한 사실은 더욱 놀라웠다. 내가 근무하던 대학 도서관 게시판에도 신착 도서란 이름으로 요란한 광고가 몇 장 붙어 있었다. 쓴웃음이 나왔지만 어쩔 수 없었다.

1968년 첫 번역본이 나오고 나서 이듬해 중앙대의 최창호 교수가 번역한 『파리 떼의 왕초』가 나왔다. 그러고는 없었다. 이번에 『영미명작, 좋은 번역을 찾아서』를 보니 『파리대왕』은 30종의 번역이 나왔는데 3종을 제외한 나머지 27종은 모두 기존 번역본의 표절본이거나 윤문본이라 한다. 그러지 않고서야 어떻게 일주일도 안 되어 후닥닥 책이 나올 수 있을 것인가? 〈노벨상〉 수상 소식을 듣고 마구 베껴 찍어낸 판본이 무려 27종이나 되는 줄은 몰랐다. 이번에 처음 알게 된 사실이다.

세월이 흘러 1990년대의 어느 날 민음사에서 전화가 왔다. 『파리대왕』의 표제가 오역이라는 기사가 신문에 났다는데 어떻게 된 일이냐는 것이었다. 어느 독자의 제보가 있었다는 것이다. 그럴 리가 없다 하고 무슨 신문이냐 물으니『독서신문』이라고 했다. 구체적 내용을 몰라 약간 꺼림칙하기는 하였으나 그냥 넘어갔다. 그런데 이번엔 수업 시간에 만나는 대학원 학생이 그런 기사가 화제가 되어 있다며 의아해하는 것이었다. 할 수 없이 도서관에 가서 확인 작업을 했다. 성균관대학교의 이재호 교수가 문교부의 연구비를 받아 오역에 관한 연구 논문을 냈는데 부제가 "『천로역정』에서 『파리대왕』까지"로 되어 있었고 신문 기사는 오역의 사례를 몇몇 들고 있었다. 성교를 뜻하는 sexual congress를 성적회의라고 한 기발한 사례 등과 함께 파리대왕은 마왕魔王이라고 해야 한다고 지적되어 있었다. 그제야 나는 안도하였다.

신구문화사판에나 민음사판에나 『파리대왕』의 해설로 엡스타인의 글이 실려 있다. 내 번역의 원본이 된 미국 캐프리콘문고에 실려 있는 간략하나 치밀한 분석을 곁들인 비평문이다. 거기에 『파리대왕』의 의미가 자세히 나와 있다. 요컨대 파리대왕이 헤브루어의 베일제버브Ba'alzevuv를 잘못 음역한 말로서 악마를 가리키며 작품에서는 정신분석학에서 말하는 이드id에 해당한다고 적고 있다. 그 후 우연히 평소 알음이 있는 이재호 교수를 만났을 때 나는 그 사실을 지적하고 덧붙였다. "문학은 추상적인 것보다 구체적인 것을 선호한다. 마왕보다는 파리대왕이 훨씬 구체적이요 구상적이지 않은가?"

어이없는 오역

근자에 다시 『파리대왕』 때문에 곤혹스러웠던 경험이 있다. 눈이 쉬 피로해져서 될수록 인터넷을 활용하지 않는다. 메일을 보내거나 워드프로세서를 활용하는 정도다. 워드도 가급적 멀리 하기 위해 초고나 노트는 볼펜을 사용한다. 이번에도 어느 학생이 『파리대왕』에서 '어이없는 오역'을 범했다는 소식이 올라오고 있다고 알려주었다. 인터넷을 열어 찾아보았더니 뉴스난에 기사가 나 있었다. 『영미문학, 좋은 번역을 찾아서 2』의 내용을 소개하는 글인데 제목은 "오역하고 베끼고 10권 중 9권 엉터리"로 되어 있고 표절본이 많다는 서술 끝에 이런 대목이 보였다.

30종에 이르는 『파리대왕』의 번역본 중 25종이 국내 최초이자 가장 뛰어나다는 평을 받은 유종호 역본(1968년 신구문화사)에 의존하고 있는데 대다수 역자들이 유종호 역본의 사소한 혹은 어이없는 오역을 거의 그대로 답습하고 있다.—헤럴드 생생뉴스(2007년 5월 3일 자)

다행히 파렴치한 표절자는 아니지만 '어이없는 오역'을 했다

273

니 영 꺼림칙하고 입맛이 썼다. 40년 전에 저지른 비행이 들통 난 것 같은데 어디서 그리 어이없는 불찰을 저질렀을까.

영 궁금해서 얼마 후 책을 구해서 찾아보았다. 역본의 장점을 열거한 후 오역한 세목을 정연하게 제시하고 있어 정말 감복받았다. 문제의 대목은 이렇게 돼 있다.

9장 216면에서는 'ten thousand feet'의 '만 피트'를 '천 피트'로 번역하는 어이없는 실수도 한다.

이 대목을 보고 적이 마음이 놓였다. 이것은 실수이지 오역이라고 할 것까지는 없다고 생각했다. 그런다고 비행이 선행이 되는 것은 아니지만 곧 문제가 어디에 있는가를 찾아냈다. 민음사본에서는 숫자가 아라비아 숫자로 나온다. 세로쓰기인 신구문화사본에는 한자로 되어 있다.

높이가 20피트쯤은 실히 되는 불기둥 (2장 58쪽, 민음사본)
10초쯤 되는 동안 (6장 145쪽, 민음사본)
二0피트, 一0초쯤 (신구문화사본)

그러니까 일관성 있게 10000피트라고 적었을 것이다. 그런데 교정자가 천이나 만이라는 숫자는 한글로 적는 것이 좋겠다고 생각하고 고치는 과정에서 10000을 천으로 읽은 것이다. 번역자가 천이라 적었다면 10초도 십 초라고 적었어야 마땅하다. 번역하면서 같은 값이면 한 글자라도 늘려 매수를 늘리려는 한심하고 구차한 심정을 겪어보지 않은 사람은 모를 것이다. 이것이 '어이없는 오역'의 내막이다. 원본의 문맥을 따라 읽으면 어이없는 오역이라는 것이 큰 비행은 아니다. 그러나 문맥에서 떼어서 기사화되면 표절하는 사람이나 표절 대상자나 그게 그거라는 느낌이 들 것이다.

그런데 나에게 정말로 어이없게 느껴진 것은 "똥"을 "파혜쳐진 흙"으로 오역하고 있다는 정당한 지적의 대목에서다. 원문에 나오는 dung은 사전을 찾아보면 '마소의 똥'이라고 적혀 있다. 그렇게 쉬운 것을 왜 엉뚱하게 "파혜쳐진 흙"이라고 번역해 놓은 것일까? 정말로 어이없는 오역이었다. 1962년도에 초판이 출간된 뒤 계속 증쇄되어 나온 1981년도판 Faber Educational Edition을 보고 화근을 짐작할 수 있었다. 그 책 165페이지에는 이렇게 되어 있다.

Almost at once Jack found the dug and scattered roots that told of pig and soon the track was fresh.

즉, the dung이 the dug로 되어 있다. 내가 역본으로 사용한 미국판 캐프리콘문고의 1959년도 제11쇄본은 지금 수중에 없다. 자꾸 주무르다 보니 반 동강이 나서 버린 모양이다. 그 대신 17쇄본을 가지고 있다. 감상적인 이유로 눈에 띄어서 사둔 것인데 나온 연도는 적혀 있지 않다. 표지는 그 전의 것과 동일하나 지질이나 면수가 다르다. 전 것은 지질이 좋았고 일면 행수가 36행임에 반해서 뒤엣것은 지질도 떨어지고 활자도 작고 1면이 44행으로 되어 있다. 책머리에 연필로 행수와 번역 원고지 매수를 적어놓아 알 수 있다. 또 이 책표지에는 538만 부 이상 인쇄라고 적혀 있는 것으로 보아 11쇄보다 훨씬 뒷날의 것이라 생각된다. 그런데 이 판본에는 the dung이라 제대로 나와 있다. 그러나 내가 사용한 11쇄에서는 Faber판과 마찬가지로 the dug로 되어 있었던 것이 아닐까?

　　이내 잭은 멧돼지가 지나갔음을 알려주는, 파헤쳐진 흙과 뿔뿔이 헤쳐진 나무뿌리를 찾아내고 발자국이 방금 생긴 것임을 알아내었다. (졸역)

　영어에 능통한 사람이면 the dung의 오식임을 알아차렸을 터요 번역자도 응당 그만한 지각을 가지고 있어야 마땅하다. 그러나 영어 출판물에 오자가 나는 법은 거의 없는 데다 오식치고는 너무 그럴듯한 오식이다. "the dug and scattered roots"를 읽다 보니 '흩어진 뿌리'의 상황을 구상화한답시고 머리를 짜서 생각해낸 것이 "파헤쳐진 흙"이었을 것이다. 물론 엄격히 따지면 나무뿌리도 문제가 있다. 그러나 그냥 뿌리라고 하면 실감이 안 가 나무뿌리라고 해본 것이리라. 핑계 없는 무덤이 없다고 어이없는 오역도 사실은 정당화될 수 없는 고충과 사연을 가지고 있다는 면을 말하고 싶을 따름이다. 충실성의 우직한 추구가 빚어낸 촌극이다.

영미문학연구회의 집단적 노력의 결실인 『영미문학, 좋은 번역을 찾아서』 덕분에 나는 적지 않은 덕을 보았다. 젊은 날의 저임금을 보상받게 되었기 때문이다. 필자가 번역한 『제인 에어』가 국내 번역본 중에서 그나마 괜찮은 것으로 인정받아 추천본이 된 것을 출판사에서 알고 문학전집의 하나로 출판했기 때문이다. 솔직히 무책임한 번역이었다. 『파리대왕』『그물을 헤치고』는 초역이기 때문에 긴장도 하고 공을 들였다. 그러나 『제인 에어』는 그렇지 않았다. 마침 외국을 가게 되기 직전이어서 한결 졸속주의로 나갔다. 교정을 보지도 않았다. 그래서 역서를 표시할 때에도 『제인 에어』는 적지 않았다.

그나마 그것이 추천작이 된 것은 다른 번역이 훨씬 더 무성의하게 이루어진 탓이라고 생각하고 있다. 사실 그 책은 내 수중에 남아 있지도 않았다. 출판사에서 도서관 책을 복사하고 교정지를 만들어 보내주었다. 교정을 보면서 놀란 것은 빼먹은 대목이 너무나 많다는 것이었다. 솔직히 그것은 교정 쪽의 잘못이다. 소심하고 겁 많은 편이어서 의도적으로 비행을 저지를 배포는 못 된다. 그런데 이렇게 내 편에서 내버린 번역본이 효자 구실을 해주었다. 『파리대왕』은 길이도 짧고 단가도 싼 데다 원작료 지불 때문에 역자에게 돌아오는 인세는 별로다. 『제인 에어』는 길이도 길고 원작료를 물지 않기 때문에 상대적으로 역자의 수입도 괜찮은 편이다. 그래서 젊은 시절의 중노동 저임금을 보상받았을 때는 기분을 내어 관광여행도 다녀왔다. 못난 자식이 효도한다는 말이 있다. 내 편에서 내친 『제인 에어』의 효도를 늘그막에 받는 것 같아 미안하고 즐겁다. 그래서 부제가 효녀 지은이 아니라 효녀 제인이 된 것이다.

영미문학연구회의 노력에 보답하는 의미에서도 또 번역자의 의무감에서도 『파리대왕』 교정을 보고 오역이나 거친 대목을 시정할 작정이다. 영문학을 공부한다면서 아직 영국을 가보지 못했다. 다음에 보상금을 받게 되면 효녀 제인의 고향을 찾아보려 한다. 부뚜막도 없는 부엌에서 끓여 온 커피를 퍼마시고 줄담배를 피우며 원고지를 메운 40년 전의 잃어버린 몇 해를 그동안 억울하게만 생각했다. 지적 자본의 본원적 축적에 장애가 되었기 때문이다. 그러나 그 노동에서 무엇인가 터득한 것이 있으려니 하고 자위하려 한다.

인문학에 미래는 있는가

인문학에 미래는 있는가? 부정적 답변의 가능성이 열려 있는 이러한 의문문형 발제를 제의받고 이왕에 읽은 두 권의 책이 떠올랐습니다. 하나는 1960년대 초에 나온 버트런드 러셀의 『인류에 미래가 있는가Has Man a Future?』이고 다른 하나는 1980년대에 나온 알렉스 캘리니코스의 『마르크스주의에 미래는 있는가Is There a Future for Marxism?』입니다. 전자는 자신이 쓰고 있는 책이 햇볕을 볼 수 있을 만큼 인류가 존속할 수 있을지의 여부를 알 수 없는 1961년 7월이란 암담한 시점에 쓰고 있다며 핵폭탄의 위험을 알리고 그 관리를 위한 세계 정부의 필요성을 역설하고 있습니다. 인류의 미래는 핵전쟁 방지에 의해서 보장된다는, 다시 말해, 우리 세대가 인류 미래의 반역자가 되지 말자는 경세警世의 책입니다. 우리의 정치현실이 지극히 암담했던 1980년대 초에 읽었던 후자는 과학으로서의, 또 정치실천의 지침으로서의 마르크스주의의 위기를 실감하고 그것을 넘어서려는 시도입니다. 스탈린 아래서 교조화된 속류 마르크스주의, 노동계급 운동보다도 대학에 근거를 둔 채 경제보다 철학에 관심을 쏟는 서구 마르크스주의의 일탈이 아니라 마르크스, 레닌, 룩셈부르크, 트로츠키에서 유래하는 고전적 마르크스주의에 그 미래가 있다면서 그 아포리아와 모순 극복의 지향을 자임한 책입니다. 각각 인류와 마르크스주의의 위기를 의식하고 그 미래를 확보하기 위한 호소와 모색으로 쓰인 책입니다. 그러니까 부정적 답변의 가능성을 내포한 질문은 위기를 강조하기 위한 수사적 장치라는 느낌도 없지 않습니다. 이러한 발생적 구문構文적 논리로 미루어 보아 '인문학에 미래는 있는가?'라는 주제도 결국은 같은 성격을 지닐 수밖에 없을 것 같습니다. 질문과 구문의 형태 속에 이미 답변이 내장되어 있는 셈이지요.

1

근자 우리 사회에서는 인문학의 위기를 호소하는 인문학도들의 절박한 우려가 선언의 형태로 줄줄이 나왔습니다. 이른바 인문학의 위기는 고립된 단독 현상이 아니고 급격한 사회적·기술적 변화의 시기에 발생하는 사회제도의 복잡한 변환의 일환이라 생각합니다. 그것은 어찌 보면 교양의 위기, 문학의 위기, 대학의 위기, 고급문화의 쇠퇴와 분리시켜 생각할 수 없는 범세계적인 현상이기도 합니다. 따라서 그 원인 분석과 진단은 심도 있는 다각적 검토를 필요로 하며 간단히 처리할 사안이 결코 아닙니다. 우리의 경우 인문학도들의 위기감은 대학 인문학과 지원자의 점차적인 감소, 대학 교양과목의 대폭적 축소, 연구비 분배에서의 상대적 박대, 취업 전망의 어둠, 사회적 거점 상실의 위험이라는 구체적 세목을 통해 체감되고 있으며 외환 위기 사태 이후 이러한 위기감은 꾸준히 확산되어왔습니다. 인문학도들이 체감하는 위기감은 절실한 게 사실이지만 그것은 표피적, 표면적인 것이고 사실은 우리 사회에서의 대학의 위기와 연관되는 사항이라고 생각합니다. 위에서 열거해본 위기감 촉발의 계기들은 인문학 분야만의 특유 현상이 아니라 자연과학의 기초학문 분야에서도 똑같이 발견되는 현상이기 때문입니다.

20세기 후반에 들어 대학 인구의 확장은 세계적인 현상입니다. 1960년에서 2000년에 이르는 40년 사이에 대학생 수가 영국에서 16배나 확장했고 미국이나 독일에서도 4배로 확장했다고 합니다. 1997년 현재 인구 대비 대학생 비율은 한국이 3.41퍼센트, 미국이 3.35, 프랑스가 2.88, 독일이 2.29로 한국이 세계 1위입니다. 여기서의 대학생이란 4년제 대학과 대학원에 순수 학생 신분으로 재학하고 있는 학생을 말합니다. 1965년경에 시작된 물질적 생활조건을 향상시키려는 우리의 노력은 그 후 약 4반세기 동안에 초고속 산업화, 전 국토의 산림녹화, 획기적 평균수명 연장, 괄목할 만한 생활수준 향상이란 결과를 낳았으며 그것은 연 1인당 국민소득 100불에서 시작해서 거의 1만 불에 육박하는 수치에 객관화되어 있습니다.

여기서 주목할 것은 1995년경부터 우리의 경제성장은 사실상 정체되었다는 사실입니다. 지속적인 경제성장 시기에 우리 사회에서는 역사상 유례없는 활발한 신분 이동이 이루어졌고 이 신분 이동 과정에서 교육이 큰 역할을 했습니다. 대학생 수가 많아진 것은 상향적 신분 이동이 국민적 열망의 하나가 되었기 때문입니다. 그러나 경제성장의 상대적 침체는 결과적으로 교육받은 대학 인구를 수용할 만한 일자리를 창출하지 못하였고 그러한 난경은 특히 인문학과 졸업생들의 취업난을 각별히 두드러지게 하였습니다. 과過교육의 문제가 특히 인문학도의 경우에 심각하게 떠오르고 있어 우리는 19세기 러시아 문학 가령 투르게네프의 소설에 나오는 만년 대학생이나 잉여 인간을 상기하게 됩니다. 그런 맥락에서 인문학도들이 말하는 인문학의 위기는 문명의 몰락에 대한 모든 논의가 '옛날의 대학교수는 하녀를 부렸지만 요즘에는 스스로 설거지를 한다는 것을 의미할 뿐이다'란 뜻의 말을 인용한 역사가를 상기시키는 면이 있다고 하겠습니다.

그런데 지난날 인문학 과목들이 많은 지원자를 확보하게 된 데에는 몇 가지 이유가 있습니다. 과거 조선조의 사대부는 사서삼경을 위시한 유학儒學 정전, 중국 역사와 고전 시를 습득함으로써 도덕적·사회적 자아를 형성했습니다. 즉 인문학의 주축이 되는 문학, 역사, 철학을 공부하고 출사하는 것이 조선조 사대부의 이상이었어요. 그런 의미에서 조선조 전통사회는 닫힌 인문학적 상상력이 지배했던 시기요 그 영광도 오욕도 거기서 유래한 것이라 할 수 있습니다. 인문학 공부가 그대로 입신양명의 길이기도 했기 때문에 전통사회가 유실되었음에도 불구하고 과거의 잔영을 찾는 인문학 지원자의 수효는 감소하지 않았습니다. 또 하나, 대학 운영자의 입장에서 인문학과는 상대적으로 경비가 적게 드는 학과였습니다. 실험 실습실이나 특별한 작업실이 없더라도 학교를 열어 학생을 유치할 수 있다는 이점 때문에 대부분의 대학들이 특성화 노력 없이 인문학과를 설치하여 인문학도 과밀 현상을 낳았고 그것은 현재의 위기감으로 이어지고 있는 셈입니다. 이러한 위기감이 인문학의 현주소에 대한 내부의 자성으로 이어지는 것은 당연합니다. 그리하여 사회적 기대나 수요에 부응하지 못하는 인문학의 유연성 결여에 대한 자기비판도 일고 있습니다. 지난 반세기 동안 우리는 앨빈 토플러가 이야기한 괭이 문명, 굴뚝 문명, 컴퓨터 문명이 공존하면서 발전하는 현기증 나는 시대를 살아왔습니다. 그럼에도 인문학이 이러한 사회 변화의 소용돌이 외곽에서 안주해왔다는 혐의가 없지 않습니다. 굴뚝 문명 시대에 학습한 인문학을 컴퓨터 시대에 재생산하고 있다는 자성이 일어나고 있음은 위기 직시를 위해 그나마 다행한 일인지도 모릅니다.

2

그러나 사태를 좀 더 냉정하게 바라보면 우리 사회에 인문학의 위상 추락을 촉진하는 여러 잠재적·심층적 요인이 있는 것도 사실입니다. 우선 광범위한 반反지성주의 내지는 반지식인주의가 팽배해 있습니다. 초고속 산업화 과정에서 당연히 가시적 효율성과 실용성 숭상 현상이 생겨났고 그것은 결과적으로 모든 인문적 가치나 그 추구에 대한 암묵적 평가절하를 야기했습니다. 산업화는 관료집단, 기술공학 기능집단, 기동성 있는 경영인 등 고급 인력의 제휴를 통해서 이루어졌습니다. 그 뚜렷한 성과는 당연히 실용성, 효율성, 유용성, 기동성의 특권화를 가져왔고 그러한 가치를 구현했다고 생각되는 기술공학 전문가, 경영인, 관료들이 시대의 총아로 간주되었습니다. 인문학도들은 바로 이들의 역상逆像일 수밖에 없지요. 전통사회 사대부의 후예로 보이는 인문적 지식인은 오늘날 변두리 인간으로 전락한 감이 없지 않습니다. 한편 물질적 조건 향상 노력 못지않게 우리 사회는 민주화 노력의 열기로 차 있었습니다. 산업화 주도 세력에 맞섰던 민주화 세력의 실천 논리 또한 운동 효율성을 중시하고 추구했습니다. 그 과정에서 인문적 가치와 인간탐구의 정신은 괄호 속으로 들어가고 불문에 처해졌습니다. 전투적 행동인이 숭상되면서 인문적 지식인은 모멸의 대상이 된 감이 없지 않았습니다. 한때 '먹물'이란 말이 널리 퍼진 것은 그 대표적 징후라 하겠습니다. 정치 민주화 이후 들어선 선정적 구호를 선호하는 정권이 앞세운 가령 '신지식인'이란 그림도 요약하면 경영 마인드로 무장한 시장 지향의 반인문적 인간상입니다. 그 희화적 사례를 우리는 세계적 줄기세포 스캔들에서 실감나게 목도했습니다.

정보화사회란 말은 일본에서 발설됐다는데 처음 그 시점은 1968년이라고 합니다. 컴퓨터 특히 인터넷의 등장은 우리의 세계 이해나 태도에 엄청난 변화를 일으키고 있습니다. 2천여 년 전의 옛날, '쓰기'라는 테크놀로지의 보급에 대해서 플라톤이 가지고 있었던 유보감을 우리는 잘 알고 있습니다. 그는 무엇보다도 쓰기를 획득한 사람들이 기억력의 구사를 그치고 잊기 쉽게 될 것이라고 예측하고 우려했습니다. 계산기의 보급이 가감승제의 능력을 훼손시키고 있음을 볼 때 플라톤의 우려는 결코 기우가 아니었으리라 생각합니다. 새로운 기계나 기술공학적인 발명이 인간의 사고나 생활에 미치는 영향의 막중함을 예증하는 것의 하나는 시계일 것입니다. 알려져 있다시피 시계는 12세기 내지는 13세기의 베네딕트회 수도원에 기원을 두고 있습니다. 그 계기가 된 것은 하루 일곱 번의 기도를 요하는 수도원 일과에 규칙적인 정시성을 부여하기 위해서였습니다. 당초의 시계는 이러한 소임을 충실히 이행했지만 결과적으로 인간 행동을 동일한 시각에 맞추도록 하고 또 통제하는 수단이 된다는 사태를 야기했습니다. 수도원의 시간표는 곧 퍼져나가 미셸 푸코의 말을 빌리면 "리듬을 설정하고 특정 과업을 부과하고 반복의 주기週期를 조종한다는 세 가지 방법은 곧 학교, 공장, 병원에서 볼 수 있게" 되었습니다. 장소만 보면 누가 있는지 단박에 알 수 있는 공간 배치와 시간표를 이용한 철저한 통제, 또 자동적 조건반사 작용이 생겨나도록 하는 반복훈련 등을 행사하는 군대, 학교, 병원, 정신병자 요양원, 구빈원, 공장 등 근대의 규율적 권력을 행사하는 모든 기관이 사실은 시계 발명의 결과입니다. 시계 발명이 없었다면 근대 자본주의는 물론 근대 제국주의 국가의 위세도 불가능했을 것이란 추정은 과장된 것이 아닙니다. 정보화사회가 되면서 책 읽기와 쓰기에 존재를 걸고 있는 인문학자나 인문적 지식인의 사회적 위세는 현저하게 훼손될 수밖에 없습니다. 또 체계적 지식보다는 즉시적 소비에 적합한 정보 숭상 현상이 생겨났습니다. 새로운 정보, 활용 가능한 정보, 쉽게 이해할 수 있는 축소형 정보가 숭상되고 이에 따라 고전이나 심오하고 난해한 사상에 대한 탐구는 기피되며 그것은 부박한 반

인문적 풍토로 이어지고 있습니다. 인간에 대해서 탐구하고 고뇌하는 대신 모든 것을 인터넷을 통해 활용 가능한 정보로 대처하려 하고 있습니다. 미지 영역에 대한 지적 탐구보다는 기존 정보의 활용을 통한 수익을 도모하게 됩니다. 이러한 기풍이 반인문적 풍토 조성에 일조하고 있습니다.

위에서 말한 공리주의적 가치관과 즉시 소비적 정보 숭상보다 한결 심층적인 것은 언어 표상 세계의 영역 축소입니다. 인문학의 핵심인 문학, 역사, 철학은 모두 언어 표상에 그 존재를 걸고 있습니다. 그런데 조지 슈타이너 같은 전통적 인문주의 구현자가 명쾌하게 지적하듯이 근대 유럽에서의 지적 모험의 주요 경향 중 하나는 말의 세계의 점진적인 후퇴와 우위성의 상실입니다. 수학이나 자연과학 쪽의 소양을 갖추어 '두 개의 문화'를 아우르고 있는 C. P. 스노의 설명을 장황하지만 부연해보겠습니다. 동양의 정명正名 사상에도 엿보이지만 말의 우위성은 헬레니즘이나 헤브라이즘의 특징으로서 후세에 고스란히 이월되어왔습니다. 고전고대와 기독교의 세계관은 그러므로 현실을 언어의 관장 아래 배치하려고 노력했습니다. 문학, 철학, 신학, 법률, 역사 등은 모두 이성적인 언설의 영역 안에 인간 경험의 총화를 포함해두려는 줄기찬 노력이었습니다. 그런데 근대 물리학이 새 세계상을 보여준 17세기 이후 진리와 현실의 뜻깊은 영역이 언어 진술의 영역으로부터 물러나기 시작한다는 것입니다. 자연과학의 중요 내용도 그때까지는 서술적이었으며 수학조차도 언어 서술의 뼈대 속에 적용할 수 있는 것이었습니다. 해석기하학이나 미적분학의 발달과 더불어 수학은 그 자체가 놀라울 만큼 풍부하고 복잡한 언어가 되고 말로 번역할 수 없는 것이 되어 새 지식의 영역이 수학의 양식과 과정에 복종하게 되었다는 것입니다. 이제 현실은 언어 바깥에서 시작한다고 할 지경이 되었습니다. 비슷한 현상이 표제를 거부하는 추상미술이나, 순수한 청각적 인상을 말로 된 경험 형식과 연결시키는 가능성을 부정하는 현대음악에서도 발견됩니다. 요컨대 17세기까지 현실과 인간 경험의 거의 전부를 포용했던 언어의 영역이 극히 한정된 영역만을 포용하게 되고 '비언어적 언어'의 영역이 넓어졌다는 것입니다. 쉽게 말해서 근대의 과학혁명 이후 전통적 인문학이 자연과학이나 '비언어적 언어세계'에서의 지적 모험과의 경쟁에서 상대적으로 열세에 놓이게 되었다는 것입니다. 이러한 말의 세계의 후퇴가 인문학의 위세를 하락시키고 있다는 것도 부정할 수 없습니다. 서구 근대문학의 위대한 성취가 17세기 이후에 이루어졌다는 사실이 위에서 거론된 언어 영역의 축소라는 사실을 변경시키지는 못합니다. 17세기의 과학혁명 이후 사물의 진리를 알려주는 것은 자연과학뿐이며 그 밖의 문화적 노력은 객관적 타당성을 갖지 못한 주관적 신념의 표출일 뿐이라는 사고가 이래저래 널리 수용되고 있는 게 사실입니다.

3

인문학은 인간의 완성이란 도덕적·정신적 목적을 위해서 문학, 역사, 예술을 연구한 가령 르네상스 인문주의와 혈연적 근친성을 가지고 있습니다. 20세기의 역사는 그러나 인문주의의 자임에 대한 회의론을 증폭시켰습니다. 여기서 로맹 가리의 유머러스하면서도 신랄한 단편소설 「어떤 휴머니스트」를 생각해보는 것도 유익하리라 생각합니다. 히틀러가 정권을 잡을 무렵 뮌헨에 살고 있던 완구 공장 사장인 유대인 칼 뢰비는 인간성과 민주주의를 신봉하는 낙관론자로서 이민 가자는 유대인들의 충고를 마다하고 잔류합니다. 서재를 가득 메운 플라톤, 몽테뉴, 에라스무스, 데카르트의 책들은 하나같이 인간 편에 서서 용기를 잃지 말 것이며 관용과 정의와 이성은 승리할 것이고 시간이 좀 걸릴 따름이라고 격려했습니다. 그는 15년간 자신의 집사와 가정부로 충직하게 일해온 부부에게 모든 것을 맡기지만 결국 모든 것을 빼앗기고 독일의 패배 사실도 알지 못한 채 지하실에서 죽음을 기다리게 됩니다. 망명에서 돌아온 유대인들이 뢰비의 안부가 궁금해 찾아오지만 그의 행방을 모른다고 대답하는 집사의 손에는 괴테가 들려 있습니다. 그도 주인의 책을 따라 읽었던 것입니다. 로맹 가리가 「어떤 휴머니스트」를 통해 이야기하고 있는 것, 즉 야만적 정치권력과 교양적 인문주의 사이에서 어떤 공모 관계를 볼 수 있다는 것은 인문적 지식인 자신들이 제기하고 있는 문제입니다. 인문학적 훈련과 탐구의 실체인 쓰인 텍스트에 의식을 집중하는 것이 현실에서의 도덕적 반응을 무디게 하는 것이 아니냐, 시편 속의 고함소리가 바깥 거리에서의 고함소리보다 더 크고 절박하게 들리기도 하는 것이 아니냐, 하고 한 해박한 인문학자는 지적하고 있습니다.

이러한 자의식에 더하여 인문학도는 인문학 특유의 자기 회의에서 자유로울 수 없습니다. 엄밀 과학이 갖지 않고 인문학만이 갖고 있는 불안과 회의가 있습니다. 탐구 대상이 탐구 수단과 별도로 존재하는 자연과학과 비교할 때, 가령 탐구 대상을 수단과 매개로 해서 성립되는 언어학은 본원적인 존재론적 불안을 갖게 마련입니다. 쓰인 문자 텍스트를 통해서 탐구하는 인문학도 사정은 마찬가지입니다. 또 인문학이 지향하는 진리 탐구도 이러한 존재론적 불안을 부추깁니다. 객관적 존재를 자임하는 모든 '사실'이 지적 구축물에 지나지 않는다며 사실과 허구 사이의 경계를 사실상 부정하는 포스트모더니즘의 지적 유행 속에서는 사실과 허구를 구별해야 하는 역사학도 존재론적 불안에서 자유로울 수 없습니다. 게다가 말의 지칭 능력에 의문을 표시하는 이론도 유포되면서 인문학의 자기전복성顚覆性도 커져가는 것이 사실입니다. 인문학이 현대세계에 대한 절실한 유관성을 가지고 있지 못하다는 생각도 널리 퍼져 있습니다. 그것은 냉전 구조와 거기서 파생하는 세계 위기에 효과적으로 대처하지 못했다는 사실과 연관되어 있습니다. 사회적 차이를 강조하는 모든 지식 또는 가치 체계에 대한 불신도 널리 퍼져 있습니다. 흔히 말하듯 심장은 왼쪽에 있습니다. 자본주의의 사회경제적 제도와 그 역사적 상관물인 부르주아 문화에 반대하는 좌파적 관점이 퍼지면서 인문학은 또 사회과학에 대해서도 열등감을 갖게 된 것이 사실입니다. 현대인의 열망인 새로운 이성적 질서, 물질적 결핍과 사회적 불평등의 철폐, 개인의 완전한 해방을 구체화한다는 사회주의의 정치적 강령에 영향 받은 인문학과 사회과학은 현실 사회주의의 실패로 말미암아 부분적으로 크게 신임을 잃은 것도 사실입니다.

그럼에도 불구하고, 아니 그러하기 때문에, 우리는 더욱 인문학의 의의를 재확인하지 않을 수 없습니다. 인문학 연구에 필요한 감정이입과 자기 입장으로부터의 초월, 정신의 유연성과 개방성은 열린 사회에서 꼭 필요한 시민적 자질입니다. 또 인문학 해석의 방법들은 다원적 사회가 요구하는 시민적 덕성을 계발합니다. 인문주의가 지배계급을 위한 교과과정이었다는 비판은 틀린 것은 아니지만 기본적으로 민주적 기획이었다는 사실을 잊어서는 안 되겠습니다. 덕성과 지혜는 전수되고 가르칠 수 있으며 결코 출생의 문제가 아니라는 암묵의 전제가 있기 때문입니다. (이러한 점은 동양 전통에서 과거제도가 부분적으로 시사하는 바가 있습니다. 반면 진리 전수가 불가능하며 각자가 깨달을 수밖에 없다는 가령 선불교의 관점과는 대조적인 것입니다.) 여기서 우리는 인문학 본래의 초심을 돌아보아야겠습니다. '본래 학문의 개념은 우선 조사하고 검토하지 않고서는 어떤 것도 받아들이지 않는다는 요청을 의미하였다. 즉 타율적인 교조란 질곡으로부터의 자유와 해방을 의미했다'는 아도르노의 평범하나 간곡한 지적은 새롭게 음미돼야 하리라 생각합니다. 엄밀한 검증을 거치지 않은 타율적인 도그마가 사실과 진실의 이름으로 횡행하고 있습니다.

미래를 예측한다는 것은 과거를 정확히 재구성하는 것처럼 어려운 일입니다. 기술공학이 문화를 변형시킨다는 명제를 올바로 예측한 마르크스도 파시즘이나 복지국가의 대두는 예측하지 못했다는 지적을 받고 있습니다. 그리스신화에 나오는 맹인 티레시아스는 미래 예측의 능력을 가지고 있으나 미래의 사건에 대해서는 아무런 영향력도 갖지 못하고 있습니다. 우리는 인문학의 미래에 대한 성급한 예단에 동조하지 않지만 인문학적 인간 이해 없이 세계의 위기를 회피하기는 어렵다고 생각합니다. 전투적 민족주의와 광신적 종파주의가 곳곳에서 위기를 조성하고 있으며 러셀이 제기했던 인류 미래에 관한 의문은 핵 확산에 따라 절박성을 더해가고 있습니다. 그러한 상황에서 인간을 탐구하는 인문학의 존재 이유는 더욱 분명해지고 있다고 생각합니다. 인류의 미래와 인문학의 미래는 분리해서 생각할 수 없습니다. 그런 맥락에서 한 인문학자가 쓴 소설은 시사하는 바가 많다고 생각합니다. 소련방이 붕괴한 직후 인문학자 조지 슈타이너는 「교정쇄」라는 중편을 발표했습니다. 이탈리아가 무대로 되어 있는 이 작품에서 골수 마르크스주의자이며 교수란 호칭을 듣고 있는 꼼꼼하고 틀림없기로 이름난 교정자校訂子와 공산당원인 신부 사이에 진지한 토론이 벌어집니다. 모제, 예수, 마르크스 등이 내비친 정의로운 지상의 비전은 거대한 성급함이며 또 인간의 과대평가라는 것이 교수의 결론입니다. 그의 말이 옳다는 뜻이 아니라 한 정치 체제의 성공이나 실패의 검토도 인간 이해 없이 이루어질 수 없음을 강력히 시사하는 삽화라 생각됩니다. 우리는 우리 자신을 잘 모르고 있는지도 모릅니다. 인문학의 위기 자체가 인문학의 존재 이유에 대한 강력한 문제 제기일지도 모릅니다. '인류의 적정한 연구 대상은 인간'이라는 18세기 알렉산더 포프의 시 대목의 상기를 제의하면서 빈한한 이야기를 끝맺기로 하겠습니다. 감사합니다.

* 이 글은 2006년 11월 2일 동국대학교 문화관에서 열렸던 심포지엄 '동국대학교-중산中山대학 제1회 국제학술대회 : 글로벌시대 인문학의 위상과 역할'에서 읽었던 기조 발제문이다.

교단을 떠나면서

소회 몇 가지

1996년 연세대로 옮겨 와서 만 10년이 되었습니다. 저의 생애 중에서 가장 생산적이고 가장 따뜻한 10년이었습니다. 이렇게 포근한 말년을 제게 마련해주신 연세대학교와 문과대학 당국 그리고 국어국문학과의 동료 여러분에게 이 자리를 빌려 심심한 사의를 표하는 바입니다. 그리고 교실에서 함께 생각과 시간을 나누었던 젊은 제군들에게도 변함없는 우정을 표하고 싶습니다. 정년을 맞고 퇴임하는 선배들에게 무어라고 인사를 해야 하는 것일까 그전에는 얼마쯤 곤혹스럽게 생각했었지요. 그러나 오늘 저는 그 해답을 확실하게 찾았습니다. 대과 없이 그리고 육체와 정신의 큰 변고 없이 학교를 떠나게 된 행복을 마음속에서 자축하고 있기 때문입니다.

노년 지혜의 허실

주저도 되었지만 간단한 이야기를 하는 게 어떠냐는 학과장 선생의 제의를 수용한 것은 허영에서가 아니라 무엇인가 젊은 학생에게 우정의 전언을 건네는 것이 도리가 아닐까 하는 생각에서였습니다. 그러나 막상 그 전언에 대해 생각하면서 곧 후회를 했습니다. 흔히 노년의 지혜라느니 경험의 지혜라느니 하는 말들을 하지만 사실 그것은 노년을 위한, 노년에 의한, 노년의 이데올로기가 아닌가 하는 의혹을 갖게 됩니다. 더구나 지식혁명과 정보혁명이 현기증 날 만큼 빠르게 진행되고 있는 현대에서는 그런 것 같습니다. 생각건대 동양의 미풍이라고 알려져 있는 경로사상이나 효제사상은 조상숭배와 불가분의 관계에 있다고 할 수 있습니다. 이 점에 대해서는 가령 호르크하이머가 『권위와 가족』에서 얘기하고 있는 논의가 설득력이 있습니다. 집약적인 농작물의 경작과 재배는 주어진 여건 아래 오랜 경험에서 나온 지식의 축적을 요구합니다. 또 토양의 집중적인 경작은 특수한 조건을 지닌 특정 경작지에 대한 정확하고도 세밀한 정보를 요구합니다. 평생을 통해서 날씨, 계절풍, 재배 작물의 특성, 개개 작물에 특유한 병충해를 관찰해온 노인은 젊은이들에게 불가결한 지식의 원천이 될 수밖에 없습니다. 이러한 축적된 경험을 지닌 노인은 자연히 생산의 지도자가 되게 마련이고 그 연장선상에서 젊은이에 대한 노인들의 원리적인 우월성이 수용되게 마련입니다. 이것이 경로사상의 한 근원이요 조상숭배의 한 원천일 것입니다. 즉 사회적·기술적 진보가 거의 없거나 매우 미미한 시대의 산물이라 할 수 있지요.

기술적 발명이 있다고 해서 그것이 곧 보급되고 활용되는 것은 아닙니다. 실물보다도 나도향과 이효석과 슈베르트를 통해서 우리에게 익숙해진 물레방아가 발명된 때는 서양에서는 기원전 1세기라고 합니다. 그러나 이 실용적인 기계가 널리 사용된 것은 자그마치 500년 후의 일입니다. 로마시대에는 노예 노동을 얼마든지 활용할 수 있었기 때문입니다. 노예 제도가 쇠하면서 물레방아 제조가 수지타산이 맞게 되고 이에 따라 물레방아가 보급된 것이지요. 이와 반대로 19세기에는 증기 동력이 제분을 용이하게 하였지만 지방 영주들이 수익을 올리기 위해 주민들에게 물레방아 사용을 강제해서 오랫동안 문명의 이기를 활용하지 않았습니다. 편리한 기술적 발명도 사회적 조건에 따라 그 활용이 지체되는 사례입니다만 이데올로기도 생산된 사회 조건을 넘어서 수용되고 살아남는 요소가 있다고 하겠습니다. 즉 생산과 수용이 반드시 보조를 같이 하는 것은 아니고 조상숭배나 경로사상에도 그런 면이 있는 것이지요. 그러나 사회 변화의 속도나 규모가 빠른 근대에 와서 노인들은 옛 농경사회의 노인들이 누렸던 권위를 유지할 수 없습니다. 그것은 60대의 노인이 PC 학습에 있어서 초등학생 손자에게 완전히 경쟁력을 잃어버린다는 사실에 단적으로 드러납니다. 앞으로 노년의 권위 상실은 가속화될 것입니다.

그럼에도 불구하고 노년 고유의 강점이 있다면 어떤 것일까. 젊은이가 살아보지 않은 시대, 홉스봄이 말하는 '過去라는 타국 another country'에 대해서 직접적인 경험과 지식을 가지고 있다는 점이 아닐까 생각합니다. 즉 젊은이들이 겪지 못하고 노년들만이 경험한 시대에 대해서 비교적 현실성 있는 유권해석을 내릴 수 있다는 점이라 생각합니다. 그런 전제를 두고 말해본다면 우리는 지금 엄청나게 풍요한 생활을 하고 있고 그에 대해서 젊은 세대들은 대체로 무감하다는 점을 지적하고 싶습니다. 우리는 지난 40년 동안에 유례없는 초고속의 산업화, 괄목할 만한 생활수준 향상, 전 국토의 산림녹화, 평균수명의 획기적 연장을 달성했고 여러 곡절과 한계에도 불구하고 그것은 한국 역사에서 아주 예외적인 위업이었다고 생각합니다. 저는 외솔관과 위당관 교실에서 한국 문화와 문학을 공부하는 미국, 일본, 중국은 물론 러시아, 우크라이나, 몽골 유학생의 이름을 호명한 바 있습니다. 한 세대 전에는 상상할 수 없었던 일로써 우리의 향상된 국력과 국제적 지위를 실감하면서 한국인으로서의 긍지와 보람을 느꼈습니다. 모든 외국인이 감탄하는 우리의 역사적인 위업을 도외시하고 그늘의 측면만을 부각시키는 시각에 동조할 수 없습니다. 이것은 어떤 특정 정치 집단이나 세대를 지칭해서 하는 이야기가 아닙니다. 어려운 여건 속에서 이룩한 사회적 성취를 생각할 때 우리는 설령 일시적인 어려움이나 시련이 있더라도 자신과 긍지를 가지고 이를 극복해야 하며 할 수 있다고 생각합니다. 우리의 과거사가 비관론을 부추긴다면 우리의 최근사는 낙관론의 원천이 될 수 있다고 생각합니다. 학생 때인 50년대에 젊은이들을 포함해 우리 사회에선 "엽전이 별수 있나" 하는 말이 유행했습니다. 자조적이고 자기비하적인 이러한 발언은 본시 일제시대에 일본 유학생들 사이에서 유포되었다고 합니다. 그러나 근자에 그끄께의 눈처럼 완전히 사라져버렸습니다. 국력 향상에 따른 평행 현상이라 생각합니다.

정답 신앙

이러한 전제 아래 이번엔 주변에서 볼 수 있는 몇몇 현상에 대한 솔직한 소회를 토로해보고자 합니다. 젊은 세대들은 학교에서 선다형 객관식 시험 문제를 접하면서 성장했습니다. 그 심층적 상흔인지 모르지만 모든 문제에 대해서 하나의 정답이 있다고 생각하는 경향이 있는 것 같습니다. 무의식의 수준에서 그렇다는 것이지요. 문학작품이 보여주는 것의 하나는 삶이 제기하는 문제에 단일한 정답이 없다는 것이라 할 수 있습니다. 그럼에도 정답 신앙과 이에 따른 편향된 원리주의가 부지중에 퍼져 있다고 봅니다. 가령 학생들의 학기말 논문이나 과제물에 가장 빈번히 인용되는 문헌의 하나는 아르놀트 하우저의 『문학과 예술의 사회사』입니다. 1950년대 초 이 책이 처음 나왔을 때 구미에서 큰 반향을 일으켰고 책임 있고 훌륭한 우리말 번역본도 나와서 문과대학의 필독서가 되어 있습니다. 역사유물론의 입장에서 구석기시대의 동굴벽화로부터 20세기의 영화까지 서양의 문학, 회화, 음악을 다루고 있는 방대한 이 책은 하나의 통사通史로서 우리의 시야를 넓혀주는 꼭 읽어두어야 할 책임에 틀림이 없습니다. 그러나 통사이기 때문에 갖는 한계도 많은 책입니다. 미술이나 음악의 세목 선택이나 기술記述에서 오류를 지적하는 전문가들이 많습니다. 가령 곰브리치 같은 미술사가는 동굴벽화의 예를 들면서 사실적 자연주의적 양식이 회화의 최초의 양식이라는 하우저의 소론에 대해 기하학적 혹은 극히 양식화된 화풍이 먼저라고 반박하고 있습니다. 이러한 오류의 지적을 상기시키면서 어떤 학생이 이의 제기를 하자 컬럼비아대학에서 가르쳤던 미술사가 마이어 샤피로Meyer Schapiro는 "그렇다. 이 책은 좋은 책이 아니다. 그러나 그 분야의 거의 유일한 책이기 때문에 추천한 것이다"라고 말했다고 합니다.

그런데 우리 사이에서는 이러한 유보감이나 한계의 지적 없이 필독서가 되어 많은 학생들이 이 책을 정답서라 여기고 이에 반하는 것은 모두 오답이라고 생각하는 경향이 있습니다. 저 자신도 많은 것을 배운 하우저의 저서를 비방하는 것이 결코 아닙니다. 목사들이 성서 인용하듯이 이 책을 인용하면서 유일한 정답서라고 생각하고 다른 입장을 도외시하는 편향성이 문제라는 것이고 하나의 사례로써 지적하는 것일 뿐입니다. 이러한 편향성에 일찌감치 구속되면 지적인 발전이나 균형 잡힌 시각은 기약할 수 없게 될 것입니다. 최초의 우연에 의해서 유폐되면 지적 모험은 불가능하게 되지요.

회의론의 효용

사서삼경을 위시한 유학 정전 및 중국 역사와 고전 시를 습득함으로써 가령 조선조의 양반 선비들은 그들의 교양 형성을 일단 끝냈습니다. 그러나 오늘의 글로벌시대 혹은 전자 민주주의 시대에 지식인들이 갖추어야 할 교양은 만만치가 않습니다. 인문학도로서 갖추어야 할 교양 이외에도 시민으로서 갖추어야할 시민적 교양의 부피도 소홀치 않습니다. 그러나 어떤 문제에 대해서든 심도 있고 다각적인 검토가 필수적이라 생각합니다. 일면적·일방적 해석이나 설명만을 접해서는 왜곡된 대상 파악에 머물러 중대한 오해로 끝나는 수가 있습니다.

저 자신의 경험을 들어 구체적으로 말해보겠습니다. 1960년대 중국의 문화대혁명은 20세기 역사의 큰 사건 중 하나입니다. 1970년대 초 마침 미국에서 체재한 시기에 문화대혁명에 대한 책을 몇 권 읽은 적이 있습니다. 맨 먼저 본 것이 당시 펭귄문고로 나온 조앤 로빈슨Joan Robinson의 얄팍한 책자였습니다. 그 전에 『자유와 결핍Freedom and Necessity』이란 그녀의 사회과학 입문서를 재미있게 읽은 적이 있고 케임브리지대학의 경제학 교수라는 명망에 끌린 탓이지요. 인류 역사상 유례없는 자연발생적인 아래로부터의 혁명이라며 그 의의를 극구 찬양하는 열광적 내용이었습니다. "올바른 사상은 어디서 나오나? 하늘에서 떨어지나? 아니다. 마음속에 내재하는가? 아니다. 올바른 사상은 사회적 실천에서 나온다"는 모택동의 '실천론'의 대목을 사회과학 입문서 서두에 적어놓았던 그녀의 입장은 알고 있었으나 거의 광시곡 스타일에 가까워 적지 아니 놀랐습니다. 흥미가 생겨서 그다음엔 에드거 스노의 『강 건너 저편Red China Today : The Other Side of the River』을 읽었습니다. 500페이지 정도 되는 큰 책으로 세목은 잊어버렸지만 요지만은 분명히 기억하고 있습니다. 중국 공산당이 집권한 후 당과 정부 조직에는 비능률과 함께 인민 위로 군림하는 관료주의가 퍼졌다, 지도자는 숙정의 필요성을 느꼈고 모택동의 권위를 가지고는 위로부터 숙정을 단행하는 것은 극히 용이한 일이었다, 그러나 인민의 에너지를 혁명적 열기로 승화시키기 위해 주변부에서 실권파의 본부를 치는 아래로부터의 혁명을 시도한 것이 문화대혁명이란 것이었습니다. 독자로서는 중국통이라는 저자의 말을 곧이들을 수밖에 없고 문화혁명에 대해 호의적인 반응을 가질 수밖에 없었습니다. 때문에 국내에서 간행된 중국 관계 서적이나 논문 가운데 문화대혁명에 대해 동조적인 것을 마음속에서 은연중 지지했던 것이 사실입니다.

그러다가 1970년대 말에 사이먼 리이즈Simon Leys의 『중국의 그늘Chinese Shadows』을 읽게 되었습니다. 벨기에 출신의 중국 문화 연구가가 1974년에 내놓은 이 책은 에드거 스노가 보여 주는 것과는 정반대의 중국 모습을 보여주어 적지 않은 충격이었습니다. 책은 상당히 꼼꼼히 씌어졌고 관찰도 세밀했습니다. 입장에 따라 이렇게 다른 기술이 나올 수 있는가, 아무리 관점이 다르다 하더라도 최소한도의 공통항이 있어야 할 것이 아닌가 하고 한동안 인식론적 회의에 빠졌습니다. 1981년 6월 중국 공산당의 이른바 육중전회六中全會가 채택한 '역사결의'가 문화대혁명이 "지도자가 잘못해서 일으켜 당과 국가와 각 민족 인민에게 큰 재난을 야기한 내란"이라고 전면적으로 부정한 것을 보고서야 『중국의 그늘』이 중국을 보다 객관적으로 그리고 있다는 결론을 내리게 되었습니다. 지금 생각해보면 에드거 스노의 책은 이른바 내재적 접근에 의한 홍보 책자라고 할 수밖에 없습니다만 제가 이야기하고 싶은 것은 그것이 아닙니다. 이러한 예에서 볼 수 있듯이 어느 하나의 관점이나 입장만을 보고 대상을 파악하는 것은 위태로운 일이란 것입니다. 하나의 쟁점에 대해서 될수록 많은 관점과 정보를 검토하지 않으면 완전한 오해나

오류에서 벗어날 수 없다는 점을 강조하고 싶습니다. 쏠림 현상이 심한 우리 사회에서 『중국의 그늘』이 번역되었는지 확인은 못 했으나 읽은 사람이 드문 것은 사실입니다. 한마디 덧붙인다면 조앤 로빈슨이나 에드거 스노의 관점은 60년대 말이나 70년대 초에 극히 선진적이고 매혹적으로 보였습니다. 오늘날 돌이켜보면 사정은 그 정반대입니다. 그런데 우리 사이에서는 그 비슷한 관점이 여전히 선진적인 것으로 자처하거나 간주되고 있어 종종 헷갈리곤 합니다.

개인적 경험을 다시 돌이켜보면 조앤 로빈슨의 소책자에 빨려 들어간 것은 그녀가 명망 있는 경제학자였고 케임브리지대학의 교수였다는 사실과 관련이 있습니다. 즉 명망가라는 사실 때문에 그녀의 말이 각별히 설득력 있게 들렸던 것입니다. 그러나 명망 있는 경제학자라고 해서 현지 경험도 별로 없는 터에 남의 나라 사정에 정통하리라는 보장은 없습니다. 그녀의 후일담은 알지 못하나 적어도 문화대혁명에 관한 한 많은 독자들을 오도했다는 것은 분명합니다. 명망가이기 때문에 사람들을 오도하는 경우는 많습니다. 사르트르가 지나가는 투로 말한 한국전쟁 원인론은 유럽뿐 아니라 일본이나 한국에서도 많은 동조자를 만들었습니다. 그러나 그의 근거는 별로 믿음직스럽지 못한 I. F. 스톤의 개인 주간지였다는 것을 읽은 적이 있습니다. 명망가라는 이유 때문에 사르트르의 한국전 발언이 현지 연구자나 경험자의 말보다 무게를 갖게 된다는 것은 현대세계의 한 병리 현상이라 생각됩니다. 해당 분야 전문가의 발언보다도 생각 없는 포르노 여배우의 발언이 정치적 영향력을 발휘하는 것은 대중사회의 병리입니다. 마르크스 같은 그릇 큰 사상가도 20세기의 복지국가나 파시즘의 등장은 전혀 예측하지 못했습니다. 명망가의 말을 곧이듣기보다 우리는 모든 것을 검토하고 확인하는 지적 훈련을 쌓아야 한다고 생각합니다. 그렇게 모든 것을 이모저모 다각적으로 검토하고 확인한다면 어떻게 살고 행동하고 실천할 수 있느냐 하는 의문이 생길 것입니다. 그러나 사려 깊고 책임지는 인문학도, 지식인, 시민으로 살아가려는 이상 피할 수 없는 절차라고 생각합니다. 조앤 로빈슨과 에드거 스노흐름의 서적만을 접해서 사고하고 행동한다면 어떻게 되겠습니까? 혹은 어떻게 되었겠습니까?

미적인 것의 억압

학교를 떠나면서 안타깝게 생각되는 것은 크게는 인문학 작게는 문학 위기론이 확산되고 있다는 점입니다. 범세계적인 현상으로써 우리만의 고유 현상은 아니고 그 원인 분석도 간단한 문제는 아닙니다. 작금의 고급문화의 쇠퇴 현상은 급격한 정치적·사회적·기술적 변화의 시기에 발생하는 사회제도의 복잡한 변환의 일환이라고 흔히 이해되고 있습니다. 인쇄 문화 혹은 서적 문화의 산물로서 크게 각광받은 '문학'이 이 전자시대에 어떤 변화를 겪게 되는 것은 불가피한 일입니다. 그러나 문학의 쇠퇴나 위상 추락이 문학 내부의 자기 파괴적 이론이나 운동에서 유래한 측면도 없지 않다고 생각합니다. 문학이 인간의 경험에 대한 의미 있고 흥미 있는 증언이라는 것을 사실상 부정하고 단지 억압과 지배의 이데올로기이며 헤게모니의 도구라는 폭로 비평은 문학의 위상 격하를 내부에서 부추기는 것이라고 하겠습니다. 거기에는 이른바 정전 해체 운동도 포함된다고 하겠습니다. 정전 해체 운동도 다양하지만 그 근간에 있는 것은 미적인 것의 부정입니다. 가령 음악의 경우에도 심미적 가치를 괄호속에 집어넣을 때 예술음악과 오락음악을 동일 선상에 놓고 이야기하게 됩니다. 그러나 과연 이것은 적정하고 온당한 일인가? 그렇지 않다고 생각합니다. 피상적인 음악사회학은 가령 모차르트나 베토벤의 정전 편입이 일부 상류 부유층의 모의에 의해서 이루어짐으로써 이들이 오늘의 모차르트나 베토벤이 되었다고 말합니다. 즉 일부 계층의 취향을 규범적인 것으로 조작했다는 것이지요. 이에 대해 피아니스트이자 음악사회학자인 찰즈 로젠Charles Rosen은 끈질기게 반론하고 있습니다. 이들을 정전으로 만든 것은 실제 연주가들이었다는 것이지요. 연주가의 생활은 고되고 어렵다, 그래도 그들이 좋아하는 음악을 연주할 때 삶의 보람을 느낀다, 그러므로 가령 인기 있는 로시니를 연주하자는 악단 흥행 담당자의 선택을 받아들이는 한편으로 자신들이 좋아하는 모차르트를 꼭 하나 넣어달라고 요구한다, 그것이 반복되는 사이에 모차르트가 정전에 편입되어 굳어졌고 대개의 정전이 그렇게 해서 형성되었다는 것입니다. 연주자들은 정말 음악의 심미적 가치에 식별력을 발휘하는 전문가들입니다. 문학의 경우, 이론혁명의 성과를 수용하면서도 비판적인 가령 프랭크 커모드 같은 뛰어난 비평가 또한 비슷한 말을 하고 있습니다. 이것이 진실이라고 생각합니다.

　미적인 것의 숭상은 근대 자본주의사회의 소외 현상 중 하나이고 도대체 미적이란 말 자체가 근대의 소산이라고 주장하는 사람들이 많습니다. 미적이란 말이 18세기에 바움가르텐의 미학 정립과 함께 생긴 것은 사실입니다. 그렇다고 해서 이전의 사람들은 예술의 미적·심미적 수용에 무감했다고 할 수 있을까요? 우리말이나 일본말에는 프라이버시privacy에 해당하는 말이 없습니다. 사생활이라고 번역도 하지만 '사생활'은 '스탈린의 사생활'이란 말에서도 엿볼 수 있듯이 공적 생활의 반개념으로서 가정생활이나 교우 관계 등을 포괄하는 말입니다. 프라이버시는 사생활의 개념을 내포하고 있지만 한결 은밀하고 비밀스러운 개념이지요. 그러면 프라이버시에 해당하는 말이 없다고 해서 한국인이나 일본인의 생활에 프라이버시란 것이 없을까요? 그렇지 않을 것입니다. 미적이란 말이 생기기 전에 서양 쪽에서는 문학의 효용으로서 즐거움과 가르침을 들었습니다. 이때의 pleasure 혹은 delight는 요즘말로 하면 미적인 것이지요. 즐거움은 단지 이야기 줄거리의 재미를 가리키는 것이 아닙니다. 근대 영국의 조너선 스위프트나 매슈 아널드Matthew Arnold는 '달콤한 것과 빛sweetness and light'이란 말을 썼습니다. "조화를 이룬 달콤함과 빛을 위해 노력하는 사람은 이성과 신의 뜻이 떨치도록 노력하는 사람이다"라고 아널드는 『교양과 무질서』에 적고 있는데 이때의 달콤함 속에는 미적인 것이 들어 있는 것이지요. 어쨌거나 미적인 것의 억압이 문학과 예술음악의 쇠퇴를 부추기는 것은 부정할 수 없습니다. 또 미적인 것에 대해 섬세한 반응을 못 하는 사람들에 의해서 미적인 것의 억압이 자행되고 있다고 할 수 있지요. 횔덜린은 시편 「소크라테스와 알키비아데스」를 "지혜로운 자는 마침내는 아름다움에 마음이 기운다"고 끝맺고 있습니다.

여담이지만 바로 며칠 전에 교보문고에 갔다가 무라카미 하루키 영역자인 하버드대학 교수 제이 루빈Jay Rubin이 쓴 『무라카미와 말의 음악Haruki Murakami and The Music of Words』이라는 책을 보고 사 와서 읽어보았어요. 제목 자체가 오도적이었습니다. 말의 음악 하면 우리는 곧 시를 생각하게 됩니다. 또 가령 발레리가 상징주의 시운동을 정의했을 때 쓴 "음악으로부터 그 부를 탈환하려는 기도"라는 맥락에서의 음악을 떠올리게 됩니다. 그러나 제이 루빈이 말하는 음악은 악보로서 설계되고 구성된 예술음악이 아니라 오락음악이나 팝 음악입니다. 무라카미가 쓴 『국경의 남쪽, 태양의 서쪽』이란 소설이 있습니다만 냇킹 콜의 팝송에서 따온 제목이기도 하지요. 소설 형식으로 서정시의 경지를 성취한 가와바타를 우리는 시인이라 할 수 있지만 무라카미를 시인이라 하기에는 주저하지 않을 수 없습니다. 그의 소설은 팝 음악과 같은 팝 소설이라 생각합니다. 그의 독자들이 명심해야 할 사항입니다. 요컨대 비속화되어가는 세계 속에서 고급 문학과 예술음악을 지키는 것도 인문학도의 한 소임이라 생각하면서 저의 이야기를 마치기로 하겠습니다.

한마디만 더 첨가하겠습니다. 뭐니 뭐니 해도 이 세상에서 행복이 가장 중요하다고 생각합니다. 스탕달은 삶의 목적은 행복의 탐구라 했고 스탕달의 『적과 흑』『파르마의 수도원』을 50번 이상 읽었다는 프랑스의 알랭Alain은 칠판에 "행복은 의무다"라고 판서했다고 합니다. 알랭을 도시의 현자라며 조지 슈타이너가 하버드대학의 '찰스 엘리엇 노튼 강의'에서 들려준 이야기입니다. 여러분 부디 행복의 길을 찾아내어 하루하루 행복하십시오. 감사합니다.

---

* 이 글은 2006년 2월 23일 연세대학교 알렌관 무악홀에서 한 퇴임 강연의 내용이다.

제4장

내 삶의 소롯길에서

지옥의 하룻밤

나의 낙방 체험

세상에 이럴 수가 있나, 하고 생각하게 되는 거짓말 같은 일도 있다. 정말일까, 꾸며낸 것은 아닐까, 하고 듣는 사람이 머리를 갸웃하게 하는 일이 있다. 매우 드물지만 꼭 있게 마련인 그런 일 때문에 현실은 소설보다도 기이하다는 유서 깊은 속담이 유통된다. 아직도 전쟁이 계속되던 시절 열아홉의 초입에서 내가 겪은 일도 그런 일 중 하나일 것이다.

휴전이 되던 1953년 봄에 고등학교를 졸업했다. 대학 입학시험을 본 것은 물론 졸업 전이다. 당시 임시 수도였던 부산에서 입학시험을 치르기 위해 몇몇 동급생과 동행해서 중앙선을 탄 정확한 날짜는 알지 못한다. 아마 3월 초라 생각하는데 부산서 스탈린의 죽음 소식을 들었으니 말이다. 이 무서운 사내가 급사

한 것은 3월 5일이다.

우리는 충주에서 흔히 120리를 잡는 원주로 향했다. 원주에서 부산 가는 중앙선 기차를 탄 것은 늦저녁이었다. 원주나 제천이나 충주에서는 똑같이 120리 상거해 있다. 원주 다음이 제천이고 그다음이 단양이다. 그럼에도 한 발자국이라도 부산에 가까운 제천을 제쳐놓고 원주를 출발지로 택한 것은 자리를 잡는 데 유리하다는 판단 때문이었다. 당시 부산을 왕래하던 대학생 선배에게 들은 정보였다. 원주역 입구에는 옛날 미국 서부영화에 나오는 목장 입구처럼 횡목 장벽이 조성되어 그 앞으로 승차 희망자가 다수 모여 있었다. 오랜 시간이 지난 후 역무원이 나와서 횡목 장벽을 젖혀서 통로를 만들어주었다. 다투어 플랫폼 쪽으로 달려가서 이번엔 기차가 도착하기를 기다렸다. 당시에도 정해진 기차 시간표야 있었겠지만 기차의 운행은 제멋대로였다. 출발이나 정거 시간도 일정치 않아 몇십 분씩 정거하기가 일쑤였다.

치열한 밀치기와 고함 속에서 겨우 차에 올라 객차에 들어갔으나 벌써 만원이어서 앉을 자리를 찾기는 불가능하였다. 좌석 통로는 입석 승객으로 가득 찼다. 용케 객차 안으로 비집고 들어선 것이 다행스럽게 여겨졌다. 게다가 깨어진 유리창이 많아 찬 바람이 마구 불어 들어왔다. 그러나 문제는 찬 바람만이 아니었다. 중앙선에는 단양의 죽령터널을 위시해서 긴 터널이 많다. 터널을 지날 때면 석탄 기관차 연기 특유의 검정이 마구 안으로 들어왔다. 솔직히 어떻게 비뇨기의 필연을 해결했는지 도무지 기억에 없다. 늦저녁에 원주를 출발해서 부산에 당도한 것은 그 이튿날 점심나절이었다. 부산역에서 내릴 때 보니 너 나 할 것 없이 모두 기관차 연기의 검정 때문에 굴뚝 청소부의 몰골이 되어 있었다. 한 가지 기억에 남아 있는 것은 그 만원 열차에서도 자리를 잡고 앉아 온 행운아들이 있고 그 행운아들 중에는 그 북새통에서도 돈놀이 화투로 무료함을 달래는 영웅들이 있었다는 것이다. 세상 도처에서 볼 수 있는 이런 영웅들 때문에 보통 사람들의 삶은 조금쯤 더 맥 빠지는 것으로 여겨지는 것인지도 모른다.

부산역전 거리는 교통이 복잡하였다. 길라잡이로 마중 나온 고교 선배가 차가 밀리는 길을 어찌나 잽싸게 횡단해 가는지 도저히 따라갈 수가 없었다. 먼저 경험한 이들이 뒤에 겪는 이들에게 보이는 치졸한 우월감을 경멸할 여유도 없이 주눅이 들어 동행은 모두 그의 꽁무니 따라가기에 바빴다. 당시의 번화가였던 광복동의 어느 건물 앞에서 길라잡이의 설명을 대충 듣고 나서 우리 일행은 각자 가야 할 곳을 찾아 뿔뿔이 헤어졌다. 나는 보수동 네거리에 있는 '이화득 외과'라는 병원 2층의 다다미 한 장 반 정도의 세간 보관소에서 잠을 자게 되었다. 방 부족이 심한 피란 시절에는 그것도 호강에 가까웠다. 외가 쪽의 친척분이

병원 2층의 방에서 구차한 살림을 꾸리고 있어 요행히 주어진 것이었다.

이튿날 대신동에 있는 판잣집 대학 가교사를 찾아갔다. 전차 종점에서 한참 비탈길을 올라가야 했던 것으로 기억하고 있다. 지원 대학의 교무과를 찾아가 지원 학과와 성명을 대고 한참을 기다리니 수험번호를 건네주었다. 적지 아니 안도하였다. 그 당시 충주에서 등기우편으로 입학시험 원서를 보냈는데 아직 전쟁 중이어서 모든 것이 허술하던 터라 제대로 배달되었는지 은근히 걱정이 되던 차였다. 일단 시험 장소 등을 확인하고 학교를 벗어나 대신동 판자촌을 찾았다. 충주 출신의 대학생들이 자취를 한다고 알려진 집이 있었고 그 옆집은 또 충주 출신 학생의 연락처 비슷하게 되어 있다고 해서 그곳을 찾은 것이다. 과연 그곳에는 고교 선배 되는 이들이 모여 있었고 우리 동기생도 몇 명 볼 수가 있었다.

그로부터 며칠 뒤에 시험을 보게 되었다. 문리과 대학을 지원한 우리 동기생은 모두 세 명이었다. 독문과 지망의 김관진, 장희수가 있었고 나는 영문과 지망이었다. 충주중학을 나왔으나 경기고교로 전학 간 이한웅이 정치학과 지망이어서 시험장 밖에서 만나볼 수 있었다. 당시 수험 과목은 국어, 영어, 수학, 사회생활과, 그리고 선택 과목까지 다섯 개였다. 선택 과목은 독어, 불어, 논리학, 심리학 중 택일하는 것이었고 나의 선택은 독일어였다.

나의 수험번호는 15번이었다. 문리대는 국문과, 중문과, 영문과, 불문과, 독문과, 언어학과 등등의 순으로 학과 순서가 배정되어 있었다. 그러니까 수험번호도 학과순으로 정해졌는데 불어 선택자, 독어 선택자, 논리학 선택자, 심리학 선택자가 한 무리가 되어 번호가 매겨졌다. 그러나 당시 불어 선택자가 극히 희소해서 사실상 독어 선택자가 제일 앞 번호를 차지하게 된 것이다. 내 앞의 13번 김성인, 14번 김영숙이 독어 선택 영문과 지망생이었으니 1번에서 12번까지는 독어 선택 국문과 및 중문과 지망생이었던 셈이다.

우리가 수험번호 순서대로 앉아 있게 된 시험장은 당시의 허술한 가건물 중에서는 가장 큰 것이 아니었나 생각한다. 길이가 길어서 한 줄에 30여 명 정도가 앉게 되어 있었고 폭도 넓어서 열 줄이 넘었던 것 같다. 여러 명의 시험 감독관이 답안지를 나누어 주고 또 회수해 갔고 실내를 왔다 갔다 하면서 감독했다. 그중 맨 왼쪽의 우리 줄을 담당한 이는 장신의 청년으로 구레나룻과 턱수염이 무성하였다. 나중에 알고 보니 당시 문리대 학생회장이었고 뒷날 성균관대에서 정치학을 가르친 이명영_{李命英} 선생이었다. 상의 깃에 상주 표시 베를 단 중키에 튼실한 체격의 감독관은 훗날 보니 사회학과의 변시민_{邊時敏} 선생이었다.

첫째 시간은 국어 시험이었을 것이다. 사실 국어는 자신 있는 과목이었다. 중학 초학년 때 정지용, 김소월, 서정주, 청록파, 윤동주, 김광균, 이용악 등 주요 현대 시인을 탐독해서 거의 외다시피 했고 고시조도 공부로가 아니라 시로서 읽어서 분명한 선호를 갖고 있는 처지였다. 이태준, 이효석, 김동인 등의 산문소설도 구할 수 있는 것은 다 읽은 처지였다. 명사를 세 개 적으라는 문제가 있어서 도대체 이게 시험문제인가 하고 속으로 혀를 찼던 일도 기억에 분명하다.

수학 1번 문제는 충분조건인가 필요조건인가를 묻는 것이었다. 1951년도 9월 뒤늦게 복학하니 수학 진도가 꽤 나가 있어서 따라가기가 어려웠다. 몇몇 이과 지망자를 제외하고는 대체로 수학 공부에 열의가 없고 교사 또한 그러했다. 미적분은 아예 포기하고 어학에나 치중하자고 했기 때문에 모르는 문제가 많았지만 예상했던 터라 별로 낙담하지 않았다. 일찌감치 시험지를 엎어놓고 앉아 있는 수험생이 썩 많은 것도 위안이 되었다. 일정 시간이 지나기 전에는 퇴장이 금지되어 있었던 것이다.

영어 문제를 보고서도 낙관했다. 해석 문제에 모르는 단어나 구문이 없었다. 틀린 곳을 고치는 문제가 다섯 개 있는데 그중의 하나가 "The Yellow Sea lies in the west of Korea"란 것이었다. 단박에 오류가 눈에 들어오지 않아 궁리를 하고 있는데 어느 수험생이 손을 들고 틀린 곳이 없으면 어떻게 하느냐고 물었다. 감독관은 없으면 내버려두라고 우문현답을 하였다. 아무래도 틀린 곳이 없는 것 같아 내버려두었다. 그러나 정답은 in을 to로 고치는 것이었다. 지금껏 이 문제를 기억하는 것은 틀린 것이 너무나 속상했기 때문이다. 지금 생각하면 꼼수 같은 문제였다.

사회생활과도 별문제가 없었다. 평소에 신문을 꼼꼼히 읽었고 비교적 폭넓은 독서를 한 터였다. 프랑스의 루소, 볼테르, 몽테스키외 등의 사상가는 어떤 계층의 이해관계를 대변했는가라는 문제에는 신흥 부르주아지라고 적으며 마음속으로 우쭐해하였다.

선택 과목인 독일어 시험을 보고 나서는 합격을 자신하였다. 다섯 개의 해석 문제가 전부였는데 단어나 구문이나 모르는 것이 없었다. 문제 중의 하나는 "여성은 어디서나 관대한 대접을 받는다"는 것으로 끝나는 유머러스하다고 할까 여성 비하적이라고 할까 그런 문제여서 기억에 남아 있다. 형용사가 부사로도 쓰이는 독어의 특색이 잘 드러나는 문장인데 당시 독문과 주임인 이회영李檜永 선생이 워낙 기인이어서 문제도 약간은 일탈적인 것이었다고 생각한다. 고교 시절 독문과 재학 중이던 정춘용鄭春溶 선생이 독어를 담당해서 당시 유일한 교과서였던 장하구張河龜 지음의 독일어 교과서 1, 2권을 모두 떼었다. 당시로서는 희유한 일이었다. 사범대학의 김기석金基錫 선생이 엮은 대학 교재에는 요한 페터 에커만의 『괴테와의 대화』에서 뽑은 과가 있었는데 그것까지 공부하였던 터라 단어나 구문이나 모두 막히는 데가 없었다.

시험을 보고 나면 아주 잘 보았다고 낙관하는 학생이 있고 잘 보았으면서도 못 보았다고 생각하는 학생이 있다. 유형상으로 그렇다는 것이다. 내 자신은 후자인 편이라고 자처한다. 들어가기 쉬운 중학 입학시험을 보고서도 아무래도 틀린 게 많은 것 같아 적이 불안했는데 결과는 수석 합격이었다. 비관론은 크나큰 낙담이나 환멸을 예방해주는 효과가 있어 그 나름의 효용성이 있다고 생각하는 편이다. 그런데 대입 시험을 보고 나서는 꽤 잘 보았다고 생각하였다. 혼자만의 속생각이고 드러내지도 않았고 그럴 필요도 없었다.

요즘 면접이라고 하지만 당시 구두시험이라 하던 것은 간단하였다. 새 양복을 말쑥하게 차려입은 젊은 면접관은 "비가 올 것 같다"를 영어로 말해보라고 했다. 두 번이나 독파한 메들리 A. W. Medley의 『삼위일체 영어』에도 예문이 나와 있는 것이어서 주저 없이 "It looks like rain"이라 대답했다. 영어책 읽은 것을 대라고 해서 『The Use of Life』와 토머스 하디의 단편집을 들었다. 하디의 단편 중 어떤 것이냐 해서 「To Please His Wife」「Son's Veto」등이라 했더니 Veto의 발음을 교정해주고 나가보라고 했다. 뒷날 그 면접관이 고석구高錫龜 선생임을 알게 되었다. 두 번째 면접관실 앞에서 한참을 기다리고 나서 13번

수험생이 들어갔다. 시간이 꽤 걸리는 것 같았다. 14번 수험생은 여학생으로 모친과 함께 대기하고 있었다. 김영숙이란 이름의 그 여학생은 김우창 고려대 교수의 누님으로 나중에 의사와 결혼했고 바이올리니스트 딸을 두었다.

두 번째 면접관은 작은 체구에 깐깐한 인상이었고 본적, 주소 등을 묻고 나서 왜 영문과를 지망했느냐고 물었다. 영어를 마스터하고 20세기 영시를 공부하고 싶다고 했더니 특히 누구를 공부하고 싶으냐고 물었다. 엘리엇 같은 시인이라 했더니 그가 전통에 대해서 한 말을 알고 있느냐고 물었다. 양주동 번역으로 「전통과 개인의 재능」이란 에세이를 읽어본 일이 있지만 이해가 잘 되지 않았다. 그렇게 솔직하게 자수를 했으면 될 것을 치기만만한 나이 때라 무어라 횡설수설하였고 말하면서도 후회하고 있었다. 점수를 못 땄을 것 같은데 구두시험은 형식이고 시험 성적이 중요하다고 해서 별로 개의하지 않았다. 두 번째 면접관이 나중에 보니 권중휘權重輝 선생이었다.

합격자 발표일이 되었다. 예정보다 자꾸 늦어지더니 어둠이 내리기 시작할 무렵 교무과 직원이 굵은 붓글씨로 쓴 수험번호가 적힌 종이 두루마리를 가건물 벽면에 붙이기 시작하였다. 국문과 중문과에 이어 영문과 합격자 번호가 보이기 시작했다. 13번과 14번이 보이는데 15번은 보이지 않았다. 혹시나 하고 끝까지 살펴보았으나 허사였다. 제2지망으로 적어낸 독문과에도 없고 동급생인 김관진은 합격이었다. 그냥 빈 공간으로 남기기 싫어 적었던 제3지망 불문과에도 물론 없었다. 눈앞이 캄캄해지고 정신이 멍멍해졌다. 아니 서양의 흉수인 13번과 죽을 사死 자가 들어간 14번도 살았는데 오색영롱한 15번이 죽다니! 이건 자연의 변괴가 아닌가! 반측이 아닌가! 하고 엉뚱한 생각마저 한 것은 한참 뒤의 일이었다.

정신이 들면서 창피하다는 강렬한 수치심이 회오리쳤다. 바로 1년 위 선배인 김진복은 의예과에 2등으로 합격하지 않았는가? 그런데 이게 뭔가? 가장 절망적인 것은 하느라 했는데도 이 모양이니 앞으로도 가망은 없을 것이란 느낌이었다. 영어도 이양하李敭河 편의 『Living English』 고3 교본을 혼자서 다 읽어치웠고 대학 교재로 나온 토머스 하디의 단편집까지 단어장 만 들어가며 읽지 않았는가? 모르는 대목이 없지 않았지만 재미가있어 독파하지 않았나? 독일어도 『괴테와의 대화』에서의 발췌문을 어려움 없이 읽어내지 않았는가? 더 무엇을 어떻게 한단말인가? 내 자신을 제대로 파악하지 못하니 시험 보고 나서 헛된 자신감을 가졌던 것이 아닌가? 자신에 대한 근본적인 회의감이 들면서 영원한 낙오자가 될 것 같은 예감이 으스스하게 엄습해왔다.

순간 죽어버리자는 생각이 번개처럼 스쳤다. 그대로 이화득외과의 2층 건물로 돌아가서 친척의 얼굴을 대하기가 죽어라

하고 싶었다. 시험 보기 며칠 전에 동급생과 함께 가본 적이 있는 영도다리를 향해 천천히 걸음을 옮겼다. 그러나 막상 당도하여 아래를 굽어보니 몸이 떨려오면서 차가운 물속으로 입수하는 자신이 너무나 가엾게 느껴졌다. 눈물겹게 불쌍하였다. 6·25 이후 겪었던 신산과 풍상이 떠오르면서 내 이름을 부르는 모친의 음성이 환청인 양 들려왔다. "더 먹어라. 배곯아 죽은 귀신은 있어도 배 터져 죽은 귀신은 없단다. 더 먹어두어라." 죽음이 무서워지면서 눈물이 쏟아졌다. 내심 죽어서는 안 되는 이유를 끊임없이 만들어낸 것이리라. 죽을 수 없다고 마음 고쳐먹고 발길을 돌렸다. 밤늦게 패잔병의 몰골로 돌아온 나를 보는 친척은 걱정을 한 것은 사실이나 냉랭하였다. 세간 보관소로 들어가 건네준 저녁을 먹었다. 그 와중에도 먹을 것은 다 먹고 자리에 누웠다.

그 이튿날 늦게 일어났다. 열 시쯤 되었는데 공대 토목과에 합격한 임병선林炳旋이 나를 찾아왔다. "너 합격했어!"라고 말하더니 "수험번호 15번 급히 학생과로 출두할 것"이란 먹글씨가 적힌 종이를 내밀었다. 학생과 게시판에 붙어 있는 것을 떼어 왔다며 정치학과 합격자의 첫 번호가 15번임도 확인하고 왔다고 말했다. 급히 학교로 달려가 학생과로 갔다. 몸집이 비대한 편이고 신수가 좋아 보이는 이가 나에게 손짓해서 다가갔다. 나중에 알고 보니 생물학과 이민재李敏載 선생이었던 학생과장은 정치학과를 다니라고 말했다. 뭔가 종잡을 수 없는 상황이어서 영문과를 지망했는데 이리된 경위를 알고 싶다고 말했다. "경위랄 것까지 없고 사무 착오야. 그런 줄 알고 다녀" 하고 이 선생은 말했다. 지옥의 하룻밤이 너무나 억울해서 내 반응이 조금은 고분고분하지 못했는지 이 선생은 "정 영문과를 다니고 싶다면 2학기 때 돌려주지"라고 말을 이었다. 우선 합격했다는 것이 감격스러워 "알겠습니다" 하고 다른 말을 하지 못했다.

어찌 된 영문인지도 모르게 정치학과 신입생이 되어 수강신청 때 다른 신입생과 함께 정치학과로 배당된 교양과목을 적어냈다. 수강신청 지도를 맡은 젊은 강사는 정치학과 합격점이 265점으로 문과계에서는 가장 높다고 치하를 해주었다. 학기가 시작되어 교양국어는 이태극李泰極 선생에게, 자연과학개론은 김태봉金泰鳳 선생에게 배우게 되었다. 전공으로는 '원서강독'이란 것을 신청했는데 조그만 몸집에 안경을 쓴 이세구李世求 선생이 해럴드 래스키Harold Laski의 『정치학 개론』을 프린트해서 나누어 주고 강독을 했다.

이렇게 한 2주쯤 지난 뒤 다시 학생과에 출두하라는 게시가 나붙었다. 학생과장 이민재 선생에게 갔더니 다짜고짜 영문과를 다니라고 말했다. 내가 의아해하자 이 선생은 말하였다.

"지난번에 영문과 다니고 싶어 했잖아? 기회를 주는 거야."

"그래도 학기 중간에……."

"학기 중간은 무슨 학기 중간이야. 갓 시작했을 뿐인데."

"수강신청도 새로 해야 하는데 지장이 없을까요?"

"그런 걱정 필요 없어. 수강신청 기한 내 못한 사람에게도 기회를 주니까."

이번에도 거의 일방적인 통고였다. 이렇게 애초 지망했던 영문과 학생이 된 나는 새로 수강신청을 했다. 같은 교양국어도 영문과생은 정병욱鄭炳昱 선생, 자연과학개론은 김봉균金鳳均 선생 시간으로 바꾸어야 했다. '19세기 영시와 소설 강독' 같은 전공과목도 새로 신청했다. 수강신청에는 주임교수의 도장이 필요해서 이양하 선생 거처를 물어물어 찾아갔다. 시멘트 바닥에 조그만 난로와 침대가 하나 놓여 있는 좁은 공간이었다. 대학교수의 거처로서는 너무나 한미하다는 느낌이 들었다. 이 선생은 어쩨 늦었느냐 묻고는 대답도 듣지 않고 도장을 찍어주었다.

2주간의 정치학과 학생 때 사귄 친구는 포항 출신의 한석진韓碩鎭 대사였다. 영문과로 간다니까 펄쩍 뛰면서 왜 그리 가느냐고 영 이해를 못 하겠다는 태도였다. 영문과는 신입생 환영회를 동래에서 열고 상호 간 인사를 나눈 터였다. 나는 새로 온 전학생처럼 일일이 설명을 하곤 했는데 마치 정치학과 지망생이 적응 못 해 영문과로 전과해 간 것 같은 느낌이 들어 영 개운치가 않았다. 지금도 나는 영문과로 옮겨 가서 하고 싶은 공부를 하고 읽고 싶은 책을 읽으며 살아온 것을 잘한 일이라고 생각하고 있다. 어려운 시기에 젊은 학생들과 교실에서 책을 읽고 살아온 것을 지극한 행운이라 여기고 있다.

그러나 왜 지원하지 않은 학과로 옮겨져 지옥의 하룻밤을 보내게 된 것인지에 대해서는 아무것도 모르고 있다. 학교에서 근무하면서 입시관리 경험을 제법 쌓은 셈인데 입시에서의 사무착오란 쉽게 있을 수 있는 일이 아니다. 그것을 방지하기 위해 여러 장치가 치밀하게 마련되어 있기 때문이다. 막강한 힘에 일방적으로 번롱되었다고 느껴 믿을 만한 선배에게 소견을 물어보기도 했다.

중학 2년 선배인 당시의 어느 공대생은 그럴듯한 설명을 제기하였다. 대학 측에서 꼭 영문과에 합격시켜주고자 한 의중의 학생이 있었는데 그 학생이 영문과 합격점 바로 아래에 달랑 매달려 있었다, 그래서 영문과 지망생 중 한 사람을 정치학과로 보냄으로써 그 의중의 학생을 합격시켰다, 영문과 정원 25명에 비해 정치학과 정원은 60명이나 되어 융통성이 있다, 또 정치학과는 최고 인기 학과이기 때문에 옮겨놓더라고 불만이 있을 가능성은 희박하다는 것이 그의 추리였다. 그러면 왜 하필 내가 번롱의 대상이 되었느냐는 물음에 그는 충주고교가 가장 시골 학교이니 만만해서 그리된 것 아니었겠느냐며 허허허 웃었다.

지금도 나는 내가 겪은 사달의 진실을 모르고 있다. 어찌 되었건 지망한 학과에 다닐 수 있게 된 점에 대해선 나는 당시의 학교 당국에 감사하는 마음을 가지고 있다. 의중의 학생을 입학시키기 위해 한 명쯤 희생시킬 수도 있지 않은가? 또 사무 착오를 은폐하기 위해 아예 착오의 주인공을 떨어뜨릴 수도 있지 않은가? 또 그러한 일은 과거에 더러 있지 않았을까? 그런 생각이 들면서 번롱하기는 하였으되 희생시키지는 않은 당국 처사에 무한한 고마움을 느낀다. 대학이기 때문에 가능하지 다른 부처라면 어김없이 희생자를 냈을 것이다.

우리 사회사에 기여한다는 의미에서 당시의 몇몇 부대 상황을 적어두려 한다. 당시 한참 전쟁이 진행 중이어서 문과계는 정원의 75프로, 이과계는 90프로를 득점순으로 뽑고 나머지 25프로와 10프로는 여학생과 제대 군인으로 충원하라는 문교부의 지시 사항이 있었다. 1950년대 초에 갑자기 여대생 비율이 많아진 것은 그 때문이다. 당시도 문과계에선 법대, 이과계에선 의과대가 합격점이 가장 높았다. 그러나 학과별로는 문과계에선 정치학과가, 이과계에선 공대 화공과가 가장 높았다. 주관식 문제가 많아 점수는 그리 높지 않았다. 불문과 지망의 대구고교 출신 김재권金在權이 500점 만점에 404점을 얻어 최고 득점자로 발표되었다. 지금과 달리 입시 경쟁이 심하지 않아 웬만큼 공부하면 지망 학과로 갈 수 있는 시기였다. 진학하지 않는 고교 졸업생은 간부후보생이 돼야 했기 때문에 진학 지망자의 수가 많았던 것은 사실이다. 학생과장이던 이민재 선생은

5·16 직후 문교부 차관이 되어 사범대학 폐지안을 성공적으로 추진했으나 마지막 판에 사범대 학생들의 격렬한 반대운동이 주효하여 실패로 끝났다.

하필 임병선이 지옥 탈출의 희소식을 전해준 것은 충주 학생이 진치고 있는 '연락소'에서 숙식을 하던 차에 15번 소식을 들었고 거처를 알고 있어 달려오게 된 것이었다. 내가 지옥에서 무한 고문을 당하고 있을 때 한 고교 선배가 "아니 공부깨나 한다더니 아주 허담虛談이군, 허담이야!" 하고 문자를 써가며 나의 실패를 즐거워했다는 말을 전해 듣고 schadenfreude란 기막힌 독일어 단어가 떠올랐다. 고교 때 열심히 공부한 독일어를 중도이폐中途而廢한 것은 일생일대의 회한이고 지금은 다 잊어버렸다. 그러나 번역하기 어려운 이 단어만은 결코 잊히지 않을 것이다.

방년 19세에 겪은 이 희귀한 지옥 경험은 그 후 내게 지속적으로 영향을 끼쳤다. 꾀한 일이 안 되더라도 이것은 신의 일시적인 사무 착오이고 종당엔 해피엔딩이 될 것이 아닌가 하는 허망한 희망을 갖게 된 것이다. 어디선가 역전의 희소식을 전해줄 배달부가 달려오고 있는 중이 아닐까 하는 생각이 들고는 하였다. 허망한 꿈으로 끝나게 마련이지만 잠정적인 위로를 받는 것만으로도 완전히 허황된 것은 아니라는 생각이 들기도 한다. 어떠한 일이 있더라도 살고 보아야 할 것임은 말할 것도 없다.

불사르는 보배

석유 초롱불 밑에서 책을 보던 시절에 태어나 원자력발전소의 폐쇄가 논의되는 시대에 노년을 보내고 있다. 그러니 우리 세대처럼 현기증 나는 속도의 사회 변화를 경험한 선례는 없을 것이다. 적어도 한반도에 관한 한 그러하다. 방 세 개가 고작이요 대청마루도 없는 일자집에서 태어나 성장기와 청년기를 그렇게 보냈다. 연래의 소망을 성취해서 어엿한 독방을 갖게 된 것은 40대가 되어서다. 아파트 베란다에서 노란 산수유꽃과 댕그랗게 피어 있는 벚꽃을 내려다보며 새삼 격세지감을 느끼게 된다.

무엇 하나 변하지 않은 것이 없지만 가장 고맙게 변한 것은 붉은 산의 퇴출과 푸른 산의 등장이다. 유년기를 산자락에서 보냈고 산을 자주 찾았던 편이라서 더욱 각별한 것인지도 모른다. 물론 그와 동시에 애석하기 짝이 없는 영구적 소멸의 사례도 한두 가지가 아니다. 6·25 전만 하더라도 철도 연변의 논에서 황새며 뜸부기를 흔히 볼 수 있었다. 보리밭의 종달새와 인가에도 집을 짓는 제비는 흔하디흔한 날짐승이었다. 늦가을의 푸른 하늘을 가르며 한 줄로 나는 기러기 떼는 소년 시절의 우리들을 한동안 마당 한가운데 서성거리게 하였다. "저것 봐!" 하는 탄성에 뛰쳐나가 보면 하늘이 새카맣게 갈가마귀 떼가 날고 있었다. 난리가 날 징조라고 달가워하지 않는 어른들도 있었지만 그것은 가히 놀라운 장관이었다. 그 무렵의 새파란 하늘 특히 짙푸른 가을 하늘 자체를 이제는 볼 수 없게 된 것도 아깝기 짝이 없는 일이다.

비근하고 현저한 변화의 하나는 인구문제일 것이다. 인구과잉이라며 산아제한이나 가족계획을 홍보하는 포스터가 야단스럽게 나붙었다. 적게 낳고 온전하게 기르자는 취지의 구호가 난무하였다. 청장년에게 정관수술을 장려하면서 시골에서는 그 결과로 야기된 희극도 드물지 않아 문학작품의 소재로 등장하기까지 했다. 그런데 이제 인구 감소와 노동력 감소를 걱정해서 출산 장려를 도모하는 세상이 되었으니 그 역전에 놀라면서 또 어떠한 역전 사태가 일어날까 일변 기대가 되기도 하고 일변 두려워지기도 한다. 정치적으로도 예측 불가능한 사태가 필연 일어날 것이고 과연 그것이 사회 구성원 다수에게 복된 결과로 이어질 것인가, 하는 걱정도 생겨나는 게 사실이다. 예측 불가능성이야말로 역사 진행의 당돌한 논리로 생각되기 때문이다.

해방 이후의 사회 변화에 대해서 이를 부정적으로 보거나 편향적으로 보는 관점도 흔해 보인다. 우리의 현대사를 치욕의 역사로 보는 비현실적인 관점이 대세가 되어 있는 것은 아닌가 하는 곤혹감을 금할 수 없을 때도 많다. 솔직히 "엽전이 별수 있나" 하는 자조적 언사가 무시로 교환되던 시절 내 자신이 그런 관점에 매어 있던 게 사실이다. 친구 따라 강남 가서 자조적 언사를 공유하면서 사회에 대한 울분을 제어하곤 했었다. 그러나 이른바 빵도 자유도 웬만큼 누리게 된 오늘날 옛 생각에 집착한다는 것은 현실과 괴리된 편집적 고정관념이라고 생각하게 되었다. 동구권 붕괴 이후 드러난 그쪽 정치적 실천에 대한 학습, 러시아를 비롯해 우즈베키스탄이나 카자흐스탄 등 구소련 여러 곳의 여행을 통해서 선전과 실제의 엄청난 차이를 인지하게 된 것은 충격이기도 했으나 많은 지적 반성의 계기가 되었다. 아울러 유토피아 지향성이 강한 낭만적 지식인들이 유포한 편향된 현실 인식을 생각하면서 지식인 일반에 대한 존재론적 회의와 유보감을 갖게 된 것도 사실이다.

중요한 것은 이념이 아니라 현실이다. 우리의 현대사를 어떻게 정의하든 우리는 지금 미증유의 높은 생활수준을 향유하고 있다. 빈곤에서 벗어나지 못한 불행을 안고 있는 소외 계층이나 취업을 포기한 절망적 청년들의 존재를 간과하자는 것은 아니다. 또 역사 과정에 수반되는 비극적 희생 사례를 치지도외置之度外하자는 것도 아니다. 그러나 섬세한 비교의 기준을 통해서 볼 때 우리 현대사에 긍지를 가질 만한 지표는 허다하다. 많은 사회적 우려의 사유가 되어 있는 게 사실이지만 기대수명의 현저한 상승도 어김없이 그러한 지표의 하나일 것이다.

동년배의 향당

서울에 살고 있는 시골 중학 동기생들과 두 달에 한 번 점심을 먹으며 정담을 나누고 있다. 그 수가 점점 줄어들어 이제 한 다스를 겨우 넘는 정도다. 고향 잔류자나 기타 지방 거주자를 합치더라도 서른 명이 될까 말까 한 숫자다. 홍안의 소년으로 만났던 동기들 중 25퍼센트 정도가 아직 살아 있는 셈이다. 서울 친구들의 평균연령이 80대 중반인데 대개 부실한 신체 부위를 가지고 있다. 청각 장애가 있어 목소리를 향해 한쪽 귀를 들이대는 경우도 있고 당뇨 수치가 나오는 의료 기구를 차고 다니는 경우도 있다. 단장을 짚고 조심스레 걷는 경우도 있고 말이 어둔한 경우도 있다. 그러나 모두 혼자서 출입하고 나다닐 수 있는 것을 다행으로 여기며 특별한 사유가 없는 한 모임에 나와 소식을 주고받는다.

생활 정도는 차이가 나지만 모두 젊을 적에 생각한 것 이상으로 무던하게 살고 있고 생각보다 장수하고 있다는 사실을 말하거나 인정한다. 그리고 우리의 곡절 많은 현대사에 대해 대견하다는 생각을 가지고 있다. 그들이 무슨 각별한 기득권을 누렸거나 누리고 있는 것은 아니다. 대체로 고단한 삶을 시골 출신답게 성실하게 살아오면서 나름대로 긍정적인 생각들을 가지고 있다. 젊은 세대들이 보면 현실 추수의 줏대 없는 보수층이라고 외면할지 모르지만 그들은 경험을 통해 얻은 현실감각과 생활 실감을 통해서 우리의 오늘에 대해 긍정적인 생각을 갖게 된 것이다. 모두들 자기 나름의 한두 가지 한이 없는 것도 아니요 또 현실에 대한 불만이 없는 것은 아니나 대체로 그렇다는 것이다. 이렇게 동년배 향당鄕黨의 동향을 얘기하는 것은 내 자신의 경우가 독불장군 흐름의 예외가 아니고 대체적인 합의를 얻고 있는 관점임을 말하기 위해서이다. 이들 중 요즘 말로 금수저 출신은 없다. 시골 부자란 점에서 시골 금수저라 할 만한 친구가 한둘 있지만 군이 분류하면 목수저라 할 수 있고 흙수저 출신도 있다.

20대 후반에 어느 출판사에 들렀다가 일본 신문에 난 문학지 광고에 '여든 살의 봄'이란 제목이 있는 것을 보고 표제 자체가 걸작이란 생각을 했다. 그 나이까지 살아낸 것만으로도 용한데 거기다가 집필까지 계속하다니! 필자는 꽤 저명한 작가라 생각되는데 선망과 감탄을 금할 수 없었다. 원래 일흔을 노老라 한 것이 한자 문화권의 관행이었다. 하지만 회갑이면 노인 대접을 단단히 받던 시절이요 우리 쪽 문인 중에 그만한 연치에 이른 이는 거의 없었던 터였다. 그러나 정신없이 살다 보니 어라! 어느새 닿을 길 없이 아득하게만 여겨졌던 여든 나이에 접어들게 되었다. 마음 내키는 대로 처신해도 도道에 벗어나지 않게 되었다는 일흔 살밖에 공자는 이야기하지 못하였다. 이 거역할 길 없는 동방의 영원한 스승도 도달하지 못한 나이에까지 이르니 황송한 가외의 횡재라는 느낌이 드는 것은 당연하였다. 공자의 수壽는 일흔넷으로 다했던 것이다.

괜히 즐거운 엄살을 부리며 표정 관리한다고 넘겨짚는 선남 선녀가 있을지도 모른다. 불교에서 말하는 고해苦海에서의 장기간에 걸친 무자맥질을 뜻하는 장수가 과연 축복이기만 한가 하는 것은 간단한 문제가 아니다. 게다가 쑤시는 팔다리나 아픈 삭신으로 허우적거리는 모습은 옆에서 보기에도 민망하고 당사자 자신도 괴롭고 쑥스러운 일이다. 그저 죽지 못해 사는 것일 뿐인 경우도 있다. 내 무자맥질에 무엇 하나 보태준 것도 없으면서 무단히 눈을 부라리는 심술궂고 재수 없는 젊은 나그네도 없지 않다. 자기에게 돌아올 몫을 빼앗겨 배가 아프다는 심사이리라.

옛 중국 제나라의 환공桓公이 길을 잃고 헤맬 때 관중管仲이

늙은 말을 풀어놓고 그 뒤를 따라가 길을 찾았다 해서 노마지지老馬之智란 말이 생겨났다. 늙은 말의 지혜란 뜻이요 쓸모없어 보여도 괄시하지 말라는 함의가 있다. 그러나 오늘날 첨단 전자기기를 잘 다루는 것은 껑충껑충 잘도 뛰는 망아지나 뒷발질이 제법인 버르장머리 없는 젊은 말이지 비슬비슬 늙은 말이 아니다. 쓸모없고 생산도 못 하고 건강보험기금만 축내니 눈치꾸러기가 되는 것은 당연한 귀결이다. 오래 살면서 바쳐야 할 세금도 이래저래 소홀치 않다. 그래서 오래 사는 것은 곧 욕된 일이란 유서 깊은 말도 생겨난 것이리라. 뭐니 뭐니 해도 그러나 일회적 지상의 삶은 그 영락없는 일회성 때문에 기막히게 소중하고 아까운 것으로 다가오게 마련이다. 20년 전 20세기 말에 발표한 졸작이 다루고 있는 것도 그러한 문제다.

쇠똥에 딩굴어도 이승이 좋아
쇠똥구리처럼 말똥구리처럼
똥밭에 딩굴어도 이승이 좋다고
우리네 조선 사람 말하더니

死者를 다스리는 왕이기보다
(그러니까 염라대왕 되기보다도)
째지게 없는 집 종살이를 하더라도

따 위에서 땅 위에서 살고 싶노라
망자 아킬레스는 말하던데
정말로 그러한가? 지겹지도 않은가?

고개 드매 문득
그제 같은 하늘에
어른어른 몇 마린가 고추잠자리*

　위의 대목 중 "死者를 다스리는 왕이기보다/째지게 없는 집
종살이"가 낫다는 것은 아킬레스가 사자의 나라에서 오디세우
스에게 하는 말로서 호메로스의 『오디세이아』 11권에 보인다.
쇠똥에 뒹굴어도 이승이 좋다는 우리네 속담과 완전히 같은 소
리요 가락이다. 그렇기에 "이제 어서 가고 싶다"는 노인의 말처
럼 못 믿을 것은 없다는 속담도 있다. 노년의 가지가지 불편에
도 불구하고 목숨과 이승에 대한 애착은 끈질긴 것으로 관찰
된다.
　여든에 접어들며 가외의 횡재라는 느낌이 든 것은 과장이 아
니다. 부계가 단명한 편인데 부친은 56세에 세상을 떴다. 모친

---

* '고추잠자리'란 표제의 이 졸작은 1998년에 발표되어 『1998 현장비평가가 뽑은 올해
의 좋은 시』(현대문학)에 수록되어 있다.

이 91세에 돌아갔기 때문에 두 숫자를 합산해서 나눈 숫자에 알파를 더해 대충 75세를 내 기대수명으로 잡고 있었다. 그보다 더 견딜 수 있으면 다행이지만 최소한 지천명은 되어야 철이 든 채 하직하게 된다는 느낌이 들었던 것이다. 정년에 임해서 전액 연금으로 받을까 혹은 일부를 일시불로 받을까 하는 것을 누구나 고민하게 된다. 전액 연금은 오래 버티어내야 유리하다. 20년 몫까지는 연금으로 받고 나머지를 일시금으로 받기로 한 것은 정리해야 할 소소한 사안이 있었기 때문이기도 하지만 그보다 오래 버티어낼 자신이 없었기 때문이다. 그런 처지에서 여든으로 접어들었으니 가외의 횡재요 행운이라는 느낌은 필연이었다.

큰 어르신 공자나 희유한 행운아 괴테보다도 더 오래 버티어 낸 행운을 얻으면서 우리 사회에 대한 고마움을 더욱 절감하였고 새삼 우리의 현대사가 대견하게 생각되었다. 빈곤 추방을 위한 근대화 노력의 결과 향상된 생활수준과 제반 의료 체계의 진전이 기대수명 연장에 크게 기여했기 때문이다. 이에 따라 우리의 현대사를 폄훼하는 언사에 대한 거부감도 불어갔다. 그 점에 관한 한 동년배 향당들도 대체로 의견과 심정적 일치를 보여주고 있다. 의식 있다는 선진적 지식인들이 걸핏하면 우리 현대사가 치욕의 역사라고 말하는 것은 엄연한 현실을 외면하거나 절대빈곤이 얼마나 비참한 것인가를 경험할 필요가 없던 그들의 불구적 행운에 원인이 있다고 생각하게 된다.

이 땅에서 누릴 것을 가장 잘 누리면서 전혀 고마움을 느끼지 않는 것이 도덕적 정의인가 하는 것은 생각할 문제이다. 모두 제 복이요 능력이라고만 생각하는 것은 공동체의 일원이란 생각을 못 하는 소아적·유아론적唯我論的 발상이다. 모든 것을 사회 탓으로 돌리고 스스로의 책임을 면제시키는 주체의 부정과 함께 몰염치한 자기기만이다. 부족함과 부러움 없이 살면서도 없는 사람 편을 드는 자신이야말로 이해관계를 초월해서 정의 편에 선다는 선의의 자의식도 숙성된 자기기만이나 현시적 허영인 경우가 없지 않다. 정치로 연결되기 마련인 역사 인식과 현실 인식은 단순한 도덕적 감정 차원의 사안은 아니다.

후회막급

가외의 행운을 누리게 되면서 좀 더 적극적·생산적으로 살아왔다면 얼마나 좋을까 하는 회한이 일고 자책하게 되는 경우도 많다. 말 타면 경마 잡히고 싶다는 격이지만 "엽전이 별수 있냐"던 유행어에 공감했던 젊은 시절이 새삼 원망스러워지며 못나기만 했던 청춘이 부끄러워진다. 후회막심한 일이 한두 가지가 아니지만 요즘 절실하게 떠오르는 것은 독일어 공부를 중도이폐했다는 것이다. 고교 시절 독문학 전공의 교사를 만나 당시로서는 드물게 장하구 지음의 『독일어 교과서』 두 권을 다 떼었고 대학 교재에 실린 에커만의 『괴테와의 대화』 속의 발췌문을 큰 어려움 없이 읽었다. 사전을 끼고 계속 읽어나가면 되는 단계에서 그만둔 것이다. 만약 그때 지금처럼 서점 외서 코너에서 토마스 만이나 헤세의 책을 구할 수 있었다면 달라졌을 것이라고 생각하지만 그건 핑계고 사실은 나태하고 공부 욕심이 없었기 때문이다. 지방에서 박봉의 교원 생활을 하면서 제1외국어 하나도 변변히 못하는 주제에 괜한 욕심을 가질 필요가 없다고 지레 체념해버린 것이다. 가령 죽음이란 모차르트 음악을 못 듣게 되는 것을 의미한다고 했다는 아인슈타인의 말을 접하게 되면 괴테나 릴케의 시를 원문으로 읽는 희열과 행복을 손안에서 놓치고 만 것이 몹시 미련하고 아쉽게 생각된다.

독일어의 상실처럼 쓰리게 절감한 것은 아니지만 더러 생각나는 것은 그대로 간직해두었다면 희귀한 보배가 되었을 많은 우편물을 불살라 없앤 일이다. 이메일이 등장하기 이전에는 우편물이 가장 중요한 통신수단이었다. 전화도 1970년대 전에는 특수층이나 비치할 수 있는 사치스러운 통신수단이었다. 그러니 편지 주고받기가 지금보다는 썩 빈번하였다. 원고 청탁이나 원고 내기도 마찬가지였다. 일단 원고 청탁서를 우편으로 받으면 사정으로 못 쓴다든가 기일 내에 보내겠다는 답장을 보내고 이어서 등기로 원고를 보냈다. 나이 마흔에 서울로 올라왔으니 주고받은 편지나 원고 청탁서가 적지 않게 쌓였다. 대개 속이 허한 사람들이 물건을 버리지 못한다는 말이 있다. 그래서였는지 혹은 이렇다 할 세간이 없던 시절이어서 그랬는지 일단 내게 온 우편물을 버리지 않고 모아두었다.

그러다가 1966년에 청주교대에서 공주사대로 직장을 옮기게 되었다. 나로서는 별로 내키지 않는 전근이었는데 많은 세상사가 그렇듯이 자의 반 타의 반으로 그리된 것이다. 이사를 가려고 짐을 싸고 정리를 하는데 그때까지 모아둔 우편물이 학교 사무실 캐비닛 공간의 4분의 3을 차지하고 있었다. 태반은 원고 청탁과 관련된 우편물이고 나머지는 주고받은 편지와 연하장 등이었다. 고향 친구나 문학 습작생들이 보내온 편지도 있고 학생들의 부탁 편지도 있었다. 그리고 문단 선배나 동료들에게서 온 편지도 적지 않았다. 처음엔 선별해서 보관하려 했으나 막상 작업을 진행하고 보니 모두 버리기 아까웠다. 뒷날 꺼내 보면 옛일이 떠오르게 될 문서라 생각하니 모두 소중해 보였다. 그렇다고 편지 보따리를 상자에 넣어 이삿짐으로 포장하는 것도 비현실적인 일로 비쳤다. 생각 끝에 일괄처리해서 모두 폐기하기로 하고 우편물 전부를 학교 실습지로 옮겨 불살랐다. 운반과 소각을 도와준 학교의 어린 사환은 언제 이렇게 많은 우편물을 받았느냐며 연신 탄성을 질렀다.

그때 만약 지천명을 넘어서고 숫자 놀음(나이는 숫자에 지나지 않는다는 말이 있지 않은가!)에 관한 한 브레히트도 사르트르도 엘리엇도 가와바타 야스나리도 모조리 완파하게 되리라는 것을 알았다면 나는 그 보물들을 불사르는 바보짓을 저지르지 않았을 것이다. 『김수영 전집』 간행이 준비될 무렵 "혹시 오빠에게서 받은 편지 가지고 있는 것 없느냐"는 김수명金洙鳴 여사의 질문을 받고 엽서를 보관하지 못한 점에 어떤 죄책감 비슷한 것을 느꼈다. 그것이 기점이 되어 잘못을 뉘우치게 되는 계제가 자주 생겨온 셈이다.

그때 사라진 우편물 가운데서 박목월, 박남수, 김수영, 강신재 선생, 그리고 홍사중, 이형기, 박성룡 씨에게서 받은 엽서는 내용까지 분명히 기억하고 있다. 격식을 차린 봉서 편지로는 선우휘, 전광용, 박경리, 송욱, 정명환, 서근배 선생을 비롯해서 말을 트고 지낸 사이인 서기원, 박희진, 성찬경, 한남철, 이호철에게서 온 것이 다수 있었다. 송욱 선생의 편지 내용은 뒷날 『한국인과 문학사상』이란 단행본에 수록된 논문을 쓰라는 하명이었는데 공동 저자가 많은 만큼 통일을 위한 상세한 지침이 꼼꼼히 적혀 있어 깐깐한 성격이 잘 드러나 있었다. 정명환 선생의 편지는 내 편의 사신에 대한 답장이었는데 흐트러짐이 없는 정연함이 있어 그대로 에세이의 연장이란 생각이 들었다.

이 편지들은 각각 작성자의 인품과 성격을 잘 드러내어 문학적 자료로서도 귀중한 가치를 가지고 있다. 글은 사람이란 옛 공리公理를 믿는 편인 나로서는 편지와 글체에 담긴 인간미나 취향의 여운이 더 없이 소중해 보여 보물이란 말을 쓰는 것이고 그만큼 아쉬움도 큰 것이다. 참석 못 하는 경우에는 축전이라도 보내달라는 추신이 달린 어느 시인의 출판기념회 초대장도 있었다. 기초가 안 된 습작품을 보내면서 평을 부탁하는 시골 청년도 많았다. 네가 무얼 안다고 까부느냐며 악담과 육두문자가 뒤섞인 장문의 협박장을 보낸 언론인 박석기朴石基 씨의 것도 흥미진진한 자료가 될 터인데 참 아깝기 짝이 없다.

승산 없는 싸움 속에서

한 시력 약자의 독백

양수겸장의 안질

작년 3월에 오른쪽 눈 백내장 수술을 하고 나서 시력이 현저하게 약화되었다. 안경 쓰고 0.8이 나오던 시력이 반년이 훨씬 지나서도 0.5밖에 나오지 않더니 영 그렇게 굳혀지고 말았다. 집도한 안과 교수는 수술이 성공적이라 말했고 그 말을 믿고 있었지만 시력은 떨어지고 만 것이다. 1980년대만 하더라도 여유 있는 층에선 일본 가서 백내장 수술을 한다는 말을 듣기는 하였다. 그러나 우리 쪽 의술의 발달로 백내장 수술은 동네 안과에서도 위험도가 낮은 수술로 이해되고 있는 실정이라 적지 않은 액운이라 할 수밖에 없다. 수술 후 각막부종이 있어서 그쪽으로 유효한 투약을 했으나 효험이 없었다. 각막 전문가는 당뇨병

을 가지고 있는 이에게 각막부종이 일어나는 경우가 있는데 당
뇨 환자가 아니라서 자기도 설명이 안 된다며 방법이 있기는 한
데 칼을 대야 한다고 했다. 그대로 둘 경우에 악화되느냐는 질
문에 각막세포 수효가 넉넉해서 악화될 확률은 아주 적다는 대
답이었다. 그렇다면 현재 상태로 견디겠다고 말하였다. 각막 전
문 교수는 약간 머뭇하는 빛이었으나 환자의 의향에 별말은 없
었다.

수술 후의 시력 약화를 집도 교수 탓으로 돌리고 싶지 않고
또 돌리지도 않고 있다. 고령 탓으로 신체 기관의 복원력이 취
약해진 탓이려니 생각한다. 안과 검사 전에 동공확대 약을 눈에
넣는데 길어도 여섯 시간이면 복원이 된다더니 일곱 시간은 넘
어야 원상태로 돌아왔다. 물론 정확한 측정을 한 것은 아니고
어림짐작으로 그런 것이지만 고령에서 오는 신체 기관의 유연
성 상실 탓이려니 생각하고 있다.

왼쪽은 요즘 널리 알려지게 된 황반변성과 근 20년 가까이
싸우고 있다. 처음 황반변성을 알게 될 때만 하더라도 전문의
도 많지 않았고 병명도 알려지지 않았다. 영어로는 macular
degeneration이라 하는데 20세기 후반에 나온 저쪽 가정용 의
학책에도 등재되지 않은 안질이다. 따라서 처음 병원 측에서 신
속하게 대응하지 못해 많이 악화된 후에야 치료에 착수하게 된
것이다. 당시 200만 원이 넘는 고비용 레이저 치료도 받아보고

일자이후 안구 주사도 50여 회를 맞았다. 처음엔 아바스틴이란 약을 안구에 주사했는데 본시 대장암 환자에게 투약하던 것을 안구에 주사하니 효험이 있어 쓰이게 된 것이다. 그러다가 루센 티스란 황반변성 전용의 주사약이 나왔고 요즘엔 그보다 약 효 험 기간이 길다는 아일리아란 신약도 나왔다. 이런 신약의 난점 은 값이 굉장히 비싸다는 것이다. 1회 100만 원 수준인데 최근 에 건강보험을 적용받게 되었지만 횟수가 한정되어 있어 상습 적 피주사자에겐 혜택이 단기간에 끝날 수밖에 없다.

안구 주사는 처음엔 공포 그 자체였다. 상상 속의 공포 예감 은 실제 공포보다 더 지독한 법인데 20초가 안 된다고 하지만 안구가 뻐근하고 기분이 되게 고약하였다. 초기엔 긴장으로 진 땀이 많이 나서 간호사가 침대로 끌고 가 눕혀줄 정도였다. 사 람이란 난경에 곧 익숙해지는 짐승이란 것을 재확인한 것이 상 습적 안구 주사 수혜 후의 뒷지혜요 깨우침이라면 깨우침이다. 안구 주사 후 사흘간은 감염 위험 때문에 물 세수도 금기이고 일주일간 항생제 안약을 투약해야 한다. 한 달간은 공중목욕탕 이나 수영장에 가지 말라고도 하는데 교통사고 안 당하기 위해 아예 외출을 하지 않는 셈이 아니냐고 생각하면서도 께름칙해 서 공중탕엔 가지 않는다. 수영장은 고급 호텔이 아니라면 문제 가 많다고 하여 이미 오래전에 발을 끊었다. 초기엔 주사 후 한 사흘 동안은 벌겋게 충혈이 되어 사람 만날 때마다 인사받는 것이 부담스러웠는데 안과 의사들의 경험 축적 탓인지 요즘엔 별로 흔적이 뚜렷하지 않아 그나마 다행이다. 황반변성이 고약한 것은 완치가 불가능하며 더 악화되지 않고 현상 유지만 되면 고맙게 생각해야 한다는 점이다. 안구 주사란 고문과 고비용 때문에 그냥 방치해버릴까 생각한 적도 있다. 별 쓸모없는 0.05의 시력 유지를 위해 얼마나 많은 시간과 불편을 지불해야 하는가 하는 회의감이 들었기 때문이다. 겪어서 다들 알고 있듯이 종합병원에서 진찰과 검사와 치료를 받으려면 아무리 의사 면접 시간이 정해져 있더라도 반나절은 걸리게 마련이다. 그러나 불이 아주 꺼지게 되면 시야가 좁아져 일상생활에서 위험이 따른다는 말에 그런 배포도 단념할 수밖에 없었다. 그리고 정기적으로 고비용과 허다한 불편을 감수하면서 울며 겨자 먹는 짓거리를 근 20년 가까이 계속하고 있다.

일자이후

왼쪽 눈이 이 지경인데 믿었던 오른쪽마저 부실해졌으니 처음엔 암담한 기분이었다. 죽어라 죽어라, 하는구나! 신문을 보려면 확대경을 써야 편해서 그냥 큰 제목만 보고 멀리하였다. 차라리 다행이 아니냐고 자신을 위로해보기도 했다. 그까짓 뉴스 면을 보았자 맞지도 않는 예단이나 풍문 수준의 불확실한 추측과 봉이 김선달 같은 광대들의 헛소리나 듣게 되는 것이 아닌

가. 세상모르고 역사 공부도 한 바가 없는 철부지들의 옅은 생각 혹은 은폐된 선전 문구나 접하게 되는 것이 아닌가. 내가 만약 학생이라면 신문 따위 읽고 불안해지거나 마음의 동요를 겪기보다 정신 집중해서 전문 분야 공부를 착실하게 할 것이라고 진지하게 학생들에게 말한 적도 있지 않은가. 그러면 왜 선생은 신문을 읽고 신문에 글도 쓰느냐는 반문에는 바로 그러하기 때문에 신문의 잠재적 유해성을 잘 알고 있고 나의 실패가 타산지석이 되도록 이런 말을 하는 것이라고 강력하게 역공하고 역습하지 않았는가.

이렇게 자신을 다잡아보았고 자기설득에 어느 정도의 성공을 거두기도 하였다. 그러나 작심삼일도 안 되어 자기 설득은 허사가 되고 만다는 자괴감을 금할 수 없었다. 마음은 다시 어두워졌다. 아니 더 암담해졌다고 하는 편이 사실에 가까울 것이다. 아이들을 모두 내보내고 난 후에 생긴 빈방들을 가득 채우고 있는 책장과 책으로 시선이 가는 순간 나의 번지르르한 자기설득은 와르르 무너지고 마는 것이 아닌가. 방 두 개를 가득 메우고 있는 책 중 절반은 저자나 출판사에서 기증받은 것이다. 개중에는 필요 없어 보이는 책들도 적지 않지만 정성 들여 보내준 책을 타인에게 넘기거나 처분하는 것은 죄를 짓는 것 같기도 하고 뭔가 저질러서는 안 될 비행같이 느껴져 그대로 두고 있다. 저자의 정성이 담긴 기증본에는 사실 언젠가는 필요해서 펴볼 기회가 있을 것만 같아 딴생각을 할 수 없게 된다. 이때 책은 단순한 물질이나 물건이 아니고 저자의 육신이나 정신의 일부가 들어 있는 것 같게만 느껴지는 것도 부정할 수 없다.

그러나 정말로 정이 가는 것은 남루하고 빈주먹뿐이었던 젊은 시절에 사 모은 책들이다. 오늘에 이르도록 평생 술을 하지 않았는데 가장 큰 이유는 젊은 날에 용돈이 없어서였다. 푼돈이 생기면 책부터 사고 보았다. 당장 읽어볼 책이 아니라도 언젠가는 읽으려니 하고 사 모았다. 자연히 값싼 문고판 같은 것이 소장본의 주류를 이루고 있다. 도서관 같은 데 읽고 싶은 책이 구비되어 있는 것도 아니고 도서관도 없는 시골에서 살다 보니 읽을 책은 직접 구매해서 소장하는 수밖에 없었다. 책 욕심은 많았으나 읽어내고 활용할 시간도 견고한 실천 의지도 갖추지 못했다. 따라서 독파한 책은 사서 모셔두기만 한 책들에 비해 턱없이 부족한 소수파로 남아 있다. 돌이켜보면 책을 일단 소장하면 책의 영혼이 자동적으로 내 의식이나 기억으로 편입되어 내면화될 것이란 허무맹랑한 주술적 망상에 사로잡혀 있던 것이 아닌가 생각되기도 한다. 그렇지 않다면 읽지도 못할 숱한 책을 무엇 하러 쌓아놓기만 한 것인가. 애써 모은 소장본을 이제 이 눈 가지고는 읽을 수 없다고 생각하니 참담하고 허망한 생각이 들면서 뜨듯한 것이 볼을 타고 흘렀다. 아직도 잉여의 온수가 망가진 눈 속에 남아 있다는 것에 생각이 미치자 가당치 않게 노여운 심정이 되기도 하였다.

사놓은 책을 다 읽지도 못하고 무용지물로 만들었다는 사실만이 중요한 것도 아니고 회한으로 다가오는 것도 아니다. 사모은 책에는 내 삶과 기억의 자연사自然史가 배어 있다. 그때그때 살까 말까 망설이다가 산 경우가 많아서인지 대부분의 책은 대충 언제쯤 어디서 입수한 것인지를 기억하고 있다. 가령 책장 안침 한구석엔 완전히 고서가 되어버린 일본 이와나미문고판 『한산시寒山詩』가 박혀 있다. 1934년에 나온 이 주석본은 해설 포함 279페이지로 정가는 40전錢으로 나와 있다. 내 나이보다 한 살 위인 이 문고판은 환도하던 1953년 늦가을에 종로의 고서점에서 구한 것이다. 당시의 서울은 전쟁의 상흔이 역력한 터여서 황량한 감도 없지 않았지만 지금 생각하면 산책하기가 참으로 이상적인 도시였다. 광화문에서 종로6가에 이르는 대로변에 고서점이 대여섯 군데나 있어서 책 구경하기도 좋았다. 한산습득寒山拾得은 전설적인 존재여서 언젠가는 완독하리라 생각하고 싼값이라는 맛에 산 것이다. 당장 필요한 것이 아니어서 통독은 안 했지만 틈틈이 읽어본 것은 사실이다. 그래서 옛날 소련으로 망명해 간 『낙동강』의 작가 조명희의 아호 포석抱石이 사실은 『한산시』에서 따온 것이 아닌가 하고 생각하게 되었다. 구매한 지 오래된 것으로는 또 어빙 배빗Irving Babbitt의 『루소와 낭만주의Rousseau and Romanticism』가 있는데 역시 1950년대에 낙원동 입구의 국제서림이란 외서 전문 서점에서 구득한 것이다. 저자가 시인 엘리엇의 스승뻘이라는 후광도 있고 해서 성가가 높았던 비평서이다. 낱권 하나하나가 모두 내 상상 속의 연대기가 되어 있고 내 서점 순례의 대동여지도가 되어 있다.

이러한 사적 자연사박물관이랄 수 있는 책들과 이제 연을 끊고 살아야 한다고 생각하니 암담한 심정을 가눌 길이 없었다. 바람 잘 날 없는 기구한 한반도에서 태어난 주제라 호강스러운 여유와 평온한 삶은 애초부터 바라지도 않았다. 그나마 세속의 미세먼지가 엷은 편인 학교란 준準치외법권적 조계租界가 있어 평생 젊은 학생들과 책을 읽고 책을 이야기하며 살아온 것을 행운이라 생각하며 때로 추워지는 마음을 감싸온 터이다. 구차하고 고단한 가운데서도 좋아하는 음악을 듣고 가끔 산행을 하면서 행복은 가까이에 있고 그것은 주어지는 것이 아니라 우리가 만들어내야 하는 작품이라고 우기기도 하였다. 삶의 낙이요 벗이 되어온 책들과 담을 쌓는다고 생각하니 그 무섭다는 우울증이 접근해온다는 예감 같은 것을 느끼게 되었다. 실명에 앞서 우울증이 오는 게 아닌가. "네 저승사자는 우울증이니라"라는 불분명한 화자의 목소리를 들은 것 같아 소스라쳐 잠에서 깨어나기도 했다. 세상에서 가장 답답하고 듣기 싫은 소리가 사랑 잃은 자와 고질병 환자의 자기연민으로 가득한 장광설이란 것을 알고 있기 때문에 누구에게도 터놓고 얘기하지 않으니 사정은 어려워져만 갔다.

체념의 위안

이러면 안 된다 생각하고 정신을 차려 내가 다시 구조를 청한 것은 아래를 보고 살라는 유서 깊은 속설을 향해서이고 "삶은 병정 노릇하는 것"이라고 가르치는 스토이시즘을 향해서였다. 내려다보라는 속담을 되뇌이자 제일 먼저 떠오르는 것은 뒤늦게 태어난 덕에 그나마 많은 혜택을 누리고 있다는 사실이었다. 황반변성이란 고약한 안질이 인지되고 치료약이 개발된 것 자체가 근자의 일이다. 현대의학의 혜택을 받고 지금껏 시력을 유지하고 있다는 것 자체가 일찍이 없었던 축복이 아닌가. 불과 두 세대 전만 하더라도 백내장으로 실명하는 사람들이 많았다. 백내장은커녕 각막연화증이란 안질로 유아기에 실명되는 경우도 아주 흔했다 하지 않는가.

하사마 후미카즈의 『조선의 자연과 생활』에 따르면 해방 직전 한국의 맹인 수는 약 2만 명에 달했다. 당시 반도인이라 했던 한국인 인구는 2천 600만 명으로 추산되고 있었으니 인구 대비 적지 않은 숫자이다. 트라코마나 백내장도 주요 실명의 원인이었지만 영양부족에서 오는 유아기 안질이 가장 큰 원인이었다. 어른인 경우엔 야맹증 때문에 미리 손을 써서 최악의 불행은 모면할 수 있었지만 밤눈이 어둡다는 것을 자각하지 못하는 갓난이나 어린이의 경우엔 속수무책으로 당할 수밖에 없었던 것이다. 거기에 비하면 노년에 이르도록 불편 없이 시력을 유지해온 것은 큰 행운이라 하지 않을 수 없다. 아니 아는 이가 전혀 없어 보이는 저자의 희귀본을 내가 접할 수 있어 안질의 무서움을 알게 된 것 자체가 내게 고약한 안질을 안겨준 보이지 않는 손의 특별한 배려 때문이 아니었을까? 일단 마음을 고쳐 먹어야 한다고 작심하고 나니 별의별 생각이 다 들면서 광명과 긍정의 손전등이 비치어 오는 것 같은 느낌이었다.

그러면서 안질에서 오는 불행을 겪은 이들의 이름도 떠올랐다. 맹목의 처지로 웅장한 서사시를 구술했던 밀턴의 이름이 떠오르고 쉰이 조금 넘는 짧막한 생애의 후반에 한쪽 눈을 실명한 하인리히 하이네의 경우도 떠올랐다. 하이네가 사랑했던 모친은 독일어에 능통하지 못한 처지였고 널리 유통되는 유행어에 대한 저항이 그에게 결여되어 있는 것은 왕따당한 사람의 과도한 모방 열의 때문이라고 아도르노는 「하이네라는 상처」에 적고 있다. 유대인이었던 하이네가 처해 있던 곤경을 고려하면 박용철이 1930년대에 얼마쯤 서투른 솜씨로 번역해서 도리어 치졸미의 매력을 갖게 된 「남의 나라에서」 같은 소품도 범상치 않은 울림을 갖는다.

나도 옛날엔 아름다운 모국이 있더니라.

거기에 참나무 높이 자라 오르고

시르미꽃 고요히 흔들리더니

아, 그는 꿈이었어라.

시악시 나를 입 맞추며 우리 독일말로

이히 리베 디히(내 너를 사랑한다)

그 소리 얼마나 좋은지 남이야 알라디야.

아, 그도 꿈이었어라.

감동적인 슈니츨러의 단편 「맹인 제로니모와 그의 형」이 떠오르고 앙드레 지드의 『전원교향곡』이 떠올랐다. 교통이 혼잡한 근대도시 더블린의 한복판을 지팡이 짚은 한 맹인이 횡단하자 위태로운 장면을 목격한 한 도시인이 생각한다. "맹인은 어떠한 꿈을 꿀 것인가 아니 꿈을 꾼다는 것이 과연 가능하기나 할까? 그에게 있어 정의란 대관절 무엇일까?" 『율리시즈』의 첫머리 부분에 보여 독자에게 충격을 주고 사색으로 인도하는 이러한 대목은 작가 조이스가 시력 약자라는 사실과 연관된다 해도 틀림없을 것이다. 시력 약자로서 요가를 통해 이를 극복했다는 영국의 올더스 헉슬리가 한 장편소설에 '가자에서 눈멀어'란 표제를 단 것도 우연은 아닐 것이다. 만년에 거의 맹인이 되어 사물의 윤곽은 보이지 않고 누런빛만 보였다는 아르헨티나의 보르헤스를 생각할 때 호메로스 이후 문학 쪽 시력 약자의 계보는 면면하고 막강하기조차 하다. 범죄자가 많은 공범자를 만들어 불안을 해소하고 혁명가가 될수록 많은 동반자를 찾아내어 고독을 소탕해버리듯 이러한 자유 연상은 많은 시력 약자를 찾아내어 위안을 받으려는 심사가 빚어낸 랩소디일 것이다. 맹인이기 때문에 예언 능력을 갖게 된 저 테이레시아스를 떠올리며 시력 약화를 벌충하는 특수 능력의 기적을 바란다 하더라도 그것은 허황하다기보다 가련하다고 해야 할 심사이리라.

그러나 따지고 보면 이 모든 재앙과 불편은 사실상 고령이라는 사실과 연관된 것이다. 홍길동은 축지법에도 통달한 초능력자인데 완판본을 따르면 일흔에 율도국 왕위를 양도하고 일흔둘에 세상을 뜬다. 초능력자도 아닌 터수에 여든까지 살면서 병고 없는 무병을 바란다면 소도둑의 심사가 아니고 무엇인가. 1가구 1주택에도 무지막지한 세금을 때리는 반도에서 꿀 먹은 벙어리처럼 살면서 응분의 세금도 내지 않고 고령자의 신분을 누리려는 게 말이 되는가. "삶은 병정 노릇하는 것"이란 스토이시즘의 격언에 전적으로 공감한다면서 부상과 상처 없는 수자리 생활을 바란다면 기막힌 모순이 아닌가. 이렇게 되풀이 반문하고 설득하고 자신을 다독이며 위기를 넘겼다. 이 나이에 남의 도움 없이 외출하고 버스 타고 다니며 반가운 얼굴과 보기 싫은 상판을 식별할 수 있다는 것이 얼마나 큰 축복이며 은총인가. 이렇게 생각하니 마음이 편해졌다. 체념에서 오는 위안을 수용하며 기품 있는 만년을 가꾸어야 한다는 생각도 들면서 해야 할 일이 많다는 심정이 된다. 섣달그믐과 설날에 부지런을 떤다는 게으른 머슴 짝이 된 것이다.

기술공학의 발달 덕분에 시력 약자의 난경도 크게 완화될 수 있다는 것도 사실이다. PC나 워드프로세서에서 활자 크기를 조정할 수 있어 그 이점은 이만저만이 아니다. 또 전자책의 등장도 막강한 편의가 된다. 아마존의 킨들을 활용하면 거의 모든 책을 큰 활자로 볼 수가 있다. 새 전자기구를 활용하는 데는 늘 어떤 머뭇거림이 따르는데 잽싸게 시류를 타는 것 같은 불편한 자의식 때문이다. 고려대 이남호 교수의 시범을 따라서 킨들을 구매하고 활용하기 시작한 지 7년이 된다. 종이책에 비해서 불편한 점도 있었지만 익숙해지니 장점도 많고 이제는 필수품이 되어 장단점을 거론할 처지가 아니다.

우리 사이에선 한때 금서가 되었던 『한국전쟁비사』의 저자로 알려진 I. F. 스톤은 81세에 『소크라테스의 재판』을 상자했다. 백내장으로 말미암아 매킨토시 워드프로세서의 24호 활자를 사용해서 원고를 작성했다고 한다. 24호는 그야말로 주먹만 한 활자이다. 이렇게 장엄하고 비장하기까지 한 사례를 떠올리며 위안과 격려를 받으려 하고 또 거기에 성공하고 있다. 그러나 그것은 이성의 빛이 쨍쨍하게 비추는 낮 동안의 일이다. 심층적인 것이 수면에 떠오르는 한밤중에는 가끔씩 썰렁한 비감 같은 것이 가슴을 훑고 지나가 잠에서 깨어나 아직도 수양이 덜 된 자신을 꾸짖는 경우가 있다. 이렇게 고백하는 것은 정직이 사람의 의무라 생각되기 때문이다. 이 초라한 독백이 비슷한 시력 약자에게 조그만 위안이라도 되어주기를 바란다.

어느 독자와의 만남

또 하나 이산의 아픔

　작년 봄 『회상기—나의 1950년』을 상자한 직후에 어느 독자분의 전화를 받았다. 『현대문학』 편집부를 통해 가까스로 전화번호를 입수해 연락한다면서 조금 길어져도 괜찮겠느냐며 이야기를 시작했다. 다름 아니라 책에 착오가 있어서 알려준다는 취지였다. 소싯적 10대 중반에 겪은 6·25를 다룬 이 책에는 충북 충주 소재 동인同仁병원 이야기가 나온다. 당시 유행성 결막염에 걸려 좀처럼 낫지 않아 공습의 위험을 무릅쓰고 두 번이나 병원을 찾았으나 의사를 보지 못했다. 책 속에는 이러한 대목이 있다.

　동인병원은 해방 전 초등학교 시절 귀앓이 때문에 다녀본 일이 있는 병원이었다. 그때만 하더라도 병원과 의원의 구별이 없었던 것 같다. 아프면 가는 곳이 병원이었다. 그리고 중학 시절 가래톳이 심해서 가본 적도 있었다. 동인병원 의사는 정씨 성을 가진 이로 깔끔한 얼굴에 안경을 쓰고 있었다. 그런 옛일이 떠올랐다.

전화를 걸어온 독자는 자기가 책 속에 나오는 동인병원 의사 딸이라며 아버지가 안경을 쓴 것은 사실이나 정씨가 아니라 서씨라고 했다. 조금 민망해진 기분으로 옛일이라 착오가 생긴 듯한데 우선 미안하다는 것, 기회가 되는 대로 정정을 하겠노라고 말했다. 의사의 따님은 아버지의 함자가 형수炯洙라고 또박또박 알려주었고 그 책을 읽게 된 사연을 역시 또렷한 목소리로 차근차근 전했다. 침착하지만 만감이 오가는 듯한 소회가 전화를 통해서도 느껴졌다.

우리 나이 여덟 살 때 전쟁이 났고 그해 가을에 의사 아버지는 먼 길을 가야 한다며 집을 나간 후 소식이 끊어졌다. 아버지와 함께 살던 어린 시절이 가장 행복했던 시절이어서 지금도 충주에 대한 간절한 그리움을 가지고 있다. 한참 전에 일부러 찾아가보기도 했으나 예전에 살던 집도 찾을 수 없고 어디가 어디인지 도무지 분간이 가지 않았다. 충주라는 활자가 보이면 별나게 눈으로 튀어온다. 우연히 신문 기사를 통해 『회상기―나의

1950년』의 무대가 충주라는 것을 알고 구해 보았다. 그랬더니 뜻밖에 동인병원 얘기가 나와서 너무나 반갑고 고마웠는데 부친 성씨가 잘못된 것이 애석하게 느껴져 이렇게 겸사겸사 전화를 드리는 것이라는 게 요지였다. 흔히 말하는 6·25 비극의 또 하나의 사례를 접하는 것 같아 그 후 어떻게 살아왔느냐는 물음이 절로 나왔다. 대답을 요약하면 이렇게 된다.

가을 이후 줄곧 부친을 기다렸으나 소식이 없었다. 그러다 1·4후퇴 때 온 식구가 부모의 고향인 전남 나주로 내려갔다. 걸어서 스무하루가 걸렸다. 그 와중에 막내인 돌도 안 된 여동생을 폐렴으로 잃었다. 처음 나주의 외가에서 기거하다가 독립을 했다. 외가에서 모친에게 집을 하나 마련해주었으나 경험도 능력도 없는 모친은 간수를 못 했다. 그래서 공부도 많이 못 했고 방송통신대학에서 전산학과를 나와 한국한센복지협회에서 일하다 전산실장으로 퇴직했다. 늦게 결혼해 소생이 없고 그나마 남편이 암으로 오랜 투병 끝에 돌아갔다. 현재 독거노인인데 먹을 걱정은 하지 않는다. 오빠와 남동생은 미국으로 이민 가 사는데 오빠가 9월에 고국 방문을 하기로 되어 있으니 그때는 꼭 한번 만나 뵙고 싶다.

전화를 받고 궁금해지는 것은 동인병원 원장 서형수 씨를 어떻게 정씨라고 기억하고 그리 적었느냐 하는 것이었다. 책 전체의 맥락에서 볼 때 서씨건 정씨건 큰 문제가 되는 것은 아니다.

의사가 깔끔한 얼굴에 안경을 쓰고 있었다는 인상착의를 제대로 적은 것만 가지고도 일단 낙제 점수는 면한 게 아닌가, 하고 자신을 위로했다. 그러나 영 개운치가 않았다. 처음부터 성씨를 적지 않았으면 모르되 왜 서씨가 정씨로 변했느냐 하는 것이 용납되지 않는 수수께끼였다. 그런 후 한참 있다가 고향 친구를 만나 이것저것 얘기하다가 사변 당시 충주도립병원 원장이 정인희鄭仁熙 씨로 충주 출신의 실업가이자 국회의원을 지낸 정상희鄭商熙 씨의 계씨라는 것을 알게 되었다. 그러자 의문이 풀렸다. 도립병원 원장 정씨를 막연히 기억하고 있던 터라 동인병원 원장에 그 정씨를 대입한 것이 아닌가, 하는 생각이 들었기 때문이다. 나중에 들으니 도립병원 정 원장과 동인병원 서 원장이 세브란스의전 동창으로 친하게 지내는 처지였다 한다. 영이별하게 된 아버지에 대한 향념 때문에 자녀들은 아버지에 관해서 들은 바를 세세히 기억하고 있었다.

9월로 들어선 어느 날, 옛 동인병원 원장의 장남이라는 분의 전화를 받았다. 누이를 통해서 이야기를 들었고 예정대로 한국으로 들어왔다는 기별이었다. 우리는 날짜와 장소를 정해서 만나기로 약속했다. 장남 내외분, 처음 내게 연락을 했던 따님과 점심을 같이했다. 장남이 쥐눈이콩밥과 청국장을 먹고 싶다 해서 그리 통일을 했고 점심이 끝난 후엔 차를 마시면서 이야기를 나누었다. 주로 듣는 입장이었던 내가 적어둔 가족사를 요약하면 다음과 같다.

부친 서형수 씨는 1912년생이고 모친은 1909년생인데 모친이 1999년에 세상을 떴다. 슬하에 2남 2녀를 두었는데 장남 광일光逸 씨는 1942년생, 딸 순자純子 씨는 1943년생이니 각각 우리 나이 아홉 살과 여덟 살에 아버지와 헤어진 것이다. 그 아래 남동생이 세 살이었고 막내인 여동생은 돌이 되지 않은 갓난이였다. 한동안 떨어져 있게 될 터이니 어머니 말을 잘 들어야 한다고 아버지가 특별히 일러준 당부를 장남은 생생히 기억하고 있었다. 경북 경산에 있는 메노나이트직업학교를 나왔는데 미국인 교장의 주선으로 공부를 계속했고 검정고시를 거쳐 영남대 전신인 대구대를 졸업했다. 역시 메노나이트위원회의 도움으로 도미하여 인디아나주립대를 나와 공인회계사가 되었다. 그러나 한국인이어서 의뢰인이 별로 없는 데다 교포의 경우는 대개 탈세나 범법적인 의뢰가 많아 회계사 일을 그만두었다. 보스턴 교외의 흑인가에서 가발과 보석상을 하며 살아왔는데 이제 나이도 있고 해서 가게를 동생에게 맡기고 은퇴한 처지라고 하였다. 위로 삼아 나의 경우 정년퇴직하고 나서 처음으로 행복감을 느꼈다고 말하자 동석한 부인은 자기도 그렇다며 맞장구를 쳐주었으나 정작 당사자는 별 반응을 보이지 않았다.

사변 전 병원에는 사촌 형과 백씨 성을 가진 사람이 조수로 있었다. 이들도 모두 부친이 집을 떠날 때 전후해서 북으로 끌려갔다. 그런데 북으로 갔던 사촌 형이 이산가족 상봉 때 숙부인 서형수 씨와의 만남을 신청했고 부친을 대신해서 2004년 금강산에서 2박 3일 일정으로 상봉을 했다. 사촌은 약사가 되었는데 숙부가 남쪽에 있는 줄 알고 신청을 한 것이었다. 함께 북으로 갔던 백 씨는 그 후 의사가 되어 소식을 주고받았으나 정작 숙부는 통 보지도, 소식을 접하지도 못했다고 했다. 북에서 못 만났으니 필연 북으로 가는 도중이나 그 직후에 변을 당한 것이 아니겠느냐는 것이 당시 사촌 형제들이 내린 결론이었다. 그러니 서형수 씨 자녀들은 그야말로 부친의 생사를 알지 못한 채 살아온 셈이다. 1999년에 작고한 모친은 더구나 그런 사정조차 모르고 세상을 뜬 것이다. 차라리 그 편이 나은 것인지도 모르지만.

나는 서형수 씨의 성을 잘못 적은 것을 변명 삼아 충주도립병원 원장의 성과 혼동한 것 같다고 말하였다. 그러자 남매는 어려서 도립병원 원장과 부친이 친하게 지냈다는 것을 어렴풋이 들은 기억이 난다고 말했다. 그러면서 부친이 의사가 된 후 첫 직장이 충북 음성에 있는 어느 광산이었는데 거기서 꽤 오래 근무했고 보수가 괜찮아 그때 모은 돈으로 충주로 가서 개업을 했다는 말을 모친에게 들었다고도 하였다. 북으로 가는 도중이나 그 직후에 변을 당한 것 같다는 자녀들의 말을 듣자 어릴 적에 보았던 동인병원 의사의 얼굴이 어렴풋이 떠올랐다. 깔끔한 얼굴에 안경을 쓴 그는 세상에서 말하는 약질형의 인물로 내 기억 속에 남아 있었다. 물론 그것은 순간적으로 떠오른 환상일 수도 있다. 그러면서 생각나는 것이 사변 당시 역시 충주에서 개업하고 있던 남명석南命錫 박사였다.

뒷날 서울대 의대 신경정신과에서 가르친 남명석 선생은 세브란스의전을 나온 후 일본 후쿠오카 소재 규슈대학에서 학위를 한 뒤에 충주에서 개업을 하였다. 그의 아우 남정현南正鉉이 마침 초중등학교 동기이기 때문에 가장 많은 책을 소장한 충주 수일의 장서가라는 것을 일찌감치 알고 있었다. 방 하나가 온통 책으로 가득 차 있었는데 두툼한 책도 많았지만 일본의 이와나미문고가 책장 하나를 차지하고 있어 보기만 해도 황홀한 느낌이었다. 본시 남 선생은 서울 사람이고 그 부친은 화신백화점에서 과장으로 근무한 터였다. 태평양전쟁 말기에 외가가 있는 충주로 이른바 소개疏開*를 온 처지여서 처음엔 온천지 수안보에서, 나중엔 충주에서 개업을 한 것이다. 당연히 그도 9월 하순쯤에 인민군 군의관으로 끌려갔으나 북으로 가는 도중 탈출에 성공하였다. 5·16 당시의 육군참모총장 장도영이 사단장으로 있

---

* 공습이나 화재의 피해를 줄이기 위해서 집중된 인구나 시설을 분산시키는 것을 말한다. 태평양전쟁 말기 미군 폭격기 B29가 서울 상공에 나타날 즈음 적지 않은 서울 인구가 시골 연고지로 내려갔다. 미군기의 공습이 심했던 일본에서는 수도뿐 아니라 도시 대부분에서 소개를 실행하였다.

던 6사단에 합류하여 이번엔 우리 국군 군의관이 되고 중령 계급을 받았다. 내가 이렇듯 그의 탈출 전후를 비교적 소상히 알고 있는 것은 1·4후퇴 이후 가족에게 연락이 되어 그 아우가 6사단으로 면회를 갔고 가형 남 선생 밑에서 의무병으로 복무했기 때문이다. 당장 입에 풀칠을 하는 게 시급했던 시절이라 그것은 놓칠 수 없는 좋은 기회였고 직장이었던 셈이다. 6사단에서 나와 서울대 의대에서 가르치게 된 남명석 선생은 학생 때 농구 선수였고 또 농구 애호가로서 큰 농구 대회가 있으면 꼭 관람을 하고 또 부상한 선수를 돌보아주어 농구협회의 임원으로 있었던 것으로 안다.

그는 농구 선수다운 건장한 체격의 소유자였고 그러니만큼 북으로 갈 때나 탈출해 올 때 건장한 체격이 큰 자산이 되어주었을 것이다. 그런 생각이 미치자 동인병원의 서형수 선생은 아무래도 체력이 달려 변을 당한 것이 아닌가 하는 생각이 들었다. 그러나 물론 혼자만의 순간적인 생각이고 가족 앞에서 발설하지는 않았다. 북으로 가는 대열에 피동적으로 끼었거나 그 후 중공군 참전 전후의 황망한 상황에서 건장한 체격과 빈약한 체격은 생사를 가르는 계기가 되었으리라는 내 추정은 단순한 상상 놀이는 아닐 것이다.

내가 만나본 서광일 씨는 70대 중반으로 반백이었다. 부친처럼 안경을 쓰고 있었고 온후한 인상이었다. 그 연배로서는 큰

키웠고 체격은 호리호리한 편이었다. 부인 역시 후덕한 인상이
었다. 오빠에 비하면 서순자 씨는 얼마쯤 젊어 보이고 활력에
차 있다는 느낌을 주었다. 아무래도 서광일 씨의 삶이 더 궁금
했다. 어린 나이에 부친과 떨어져 살아 고생이 많았겠고 또 외
국에서의 이민생활이 쉬운 것은 아니었겠지만 찌든 기색은 전
혀 없었다. 신상 이야기 등 여러 가지로 미루어 보아 종교가 그
의 삶에서 한몫을 한 것이 아닌가 하는 생각이 들었다. 그가 다
닌 경북 경산의 직업학교는 1953년에서 1971년까지 운영되었
고 주로 전쟁고아나 전쟁미망인 자제를 도와주었다.

　메노나이트교회에 대해 생소한 이도 많을 것이다. 메노나이
트교회는 16세기의 재세례신앙운동(아나뱁티즘, anabaptism)
에 연원을 두고 있다. 칼 만하임은 『이데올로기와 유토피아』에
서 근대사의 발전에서 결정적인 전기轉機는 "지복천년의 요소"
가 억압된 계층의 행동 욕구와 동맹을 맺은 순간이었다고 쓰
고 있는데 이때 거론한 것의 하나가 아나뱁티즘이다. 메노나
이트라는 이름은 네덜란드 로마 가톨릭교회 사제로 있다가 종
교개혁에 가담하여 재세례신앙운동의 교리를 유아세례 불인
정, 개인의 종교적 자유 인정 등으로 정리한 메노 시몬스Menno
Simons에서 유래한 것이다. 메노나이트 중앙위원회는 한국전쟁
중인 1951년부터 한국과 관계를 맺기 시작하여 1953년 7월 한
국 대표부를 대구에 설립하고 경산에 농장을 개발하여 활동에

들어갔다. 직업학교 운영과 전쟁미망인을 위한 재봉기술 교육이 대표적인 활동이었다. 메노나이트 교단에서 공개한 수다한 사진을 보면 전쟁고아의 참상을 비롯해 한국전쟁의 구체적 현장이 생생하게 담겨 있다. 역사 건망증이 심한 우리 모두가 음미하고 성찰해야 할 귀중한 자료들이다. 우리가 의식하지 못하고 있는 수많은 도움 때문에 우리가 이만큼 살아온 것이다.

앞에서 6·25 당시 충주도립병원 원장이 정인희 씨였고 그 바람에 서씨를 정씨라고 잘못 착각한 것 같다고 말한 바 있다. 이왕 얘기가 나온 김에 이분에 대해서도 첨가하려 한다. 그는 1915년 충북 충주 가금면 장천리長川里 출생이다. 그러니까 서형수 씨보다 3년 아래다. 세브란스의전을 나온 후 해방 직전에 충주도립병원 외과 과장으로 근무하다가 그대로 병원장이 되었고 1956년에 연세대 정형외과 교수로 옮겨 가 1981년 정년퇴직을 하고 2010년 향년 95세로 작고했다. 그의 백씨인 정상희 씨는 과거 삼호방직무역주식회사 사장을 지냈고 국회의원을 지냈다. 재계, 체육계, 정계에서 두루 활동한 그는 이병철 씨와 사돈을 맺었고 신세계 이명희 회장이 며느리이다. 세상은 좁다는 말이 있지만 정말 실감이 가는 소리다. 이래저래 다 알 만한 사람들이 아닌가.

서형수, 정인희, 남명석 세 분은 모두 동문들이고 6·25 당시 의사로 일했다. 학연을 중시하는 우리 사회에서 이들은 시골 소읍에서 비슷한 처지로 만나 각별한 우정을 나누었을 것이다. 하지만 전쟁이 나고 나서 어느 날 갑자기 운명이 갈라지게 된다. 두 분은 용케 불운을 피해 명문 대학에서 가르치며 그런대로 자아성취를 이루어내었다는 세평을 얻었다. 한 분은 불의의 타격으로 쓰러졌다. 의사라면 그제나 이제나 경의와 선망을 받는 직업인이고 사회의 상층부를 형성한다. 그 자녀들은, 별로 호감이 가지 않는, 요즘 유행하는 말로 하면 으뜸가는 금수저인 셈이다. 그러나 한순간에 모든 것이 산산이 부서지는 경우가 있고 서형수 씨 소생들이 바로 그러한 액운을 만났다. 평생 회한이 되었을 것이다.

이 세상은 악당 혹은 사악한 조물주가 만든 것이라고 하는 종교적 입장이 있다. 그러한 유혹에 넘어가지 않고 신앙으로 어려움을 이겨낸 온후한 노신사 서광일 씨와 어릴 적 선의를 유지하고 있는 서순자 여사에게 경의를 표하며 여생의 행운을 기원한다. 아울러 비슷한 불상사가 다시는 이 땅에서 일어나지 않기를 바란다. 불필요한 듯이 보이는 주변 인물이나 부대 상황에 대해 이야기를 한 것은 우리의 사회사에 대한 정당한 관심과 이해를 촉구하고 싶은 심정에서다. 살아 있는 아픈 과거가 바로 우리 주변에 생생하고 다양하게 널려 있다.

꾸불꾸불 걸어온 길

형성기를 중심으로

나의 살던 고향은

1935년에 출생했다. 충북 진천 외곽에 살았으나 모친이 당시 관습대로 친정 가서 해산하는 바람에 충주가 내 출생지로 된다. 여섯 살까지 살던 진천 외곽은 전기가 들어오지 않아 흐릿한 석유 등잔을 썼고 필요한 경우엔 석유램프를 켰다. 부친이 당시 '호야'라 불렀던 등피를 닦곤 하던 기억이 있다. 기차가 지나지 않는 곳이지만 날씨가 흐리면 먼 기적 소리가 들렸다. 기적 소리가 나면 "비가 올라나 보다"며 모친이 마당 빨랫줄에 널어놓았던 빨래를 부산하게 거두었던 기억이 있다. 조그만 동산 아래 집이 있었고 마당에 나무가 한 그루 서 있었다. 집에서 분꽃나무라 불렀는데 꽃 모양은 기억에 없다. 언어 기억, 청각적 기억

366

에 비해서 나의 시각적 기억의 참담한 취약성을 보여주는 사례이다. 집 앞으로 길이 나 있었고 길 건너편에는 꽤 큰 채소원이 있었는데 '청인집'이라 불렀다. 중국인 소유였던 것이다. 그 시절 상상력에 충격을 받은 것은 곡마단 구경을 갔다가 잃어버린 딸을 찾았다는 소문이다. 모친을 비롯해 동네 아주머니들이 "세상에! 세상에!"를 연발하며 놀라워하였다. 길 잃은 미아나 납치해 간 아이를 곡예사로 키운 것일 텐데 1939년의 신문을 찾아보면 기사로 나와 있지 않을까 생각한다.

위로 누이가 있고 나는 장남이었다. 부친은 세상에서 말하는 화락한 가정의 자상한 가장과는 거리가 멀었다. 어린 시절 내내 부친은 내게 아주 무서운 존재였다. 원망과 염오가 부친에 대한 첫 기억이다. 언젠가 부친이 카메라를 빌려 와 사진을 찍어주겠다고 한 적이 있는데 나는 뒷동산에 있는 소나무 아래서 찍어달라 하고 부친은 집 앞에서 찍자고 했다. 내 요구가 통하지 않자 사진을 찍지 않겠다고 하니 부친은 그러면 그만두자며 사진을 찍어주지 않았다. 안 찍겠다고 하면 들어줄 것으로 알았는데 그러지 않는 부친이 야속하고 싫었다. 흔히들 갖고 있는 유년기의 사진을 단 한 장도 갖고 있지 않다. 한 장 정도 가질 수 있는 기회가 부자간의 의견 불일치로 깨지고 만 것이다.

여섯 살 때 증평으로 이사 간 직후의 일이다. 처음으로 기차를 타고 모친과 함께 50리 상거한 청주 큰이모 댁에 간 적이 있다. 은행원이었던 큰이모부는 당시 유복한 생활을 하는 편이었고 정원이 잘 가꾸어진 집에 살고 있었다. 이모가 우리 모자에게 청요리집 우동을 시켜주었다. 처음 먹어보는 우동은 기막히게 맛있었다. 그 맛을 잊지 못해 부친에게 우동을 사달라고 조른 일이 있다. 부친은 집에서 먹는 밥이 제일 좋은 것이라고만 했다. 다시 조르자 우동이 뭐 그리 맛있느냐고 되물었다. 국물이 맛있다고 하자 부친은 "그건 구렁이를 잡아서 끓인 것"이라며 정색을 했다. 곧이들은 나는 정나미가 떨어져 더 조르지 않았고 그 후에도 오랫동안 우동 맛이 구렁이 맛이라고 생각했다.

유년 시절 한반도에 삼한사온 겨울이 오면 호되게 추운 날이 많았다. 아침 등교 때면 처음에는 귀가 시리다가 나중에는 귓속이 아파왔다. 학교에서 보면 동급생들이 토끼털 귀걸이나 두 귀가 연결되게 털실로 짠 덮개를 걸고 왔다. 언 귀를 손가락으로 튕기는 장난이 번졌는데 몹시 아팠다. 흔한 토끼털 귀걸이를 사달라고 몇 번 졸랐으나 부친은 냉랭했다. 모든 게 버릇 들이기 나름이니 이겨내야 한다, 추위로 귀먹은 사람 보았느냐는 게 부친의 반응이었다. 지금 생각해보면 웬만한 것은 참고 견디는 극기 훈련의 일환으로 그랬을 것 같다. 그러나 매사에 그런 부친이 싫었다. 스토이시즘에 내재하게 마련인 사도마조히즘에 대해서 나는 지금도 반대한다. 또 부친은 모친과 달리 칭찬할 줄을 몰랐다. 성적도 괜찮았고 "총기 좋다"는 말로 교사의 교육용 칭찬도 받아보았으나 부친의 칭찬을 받은 기억은 없다. 공부 잘하는 것은 자신에 대한 의무라는 투의 잔소리를 기억할 뿐이다.

대학 2학년 때 이동식李東植 선생의 '정신분석학'을 수강했다. 수강생은 많지 않았고 선생의 연구실에서 수업을 하였다. (여담이지만 이 선생이 생존해 계시고 얼마 전 아흔몇 회째 생신을 맞았다는 이야기를 정신분석 전공의 조두영 교수에게 들었다. 그 후 얼마 안 되어 선생의 부음을 신문의 부음란에서 보았다.) 열의 있게 수업에 임하시는 분은 아니었고 무얼 배웠는지 잘 기억나지 않는다. 학기 말에 시험 없이 리포트를 작성하게 했다. 리포트 작성차 도서관에 들러 책을 뒤지던 중 이와나미총서로 나와 있는 36판 양장본 『이상심리학』을 발견하고 읽었다. 다 잊어버렸지만 기억에 남아 있는 대목이 있다. 개와 말을 과도히 무서워하는 사람은 부친을 증오하거나 부친과의 관계가 원만치 못하다는 것이었다. 계시적 순간이었다. 나는 개를 몹시 두려워한다. 고쳐보려 해도 무서워서 찔끔하는 것이 예사다. 개를 데리고 산책하는 사람들마저 좋아하지 않는다. 책 진술의 진위는 모르지만 나의 경우엔 맞는 말이란 생각이 들었다. 그런 주제를 가지고 뭐라 끼적거려 리포트를 냈는데 B학점이 나왔다. 내 지지리 못생긴 성적표에선 그나마 쓸 만한 점수다. 가르쳐주는 것 없이 흉악한 학점을 주는 것이 관례였던 시절인데 후한 점수를 받은

것은 취급한 주제가 자신과 연관돼 있어 실감이 있다는 착각을
준 때문이 아닌가 생각한다.

프로이트의 오이디푸스콤플렉스는 모친을 사이에 둔 부자간
의 삼각관계로 문제를 접근해간다. 이런 접근법에 회의적이다.
아들의 부친 증오는 널리 퍼져 있지만 성적性的 계기보다는 부
친이 가정경찰이라는 사실과 관련된다고 생각한다. 집안의 군
기반장으로 사사건건 간섭하고 제어하니 어느 아들이 좋아하
랴, 경찰 좋아하는 사람 보았느냐, 하는 것이 나의 소회다. 중층
적 결정론으로 접근하면 프로이트 플러스 가정경찰 플러스알파
의 혼합물이라 생각하는 게 적절할 것이다. 부친은 시골에서는
드물게 책을 좋아하는 이였고 수시로 책을 보았다. 진천 살 때
평소 등잔을 썼으나 램프를 쓰는 경우도 있었다. 지금 생각하
면 부친이 책을 볼 때가 아니었나 생각한다. 소농의 차남이었던
부친은 1920년대에 청주농업학교를 나왔다. 당시는 4년제였을
것이다. 보통학교도 5년제였으니 모두 합쳐보아야 요즘의 중졸
수준이다. 또 농업학교는 실습 위주의 학교였다. 호학이라 하더
라도 지적 수준에는 한계가 있을 수밖에 없다.

학교를 나와 1950년대 말 고향의 사범학교에서 가르칠 때다.
정수현 교감은 청주농업과 경성법전을 나온 이였다. 음성인가
주덕인가에서 청주농업을 기차 통학했다 한다. 농회에 다니던
총각 시절의 부친이 다달이 역에 나타나 『개조』란 월간지를 청

370

주에서 사다 달라고 학교 후배인 자신에게 부탁해서 사다 주었다는 이야기를 들려주었다. 그러고 보면 어린 시절 집에는 『개조』가 쌓여 있었다. 고급 지질이어서 그때나 이때나 중질 종이를 쓰는 『문예춘추』와는 대조적이었다. 버나드 쇼의 일본 방문 때 특집호임을 알리는 표제와 조그만 사진이 나와 있던 표지가 기억난다. 이 좌경 잡지는 식민지의 명민한 청년들을 의식화시켜 해방 이후 많은 이들을 불행으로 몰아넣었다. 대표적인 테제 시인이요 평론가였던 임화는 좌익의 길을 간 최초의 계기가 『개조』의 애독이었음을 자전적인 글에서 밝히고 있다. 우리 어릴 적 개똥모자라 불렀던 헌팅캡을 쓰고 『개조』를 옆에 끼고 있으면 갈 데 없는 식민지 마르크스 보이의 초상이 될 것이다. 그래 그런지 집에는 개조사에서 나온 문예부흥총서란 책들이 여러 권 있었다. 미키 기요시〔三木淸〕의 『인간학적 문학론』, 장혁주의 『권이란 사나이』 등이 그중의 하나다.

부친의 장서 중 지금껏 내게 남아 있는 것은 30여 권의 시집과 이태준의 『무서록』, 주자朱子의 해석을 따른 『논어전해』 등 동양 고전 몇 권이 있을 뿐이다. 그러나 6·25까지 잘 보관되었던 장서는 다양했다. 최남선의 『고사통』, 오지영의 『동학사』, 아베 요시오〔阿部吉雄〕의 『이퇴계』 같은 책이 있었고 경성대학 교수로 있던 아베 요시시게〔安倍能成〕의 『청구잡기靑丘雜記』 같은 호화판 수필집도 있었다. 쉽게 오를 북한산이 있는 서울을 예찬

하는 수필이 기억난다. 열두 권짜리 이쿠타 조코(生田長江) 번역의 니체 전집이 있었는데 뒷날 "끔찍한 이쿠타 번역"이라는 어느 일본인의 글을 보고 고소를 금치 못했다. 일본 문학은 나쓰메 소세키의 『도련님』, 아쿠타가와 단편집 정도였고 한글 소설은 거의 없었다. 임학수가 번역하고 학예사에서 나온 『일리아드』 두 권이 있었는데 두 페이지 읽고 도저히 읽어낼 수가 없어서 중단한 기억이 있다. 부친의 장서가 좀 더 선택적이고 알찬 것이었다면 그의 장남도 조금은 쓸 만한 인사로 성장했을 것이 아닌가 하고 원망한 적이 많다. 시골 월급쟁이 장서치고는 별일이었던 이 책들은 난리 때 모두 없어졌다. 1·4후퇴 때 집을 비운 사이 강원도 피란민들이 모두 땔감으로 처분한 것이다. 한 궤짝 정도 땅에 묻어둔 책만이 분서의 화를 면했다.

아무리 팔을 안으로 굽혀보아도 부친은 명민한 두뇌의 소유자는 아니었던 것 같다. 어렵사리 사 모은 책을 제대로 소화 흡수했다면 대단한 교양인이나 만물박사가 되었을 텐데 그런 느낌을 받은 적은 없다. 즐겨 대화를 나눈 사이가 아니었으니 모르는 구석이 많지만 어쨌건 다행이라 생각한다. 『개조』 따위를 읽고 그걸 흡수 동화하고 '시대정신' 선도자의 아류가 되어 자신과 가족을 풍파 속으로 내던지는 가정법은 생각만 해도 섬뜩하다. 요즘 강남좌파란 말이 번지고 있지만 그제나 이제나 좌파는 강남좌파가 다수파다. 광복 이전에도 관부연락선 배표를 살

만한 처지가 돼야 어엿한 좌파가 될 수 있었다. 집에는 하드커버로 된 정가 2원의 호화본 조벽암趙碧岩 시집『향수』의 저자 증정본과 한국 최초의 화집인『오지호 김주경 2인 화집』이 있었다. 조벽암과 김주경金周經은 부친과 보통학교 동기생이다. 그래서 하나는 증정을 받았고 하나는 사준 것이다. 둘 다 월북했는데 서울 가서 공부한 소지주 집안 출신이다. 좌파의 길은 가파른 수직적 신분 상승과 함께 소농의 아들에게 열려 있는 길은 아니었으니 앞서의 가정도 사실은 부질없는 짓일지 모른다.

눌변에다 붙임성도 없는 부친과 달리 모친은 달변에 사교적이어서 동네 해결사 노릇을 하는 일이 많았다. 초등학교 시절 일본인 여성과 말다툼하는 것을 본 적이 있다. 속사포같이 일본말을 퍼부어대는 바람에 상대방이 끽 소리도 못하고 꼬리를 내렸다. 당시는 통쾌하고 자랑스러웠지만 커갈수록 그런 모친이 못마땅해졌다. 집에서 못 가게 하는데 개구멍으로 빠져나가 보통학교를 나온 것을 반 자랑 반 원망 삼아 말하던 모친은 더 배우지 못한 것을 늘 한으로 여겼다. 사용 어휘가 풍부했고 대화때 속담을 많이 썼다. "배곯아 죽은 귀신은 있어도 배 터져 죽은 귀신은 없다" "똥 싼 주제에 매화타령" "율모기를 독사 만든다" 같은 요즘엔 좀처럼 쓰지 않는 속담도 모친에게서 듣고 써먹은 것이다.

욕하면서 닮아간다고 한다. 나 역시 혹은 원망하고 혹은 증오하면서 부친을 닮아온 것이 아닌가, 하는 생각이 들면서 자기혐오에 빠지는 때가 많았다. 현재의 직업을 갖게 된 것은 부친 영향일 것이다. 책 읽기를 보고 컸기 때문이다. 책 읽기를 특별히 권하거나 지도한 것은 아니다. 중학 시절 부친은 문학 책 읽는 것을 금하며 공부나 하라고 눈을 흘기곤 했다. 여느 학부형과 마찬가지로 영어 수학 공부나 하라는 뜻이었다. 6·25 이후 특히 그랬는데 그때쯤엔 묵묵부답 침묵으로 일관하는 불온한 장남에 대한 통제력을 잃은 터여서 효과가 없었다. 졸업 무렵 기자 시험을 볼까 한다는 말에 펄쩍 뛰면서 반대했다. 기자 되느니 차라리 시골 와서 교사가 되라고 했다. 문과 졸업생에게 열려 있는 길이 교사 아니면 기자였던 시절이다. 부친이 별나게 기자직에 반대한 것은 어떤 친구의 사달과 관련이 있는 것 같다. 해방 전 신문지국을 하다가 해방 후 상경해서 큰 신문사에 취직한 후 호된 풍파를 겪은 方아무개란 이를 이야기한 적이 있으니 말이다. 술을 안 하는 것도 그러고 보면 부친을 닮았다.

외가에는 해방 전 무슨 운동을 한답시고 나라 안팎과 큰집을 들락날락한 이가 있었다. 10년 징역 엄포에 6년인가 콩밥을 먹었는데 남 볼 때는 큰일이 아니지만 집안에는 패가망신의 화를 가져온 사달이었다. 당사자의 형 중 하나는 항상적인 경찰의 방문과 호출로 신경쇠약이 되었다. 병원에 자주 드나들며 무시로 약을 타 먹었는데 그로 인해 폐인이 돼 요절했다. 모친은 용하

374

다는 소문이 자자했던 오기택병원에서 준 약이 사실은 마약 성분이어서 그런 것이라는 증거 불충분한 확신을 갖고 있었다. 친정의 애로사항에 속을 썩인 모친은 사람 많이 모이는 곳에 가지 말라고 늘 말했다. 해방 후 빈번해진 정치 집회를 염두에 둔 소리였다. 충주에는 큰 저수지 세 개가 있어 해마다 익사 사고가 났다. 물가에 가지 말라! 사람 많이 모인 곳에 가지 말라! 이것이 성문화되지 않은 모친 창제의 독창적 가훈이었다. 쌀을 가마니로 사놓고 먹으면 원이 없겠다고 입버릇처럼 말하던 모친은 1960년대 말에 소원을 성취하고 "뭐니 뭐니 해도 박정희"주의자가 되었다. 장수에 좋다 해서 수의를 마련하려 하자 "치마는 싫다! 바지로 해다구!"라 일렀다. 한 많은 "슬픈 족속"의 일원으로서 모친은 이론 없는 토착적 골수 페미니스트가 그랬듯이 반남장半男裝 수의를 두르고 흙으로 돌아갔다.

정신분석에서는 만 세 살 때까지 성격이 결정된다고 한다. 헤라클레이토스는 성격이 운명이라 했다. 압축된 전래 민간 지혜인 우리 속담에는 "부모가 반팔자"란 말이 있다. 자기 삶을 돌아보며 특히 속담의 진리값을 반박할 수 없다는 것을 절감한다. 부모 이야기가 길어진 것은 그 때문이다.

해방 전후

태평양전쟁이 일어난 해인 1941년 봄에 증평초등학교에 입학했다. 만 6세가 안 되었는데 기류寄留등본에 생일을 몇 달 앞당겼다 한다. 의무교육 시행 이전이어서 나이 많은 동급생들이 많았다. 일본어를 배우기 시작했고 창씨개명한 이름을 썼다. 4학년 초에 충주 남산학교로 전학했다. 5학년 때는 봄부터 하루걸러 솔뿌리를 캐러 다녔다. 학교마다 송근 채취 책임량이 있었고 상급반이 담당할 수밖에 없었던 탓이다. 학교에서 배운 일본 군가 스무 곡 정도가 당시의 습득물로 지금껏 남아 있다. 8월 들어 소련군이 청진에 상륙하자 다시 방공호 파기에 동원되었다. 그 전에도 방공호는 있었으나 이제 더 깊이 파야 한다고 학교 울타리 밑에 허리까지 올라오는 구덩이를 팠다. 며칠째 괭이질과 곡괭이질을 하고 나니 겨드랑이에 멍울이 생기고 당기며 아팠다. 그러던 어느 날 거짓말처럼 전쟁이 끝나고 해방이 왔다. 학교에서 우리말을 쓰고 창씨개명 이전의 본이름을 썼다. 어제와 정반대의 이야기를 듣게 되어 충격이었다. 시골에도 미군이 진주해 지프차가 거리를 달리고 챙 없는 모자를 쓴 후리후리한 키의 미군들 모습도 흔한 정경이 되었다. 일본인들이 모두 거리를 떠났다. 2004년에 나온 『나의 해방 전후』에서 비교적 소상하게 이 시기를 다루었다.

해방 당시 충주중학교는 개교한 지 얼마 안 된 전국 13도 중 가장 작은 공립 중학교였다. 이듬해 부친은 이 학교에서 국어를 가르치게 된다. 해방이 되자 충주에도 건국준비위원회가 생겼다. 시내 중심가에 있는 일인日人 상점을 접수해 한 모퉁이에 사무실을 차려놓았다. 회보를 만들려는데 맡을 인력이 없었다. "국문 쓸 줄 아는 사람 급구"라는 붓글씨 광고를 크게 붙여놓았다. 지나가던 부친이 이를 보고 들어가 회보 작성과 등사를 해냈다. 감격시대여서 무언가 기여를 하고 싶다는 심정에서 무료 봉사한 것이다. 얼마쯤 지나니 내부 갈등이 생기고 대립도 격해지는 것 같아 더 이상 나가지 않았다. 새로 중학교장으로 부임해 온 최종인崔鍾仁 교장(뒷날 성균관대 화학 교수)이 교원 충원을 하는데 국어 교사 찾기가 어려웠다. 한글말살정책을 쓰고 난 후이니 자격자가 있을 리 없었다. 수소문 끝에 건준 회보 담당자를 집으로 찾아왔다. 부친은 학력과 능력 부족이라며 극구 사양하였다. 교장이 돌아간 후 모친은 공부해서 가르치면 되지 굴러 온 호박을 왜 걷어차느냐고 힐난하였다. 후보자를 찾지 못한 교장이 며칠 후 다시 찾아왔다. 교장의 유혹과 마나님의 레이저 광선 협공에 부친은 삼고초려 아닌 '이고' 만에 자의 반 타의 반으로 중학교 '선상님'이 됐다. 요즘 말로 하면 무자격 교사인 셈이다. 모친에게 들은 자초지종이다.

부친은 곧이어 증평에서 친교가 있던 이백하 선생을 천거해 동료 교사로 맞이했다. 서당 공부가 전부이고 제도 학력이 전무했던 선생은 1919년 유관순과 함께 검거되어 2년 징역을 산 유공자인데 충북에선 실력파 교사로 널리 알려지게 된다. 나는

1947년 9월 충주중학교에 입학했다. 120명 모집인데 내 수험 번호 194번 뒤에 달린 숫자가 많지 않았으니 경쟁률은 2 대 1이 될까 말까였다. 남산학교 졸업생 지원자 중 거의 모두가 합격했 다. 우연히 수석 합격이었다. 부친이 교사이고 보니 고개를 갸 우뚱하는 이도 있었고, 대놓고 "너, 아버지가 시험문제 가르쳐 주었지?" 하고 약 올리는 상급생도 있었다. 수석 합격이래야 아 무런 특전도 없던 시절인데 우리 사회의 부패를 단적으로 드러 내는 일이다. 부패한 사회니까 썩은 내를 맡으려고 매사에 코를 대고 킁킁거리는 것이다.

해방 전에는 한글 책이 종이도 제본도 활자도 후지다는 느 낌을 받았다. 반면 일어 책은 제본도 근사하고 책에서 광이 나 는 것 같았다. 해방이 되자 달라졌다. 한글을 깨친 까닭도 있지 만 우리 책이 어쩐지 친근하고 정다워 보였다. 망한 나라의 물 건은 초라해 보이는 법이다. 부친은 부지런히 공부하는 것 같았 다. 구입하는 신간도 많았고 학교 도서 대출도 많았다. 우리 것 을 잘 알지 못하는 탓에 학교에서도 도서 구입을 통해 교원의 독서를 장려했던 모양이다. 도서계를 담당했던 부친은『신천 지』같은 월간지를 서점에서 가져와 먼저 보고 난 후 학교에 납 품했던 것 같다.『신천지』에 김동인의『문단삼십년기』와 에드 거 스노의『중국의 붉은 별』등이 연재되어 읽은 기억이 있다.

중학 1학년 때 정지용을 읽고 매료되면서 김소월, 서정주, 김광균, 오장환, 이용악, 윤동주, 청록파 등 닥치는 대로 읽었다. 그때 외운 상당수 시편을 지금도 암송할 수 있다. 되풀이해 읽다 보면 자연 외우게 된다. 젊은 날 시인 신경림과 친해진 것은 동일한 습관의 상호 인지 때문이었다. 평범하거나 빈약한 시는 외워지지 않는다. 외워지는 시가 좋은 시라는 게 지론인데 그렇게 말한 이가 전에도 많았겠지만 내 경우 경험에서 체득한 말이다. 김동인, 이태준, 이효석, 박태원, 김유정 등도 구할 수 있는 것은 구해 보았다. 당대 화제 작가로는 김동리의 「황토기」를 좋아했고 「무녀도」는 별로였다. 평론으로는 김동석金東錫을 좋아했다. 그의 평론집과 수필집을 읽으며 부지중에 그의 명징하고 기백 있는 문체를 모범으로 내면화하지 않았나 생각한다. 그러는 한편 그가 사납게 공격하는 김동리를 좋아하고 그가 고평한 안회남의 「농민의 비애」 같은 것은 읽다가 집어치웠다. 그리고 별 모순을 느끼지 않았다.

뒷날 에드먼드 윌슨에게서 비슷한 현상을 발견하고 그게 자연스러운 일이라 생각하게 되었다. 젊은 날의 그는 급진적 정치관을 가지고 있었지만 높이 평가하고 비평 대상으로 삼은 것은 정치적으로는 보수적 내지 세칭 반동적인 시인 작가였다. 작품에 대한 경직된 이념적 접근에 동의하지 못했고 지금도 그렇다. 당시의 문학적 취향이 지금껏 남아 있다. 가령 이상의 산문과 소설은 높이 평가하지만 그의 시는 좋아하지도 평가하지도 않는 것은 그제나 이제나 마찬가지다. "꿈은 나를 체포하라 한다. 현실은 나를 추방하라 한다"는 그의 아포리즘에 근접할 만한 시가 없다고 생각한다. 그의 산문이 시이고 그의 시는 무책임한 잡문이다. 또 임화의 테제 시편을 그때나 이때나 좋아하지 않는다. 문학 취향에 관한 한 보수적인 셈이다. 좋은 글을 읽다 보면 부지중에 써보고 싶은 충동을 느끼게 마련이다. 그래서 시랍시고 써보기도 하고 원고지로 문집을 만들어 유일 독자가 되기도 했다. 을유문화사에서 나온 문고판으로 읽은 『감람나무밭』『좁은 문』 등도 만만치 않은 매혹이었다. 학교는 재미있는 곳은 아니었지만 모범생으로 통했다. 1949년인가 『문예』라는 월간 문학지가 나왔다. 자주 실린 황순원의 단편에 끌렸다. 1950년 6월 호에는 임상순任相淳이란 현역 장교의 「명령은 언제나」란 단편이 추천작으로 실렸다. 진격 명령만을 기다리고 있는 군인들을 다룬 것이다. 이런 문서들이 우리 사정을 잘 모르는 외국인에겐 소위 북침설의 증빙 자료로 쓰이기도 했다는 것은 유념할 만한 일이다. 심하던 좌우 대립도 갈았고 학원이 안정을 찾는 듯하더니 얼마 안 가 6·25가 터졌다.

어찌 잊으랴

　북쪽 군대가 일제히 공격을 개시했다는 국방부 정훈국장 이선근李瑄根 대령의 발표문이 실린 신문을 6월 26일 본 뒤엔 신문이 오지 않았다. 학교 수업은 계속됐다. 7월 1일 일요일 비상 연락망을 통해 등교하라는 연락을 받았다. 호응 학생들은 많지 않았고 교실에 있는 책상과 의자를 복도를 내놓는 일을 마치고 해산했다. 홍천에서 내려온 피난민을 수용하기 위한 조치였고 수업은 당분간 하지 않는다는 것이었다. 그 후 1년 3개월간 수업을 받지 못하리라는 것을 당시엔 생각도 못 했다. 남로당 충주 책임자였고 보도연맹 건으로 죽은 변사 출신의 고승훈高昇勳 이 "국군이 해주를 탈환했다"는 차편 가두방송을 하였다. 충주에 인민군이 진주한 것은 7월 7, 8일 전후였다.

읍내에서 10리 상거한 산골로 피란을 갔다. 전세戰勢를 알 길이 없었고 고개를 지키던 국군 하사관의 "공무원이면 피란을 가라"는 말을 듣고 부친과 함께 학교엘 갔다. 현관에는 헌팅캡에 세로로 줄 단추가 달린 바지 차림의 한희요韓熙堯 교장이 의자에 앉아 있었다. 학교를 지키기 위해 앉아 있다는 그는 피란 가라는 군인 말을 들었다는 부친의 말에 "어디로 갑니까? 남쪽으로? 부산으로? 그다음엔 바닷속으로 들어갑니까?"라고 반문했다. 당시 그처럼 입장이 확고했던 인물을 달리 보지 못했다. 부친은 일단 피란지로 돌아왔다가 아무래도 안 되겠다며 충주농업 교사이던 작은이모부와 함께 남쪽을 향했다. 그러나 인민군에게 추월당해 사흘도 못 돼 멋쩍은 얼굴로 돌아왔다. 곧 동료인 이묵영李默榮 선생이 찾아왔다. 해방 전 보성전문을 나오고

역사와 지리를 가르쳤던 그는 대세는 결정됐으니 내일 당장 출
근해서 함께 일하자고 했다. 부친이 우물쭈물하자 그는 세계 역
사상 남북이 싸워서 북이 진 적이 없다고 말했다. 정말 그럴까?
심히 의심스러웠으나 부친이 뭐라 했는지는 기억나지 않는다.
부친은 곧 학교에 나갔고 이른바 부역자가 된다. 학교가 열린
것도 아니고 모택동의 '자유주의 배격 11훈' 등 교양강좌를 받
는 정도였고 농업학교 졸업생답게 운동장 한구석 실습지에 채
소를 열심히 가꾸었다. 수복이 되어 남하했다가 돌아온 애국 교
사가 부역 교사들 앞에서 일갈하는 역사적 장면을 목격한 일이
있다. "아니 그래 그까짓 석 달을 못 참아 부역을 한단 말요? 겨
우 석 달을? 쯧쯧." 영어를 가르치던 백준기白駿基 선생이었다.
몸 둘 바를 모르는 반역 죄인들 한 옆에서 어느 직계가족 소년
이 "아니 석 달이 될지 3년이 될지 30년이 될지 어떻게 압니까?
누군 하고 싶어 부역했습니까?" 하고 격하게 속으로 항변하고
있음을 그는 꿈에도 생각하지 못했을 것이다.

30여 년 후에 백 선생의 전화를 받았다. MBC에서 '나의 존경
하는 스승'인가 하는 짤막한 연속물을 내보낸 적이 있다. 그 프
로에서 중1 때 담임이었던 이백하 선생 이야기를 했다. 그 프로
를 보고 반가웠다며 "혹시 또 그런 기회가 있다면 내 얘기도 좀
해주게" 하고 백 선생은 농담처럼 덧붙였다. 한동안 내겐 가장
경멸하는 인간으로 남아 있었다는 것을 알 리가 없는 그는 충북

에서 고교 교장과 장학사를 역임했고 위에 나오는 인물들과 달리 장수를 누렸다. 1950년 당시 충주중학 교원 수는 스무 명 정도였다. 남하했다가 수복 후 개선한 이가 다섯 명, 부역자가 열세 명, 좌익 학생에 의한 피살자 한 명, 기타 군 입대자와 행불자가 두엇 있었다.

부역으로 정직 처분을 받은 충주중학 교사는 열세 명 중 부친 포함 두 명뿐이고 나머지는 모두 파면이었다. 학교에서 아무런 직책도 맡지 않았고 나서서 일한 게 별로 없어서였다. 쉽게 말해 가장 무능한 2인이 파면을 면한 것이다. 사변 전 학도호국단이 생기면서 매주 한 번씩 사열 조회가 있었다. 중대 소대로 편성되어 있는 학생들 앞으로 교장, 교감, 교무주임, 그리곤 대체로 연령 순서로 한 줄로 서서 걸음을 옮기며 경례를 받았다. 연령으로 전반前半인 부친은 늘 꼴찌로 따라다녔다. 학생들은 그것을 서열로 보았고 중학 저학년이었던 시절이라 얼마쯤 창피하게 생각했다. 부친이 교사로 있는 학교를 다니며 자랑스럽지 못한 아버지의 아들이 감수할 수밖에 없는 속상한 슬픔은 허다했다. 뒷날 학교에 근무하면서 어느덧 부친처럼 매사에 꼴찌로 따라다니는 자신을 발견하게 됐다. "예술가란 모임에서 제일 뒷자리에 앉는 사람"이라고 토마스 만이 말했지만 위로가 되지 못한 것은 물론이다.

월급쟁이가 정직으로 월급을 못 받게 되니 우선 생계가 문제였다. 설상가상으로 곧 1·4후퇴로 피란길에 오르게 된다. 6인 가족이 보은읍을 지나 원남이란 곳에서 월여月餘를 지내다가 전선이 소강상태가 되어 청주로 갔다. 거기 부친 지인의 집에서 신세를 졌고 미 해병대 보급부대의 노동 사무소란 데서 급사 노릇을 했다. 직명은 처음 janitor였고 나중엔 clerk였다. 부대 이동으로 충주 달천으로 이동해서 가족과 떨어지고 다시 원주 근교의 중앙선 소역에서 노무자와 함께 천막 생활을 했다. 맨땅에 가마니나 모래를 집어넣는 참호용 포대를 깔고 담요를 접어서 그 안으로 들어가 잠을 잤다. 완전히 밑바닥으로 전락했다는 생각으로 암담한 심정이었다. 그동안 나의 알량한 급료가 집안의 유일한 수입원이었다. 급히 오라는 전갈을 받고 9월에 집으로 돌아가 학교로 복학했다. 부친의 복직이 성사된 것은 다행이나 1년여의 무보수 정직이 가혹한 것이었다는 생각은 그때나 지금이나 변함이 없다. 열 명 정도의 파면당한 부역자에 대해서도 생각은 같다. 그들 중 한두 명을 제외하고 진정한 대한민국 반역자는 없었다고 확신한다. 그때 국가권력의 정당성과 정의란 것에 대해 근본적인 회의감을 갖게 되고 세상을 조금은 삐딱하게 보게 되었다.

1·4후퇴에서 학교 복학에 이르는 8개월간에 대해선 2009년에 나온『그 겨울 그리고 가을』에 소상히 적은 바 있다. 이 책이 나왔을 때 몇몇 주요 일간지는 호의적으로 소개를 해주었으나

문학 계간지들은 완전히 묵살했다. 일본의 작은 출판사에서 일어판이 나왔을 때 어느 독서신문에 난 도쿄대학 출신 교포 작가 강신자姜信子 씨의 글을 읽은 것은 위안이었다. "노년을 맞은 한국의 문예평론가가 60년의 세월을 거슬러 올라가, 한국전쟁 하의 일상을 살아가기 위해 순진한 소년으로 머무를 수 없었던 16세의 나날을, 당시 소년의 눈길로 섬세하고 결벽하게, 단단한 목소리로 말하는 기억의 이야기다. 그 말투에는 소년이 마음속에 간직한 슬픔이 있다. 독이 있다. 반골이 있다. 고독이 있다. 인간을 향한 깊고 아픈 물음이 있다. (……) 이 책에 그려진 것은 전후 한국 지식인의 정신의 한 원풍경原風景이라 할 수 있을 것이다. 인간의 심연조차 건드리는 기억의 이야기인데 그런 만큼 번역이 얼마쯤 역부족인 것이 아쉽다." 변두리 신문에 난 글이지만 꼼꼼히 읽고 적절히 요약하고 핵심을 건드리고 있다. 정독도 않고 개념 없는 글체로 변죽만 울리는 우리 쪽과는 대조적이다. 일본을 따라잡으려면 아직 멀었다고 생각했다.

문장이 조잡하거나 영혼 없는 글은 불결하게 생각돼 읽지 않는다. 그럼에도 지리멸렬한 비문으로 된 책을 통독하고 깊이 공감한 일이 있다. 1952년에 나온 유병진柳秉辰 판사의 『재판관의 고민』이 그것이다. 우리에게도 이런 인물이 있구나! 행위 당시 행위자에게 적법한 행위를 하는 것이 기대되는 기대가능성 이론이 있다. 그것이 없으면 행위자를 비난할 수 없고 범죄가 성립되지 않는다는 게 핵심이다. 이 이론을 간접 적용하여 다수 부역자에게 무죄를 선고한 자초지종이 적혀 있다. 뒷날 그는 진보당 사건 1심에서 조봉암의 간첩죄를 인정치 않고 보안법 위반만 적용하고 나머지 열일곱 명에게 무죄를 선고해 크게 주목받았다. 가혹한 부역자 처벌에 대한 회의의 연장선상에서 일제하 친일 행위자에 대한 획일적·일률적 매도에도 반대하게 되었다. 6·25 때 보여준 행태나 부역자 처리를 직접 체험했기 때문에 오랫동안 이승만 대통령을 용서하지 않았다. 국민을 지켜주지 못한 점에 대해 수복 직후 사과와 위로의 말을 하고 또 소수 극렬파를 제외한 부역자에게 사면령을 내려야 했다고 생각한다. 그랬다면 억울한 사람과 불만 세력의 수효도 현격하게 줄고 국민의 지지도도 현저하게 높아졌을 것이다. 그릇 큰 선각자이고 먼 앞날을 내다보는 현실적 통찰력을 갖춘 인물임을 인정하는 것과 심정적으로 공감 지지하는 것은 별개의 문제이다.

캠퍼스의 떠돌이

1951년 가을 복학해보니 학제 변경으로 고교 2학년으로 자동 편입되어 있었다. 미군이 학교 교사校舍를 사용하고 있어 변두리 교회나 창고 건물 맨바닥에 앉아서 수업을 했다. 요즘엔 상상할 수 없는 학습 환경이다. 교사가 대폭 바뀌었는데 사람됨이나 학식에서 태반이 수준 미달이었다. 이듬해 봄, 학교 교사로 들어갔다. 키 순서로 좌석 배치를 받았는데 전엔 앞줄이었으나 이제 중간 줄에 앉게 되었다. 부지중에 키가 큰 것이다. 대학 입시를 준비하는 분위기도 생겼다. 진학 않는 고교 졸업생은 간부후보생으로 소집되어 소모 장교로 일선에 배치된다는 이야기가 돌고 있어서 모두 긴장하였던 것이다. 영어 교사가 수준 이하여서 몇몇 호사好事 학생들이 학교장에게 진정을 했다. 입시를 앞둔 시점이니 영어 교사를 바꿔달라는 요청에 영어 교사를 도저히 구할 수 없고, 없는 것보다는 나을 것이니 그리 알라는 게 답변이었다.

　미 해병대 보급부대 언저리에서 밥을 먹으면서 무언가 힘을 길러야 한다는 것을 뼈저리게 느꼈다. 또, 상스러운 음담패설이나 일삼는 노무자와 함께 지내면서 간절한 문화적 갈증을 경험했던 터라 공부는 지상명령이었다. 시원치 않은 학교 수업은 수시로 빼먹고 집에서 공부했다. 메들리의『삼위일체 영어』를 두 번 통독해서 달달 외우다시피 했다. 학교에서 쓰는 3학년 교과서를 단어장 만들며 통독했다. 김기림이 번역한 서머싯 몸의「레드」를 재미있게 읽고 내친김에 서점에서 발견한 토머스 하디 단편집도 사전을 찾아가며 읽었다. 모르는 대목도 있었으나 스토리를 따라가는 재미로 읽었다. 그러고 나니 어느 정도 자신이 생겼다. 독문과 재학생이 독일어를 가르쳐주어 장하구 교과서를 두 권 다 뗀 것은 행운이었다. 김기석 지음의 독일어 교과서 두 권은 대학 교재인데 에커만의 『괴테와의 대화』 일부가 실려 있어 읽어보았다. 「농부는 고향을 사랑한다」는 산문도 기억난다. 영어를 마스터하면 모든 책을 읽을 수 있다는 막연한 희망과 좋아하는 문인들이 영문과 출신이란 것도 작용해서 영문과 지망을 결정했다.

1953년 임시 수도 부산에서 대학에 들어갔다. 불문과를 지원한 경북고교 출신 김재권이 500점 만점에 404점으로 수석 합격했는데 재학 중 도미하여 세계적 철학 교수가 된다. 요즘 같으면 그런 고득점자는 고교 담임이 불문과 원서를 써주지도 않을 것이다. 그런 시절이니 내게도 내 삶의 가장 큰 수수께끼가 되는 사달이 벌어졌다. 90세로 별세한 이승만 박사는 작고 직전 영어를 몽땅 잊어버려 우리말만 썼다고 한다. 비슷한 불상사를 만나 습득한 모든 외국어 단어를 잊어버린다 하더라도 끝내 잊히지 않을 것 같은 말이 있다. Schadenfreude란 기막힌 독일어 단어가 그것이다. 그리된 희한한 사연은 독립된 글로 소상히 적은 바 있다. 그해 여름, 휴전이 되어 학교 준비 관계로 10월 초에 개강을 했다. 장장 80일에 이르는 방학이었다.

환도 직후의 서울은 공해 없는 산책하기 좋은 거리였다. 서울역에서 명동성당이 빤히 보이고 그 사이는 폐허였다. 지금의 세종문화회관 자리에는 폭탄으로 크고 깊은 구덩이가 두셋 나 있었다. 여기저기 조그만 고서점이 널려 있고 종로통에는 대형 고서점이 여럿 있었다. 종로의 지물포 한구석에서 하기와라 사쿠타로의 시집을 발견하고 몇 대목에 끌려 사서 읽었다. 초등학교 때 해방을 맞아 일본어의 문어체는 문맹 수준이다. 구어체로 된 하기와라는 물리칠 길 없는 매혹이었다. 시의 번역 불가능성을 그를 통해 실감했고 그는 내가 많은 대목을 외우고 있는 유일한 일본 시인이다. 을지로6가에 있는 고물상에서 모던 라이브러리 판『카라마조프가의 형제들』을 사 보았다. 사실상 새 책이라 고가였다. 한 달 전차 회수권값을 날려 청진동에서 동숭동까지 걸어 다녔다. 콘스턴스 가넷의 번역서는 고교 2년생의 구문 해독 능력만 있으면 충분히 즐길 수 있었다. 며칠 걸려 통독하며 흥분하고 전율했다. 서양 근대소설이란 신세계에 빠져 들어가며 고서점에서 구입한 영역본을 읽었다. 발자크의『고리오 영감』을 비롯해서 스탕달, 플로베르, 톨스토이, 토마스 만 등을 모두 영어로 읽었다. 번역이 쉬웠고 포켓판을 구하기 쉬웠던 탓이다. 또 쉽게 구할 수 있고 읽기도 편한 서머싯 몸은 거의 전부 읽었다. 때마침 올더스 헉슬리의 작품 열 권이 펭귄북스판으로 나와 구입해서 읽기도 했다.

학교는 얼마쯤 실망이었다. 교재부터 문제였다. 프린트 등사물로 공부하다 보니 오자 고치는 데 수업 시간의 태반을 소비하는 경우도 많았다. 학력 빈곤의 교사도 있었고 준비 없이 수업에 임해 실수하는 경우도 있었고 휴강도 다반사였다. 영문과의 이양하 선생은 사전 편찬 관계로 미국 체류 중이어서 배울 기회가 없었다. 권중휘 선생은 휴강 없이 꼼꼼한 강독으로 많은 배움을 주셨다. 젊은 송욱 선생은 문학적 감수성을 보여주었다. 그의 시간도 계기가 되어 예이츠, 엘리엇, 오든의 시를 읽었고 엘리엇의 에세이를 정독했다. 가끔 다른 문과 수업을 청강했는데 유혹이 되진 못했다. 시험은 한 학기 한 번이다가 1954년 경부터 중간고사를 보았다. 1955년인가 평균 C학점 미달이면 졸업이 안 된다는 규정이 생겼는데 학생들의 면학 장려 효과보다는 교수들의 D학점 안 주기 효과를 낳았다고 생각한다. 최현배『우리말본』에 초등학교 우등, 중학 20등, 대학은 꼴찌로 나온다는 예문이 있었다. 서정인의 「강」도 그런 모티프를 다룬 수작인데 그 비슷한 화상이 되어 1957년 학교를 나왔다. 헉슬리에 관한 졸업논문은 "To understand Aldous Huxley is to understand something important about contemporary life and literature"라는 첫 문장만 기억되는 기한 내 납품용 속성 조제품이었다. 뒷날 참괴했다. 대학원 시험을 보고 첫 학기 등록금을 냈다. 시골 양복점에서 양복 두 벌 값에 해당하는 거액이었다. 그러나 연초의 부친 와병과 화불단행의 가정 사정 때문에 몇 번의 휴학 끝에 자동 퇴학이 되었다. 그로 말미암은 불편과 계속적인 수모는 이루 말할 수가 없었다.

나의 메피스토펠레스는 한낮에 나를 찾았다. 효자동 거주의 그가 전차를 타고 광화문에서 내리면 청진동 내 거처가 지척인 게 화근이었다. 그의 집에서 베라치니의 바이올린 소나타를 듣고 매료된 것까지는 좋았다. 이를 계기로 고전음악의 평생 애호자가 되었으나 막연한 서구 동경 때문에 그가 아니더라도 그리되었을 것이다. 상하이 출생으로 해방 직전 귀국했고 두 살 위였고 영국 군부대에서 통역을 1년 반 한 터였다. 탈선에는 동패가 필요하기 마련이다. 그의 꾐에 빠져 음악다방에 드나들고 담배를 배우고 학교를 자주 빼먹었다. 끼리끼리 만나는 법이니 그를 탓할 생각은 없다. 화폐 관념이 강했고 문인을 경멸했던 그와 나 사이에 공통 지향이 없었으니 지속적인 관계는 유지될 리 없었다. 졸업 후 그는 과외 스타가 되어 현재 시가 150억에 이르는 빌딩 소유주이다.

그가 하청을 받아 와 영문 번역을 한 적이 있다. 중앙교육연구소에서 낸 『정신의 가치』 같은 책인데 수입은 미미했다. 하청 작업 말고 제대로 하자는 생각에 『뉴욕타임스』 서평집에 실린 글을 번역해 월간지 『문학예술』에 투고해 소위 추천을 받았다. 대학 3년 때다. 겁 없이 하이만의 『무장한 비전』 서론이나 사르트르에 관한 영어권 최초의 책인 아이리스 머독의 『사르트르 : 낭만적 합리주의자』 중에서 언어 문제 부분을 번역했다. 그러니 번역이 내 본적지다. 기대와 달리 벌이는 영 시원치 않았다. 졸업반 때 학내 문학지 『문학』이 나왔다. 교정 벤치에 앉아 지금은 산골에서 은거하는 시인 송영택 형과 이야기를 나누다 갓 나온 『문학』이 화제에 올랐다. 붙임성 있고 발이 넓은 그는 방금 한 얘기를 글로 쓰면 『대학신문』에 갖다 주어 싣게 하겠다고 말했다. 주저하자 책임지고 고료까지 타 주겠다 해서 솔깃했다. 20장 정도를 써서 건네주었고 그는 약속을 지켰다. 출판물이 많지 않던 시절이어서 본 사람이 많았다. 뒷날 여석기呂石基 선생은 "유 선생 이름을 처음 대한 것은 『대학신문』에서야"라고 몇 번인가 말씀하셨다. 그 글을 계기로 『신세계』란 잡지에 시평을 쓰게 되고 『문학예술』에 「언어의 유곡」 등의 평문도 쓰게 된다. 졸업하던 해다. 전후의 황폐한 문화 풍토에서 뜻이 통하는 글만 쓰면 주문이 따랐다. 이듬해 발표한 몇 편의 에세이로 1959년 초에 『현대문학』의 〈평론신인상〉을 받았다. 지금과 달리 문학상이 많지 않던 시절이어서 화제는 되었다. 제1회 〈소설신인상〉이 손창섭, 3회가 박경리라 적어놓으면 상상이 될 것이다. 4회 수상 동기인 이범선, 구자운 등은 작고한 지 오래다. 동숭동 의과대학 구내에 있는 교수회관에서 수상식이 있었다. 상금은 꽤 되었으나 액수는 잊었고 부상으로 받은 독일제 라미Lamy 만년필만은 기억한다. 몇몇 대학 동기생이 그 자리를 빛내주었으나 어떤 의사와의 약속 때문에 허겁지겁 자리를 떴고 저녁차로 시골로 내려갔다. 자초지종을 들은 모친은 사정을 말하고 간단한 저녁이나 하라며 돈을 맡기고 자리를 떠야지 그렇게 주변머리

없이 꽉 막혀가지고 어떻게 하느냐며 혀를 찼다. 듣고 보니 한심했다. 그 후 일제 통치기에 해당하는 36년 만에 다시 상다운 상을 받게 된다.

1962년에 첫 평론집 『비순수의 선언』이 나왔다. 발표했던 글의 절반 정도를 모았다는 머리말로 미루어 알량한 고료 때문에 일회용 잡문을 휘갈긴 청춘 소모가 얼마나 극심했나 하는 것을 알 수 있다. 비평가는 시나 소설의 실패자란 짓궂은 속설이 있는데 실패할 기회도 시간도 없이 평론가란 직명이 따라붙게 되었다. 주문에 응해 납품하다 보니 그리되었고 그런 의미에서 사회적 수요와 주체의 공급이란 경제적 거래 사이에서 사회적 자아가 형성된다고 할 수밖에 없다. 소설 분야에선 전면적 진실을 담은 사회소설의 중요성을 강조했고 시에 대해선 언어에 대한 통찰을 통해서 "생각을 노래하는" 시를 주문한 것이 당시의 나의 비평적 입장이었다. 뒷날 어느 발문에서 나의 초기 평문에 대해 김우창 교수는 "어설프기 짝이 없다고 할 수밖에 없는 50년대의 평단에서 대학을 갓 졸업한 20대 초의 비평가의 펜이 엮어내는 탄탄한 지적 사고의 텍스트는 실로 경이에 가까운 것이었다"고 덕담을 해주었다. 이 후한 덕담이 동시에 나의 비평적 도정이 계속적인 약속 위반의 궤적임을 지적하는 따끔한 일침임을 알기 위해 굳이 해체론까지 갈 필요는 없다. 내 존재를 정당화하는 책을 쓰지 못했고 쓸 개연성도 없다는 자의식에 때로 속이 쓰리기도 하다는 것을 굳이 숨기지는 않겠다.

영문과에서 가르치며 우리 문학에 관한 글을 쓰니 정체성에 관한 의혹의 시선을 느낄 때가 많았다. 하나 감당도 어려운데 두 개씩 걸치느냐고 면전에서 말하는 이도 보았다. 영문과 교실에서 우리 문학에 대한 이야기를 한 적은 없다. 그러나 조이스와 이효석의 단편 읽기나 워즈워스와 김소월 읽기가 전혀 별개의 것이라고 생각하지 않는다. "드라이든은 알지만 예이츠는 알지 못한다고 하는 사람은 드라이든도 예이츠도 이해하지 못하는 사람이다"라던 시인의 말에 공감한다. 1989년에 나온 『문학이란 무엇인가』 머리말에서 이렇게 적은 일이 있다. "문학적 감수성은 모국어 내지는 제1언어에 대한 민감성에 기초를 두고 있으며 제1언어로 된 동요 하나 제대로 감식하지 못한다면 그것은 문학 문맹에 지나지 않는다고 생각한다. 모국어를 사랑하는 사람만이 진정한 문학 이해에 이룰 수 있다는 것이 나의 완강한 편견이다." 최근에 나온 대화록에서 읽은 이사야 벌린의 발언도 사실상 같은 소리다.

내가 사랑하는 영어 시인이 있습니다. 그러나 러시아 시인들을 더 사랑합니다. 러시아어가 나의 제1언어요 시는 어릴 적에 사용한 언어 속에 있게 마련이라 생각하기 때문입니다. 열 살 이전에 사용한 언어가 가장 시에 가까운 것입니다.

청주교대에서 공주사대로 직장을 옮긴 후 1971년 풀브라이트 장학금으로 도미하여 뉴욕주립대학원(버팔로)에서 2년간 수학했다. 젖 먹은 힘이 다 빠졌다는 30대 후반이요 또 국내 정치 상황이 극히 불안정할 때였다. 눈 많이 오는 북위 43도의 외국 도시에서 가족과 떨어져 생활한다는 것은 그리 편한 일이 아니었다. 그러나 난생처음으로 각 분야 필독서를 마음껏 접하면서 공부다운 공부를 한 최상의 학생 시절이었다. 그 후 인천의 인하대를 거쳐 1977년 서울 서대문의 이화여대에서 가르치게 된다. 마흔셋이었다. 우리의 국군 용사들은 1950년 6월 서울에서 후퇴한 지 석 달 만에 인천 상륙을 감행, 곧 서울을 수복했다. 하나 이 미련한 거북이는 1957년 낙향한 뒤 인천을 거쳐 서울을 수복하는 데 장장 20년이 걸렸다. 여섯 학교에서 가르쳤으니 어디서나 지나가는 나그네였다. 퇴직 후 비로소 내 삶의 주인이 되었다는 충족감을 느끼며 하루하루를 감사하는 마음으로 살고 있다. 우리 사회에, 또 고마웠던 모든 분들에게.

그 이름 안티고네

지은이 유종호
펴낸이 양숙진

초판 1쇄 펴낸날 2019년 6월 10일

펴낸곳 (주)현대문학
등록번호 제1-452호
주소 06532 서울시 서초구 신반포로 321(잠원동, 미래엔)
전화 02-2017-0280
팩스 02-516-5433
홈페이지 www.hdmh.co.kr

ISBN 978-89-7275-990-4 03810